JN437342

# 녹지 않는 슈가 크래프트와 블루의 도시

주이현 소설집

# 녹지 않는 슈가 크래프트와 블루의 도시

펴낸날 2026년 1월 31일

지은이 주이현
펴낸이 이광호
주간 이근혜
편집 김다연
펴낸곳 ㈜문학과지성사
등록번호 제1993-000098호
주소 04034 서울 마포구 잔다리로7길 18(서교동 377-20)
전화 02)338-7224
팩스 02)323-4180(편집) / 02)338-7221(영업)
대표메일 moonji@moonji.com
저작권 문의 copyright@moonji.com
홈페이지 www.moonji.com



ISBN 978-89-320-4508-5 03810

# 녹지 않는 슈가 크래프트와 블루의 도시

주이현 소설집

문학과지성사

## 차례

# 녹지 않는 슈가 크래프트와 블루의 도시

## 1

루와 주안은 자신들이 저주받은 도시에 흘러와버린 걸지도 모르겠다고 자주 말했고, 그보다 더 자주, 저주라니 조금은 낭만적일지도 모르겠는걸, 따위의 말들을 버릇처럼 읊조리고는 했다. 낭만적,이라는 말이 잇달아 무너져 내리는 P시의 도로들과, 그 잔해 속에 파묻힌 몇몇 불운한 시민과, 1센티미터 두께의 먼지, 1미터 옆의 낭떠러지, 잘린 팔과 사뿐히 감긴 눈, 그 모든 것이 뒤섞인 P시의 어느 아침, 그런 장면들을 지칭하는 것은 아니었다. 어쩌면 한날한시에 같은 침대 위에 잠든 채 설탕 조각처럼 부서져 내리는 콘크리트 잔해에 뭉개져 죽어버릴지도 몰라—그런, 희박하지만 분명한 가능성을 지닌 가정들이, 그것들을 직면한 채 잠이 들던 밤의 차고 선명한 공기가, 언제든 그들을 낭만적이고 로맨틱한 감상 속으로 밀어 넣곤 하는 것이었다.

루와 주안은 루와, 주안이 아닌 루와 주안의 상태를 유지하기로 마음먹은 이래로 적당한 도시를 찾아 아무렇게나, 하지만 주기적으로 떠돌아다녔어야 했다. 루와 주안은 아무렇게나 돈을 벌었으며 어디에서든 살았고 서로를 제외한 그 어느 것에도 애착을 가지지 않았기에 늘 가벼운 마음으로 한 도시에서 다른 도시로 떠날 수 있었는데, 5년 전 처음 P시에 자리를 잡았을 때도 강변에 살게 되었다는 사실에 조금 들떠 있었을 뿐 별다른 생각은 없었다. 늘 그렇듯 그들의 거주지에 관심을 보인 것은 그들의 오랜 친구이자 유일한 지인이던 율뿐이었기에, 이삿짐이 정리되어갈 즈음 어김없이 걸려온, 다정하지만 무료한 율의 전화에서 그들은 두 가지 이야기—하나, P시는 습지를 메꿔 만든 인공 도시이며 둘, 그런 것치고 사람도 건물도 없어 촌 동네와 다름없어 보인다—를 완벽한 외지인의 태도로 관심 있게 흘려듣게 되었다. 그 이야기들은 그날 이후로도 오랫동안, 루와 주안이 P시에 대해 아는 유일한 정보로 남았다. 부득이 P시의 사람들과 말을 하게 될 때면 그것들이 꽤 도움이 되어주었다. 여기가 어디고 당신이 누군지 그런 거 모르고 알고 싶지 않으며 늦지 않게만 떠나고 싶은데요—의 뉘앙스를 내비쳤다가는 미묘하게 모든 일들이 귀찮아져버린다는 것을 잘 알고 있었기에, 루와 주안은 한동안 새로운 동료나 이웃을 만날 때마다 율에게서 들은 이야기들을 적절히 뒤섞어 말을 이어가야 했다.

“늪까지 메꿔가며 지은 도시라더니 무슨 촌 동네 같잖아요. 고층 빌딩 하나 없고.”

그런.

비구름을 몰고 다니는 몇몇 불운한 사람처럼, 루와 주안이 발을 들인 도시들은 언제나 어떤 식으로든 처음과는 다른 모습의 공간이 되어갔다. 변해버린달까. 보통 다른 주민들은 비싸졌다고, 값비싸졌다고 표현하고는 했는데, 루와 주안은 가진 것이라고는 없어서 빠르게 바뀌어가는 익숙하지만 낯선 도시의 면면을 발견할 때마다 집에 쌓인 짐을 조금씩 정리해두어야 했다. 루와 주안이 정착한 도시가 반짝이는 새것들로 채워질 때마다 그들은 늘 서둘러 그곳을 떠나야 했으니까. 물론 그건 루와 주안의 의지만으로 이루어지는 일은 아니었으며, 대부분의 경우 그들은 변해버린 도시만큼 변해버린 수많은 약속에 의해 떠밀리듯 혹은 쫓겨

나듯 도시를 벗어났을 뿐이었다. 그러니까 서로를 제외한 그 어느 것에도 애착을 두지 않는 루와 주안의 성격이랄까 능력은, 그들도 모르는 새 뺨 위로 두껍게 자라난 이중의 솜털 같은 것인지도 몰랐다.

P시는 그런 점에서 매우 안전한 도시라고 볼 수 있었고, 동시에 물리적으로 위태로운 도시라는 점에서 루와 주안을 매료하는 구석이 있었다. 루와 주안이 P시의 한 오피스텔을 계약하고 석 달쯤 지나자 역 앞 공터에서 난데없이 공사가 시작되었는데, 루와 주안은 장장 3년 동안의 공사가 완전히 끝난 뒤에야 그것이 대략 70층짜리 주상복합 단지를 짓는 대공사였다는 것을 알아차렸다. 70층짜리 건물을 몇 동씩이나 지어내는 데 고작 3년이라는 시간이면 충분하다는 사실에 루와 주안은 숨 막히게 감탄했다. 잘은 모르지만, 21세기에 살고 있다는 것을 새삼 실감하게 되었다고나 할까. 구름이 많고 흐린 날이면 구름에 가려 잘 보이지 않는 건물의 끝을 올려다보며, 루와 주안은 잠에서 깨어나 가장 먼저 침대 시트와 이불을 정리했다. 하얗고 거친 맨매트리스 위에서 청하는 잠은 루와 주안이 곧 새로운 도시로 떠나야 한다는 것을 가장 단순하고 효과적인 방식으로 상기시켜주곤 했기 때문이다.

그러나 루와 주안은 여전히 그 도시에서 잠들고 일어난

다. 더 이상 맨매트리스 위에서 뒤척이지 않는다. 누구도 루와 주안을 밀어내지 않았으므로. 루와 주안은 그것이 두 달에 한 번씩 내려앉는, 구멍 난 도로들 덕분이라고 믿었다. 그런 루와 주안의 곁에서, P시의 시민들이 길 위의 잔해를 피해 소리 없이 걸었다.

그 무렵 율은 일련의 사고들이 P시의 주상복합 단지와 연관되어 있을 것이라 말했는데, 루와 주안의 동료와 이웃 들은 무너진 도로나 구름에 가려진 70층 펜트하우스 같은 것들에 별다른 관심을 보이지는 않았다. 역 앞 6차선 도로의 한 귀퉁이가 무너져 내렸을 때도 그들은 부서진 것들을 피해 묵묵히 걷기만 했다. 아침이면 역 앞 카페와 베이커리에, 점심이면 역 앞 드러그스토어와 아이스크림 가게에, 밤이면 역 앞 포차와 이자카야에 언제나 사람들이 붐볐다. 그들은 커피를 마시며, 아이스크림콘을 베어 물며, 술잔을 기울이며 보수공사가 한창인 도로를 표정 없는 얼굴로 무심히 쳐다보았다. 약속이라도 한 듯 태연한 태도의 사람들 사이에서, 루와 주안은 누구보다도 해사하게, 나른하고 달콤한 미소를 지어 보일 수 있었다. 이 도시를 떠나지 않겠노라고, 이곳이 우리를 쫓아내려들지 않는 한 끝까지 남아 있겠노라고, 서로의 귓가에 거듭해 속삭일 수 있었다.

네번째 도로가 무너지던 날에 루와 주안은 새 커튼을 구매했다. 아침이면 얇은 흰색 커튼을 투과한 봄볕이 집 안 곳곳을 어른거렸다. 빛과 그림자의 입자들이 먼지처럼 내려앉은 침대 위에서 루와 주안은 서로의 목을 단단히 끌어안은 채 눈을 감았다. 그들은 아이처럼 까무룩 잠에 들었고, 그건 이전까지의 루와 주안에게 있어 매우 드문 일이었기에, 매일 밤 루는 주안의, 주안은 루의 부은 눈가를 만지작거리며 자그마한 웃음을 터뜨렸다.

유례없이 긴 시간을 한 도시에서 흘려보내며 루와 주안은 처음으로, 그러니까 루와, 주안이 아닌 루와 주안의 상태로서는 최초로, 연애라 부를 수 있을 만한 종류의 관계를 맺었다. 루와 주안과 이제는 그들의 엑스—가 된 그녀는 한 낡은 건물 지하에 위치한 펍에서 만났는데, 그곳이 루와 주안의 집과 매우 가까웠기에 세 사람은 종종, 어느 시기에는 자주 같은 장소에서 마주쳤고, 같은 도시의 다른 장소에서도 마주쳤고, 계속해서 마주쳤으며, 그리하여 곧 두어 개의 테이블을 사이에 둔 채 익숙한 눈길로 서로의 얼굴을 천천히 살펴볼 수 있게 되었다. 루와 주안과 그녀가 서로의 얼굴과 목소리를, 주랑이나 술버릇 따위를 기억하게 되었을 때쯤 주안은 오후의 식탁에서, 퇴근길 횡단보도에서, 편의점 파라솔 아래서 그녀에 대한 이야기를 하기 시작했다. 루는 주안의 어깨에 고개를 기댄 채 그런 주안의 이야기를 빠짐없이 새겨들었다. 그러곤 주안의 목소리가 끊기는 짧은 순간마다 부드럽게 고개를 끄덕여주었다. 루는 주안과 루 자신이 무엇을 원하고 있는지 너무 잘 이해하고 있었다. 그건 그들의, 루와 주안으로서의 수많은 경험에서 비롯된 것이었고, 그럼에도 루와 주안은 그 모든 과정이 놀라우리만큼 같은 순서로 이루어진다는 사실이 매번 운명처럼 느껴지곤 했다.

여느 때처럼 루의 어깨에 기대 급하게 오른 술기운을 가라앉히며 주안은, 루와 주안의 주안으로서 늘 그래왔듯이, 펍 구석의 그녀와 눈이 마주칠 때마다 둥글고 무해한 얼굴로 세상에서 가장 바보 같아 보이는 웃음을 지어 보였다. 펍의 그녀는 영문 모를 얼굴로 루와 주안을 번갈아 보았고, 그런 그녀에게 주안이 다시 웃어 보였다. 세 사람이 펍 안에 남아 있는 동안 그런 일이 몇 번이고 반복되었다. 늘 그래왔듯이, 루와 주안과 그녀는 곧 자연스럽게 합석을 하기도, 연락처를 주고받기도, 다른 가게에서 만나 술을 마시기도 했으며, 지난밤의 기억을 잃거나 잃지 않은 채로 낯선 천장 아래서 눈을 뜨기도 했다. 그런 아침이면 보통 루와 주안이 아닌, 그들의 곁에서 눈을 뜬 누군가가 어색한 목소리로 말을 더듬곤 했는데, 펍의 그녀는 느지막한 오후까지 잠을 자다 일어나 물을 찾아 마시곤 다시 저녁까지 잠을 잤다. 주안은 그녀가 공평한 키스 순서나 섹스 방법 같은 멍청한 것들을 묻지 않아 좋다고 말했다. 무엇보다도, 루와 주안에게 연애나 동거에 대한 이야기를 처음으로 먼저 꺼낸 사람이라는 점이 그녀를 어쩐지 특별히 여기게끔 하는 것 같다고 주안은 말했다. 루는 나도,라고 짧게 대답했고, 그건 무어라 말을 덧붙일 필요 없이 완벽한 진심이었다.

그녀가 루와 주안의 공간을 완전히 떠나던 날, 루와 주안은 루와 주안으로서 최초로, 루와, 주안으로서도 처음으로 이별이라 부를 수 있을 만한 종류의 헤어짐을 경험했다. 동시에 루와 주안은 관계의 기간이 이전보다 길어졌다는 단순한 이유만으로 상대의 얼굴이 아주 오랫동안, 그것도 설명할 수 없을 만큼 비논리적인 방식과 예측 불가능한 리듬으로 떠오를 수 있다는 사실을 깨달았다. 덕분에 루와 주안은 꽤 오랜 시간 동안 성가신 기억들을 견뎌내야 했다. 루와 주안은 그 점이 조금 억울했는데, 그녀의 얼굴을 떠올리는 것은 루와 주안에게 있어 아주 조금의 의미조차 남기지 못하는 너무도 공허한 행위였기 때문이다. 관계의 시작과 끝이 연애의 그것과 완벽히 같은 지점에 놓여 있었기에, 연인으로서의 시간을 잘라낸 뒤의 루와 주안은 먼지 덮인 라디오처럼, 아무런 무게도 향취도 없는 기억의 파편들을 기계적으로 떠올릴 뿐이었다.

루와 주안은 얼마간 P시의 밤거리를 구석구석 드나들며 권태로운 밤들을 지새웠다. 거대한 전광판처럼 반짝이던 빌딩의 창문들에서 하나둘 불빛이 사라지면 잠들지 못한 사람들이 물밀듯이 거리로 쏟아져 나왔다. 루와 주안은 그들 사이에 손쉽게 숨어들 수 있었다. 불 꺼진 철물점과 식료품점을 배경 삼아 눈부시게 빛나는 네온 간판들이 루와 주안의 발밑을 밝혀주었고, 루와 주안은 그 위를 그림자처럼 떠돌았다. 둘은 자주 가는 가게에서 술을 마시기도, 그곳에서 만난 이름 모를 누군가와 합석을 하기도, 연락처를 주고받기도, 간밤의 감각들을 잊거나 잊지 않은 채로 낯선 침대 위에서 눈을 뜨기도 했다. 편의점 파라솔 아래에서 1리터짜리 생수를 반씩 나눠 마실 즈음엔 이미 정오가 지나 있었다. 썩 유쾌한 일은 아니었지만, 그리 불쾌한 일도 아니었기에 비슷한 날들이 몇 번이고 반복되었다.

집으로 돌아가는 택시 안에선 주안이 휴대폰에 남겨진 새 연락처를 확인했다. 드물게 그에게서 온 메시지가 남아 있는 경우도 있었는데, 그런 날이면 주안은 액정 위에 적힌 모든 문장을 소리 내어 또박또박 읽어보곤 했다. 주안이 작정하고 발송인의 목소리를 흉내 내면, 옆에 앉은 루가 참을 수 없다는 듯 어깨를 들썩이며 될 수 있는 한 가장 작은 소리로 웃음을 터뜨렸다. 간혹 누군가들의 메시지엔 차마 읽기도 듣기도 거북한 단어와 문장 들이 연달아 씌어져 있기도 했다. 루는 그때마다 놀란 얼굴로 주안의 입을 급히 틀어막았다. 주안의 입가를 아프지 않게 짓누르며 택시 기사의 눈치를 살피는 루의 조심스러운 뒤통수가, 놀려먹기 딱 좋은 고양이의 뒷모습을 닮았다고 주안은 생각했다. 그래서 주안은 한없이 장난스러운 태도로, 루의 옆구리를 쿡 찌르듯이, 무언가를 끊임없이 읽었다. 그러곤 루의 손안에 얼굴을 파묻은 채 한참을 숨죽여 웃었다. 그런 식의 장난들은 정말이지, 질리는 법이 없었다.

다만 루는, 짓궂은 주안의 장난들에 일일이 놀란 반응을 보여주면서도 짧은 순간 떠올랐다 사라지곤 하는, 왜인지 신경질적으로 보이는 그녀의 표정들을 살펴야 했다. 그즈음의 주안이 알게 모르게 짜증을 내고 있다는 사실을 적당히 눈치챘기 때문인데, 주안이 답지 않게 휴대폰에 남은 연락처들을 주기적으로 정리하는 것으로도 모자라 실제로 연락을 해오는 이들의 번호를 모조리 차단 목록에 쓸어 담고 있었기에, 루의 입장에선 그 모든 정황을 모른 척 넘겨버리는 쪽이 오히려 더 불가능에 가까웠다.

그에 대해 루가 무어라 말을 꺼내기도 전에, 주안은 몇 가지 이야기를 흘리듯 늘어놓았다. 대부분은 그들이, 무엇보다도 루가, 술안주처럼 가볍게 사람들의 입에 오르내리는 일이 부당하게 느껴진다는 식의 이야기였다. 물론 루 역시 그런 취급이 마음에 드는 것은 아니었으며 주안을 멋대로 씹어대는 인간들을 예기치 않게 마주할 때마다 그들의 둥그런 머리통을 무엇으로든 처참히 깨부숴주고 싶다는 충동에 면역 없이 시달려왔음을 부정할 생각도 없었다. 그럼에도 루와 주안이 루와 주안으로서의 방식을 택한 데는 그들이 동의할 수밖에 없는 종류의 이유들이 있었고, 주안의 불평에는 그런 그들의 선택과는 분명히 어긋나는 지점이 있었다. 그건 루와 주안의 일상에 매우 사소하면서도 확실한 걸림돌이 되었다. 루와 주안으로 하여금 평소보다 멀리, 오래 돌아가는 길을 택하도록 만들었다. 그 탓에 루와 주안은 그들에게로 다가오기 시작한 작은 변화를 차츰 인식하게 되었다. 루와 주안은, 줄곧 하나로 존재해온 루와 주안이었는데, 어느덧 루에겐 문제가 되지 않던 것들이 주안에게로가 문제가 되어버리는 일이 생겨나고 있었다. 이를테면 조금씩 더 괜찮은 사람을 필요로 하기 시작한 주안과 달리, 여전히 누구든 상관이 없던 루,라든가. 그런 일들이.

그 무렵 루는 자신의 눈을 조금 더 까다로운 것으로 갈아끼우는 법을 익혔다.

도시의 도로들은 계속해서 바스러졌다. 매번 사람들의 발걸음과 건물 아래를 교묘하게 빗겨난 곳에 생겨나던 낭떠러지들은 어느 순간부터 조금씩 전보다 깊고 넓게 몸집을 키웠다. 그러나 누구도 땅 아래로 떨어진 적은 없었고 도로 위를 달리던 차들 역시 크게 망가지거나 부서진 적은 없었기에 사람들은 쉽고 간단하게 행운과 기적에 관해 이야기할 수 있었다. 망가진 도로들은 2주 정도만 지나면 금세 매끈한 모습으로 돌아왔다. 사람들은 더 이상 무엇에 대해서도 이야기하지 않게 되었다. 모든 것에 둔감해졌고, 모든 붕괴를 작고 우스운 것으로 여기게 되었다.

도시의 중앙에서 첫 사상자가 생겨난 것은 그로부터 얼마 지나지 않은 일이었다. 같은 날 같은 횡단보도를 건너던 두 사람이 1미터 50센티 남짓한 깊이의 낭떠러지 아래로 굴러떨어졌다. 하교를 하던 중학생의 한쪽 발목이 부러졌고, 개를 산책시키던 팔십대 노인이 숨졌다. 깊어야 1미터 정도밖에 되지 않던 구멍이 50센티 더 깊어졌다는 소식은 누군가에겐 걱정스러운 일로 여겨졌으나 누군가에겐 여전히 매우 작고 우스운 것으로 생각되었다. 존경받던 노인의 부고 역시 누군가에겐 짙은 허무와 불안을 안겨주기에 충분한 것이었으나, 누군가에겐 제 몫의 젊음과 건강을 불현듯 들여다보게 만들어준 하나의 계기에 지나지 않게 되었다.

2주 뒤 횡단보도는 거짓말처럼 전과 같은 모습으로 돌아와 있었다. 그로부터 다시 2주가 지나자 사람들은 1미터니 팔십대니 하는 것들을 대부분 잊었다. 변함없이 태연한 얼굴을 한 사람들이 역 앞에 매일같이 모여들었다 흩어졌다. 새로 다듬어진 횡단보도는 전보다 깨끗해 보였고, 안전해 보였다.

율은 그 횡단보도를 건너 루와 주안의 집으로 걸어왔다.

예정되지 않은 일이었고, 어쩌다 보니—라는 율의 말은 절반 정도만 맞았다.

## 2

율은 아주 지루한 오후를 보내고 있었다.

믹서를 뒤엎었고, 와이셔츠와 에이프런이 옅은 갈색으로 얼룩져 있었다. 열어둔 문틈에서 바람이 불어왔고, 젖은 소매에선 들쩍지근한 냄새가 풍겼다. 물과 세제로 여러 번 헹궈둔 채였지만, 축축한 셔츠가 살갗을 스칠 때마다 괜히 손목 언저리가 끈적이는 것 같았다. 창고엔 여름용 반팔 셔츠만이 두어 장쯤 남아 있었다. 늦가을이었으므로, 율은 그 셔츠로 갈아입는 것과 갈아입지 않는 것 중 어느 쪽이 더 현명

한 선택일지 오래 고민했다. 그걸 고민하는 것만으로도 시간은 아주 수월히, 잘도 흘러갔다. 날이 추워질수록 한가해지는 매장의 특성 덕분이었다.

그날도 율은 얼룩진 소매를 걷어 올린 채 고작 서른 스쿱 정도의 아이스크림을 퍼내는 것으로 오후 업무의 전부를 마쳤다. 쇼케이스 안의 아이스크림 텁 대부분은 마감 직전까지 전혀 비워지지 않은 그대로 진열되어 있었다. 드물게 찾아오는 사람들은 따뜻한 커피와 함께 초콜릿 두어 조각을 사 들고 빠르게 매장을 떠났다. 추위를 모르는 아이들이나 단정한 모습으로 술에 취한 부부들만이 간혹 아이스크림을 찾았는데, 그들은 약속이라도 한 듯 하나같이 가나슈와 바닐라만을 주문했다. 가나슈와 바닐라. 가나슈와 바닐라라니. 그때마다 율은 보기 좋게 웃고 떠드는 그들이 전부 뭣 모르는 멍청이들이라는 생각을 떨쳐낼 수가 없었고, 그게 아니라면, 그게 아니래도, 어쩐지 짜증스러운 기분이 들곤 했다. 율이라면 그곳까지 찾아와 가나슈와 바닐라를 사 먹진 않을 테니까. 전국에서 두번째로 큰 백화점에 위치한, 점포 수가 열 개도 채 되지 않는 아이스크림 전문점에서, 초콜릿과 바닐라 맛 아이스크림 따위를 사 먹진 않을 테니까 말이다. 율이라면 크렘 브륄레 캐러멜 스월이나 아즈키 모찌, 라즈베리 로즈, 서머베리 블론드 앤 크림 따위의 플레이

버를 선택할 것이었다. 율의 취향이야 누구도 궁금해하지 않겠지만—아무튼 그날도 율은 지루함을 견디며 먼지 하나 없는 쇼케이스를 닦고 또 닦았다. 손님이 오면 가나슈와 바닐라, 둘 중 하나를 퍼내 콘과 컵, 둘 중 하나에 담아 건넸다. 그러는 동안에도 셔츠 소매에선 줄곧 들쩍지근한 냄새가 나고 있었다.

그러니까 그날 밤, 쇼케이스의 전원을 완전히 꺼버린 뒤 매장을 나온 것은 어쩔 수 없는 일이었어. 루와 주안이 묻는다면 율은 그렇게 대답할 작정이었다. 사실은 마감까지 시간이나 때울 겸 매대 뒤에 앉아 남은 아이스크림콘을 부숴 먹다가 생긴 실수였지만, 정말 끝까지 몰랐던 것도 아니었으니까. 유리문을 잠그고 매장을 나오던 순간, 율은 쇼케이스의 전원 버튼에 불이 꺼져 있는 것을 똑똑히 보았다. 보면서, 코트 소매를 단정히 접어 정리하면서, 조용히 뒤를 돌았다. 빛도, 열도, 냉기도 없이 밤새 고요히 숨죽이고 있을 쇼케이스가 등 뒤에 있다,고 생각하면서.

그렇게 직원용 계단을 지나 거대한 회전문 앞으로 향하는 동안엔 발아래의 황금색 바닥과 그 위로 이어지는 같은 색의 벽이 유독 반짝이며 율의 눈길을 끌었다. 걸음을 옮길 때마다 벽면에서 바닥으로, 바닥에서 더 멀고 낮은 바닥으로, 꿀처럼 달콤한 윤이 흘러내리고 있었다. 그 위를 미끄러지는 기분으로 몇 걸음쯤 더 옮기자 율의 머릿속에선 별안간 모든 언어와 소리 들이 흐물흐물 녹아내리기 시작했다. 그리하여 비워진 곳엔 단 한 가지 생각만이 빠르게 차올랐다. 이대로 밤이 지나면. 밤이 지나고 아침이 되면. 아무런 일도…… 일어나지 않는다. 아무런 일도, 일어나지 않을걸. 아무 일도. 그런 생각을 한참 이어가던 율은 문득 그 모든 사실을 납득했다는 듯 고개를 두어 번 끄덕이곤 유유히 건물을 빠져나왔다. 이어 한 걸음씩 대로변을 향해 나아가며, 생뚱맞게도 율은 루와 주안의 얼굴을 떠올렸다. 실은, 도무지 떠올리지 않을 수가 없었다. 착실하고 우직한 우리의 일꾼 율이 아이스크림을 다 맹탕 국물로 만들어버렸다! 소리치는 주안의 목소리가 이미, 어디선가 들려오고 있는 것만 같았으므로.

"뭐 잘못 먹었나."

뒤늦게 머쓱해져 중얼거렸을 즈음엔 이미 눈앞을 가로지르던 버스에 홀린 듯 올라탄 뒤였고, 율이 그 사실을 알아차리기에 앞서, 율을 태운 버스가 루와 주안의 도시를 향해 시원스레 나아가고 있었으므로.

돌이켜보았을 때, 율은 그날 루와 주안의 도시에서 많은 시간을 보낸 것도, 특별히 기억에 남을 만한 경험을 한 것도 아니었다. 늦은 시간이었기에 도시는 온통 고요했고, 달리 할 일도 갈 곳도 없던 세 사람은 평범히 강변을 산책했을 뿐이었다. 루와 주안을 집 밖으로 불러내는 것 역시 그리 많은 수고를 필요로 하진 않았다. 율은 루와 주안이 매일 몇 시에 출근하는지 잘 알고 있었으므로, 루와 주안의 집 앞에 앉아 그들이 문을 열고 걸어 나오기만을 기다리면 되었다. 얼마 뒤 율의 예상대로 눈을 비비며 집을 빠져나온 루와 주안은, 계단참에 앉아 작은 공처럼 둥글게 말려 있던 율을 몇 초간 얼빠진 표정으로 쳐다보았다. 율은 그런 루와 주안의 시선 속에서 서서히 몸을 일으켰고, 등허리와 팔을 길게 늘이며 태연하게 기지개를 켰다. 그러곤 여전히 영문 모를 표정을 하고 있는 루와 주안의 품 안에 한 번씩, 차례로 안겨 간만의 인사를 나누었다. 루와 주안은 반갑고 곤란해 보였다. 그러면서도, 늦은 새벽 찾아온 율을 홀로 돌려보낼 만큼 매몰차게 굴 자신은 없어 보였다. 율은 그들의 그런 점을 가장 잘 아는 사람이었다. 실제로도 그들은 곧 순순히 율을 따라 나서주었다. 오래는 못 있어, 계단 앞에 선 루가 말했을 때, 충분해, 하고 대답한 율이 작게 웃음을 삼켰던 것 역시, 바로 그런 이유에서였다.

밤의 강변엔 사람이 없었다. 혹은 있었음에도, 보이지 않았다. 짙게 내려앉은 그림자 위로 옅은 안개가 피어오르고 있던 탓이었다. 강의 이쪽과 저쪽을 잇는 다리 아래의 흐릿한 조명 빛만이 이따금 깜빡거리며 그 속을 비추고 있었다. 희미한 빛으로도 쉽게 번쩍이던 검은 강. 그 강의 수면이 아주 규칙적으로 흔들려서, 율은 어쩌면 그 위에 발을 얹은 채 몇 초간 뜰 수 있을 것 같다는 생각을 했다. 물컹하고 축축한 수면 위를 둥실둥실 가볍게, 뛰어다닐 수 있을 것도 같다는 생각을. 난간에 매달려 한참 그런 생각을 하던 율의 눈앞으로, 주안이 얼굴을 쑥 내밀며 저기 깊어, 죽어, 하고 말했다. 나도 알아. 대답하며 율은 다시 발을 떼었다. 그러곤 그대로 거대한 다리의 밑까지 곧장 걸어갔다. 가장 어두운 곳에 다다라 건조한 잔디밭 위로 몸을 누이자, 세상을 몽땅 전세 낸 듯한 기분이 들었다. 그곳에서 그들은 외투의 앞섶을 단단히 여민 채 언제나 하던 이야기들을 조금 더 길고 세세하게 나누었고, 이미 알고 있는 근황들을 다시 짚어보며 서로를 놀려댔다. 밤바람에 뻑뻑해진 눈을 감았다 뜨면 검은 하늘이 검은 강의 표면과 구분 없이 넓게 펼쳐지고 있었다. 고개를 조금 더 젖히면 줄지어 수놓인 가로등이 주위를 밝은 감색으로 물들이고 있는 것이 보였는데, 빛의 간격에 따라 얼룩덜룩해진 하늘이 바람에 일렁이는 커튼처럼 가볍고 굴곡진 천의 표면 같다고, 문득 율은 생각했다.

"착실하고 우직한 우리의 일꾼이 아이스크림을 다 맹탕

국물로 만들었다!"

별안간 주안이 소리쳤다. 루는 한참을 말없이 누워 있다가, 팔을 베고 무언가를 곰곰이 생각해보다가, 곧이어 말했다.

"내일 아침엔 아이스크림을 국자로 퍼 담아야겠네."

"수프 볼을 챙겨 가. 아침 한정 특별 메뉴, 든든하고 미지근한 아이스크림 수프— 건더기도 있어요."

"그럼 저녁엔 어쩌지?"

"그땐 이미 음식이 아니게 될걸."

"알록달록한 버터밀크가 되겠구만."

"아이스크림은 썩어도 단내만 나나?"

루와 주안은 율의 대답은 듣지도 않고 멋대로 떠들었다. 율은 간간이 헛웃음을 터뜨리며 그들의 말을 잠자코 들었다. 끊임없이 이어지는 루와 주안의 대화를 배경 삼아, 선잠에 들었다 깨어나기도 했다. 루와 주안은 율이 잠에 들면 서서히 목소리를 줄였다가 율이 눈을 뜬 뒤에야 다시 무어라 말을 했다. 셋은 꽤 오랫동안 그렇게 같은 자리에 누워 있었다. 율이 두어 번 눈을 감았다 뜨는 동안 강 너머에선 해가 아주 느리게 떠올랐다.

율은 강변에서의 시간보다 첫차를 타러 가며 보았던 P시의 풍경들을 더욱 선명하게 기억했다. 일주일에도 몇 번씩 전화를 주고받으며 루와 주안에게서 이야기를 전해 듣긴 했지만, 다시 마주한 P시는 율의 마지막 기억과는 전혀 접점이 없는 분위기를 자아내고 있었다. 그곳은 이제 정말로, 도시라고밖에는 볼 수 없는 공간이 되어 있었다. 율은 보이지 않을 만큼 작게 몸을 떨다 허리를 숙여 코트의 단추를 끝까지 채웠다. 드물게 올라오던 인터넷 기사 속 사진들과 주안의 잠기 섞인 이야기들이 정말이라면, 율은 그곳에서 걸음을 내딛는 순간마다 어떤 기로에 서 있는 셈이 되었다. 새카만 도로 아래로 빨려 들어가는 일, 온몸에 퍼석한 흙이 뒤덮이는 일, 셔츠와 바지의 군데군데가 찢어지는 일, 뺨이나 손등 따위가 파이고 쓸린, 적당히 안쓰러워 보이는 모습으로 구조되는 일, 그런 일들이 일어날 수 있었다. 어쩌면, 일어나지 않을 수도 있겠지만.

떨어진다.

떨어진다.

떨어진다.

말하며 율은 횡단보도를 한 칸씩 건너뛰었다.

흰색 칸을 세 개쯤 지나 율은 검은 칸에 서보기도, 그곳에 선 채 몇 초간 조용히 기다려보기도, 뒤를 돌아 지나온 곳을 다시 살펴보기도 했다. 의심할 여지 없이 땅은 단단했다. 그건 너무도 당연한 일처럼 생각되었는데, 동시에 아주 이상한 일처럼 생각되기도 했다. 율이 대로변을 지나고 역 앞 광장을 걸어 정류장 앞에 무사히 다다랐을 즈음엔 새로운 하루가 완벽하게 시작되고 있었다. 율은 뒤늦게 고개를 들고 주변을 둘러보았다. 상큼한 새벽 공기가 골목 사이사이를 고요히 부유했고, 이따금 먼 곳에서부터 울려 퍼진 경적 소리가 끊일 듯 끊이지 않고 길게 늘어졌다.

정류장까지 고작 30분 정도를 걸었을 뿐임에도, 율은 불 꺼진 창문 뒤에서 깨어나고 있을 수많은 사람과 몇 가지 감각을 공유한 것만 같은 기분이었다. 잘 정돈된 도로 위를 걷고 또 걷는 내내, 희미한 믿음이 연기처럼 피어올라 율의 코끝을 맴돌고 있었다. 한쪽 발이 옮겨지고 무게중심이 앞뒤로 흔들리는 찰나 두 발끝과 닿아 있는 좁은 면적의 공간이, 횡단보도 위였다면 한 칸 정도 넓이를 차지했을 보이지 않는 테두리 안쪽이, 어느덧 율에겐 그 어느 곳보다도 안전하고 아늑한 곳으로 느껴졌다. 반면 발밑을 제외한 모든 곳은 저 아래로 푹 꺼져버린대도 놀랍지 않을 만큼 철저히 분리된 공간처럼 여겨졌다. 율은 바다 한가운데 떠 있는 유리블록 위를 걷는 기분으로 남은 걸음을 마저 재촉했다. 그렇게 무사히 첫차에 올라타 P시를 벗어나고, 집 앞까지 가까스로 도착했을 땐, 어쩐지 몹시 먼 곳까지 와버린 것만 같은 야릇

한 이질감이 율의 뺨을 간질이고 있었다.

이후 율은 숨을 돌릴 새도, 정신을 차릴 새도 없이 집을 나섰다. 급하게 불러 탄 택시에서 내려 매장 앞으로 달려가자 오전 타임의 직원이 반쯤 넋이 나간 몰골로 쇼케이스 안쪽을 지그시 들여다보고 있었다. 그 모습을 멀찍이서 훔쳐보던 찰나, 코트 주머니의 안쪽에선 부드러운 진동이 울리기 시작했다. 진동이 울리고, 멈추고, 다시 울리는 것을 느끼며, 율은 자신이 영영 그 매장으로 돌아갈 수 없으리라는 사실을 깨달았다. 그게 쇼케이스나 아이스크림 같은 것들과는 전혀 관련이 없다는 사실까지도, 전부.

매니저와의 통화를 마친 뒤 율은 오전 직원과 함께 열다섯 개의 텁을 전부 폐기했다. 녹아 눅진해진 아이스크림이 배수구로 하염없이 쏟아져 들어갔다. 와중에도 율은 수프니 버터밀크니 떠들어대던 목소리가 떠올라 비죽비죽 새어나오는 웃음을 참을 수가 없었다. 언니 미쳤냐, 오전 직원이 짜증스러운 얼굴로 쏘아붙였을 때, 율은 말없이 고개를 저었다. 분명 웃을 일이 아니었는데, 어쩐지 모든 것이 참을 수 없이 우스워지고 있었다.

율이 루와 주안의 집으로 돌아간 것은 그로부터 얼마 지나지 않은 일이었다. 율은 일자리와 살던 자취방을 잃었고,

꽤 많은 돈을 얻었다. 모아둔 학비와 돌려받은 보증금을 합치자 반년 이상의 생활비로도 충분했다. 엄밀히 말하자면 돈을 얻은 건 아니었지만, 어느 쪽이든 크게 상관은 없을 것 같았다. 풍족한 백수가 된 율은 캐리어 하나를 달랑 든 채 루와 주안의 집으로 걸어갔다. 익숙한 문을 힘껏 두드렸다. 문을 연 주안이 웃음을 터뜨렸고, 심드렁한 표정으로 율의 얼굴을 쳐다보던 루는 마지못해, 문 앞의 캐리어를 집 안으로 옮겨주었다.

## 3

키코는 밀크소다 맛 아이스바를 입에 문 채 주안의 소파 위에 늘어져 있었다. 주안의 소파는 오래되어 군데군데 해지고 빛이 바랜 체스터필드류의 가죽 소파였는데, 쿠션이 깊고 두툼한 데다 그 위를 감싼 체리빛 시트가 매우 얇고 힘이 없었으므로, 어디든 누르면 누르는 대로 푹푹 꺼졌다 천천히 부풀어 올랐다. 키코는 그 소파의 안쪽 깊은 곳까지 원없이 파고들 수 있었다. 몸에 힘을 풀고 팔다리를 늘어뜨리면 모래 더미 속으로 빨려 들어가듯 등허리가 아래로 아래로 부드럽게 가라앉았다. 촌스럽고 낡아빠진 소파 따위가 이렇게까지 폭신해도 되는 걸까 생각하며, 키코는 영영 그 소파에서 일어나지 않을 작정이었다. 마침 닫아둔 창문 사이로 새어 들어오는 외풍이 적당히 서늘했고, 녹아 흘러내리는 아이스바의 표면은 달고 말랑거렸으므로…… 온몸을 감싸는 가볍고 바삭한 만족감에 키코는 아주 잠겨 죽어버려야겠다고 생각했다. 루와 주안이 사흘째 작업실에 나타나지 않고 있었다. 늘 그랬듯 연락은 없었고, 덕분에 키코는 잠을 잘 수 없었으며, 더럽게 많은 돈을 벌었다. 참으로 감사하게도.

그날 루와 주안은 키코가 아이스바를 네 개쯤 먹어치웠을 때가 되어서야 작업실에 느적느적 들어섰다. 그들이 유령처럼 발소리를 죽인 채 반대편 소파에 가 앉을 동안에도 키코는 단맛이 가신 나무 막대를 우물거리며 탄력 없는 소파 속으로 하염없이 가라앉기만 했다. 가죽 시트에 몸이 반쯤 파묻힌 키코는 언젠가 주안이 애니메이션 영화 속에서 보았던, 완성 직전의 곤약 인간처럼 보였는데, 주안은 그런 키코의 모습에 묘하게 얼굴을 붉히며 몸을 들썩거리다 결국 참지 못하고 웃음을 터뜨렸다. 그 소리에 키코는 말없이 이마를 짚다가, 배를 부여잡고 웃어대는 주안의 얼굴에 중지를 올려 보였다. 그러곤 뒤늦게 소파에서 몸을 일으키며 물고 있던 나무 막대를 뽑아내 루의 얼굴을 향해 냅다 집어 던졌다. 나무 막대는 쾌청한 소리와 함께 루의 뺨에 달라붙었다. 주안은 한순간 몹시 조용해졌다가, 다시 우는 소리로 웃어대기 시작했다. 루의 뺨에 남은 길고 붉은 자국은 꽤 오래도록 사라지지 않았다.

주안이 눈치껏 웃음을 멈추고 분위기가 한층 진정되었을 때, 키코는 어디 한번 떠들어보라는 식의 표정을 지으며 루와 주안을 노려보았다. 루는 키코에게 그간의 일들을 정성들여 설명했다. 키코는 도대체 무슨 소리를 하는 건지 알 수 없다는 얼굴로 루의 말에 끊임없이 딴지를 걸었는데, 덕분에 둘의 대화는 율이 누구인지 묻고 설명하는 구간을 벗어나지 못한 채 빙빙 맴돌기만 했다.

"친구라며."

"친구라니까."

"같이 살 거라며."

"그렇게 됐어."

"지랄, 친구라더니."

루는 결국 그 이상의 대화나 설명을 포기했고, 키코에게서 더는 루와 주안의 집에 멋대로 드나들지 않겠다는 약속만을 어렵게 받아낸 뒤 소파에 드러누워버렸다. 키코 역시 그런 루에게 어깨를 으쓱여 보이곤 다시 소파에 몸을 파묻었는데, 사실 키코는 그 즉시 집과 작업실 다음으로 자주 드나들 수 있던, 남의 공간이기에 좀더 쾌적할 수 있던 공간 중 한 곳을 잃어버리게 된 셈이었으므로, 썩 유쾌한 기분은 아니었다. 루와 주안은 그들의 요구가 마치 마땅히 지켜져야만 할 어떤 도리라도 된다는 양 줄곧 진지한 얼굴을 하고 있었고, 키코는 그런 식의 태도가 조금은 우습다고 생각했다. 특히 주안은—키코가 순순히 그들의 요구에 응했음에도—끝까지 미심쩍은 눈빛으로 키코를 쳐다보고 있었다. 그 눈빛이란, 키코로 하여금 그들에게 큰 골탕을 먹이고 싶다는 충동을 갖도록 하기에 충분한 것이었는데, 그러기에 그날 키코는 유독 피곤하고 만사가 귀찮았으므로, 뭘 째려봐, 속삭이며 주안의 발끝을 꾹 밟아주는 정도로 만족해야 했다.

대강 이야기가 끝나갈 때쯤엔 작업실 전화기가 우렁차게 울어대기 시작했다. 키코는 버릇처럼 수화기로 손을 뻗다가, 왜 또 내가, 하는 생각에 최종적으로 기분을 잡쳐버렸다. 어쩐지 온몸 구석구석이 쑤시고 아파왔으며, 자꾸만 쏟아지는 잠기운에 머리는 징징 울려대고 있었다. 결국 집어든 수화기를 던지듯 루에게 넘겨준 키코는, 말없이 점퍼와 백팩을 챙겨 들었다. 이어 작업실 구석에 처박힌 냉장고에서 더블비얀코 한 개를 꺼내 들곤, 가뿐한 걸음으로 작업실을 나섰다.

"일주일 동안은 연락할 생각도 마."

철문이 닫히기 직전 키코는 소리쳤다.

"출근시키면 죽여버리겠대."

주안이 뒤이어 말하자, 루가 조용히 고개를 끄덕였다.

루와 주안은 걷는 일을 했다. 키코도 루와 주안과 같은 일을 했다. 소파 세 개와 냉장고 하나와 유선 전화기 하나가 있는 여섯 평짜리 작업실에 모여 전화를 기다리고, 일을 하고, 돌아와 전화를 기다리고, 다시 일을 하러 가는 것이 그들의 일상이었다. 작업실엔 보통 루와 주안과 키코 세 사람만이 남아 있었다. 가끔은 반장이라 불리는 사람과 처음 보는 두어 명의 낯선 사람이 함께 작업실에 모여 있기도 했으나 낯선 사람들은 낯익은 사람들이 되기도 전에 서둘러 작업실을 떠났으며 반장은 그들이 떠남과 동시에 작업실에 발을 들이지 않았으므로, 사실상 작업실은 언제나 루와 주안과 키코의 차지나 다름없었다. 덕분에 그들은 울리지 않는 전화를 기다릴 때마다, 그곳의 소파를 하나씩 차지하고 앉아 쪽잠을 자거나 실없는 이야기를 하거나 출근길에 사온 레토르트 식품을 조금씩 까 먹을 수 있었다.

작업실로 전화를 걸어오는 사람들은 대개 한 명 혹은 두 명을 필요로 했다. 한 명 쪽엔 키코가, 두 명 쪽엔 루와 주안이 나가는 것이 보통이었다. 루와 주안은 그들을 필요로 하는 누군가의 양옆에 각각 선 채 어딘가에서 다른 어딘가로 함께 걸어가주는 일만을 하면 되었다. 그 일을 시작한 이래로 루와 주안은 P시의 좁고 더럽고 구불거리고 불빛 한 점 없이 어두운 골목들을 모조리 알게 되었다. 낮이 되면 그 골목들이, 들꽃이 촘촘히 피어 있고 고양이들이 낮잠을 자며 아이들이 술래잡기를 하는, 더없이 아기자기한 공간으로 뒤바뀐다는 믿을 수 없는 사실까지도. 해가 뜨고 짐에 따라 끝과 끝을 오가는 골목들을 누비다 돌아오는 날이면 루와 주안은 일부러 그들의 집 앞을 걸어보기도 했는데, 그들은 골목이라기보다는 도로라고 불릴 만한 길가 옆에 살고 있었기에, 낮이고 밤이고 별반 차이가 없는 모습에 실망과 안도감을 동시에 느끼며 집으로 돌아갈 수밖에 없었다.

때때로 의뢰인들은 함께 걷는 일이 아닌 다른 무언가를 부탁하기도 했다. 그 역시 두 명 이상을 필요로 하는 일이었으므로, 그런 유의 의뢰는 들어오는 즉시 전부 루와 주안의 몫이 된다고 볼 수 있었다. 그 일들을 통해, 루와 주안은 단순히 걷는 일보다 두 배쯤 많은 돈을 벌 수 있었다. 그럼에도, 루와 주안은 그 점에 기뻐해야 할지 말아야 할지 늘 고민스러웠다. 언젠가 루와 주안은 역 앞 이자카야와 선술집 사이의 골목 안쪽에서 두 번을 더 꺾어 들어가야 나오는 주택가 뒷길을 밤새 헤맨 적이 있었다. 그날 그들은 근방에 위치한 지상 주차장들을 모조리 뒤지고 다니며 차의 운전석 혹은 조수석에 누워 잠든 사람이 있는지 확인했다. 놀랍게도 몇몇 발견된 이들이 있었고—정작 의뢰인이 찾던 이는 아니었다—그들은 하나같이 미동 없는 단정한 자세로 줄곧 누워만 있었다. 아주 오래도록, 죽은 듯이. 다른 어느 날엔 불 꺼진 공원의 중앙에서 종이 상자를 손에 든 채 서성이던 여자에게 말을 걸어보기도 했었다. 여자는 루와 주안이 몇 마디 소득 없는 질문을 던진 후 그녀의 시선 끄트머리로 사라져갈 때까지, 붙박인 듯 한곳에 서서 그들을 끈질기게 노려보았다. 눈 한번 깜빡이지 않고서. 그때 루와 주안은 여자의 상자 속에 든 것이 정확히 무엇이었는지, 끝끝내 알아내지 못했다. 그런 밤이면 주안은 점퍼 주머니 속 휴대폰을 으스러지도록 움켜쥔 채로 길을 걷곤 했는데, 싱겁게도 십중팔구 아무런 일도 일어나지 않는 것으로 하루가 마무리되었다.

율이 루와 주안의 집으로 들어오기 이틀 전, 루와 주안은 가로등 빛이 환한 밤 골목의 세 갈래 길에 다섯 시간 동안 가만히 서 있었다. 그때껏 걷는 일과 걷지 않는 일의 배경이 되어주었던 모든 골목 중 그곳은 단연 가장 밝고 곧고 지루한 일터였다. 살아남은 풀벌레들이 죽어가는 소리로 울었고

면 도로에서 떼 지어 달리는 바이크들의 엔진 소리를 제외하면 잠들지 않은 사람의 흔적이란 아주 조금도 찾아볼 수 없었다. 그날 루와 주안은 반 갑쯤 남은 담배를 나눠 피우며 추위와 지루함을 달래고 있었는데, 약속한 시간까지 두 시간 정도가 남았을 즈음 온몸을 죽 늘리며 기지개를 켜던 주안이 별안간 한곳에 시선을 고정한 채 루에게 말을 걸었다. 루, 저기 좀 봐. 루가 주안의 시선을 따라 고개를 돌렸을 때, 루와 주안이 마주 보고 있던 6층짜리 건물의 4층 가장 끝 집에서 무언가 희끄무레한 것이 보였고, 루와 주안은 드리워진 커튼 사이로 보인 그것이 반쯤 내민 얼굴이라는 것을 뒤늦게 눈치챘으며, 곧이어 그 반쪽짜리 얼굴이, 한 개의 동공이, 루와 주안을, 아니 루와 주안이 선 자리를 올곧게 쳐다보고 있다는 사실을 알게 되었다.

그때부터 루와 주안은 매우 조심스럽게, 동시에 아주 필사적으로 얼굴의 시선을 좇았다. 커튼 속 얼굴은 분주히 고개를 돌려가며 밤 골목의 곳곳을 둘러보고 있었고, 그건 아주 두렵거나 불안한 사람의 몸짓처럼 보이기도 했다. 그러나 정작 그의 시선을 따라 돌아본 P시의 골목들엔 늘 그래왔듯이, 아무것도 보이지 않고 아무 일도 일어나지 않는 풍경만이 1초 전과 같은 모습으로 멈추어 있었다. 약속한 시간을 마치고 집으로 돌아가던 루와 주안은 그제야 커튼 속

흰 얼굴이 그들에게 일을 의뢰한 여자와 동일인이었다는 사실을 확인할 수 있었고, 루와 주안은 택시 뒷좌석에 앉아 골목길의 그림자 진 쓰레기장에서, 주차된 스타렉스와 마티즈 사이에서, 낮은 주택의 옥상 위에서, 혹은 발아래 하수구에서 그들이 맞닥뜨릴 수 있었던 모든 사물과 인물 들을 끊임없이 만들어내게 되었다. 그 모든 이야기들은 망상임과 동시에 어떤 과거의 현실처럼 느껴졌으며 그건 루와 주안을 어느 정도 기막히게 만들었다. 택시에서 내리던 순간까지 이어진 그날의 무수한 가정을 통해 루와 주안이 얻어낼 수 있었던 것은, 그들이 함께 살아남는 것만큼이나 함께 죽어버리는 것 역시 매우 어려우리라는 한 가지의 가설뿐이었다. 그리고 루와 주안은 긴 고민 끝에, 그 가설에 대한 어떤 해석도 내놓지 않기를 선택했다.

그날 루와 주안은 키코가 떠난 뒤로 세 건의 걷는 일을 했다. 세번째 일을 마칠 즈음 동이 텄고, 그들은 곧바로 집까지 걸어왔다. 평소처럼 현관문을 열고 집에 들어서자 거실 한편에 누운 율이 빈백 소파를 끌어안은 채 곤히 잠에 들어 있었다. 루는 문득 그들의 집에 짧거나 길게 머물렀던 서너 명의 사람을 떠올려보았고, 저런 데서 자는 애가 있었던가, 집이 조금은 낯설어졌다고 생각했다. 루의 눈치를 살피던 주안이 루의 귓가에 손을 대곤, 침대에서 자도 된다고 말해 줄까, 속삭였다. 그 말에 루는 주안의 어깨를 살며시 당기며 그냥 자게 두자,고 대답했다.

## 4

일주일간, 율은 긴 단잠에 취한 채 밤낮없이 시간을 흘려보냈다. 잠과 잠 사이의 짧은 의식들이 조각난 기억으로 남아 이어졌고, 그마저도 꿈과 꿈 사이의 흐릿한 경계 위에 놓인 채 쉽사리 정돈되지 않았다. 어제와 오늘의 구분이 희미해질 즈음 율은 자연스레 루와 주안과의 시차를 좁혀나가기 시작했다. 구태여 의식한 것은 아니었으나 율의 밤은 매일 30분, 한 시간씩 착실히 길어지고 있었다. 그러면서도 율은 매일 일곱 시간씩 정량의 잠을 자고 일어났다. 아주 오래전부터 그래왔던 것처럼, 율은 루와 주안의 시간 속에 신속히 녹아들고 있었다. 거실 창에 서리가 끼기 시작했을 즈음부터는 율도 루와 주안의 알람 소리에 맞춰 잠에서 깨어났다. 루와 주안이 침실의 퀸 사이즈 침대에서 느지막이 일어나 기지개를 켜면, 율이 거실의 빈백 소파에서 뒤따라 눈을 떴다. 그러곤 잠기가 채 가시지 않은 얼굴로 서로에게 좋은 아침, 하고 인사를 건넸다. 해가 지고도 반나절은 더 지났을 시간이었지만 누구도 그 점을 이상하게 여기진 않았다.

율은 해가 없는 아침보다도 불 꺼진 거실의 풍경에 먼저 익숙해져야 했다. 눈이 부신 곳을 유독 불편해하던 루와 주안은 창밖에서 새어 들어오는 희미한 불빛에만 의존해 나갈 채비를 마치곤 했기에, 그들의 집 안엔 좀처럼 불이 켜지는 법이 없었다. 별수 없이 율은 눈꺼풀 아래에 가라앉은 잠기가 마저 가시는 동안 루와 주안의 흐릿한 실루엣만을 조용히 지켜보다가, 현관 등이 틱, 소리를 내며 켜지는 순간이 되어서야 그들의 얼굴을 마주 보게 되었다.

"다녀와."

"이따 봐."

"이따 피자 먹자."

주안은 루의 손에 떠밀려 집을 나서기 직전까지, 피자 먹을 거지, 영화 같이 봐줄 거지, 하고 조잘거렸다. 율은 그때마다 응 응, 얼버무리듯 대답하며 고개를 끄덕였다. 그런 이야기들은 밤이 끝나갈 즈음이 되면 전부 잊혔고, 누구도 기억하지 않았기에, 약속이라기보다는 버릇이나 인사에 가까운 말이었다. 루와 주안은 일이 끝나고도 한참이 지나서야 집에 돌아왔고 율도 그걸 모르지 않았다. 그들이 나간 직후 불을 켜고, 날이 밝기 직전 다시 불을 꺼도 아무런 문제가 없는 나날이 이어지고 있었다.

세 사람이 함께 저녁을 먹거나 영화를 보며 시간을 보내는 것은 일주일에 이틀 정도, 루와 주안이 일을 쉬거나 드물게 퇴근 직후 집에 돌아오는 날에나 가능한 일이었다. 그런 날이면 시간이 유독 빠르게 흘러서, 세 사람은 하루 끝을 붙잡고 매달리는 기분으로 함께 둘러앉아 맥주를 마시곤 했다. 율은 취기가 돌수록 말이 없어지는 편이었는데, 루와 주안은 그와 정반대였다. 때문에 그들은 답지 않게 시시콜콜한 것들을 물어오기도 했고, 율은 그때마다 서둘러 화두를 돌려야 했다. 이유는 명확했다. 그때의 율은 어떤 질문에도 대답할 수 없는 사람이었으니까. 결국 대화의 대부분은 루와 주안이 그간 만나거나 헤어진 사람들에 관한 이야기로 이어졌다. 얼굴을 맞댄 채 듣는 루와 주안의 이야기는 율이 평소 전화로 들어오던 그것들과는 미세하게 차이가 있었다. 율은 전과 달리 루와 주안이 속삭이는 사소한 말들까지도 전부 엿들을 수 있었고, 취기가 오를수록 분산된 이야기들을 두서없이 흘려내곤 하는 주안의 목소리엔 유독 더 흥미진진하게 빠져들 수 있었다. 주안의 정돈되지 않은 말 속엔 찰나의 감정들과 덩어리진 기억들이 알알이 박혀 있었다. 율은 그것들을 질겅질겅 씹어 넘기며, 가능한 한 오래도록 맛보려 노력했다. 수화기 너머의 루와 주안이 늘 잘 재단

된, 앞과 뒤가 딱 맞아떨어지는 이야기만을 들려주곤 했던 탓에, 율은 더 이상 물어볼 것도, 무어라 조언해줄 것도 없이 모든 게 확실한 이야기들엔 퍽 오래전부터 질려 있던 참이었다.

다만 조금 시간이 지난 후 율이 알게 된 것은 그들의 이야기를 조금 더 실감 나게 전해 듣는다고 해서 딱히 무언가가 크게 달라지지는 않는다는 사실뿐이었다. 그들을 둘러싼 관계들은 언제나 정해진 수순으로 끝이 났고, 루와 주안은 잘려나간 것들을 모아 붙이는 데는 관심이 없어 보였다. 얼굴과 이름만 다른 사람들이 같은 방식으로 루와 주안의 곁을 떠났다. 율은 여전히 무언가 물어볼 필요도, 조언해줄 필요도 없었다. 헤어짐을 야기하는 쪽은 여전히 그들—루와 주안이거나, 그들을 떠난 누군가, 둘 중 하나였다. 그 사실을 다시금 깨달았음에도 율은 계속해서 루와 주안의 이야기를 들었다. 그러기를 멈추지 않았다. 어차피 율은 그 어떤 대답도 하고 싶지가 않았고, 그 점에 대해, 루와 주안 역시 큰 불만은 없어 보였다.

두 명이 나눠 내던 것들을 셋으로 나눠 내기 시작하자 루와 주안에겐 돈과 시간 중 한쪽을 남겨둘 만한 여유가 생겼다. 루와 주안은 큰 고민 없이 일을 줄였다. 루와 주안과 율이 한 소파에 모여 앉는 일은 전처럼 드물거나 특별한 일이 아니게 되었다. 율은 그런 루와 주안의 선택이 꽤나 의외라는 반응이었고, 왜, 어째서, 하고 물어오기도 했다. 루와 주안이 율의 물음에 해줄 수 있는 대답은 그리 많지 않았는데, 그들에겐 정말로 별다른 이유가 없었기 때문이다. 겨울은 춥고, 겨울밤은 더 추우니까— 되는대로 말하면, 율은 그것만으로도 전부 알겠다는 듯 고개를 연신 주억였다. 루와 주안은 설명한 것이 아무것도 없었기에 율이 그들의 무엇을 이해한 것인지 알 수 없었지만,

"겨울에 돈 벌면 성격 나빠져."

혼잣말처럼 말하는 율의 목소리엔 루와 주안도 대답 없이 고개를 주억이게 되었다. 몰라도 알 것 같고, 알아도 모를 것만 같은 일들이 있었다.

그 무렵 루와 주안은 매주 일요일마다 동네 마트에 들러 9백 밀리리터짜리 플레인요거트 세 통과 딸기, 라즈베리, 블루베리 따위가 섞여 있는 2킬로그램짜리 냉동 베리 한 팩을 사 들고 돌아왔다. 잠에서 깨어난 사람들이 거실에 모이면, 셋은 다 같이 식탁에 둘러앉아 그것들을 먹었다. 주안은 식빵 한 조각을, 루는 시럽과 견과류를 곁들였고, 율은 루나 주안이 건네주는 대로 묵묵히 받아먹었다. 반쯤 눈을 감은 채 입을 우물거리던 율은 종종 고개를 뒤로, 앞으로 떨구

며 잠에 빠져들기도 했다. 덕분에 주안은 율의 얼굴이 요거트 위로 처박히지 않도록, 틈틈이 손을 뻗어 율의 이마를 받쳐주어야 했다. 졸리면 더 자도 되는데, 말해도 보았지만 율은 꿋꿋이 일어나 식탁에 앉은 채로 한참을 더 졸았다. 그때마다 주안은 율을 깨워주거나 재워주었고, 루는 식탁에 앉아 분주한 주안의 모습을 조용히 지켜보았다. 그러다 보면 매번 먹는 둥 마는 둥 접시를 비우게 되었으므로, 두 시간쯤 지나면 우리가 뭘 먹기는 했던가, 하는 소리가 절로 흘러나오곤 했다.

얼마간 율의 일상을 지켜본 끝에, 루와 주안은 율이 그들의 집에서 그리 많은 일을 하지 않는다는 것을 알게 되었다. 율은 거실의 빈백 소파에서 하루 대부분의 시간을 보냈다. 그곳에서 노트북을 두드리며 잡다한 기사들을 뒤적이거나 동영상 플랫폼에 떠돌아다니는 동영상들을 자동 재생 해둔 채 멍하니 쳐다보는 데 수 시간을 할애했다. 간혹 율은 20년 전쯤 유행하던 시트콤 따위를 호기롭게 찾아보기도 했는데, 서너번째 에피소드가 끝날 때쯤이면 대개 흥미를 잃곤 노트북을 덮어버렸다. 주안은 그들보다도 훨씬 한가해 보이는 율의 모습을 신기하게 쳐다보았다.

"시간을 낭비하고 있네."

"응."

"율이 시간을 낭비하고 있다……"

"……"

"우리의 일꾼 율이……"

주안이 중얼거리면, 율은 주안을 흘깃 쳐다보며 어깨만 으쓱일 뿐이었다.

하나 그런 율의 거실 생활도 그리 오래 지속되지는 못하였다. 줄곧 누워만 있던 율이 별안간 좀이 쑤신다며 집 안 이곳저곳을 들쑤시기 시작한 탓이었다. 그 시기의 율은 어쩐지 덩달아 신이 난 듯 보이던 주안과 함께 시답잖은 놀이—계란 한 판짜리 오믈렛 만들기—를 하거나 서랍 구석에 있던 구식 게임기를 꺼내 소소한 내기하기를 즐겼으며, 얼마 뒤엔 그마저도 질려버렸다는 듯 무작정 겉옷을 꺼내 입고 밖으로 나섰다. 두꺼운 겨울 점퍼로 무장한 율이 현관문을 반쯤 열고 선 채로 루와 주안의 얼굴을 물끄러미 돌아볼 때면, 루와 주안도 홀린 듯 자리에서 일어나 그녀의 뒤를 따르게 되었다.

눈을 뜨자마자 나선 길 위엔 늦은 저녁 식사를 마치고 집으로 돌아가는 사람이 많았다. 율은 그들 사이를 거리낌 없이 파고들었다. 그러곤 간만의 바깥공기를 음미하듯 북적이는 식당가를 마음껏 기웃거리다, 불 켜진 카페로 들어가 따뜻한 커피 세 잔을 사 들고 나왔다. 루와 주안이 그 커피를 각각 받아 들고 나면 율을 선두로 한 긴 산책이 본격적으로 시작되었다. 그들은 역 앞 광장에서부터 방사형으로 뻗어나가는 길목 중 하나를 골라 매일 밤 천천히 걸었다. 율은 매번 정해둔 목적지가 있기라도 한 것처럼 망설임 없이 발을 내디뎠다. 루와 주안은 그런 율의 뒤로 긴 꼬리처럼 드리운 그림자를 걸음마다 꾹꾹 신중하게 따라 밟았다. 그러다 문득, 율의 부름에 고개를 들어 올리면, 그들을 등진 율의 어깨 너머에서 새빨간 해가 지거나 떠오르고 있었다. 그렇게 몇 번의 밤이 지나자 루와 주안은 광장에서 멀어질수록 미세하게, 차근차근 좁아져가는 도로와 골목의 폭을, 그런 유의 사소한 특징들을, 도시 곳곳에서 알아볼 수 있게 되었다. 나아가 루와 주안은, 여러 번 보아왔던 풍경들을 재차 지나쳤을 뿐임에도, 종종 낯선 도시의 한가운데를 헤매고 있는 듯한 기분에 사로잡히게 되었다. 그건 분명 율의 덕이었다. 율은 쉴 새 없이 무어라 말을 하면서도 빛과 소리와 사람이 모여 있는 골목들을 탁월하게 찾아냈다. 그런 골목들에선 달고 짜고 매운 안줏거리의 냄새가 은은하게 풍겨왔고, 놀랍게도 가끔은, 삼삼오오 모여 뛰어다니는 아이들의 모습이 보이기도 했다.

붉은 벽돌담이 즐비한 골목을 산책하던 날, 주안은 참지 못하고 골목 어귀의 아담한 가게에서 다코야키 두 팩과 차가운 우롱차 세 잔을 포장해 왔다. 그것들을 나눠 든 루와 주안과 율은 바닥을 굴러다니던 플라스틱 의자들을 끌어모아 아예 자리를 잡고 앉아버렸다. 그러곤 김이 피어오르는 다코야키를 한 알씩 나누어 먹으며, 눈앞을 어지럽게 뛰어다니는 아이들을 느긋하게 구경했다. 그곳의 아이들은 유독 한 전봇대 주위만을 서성였는데, 동그랗게 머리를 맞대고 모여 가위바위보 따위를 외치다 한순간 전봇대를 향해 서로의 등을 힘껏 밀치곤 장난스러운 비명을 지르며 뿔뿔이 흩어지길 반복했다. 한순간 율은, 그 아이들이 잠시 떠나 있던 길 위에서 무언가 작고 반짝이는 것 여러 개를 발견했다. 그것들이 전봇대 밑동 근처에 흩뿌려진 동전임을 깨달은 뒤엔, 온 힘을 다해 내달리던 아이들의 모습을 떠올리며 자진해 몸을 일으켰다. 그대로 걸음을 옮겨 전봇대 앞까지 다다른 율은 다정하게 혀를 차며, 발밑의 동전을 향해 손을 뻗었는데, 그 즉시 율의 등 뒤로 달려온 아이 하나가 잽싸게 율의 손을 쳐내곤 소리쳤다.

"귀신 붙는다!"

그 목소리를 신호 삼아, 흩어졌던 아이들이 일제히 율의 주위로 몰려들었다. 둥근 띠처럼 율을 감싼 채, 귀신 붙었다, 귀신 붙었다, 기다렸다는 듯 노래하기 시작했다. 신이 난 아이들의 노랫소리가 한 골목을 전부 울릴 만큼 커졌을 즈음엔 줄지은 식당의 야외 테이블에서 무수한 시선이 율에게로 던져졌다가, 거짓말처럼 일시에 거두어졌다. 그 사이에서, 율은 줄곧 멍청한 얼굴로 아이들만을 내려다보았다. 그로부터 한참이 더 지나서야 율은 간신히 아이들의 틈을 비집고 나와 루와 주안의 곁으로 돌아올 수 있었다. 이후 반쯤 넋이 나간 율이 뭐지, 하고 입을 떼자, 기척 없이 쫓아온 아이 하나가 율의 소맷자락을 잡아당겼다. 저기 뚫린 구멍에 빠져 죽은 아저씨가 있대, 아이는 율의 귓가에 속삭였고, 비밀이래요, 소리치며 친구들 곁으로 달려갔다.

"비밀이라며."

뒤늦은 율의 외침에 돌아온 대답은 없었다.

빠르게 멀어지던 아이의 뒷모습은 곧 북적이는 아이들의 무리 속으로 완전히 섞여들었다. 자리로 돌아와 앉은 율은 루와 주안의 얼굴을 번갈아 돌아보았다. 그들 사이엔 어느덧 비현실적으로 느껴지는 적막이 무겁게 가라앉아 있었고, 비로소 되찾은 고요 속에서 올려다본 전봇대는 전보다 미묘하게 기울어져 있었다. 새파란 플라스틱 의자 위에 나란히 앉은 루와 주안과 율은 그 기울어진 전봇대를 유심히 들여다보며, 남은 다코야키를 가능한 한 천천히 씹어 먹었다. 그러는 사이 두어 대의 승용차가 그들 앞을 지나쳤다. 차창 속 얼굴들은 약속이라도 한 듯 전봇대를 향해 동전을 하나씩 던진 후 그 골목을 떠나갔다. 차들이 사라지자 다시 모여든 아이들이 가위바위보를 시작했고, 골목 곳곳에선 부모로 보이는 자들이 그 모습을 사랑스레 지켜보았다. 그들은 그곳의 비밀이 누설되기를 내내 기다려온 이들처럼, 느슨하게 턱을 괴고서, 차가운 맥주를 연거푸 들이켜면서, 아주 오래도록 그들의 자리를 지켰다. 눅눅해진 젓가락으로 빈 상자의 바닥을 연신 긁어대던 루와 주안과 율이, 쌀쌀한 밤공기에 못 이겨 그 골목을 빠져나오던 순간까지도.

그날 밤엔 평소처럼 율을 따라 집으로 돌아가던 주안이 홀로 불현듯 걸음을 멈춰 선 일이 있었다. 그때 주안은 골목의 초입에서, 누군가의 부름에 응하듯이, 이끌리듯이, 마땅히 그래야만 한다는 듯이 스르륵 뒤를 돌아보았고, 때맞춰 손등을 스치던 루의 손을 부드럽게 움켜쥐며 속삭였었다.

"루, 뒤를 돌아봐."

그 목소리에, 루는 주문에 걸린 듯 빙그르르 뒤를 돌아볼 수밖에 없었다. 주안이 보고 있던 것을 함께 들여다볼 수밖에 없었다. 그렇게 루와 주안이 동시에 바라본 곳에선, 아직 사라지지 않은 빛과 소리와 냄새가 좁은 골목을 따라 넘실거리고 있었다.

"우리 뒤에 사람들이 남아 있어."

주안은 말했다.

"응. 남아 있네."

루가 대답했다.

"이런 일도 있네."

"응."

"생기네. 이런 일이."

"그러네."

대답한 루가 먼저 돌아섰다.

"가자."

덧붙이며, 주안의 손등을 장난스레 간질였다.

주안은 그 말에 천천히 고개를 끄덕이며 눈앞의 골목을 향해 마지막 시선을 던졌다. 그러곤 곧바로 루를 따라 몸을 돌렸다. 루가 그런 주안의 손을 이끌고 다시 대로변을 향해 걷기 시작했을 때, 멀리서 그들을 찾는 율의 목소리가 들렸다.

## 5

키코는 루와 주안에게 각각 한 통씩 문자를 보냈다. 슬슬 그들에게 진심으로 짜증이 났기 때문이다. 루와 주안이 하루이틀씩 작업실에 얼굴을 내비치는 날을 줄여갔을 때, 키코는 그럴 수 있겠거니 생각했다. 돈이야 각자 버는 것이었고, 그들 몫의 콜은 근방 어딘가에 위치한 다른 사무실로 돌려주면 그만이었으니까. 문제는 그들이 적당히라는 것을 모르는 애새끼들처럼 굴고 있다는 점이었다. 낡아빠진 수화기에 대고 사람이 없어 곤란하다는 말을 반복하는 데도 한계가 있었다. 그러니까 지금 전화를 받은 저도 사람이 맞기는 합니다만 지금은 정말로 사람이 없거든요,라는 말을 설명하는 데만 수 분 수 초가 걸렸고 설명을 하는 키코의 입장에서도 가끔은 지금 내가 무슨 말을 하고 있는지, 말이 되는 소리를 하고 있는 건지 헷갈렸다. 게다가 키코는 쥘 수 있는 무언가를 웬만해선 마다하지 않는 성격이었다. 그런 성격은 루와 주안이 없는 작업실에선 통 도움이 되지 않았다. 키코는 언젠가부터 필요 이상 성실하게 일을 하고 있었고, 그 일이라는 것엔 본래 키코의 몫이 될 수 없던 것들까지도 은밀하게 추가되어가고 있었다.

키코가 문자를 보낸 지 정확히 30분이 지났을 무렵 루가 작업실 문을 열고 들어왔다. 키코는 소파에 뉘어둔 몸을 반쯤 일으켜 천천히 닫혀가던 문 틈새를 쳐다보았다. 그러나 그 문이 루의 등 뒤에서 완전히 닫힐 때까지, 아니 닫히고 나서도, 주안은 끝내 모습을 드러내지 않았다.

"뭐야?"

"뭐가."

"걘 어디 가고."

"쉬고 싶대."

키코는 미심쩍은 눈빛으로 루의 얼굴을 훑어보았다. 그럴 수도 있는 것이었냐고, 묻고 싶었지만, 정작 루가 퍽 태연한 표정으로 앉아 벗어둔 재킷을 정리하고 있었으므로 키코도 일단은 눈치껏 말을 아끼기로 했다.

그때까지도 주안과 율은 마치 처음 보는 미지의 공간에 발을 들인 아이들처럼, 매일 지치지도 않고 온 도시를 누비며 걸어 다니고 있었다. 루 역시 그들과의 산책에 빠짐없이 동행하였으나 아주 가끔을 제외하면 결국 늘 비슷한 풍경 속에서 비슷한 일들이 벌어질 뿐이었다. 즉 무엇도, 루에게는 낯설지가 않았다. 하루가 가고, 이틀이 가면, 이전보다도 더더욱. 지친 몸으로 귀가한 루가 침대 끄트머리에 누워 아려오는 발목을 주무를 때면 주안과 율은 겉옷도 벗지 않고 소파에 앉아 들뜬 목소리로 종알종알 긴 이야기를 나누었다. 그들은 루가 듣지도 보지도 못한 것들에 대해 대화하며 밤새 즐거워했고, 그러는 사이 루는 그들이 묘사하는 거리 위에, 시간 속에, 루 자신이 함께했었다는 사실을 의심스러운 기분으로 곰곰이 곱씹어보게 되었다. 길어지면 길어질수록 끝없이 생소해지기만 하던 그 이야기들은 루로 하여금 그들과 함께 산책을 해야 하는 필요성에 강한 의구심을 갖도록 만들었다. 그들과 함께 걸으며 얻어낸 하루치의 기억보다 주안과 율의 짤막한 이야기들이 루에게는 더욱 흥미롭고 선명하게 느껴졌으므로. 구태여 물어보지 않아도, 루는 주안이 그 꿈 같은 시간 속에서 당분간 빠져나오지 않으리라는 것을 알 수 있었다. 그래서 루는 홀로 조용히, 자리를 피해주기를 택했다. 그 결과 루와 키코는 난방 없는 작업실에 단둘이 마주 앉아 있었다. 말 없는 루의 맞은편에서, 키코가 루의 표정을 끈질기게 살펴보고 있었다. 키코는 얼마 뒤 체념한 듯 소파에서 몸을 일으키며 말했다. 혼자 올 줄 알았으면 안 불렀어,라고. 어딘가 차갑게 가라앉아버린 목소리로.

그 말에 대답을 하는 대신 루는 순순히 키코의 뒤를 따라나섰다. 그러곤 키코와 함께 밀려 있던 두 사람 몫의 일을 착실히 처리해나갔다. 그날 루의 곁에서, 키코는 종종 필요 이상으로 능숙한 모습을 보였다. 그녀는 루보다도 앞서 그들이 해야 할 일을 능동적으로 찾아내었고, 그런 식의 행동이 오래전부터 몸에 익은 사람처럼 조금도 어색한 티를 내지 않았다. 당연하다는 듯 익숙한 몸짓으로 키코가 루의 팔을 이끌 때마다, 루는 자신과 주안이 부재했을 작업실의 풍경과 그 안팎을 홀로 드나들었을 키코의 모습을 나란히 상상하게 되었다. 그 모습을 눈앞의 키코에게 멋대로 겹쳐 보던 루는, 결국 키코에게 묻지 않을 수 없었다.

"넌 그동안에도 계속 나왔던 거지?"

"그렇지."

"그동안 네 일만 한 게 맞아?"

"아니. 당연히 아니지."

"제대로 말해봐."

"뭐, 그렇잖아. 걔들이 내가 한 명인지 두 명인지 알 게 뭐야."

성가시다는 듯 대꾸한 키코는 근처의 배수구를 향해 바짝 몸을 엎드리며, 시답잖은 소리 말고 여기나 좀 비춰봐, 하고 루를 타박했다. 그 말에 반사적으로 휴대폰을 꺼내버린 루는, 별수 없이 키코의 앞으로 불빛을 비춰주며 말을 이었다.

"네가 애도 아니고 적당히 몸 사려가면서 해."

"네 알겠어요, 엄마."

"농담 아닌데."

루가 사뭇 진지한 얼굴로 말하자, 키코는 귀찮다는 표정으로 몸을 일으켰다. 그러곤 곧게 편 검지의 끝으로, 루의 가슴께를 쿡 찌르듯 밀쳐내며 말했다.

"말로만 걱정하는 척하지 말고 출근을 좀 하시죠, 엄마들."

그 한마디로 별안간 정곡을 찔려버린 루는, 그대로 돌이 되어 한참을 같은 자리에 굳어 있어야만 했다.

그 후 일주일간, 루와 주안은 정말로 꼬박꼬박 작업실에 나타났다. 철문을 열고 들어서는 주안은 매일 미묘하게 부루퉁한 표정을 하고 있었지만, 한 시간만 지나면 언제 그랬느냐는 듯 평소의 모습으로 되돌아갔다. 덕분에 키코는 다시 적정량의 일을 하고 정해진 시간에 귀가하는 생활을 이어갈 수 있었다. 다만 말했듯이, 그건 단지 일주일간의 일이었다.

그 일주일의 마지막 날, 주안은 유독 싫은 소리로 칭얼거리며 작업실에 도착했다. 루는 그런 주안을 어르고 달래느라 조금은 지친 상태로 문을 열었고, 그 순간 벌어진 문틈 사이로 키코가 뛰쳐나갔다. 루와 주안은 문 앞에 얼어붙은 채 멀어져가는 키코를 소리쳐 불렀지만, 키코는 그 어떤 설명도 대꾸도 없이 어디론가 달려가 사라져버렸다. 그로부터 시간이 꽤 지난 뒤에야 키코는 급한 일이 생겨 집으로 돌아가봐야 한다는 연락을 보내왔다. 루와 주안은 그렇구나, 몇 차례 고개를 주억이곤 평소처럼 일을 했다. 그들은 주안보다 머리 하나쯤 키가 작던 남자와 함께 역 앞부터 가장 구석진 주택가까지 걸었고, 운 좋게 가까운 곳에서 다시 새로운 사람과 만나 역을 향해 되돌아왔다. 그렇게 작업실로 돌아오자 전화벨 소리가 울리고 있었다. 익숙하게 수화기를 집어 든 주안은 한참 전화를 이어가다, 루를 향해 무어라 손짓을 해 보이며 주소 하나를 또박또박 불러주었다. 역시나 익숙하게 수첩을 집어 든 루가 그 주소를 얌전히 받아 적었다.

루와 주안이 도착한 곳은 한 아파트의 지하 주차장이었다. 아파트 입구의 반대편 벽면으로 걸어가자 작업실 문과 매우 비슷한 형태의, 작고 녹슨 철문이 보였다. 들은 대로 문이 잠겨 있지 않아 루와 주안은 금세 그 안으로 들어설 수 있었다. 그곳은 상당히 오래된 창고로 보였는데, 그럼에도 최근까지 바닥을 쓸고 닦은 흔적이 있었다. 따라서 루와 주안은 가능한 신속하게, 창고 구석구석을 샅샅이 뒤져야 했다. 늦은 새벽이었음에도, 문밖에선 주차장 앞 방지턱을 지나치는 차들의 소리가 꾸준하게 들려오고 있었다.

그로부터 서너 시간쯤 지나서야 루와 주안은 그들이 찾던 것이 그 창고의 안쪽 어디에도 없다는 결론을 내렸다. 그러곤 마지막으로, 그들의 손이 닿았던 모든 곳을 순서대로 돌아보며 미처 확인하지 못한 것이 있는지 점검했다. 물론 점검을 마친 뒤에도 새로이 발견된 것은 없었다. 요청된 내용으로 보아 의뢰자는 아마도, 그것이 그곳에 없기만을 간절히 바라고 있는 듯했으므로, 그로써 루와 주안의 할 일은 전부 끝이 난 셈이었다. 그제야 루와 주안은 홀가분한 기분으로 서로를 돌아보았다. 집에 가자, 누가 먼저랄 것 없이 서로를 향해 속삭였다. 그러나 정작 주안이 돌아갈 채비를 마치고, 뻣뻣한 등허리를 두드리며 앓는 소리를 내었을 때, 루는 철문의 손잡이를 연신 덜걱거리며 고개를 갸웃거리고만 있었다. 뭔데. 보다 못한 주안이 묻자, 루는 다시 한번 문손잡이를 돌리고 당기고 흔들어 보였다. 들었던 대로, 문은 잠겨 있지 않았다.

다만 열리지 않을 뿐이었다.

## 6

루와 주안의 동거인으로서 윤은, 그들이 매우 체계적이며 유연한 방식으로 호흡하고 있다는 사실을 알게 되었다. 그들은 사소한 문제들에 대해 전혀 의논하지 않는 것처럼 보이면서도 매번 최선의 선택지만을 골라내곤 했는데, 우연이라기엔 그 흐름과 결과가 너무도 절묘했으며, 오래된 연인들의 몹쓸 버릇에서 비롯된 서늘한 평화— 체념과 침묵이 빚어내는— 와도 명백한 차이가 있어 보였다. 루와 주안은 둘 사이를 둘러싼 여러 겹의 공기층에 귀를 기울이고, 끝과 끝을 오가는 투명한 물질들을 아주 조심스레 만지거나 다룰 줄 알았다. 감각적으로, 그들은 서로의 감정과 기분을 읽어낼 수 있었고, 같은 방식으로 다시, 충분한 확인과 동의를 거친 뒤에야 멈추어둔 걸음을 다시 옮기곤 했다. 율은 그런 루와 주안의 언어를, 몸짓을 비롯한 모든 비정형적 표현들을 읽어내고자 시도해본 적도 있었는데, 그것들은 물에 떨어진 한 방울의 우유처럼 너무도 묽고 희미한 색을 띠고 있었으며, 아주 찰나의 순간마다 떠올랐다 사라지기를 반복했기 때문에, 율은 고작 두어 가지의 알기 쉬운 표정을 구별하게 되었을 뿐 유의미한 지표는 조금도 얻어내지 못했다.

다만 그 시도들을 계기로 율은 또 한 가지의 사실을 눈치채게 되었는데, 루와 주안이 어느 순간 약속된 정적을, 의도적으로 소리를 —말을 삭제하는 시간을 가지기도 한다는 것이었다. 루와 주안의 대화는 꿈결처럼 길고 매끄럽게 흘러가다가도, 정작 무언가를 함께 고민하거나 선택해야 하는 순간이 오면 마디마디로 나뉘어 부산스레 허공을 떠돌다 사라져버렸다. 율은 어쩌면 그들이 그들의 두 가지 언어를 알맞은 자리에 조화롭게 맞춰 넣는 데 익숙해진 것일지도 모른다고 생각했다. 입을 통해 내뱉어진 단어들, 문장들은, 언제나 의도와는 다른 곳으로 흘러가버리기 마련이었으므로, 루와 주안이 어쩌면 아주 촘촘히 짜인, 견고한 형태의 소통 방법을 발견해낸 것일지도 모르겠다고 생각했다. 율은 그 점이 놀라웠고, 때문에 루와 주안이 조금은 낯설게 보이기도 했다. 율의 기억 속엔 루와 주안이 지금보다 어렸던 시절의, 그들이 다른 누구도 필요로 하지 않고, 둘만의 연애를 하던 시절의 모습들이 선명히 남아 있었다. 그 시절 주안은 조금 더 명랑했으며 유아적인 면이 있었고, 루는 아주 뜨겁거나 아주 차가운 상태를 불규칙하게 오가는, 꽤나 다루기 어려운 부류에 속해 있었다.

율은 시간이 사람을 정말로 자라나게 한다는 것을, 새삼 실감하게 되었다.

## 7

루와 주안의 동료로서 키코는, 그들이 서로에게 토라진 아이처럼 구는 순간이 있다는 것을, 물론 키코가 감지한 것은 아주 찰나의 느낌이나 분위기 같은 것뿐이었지만, 실제로 자신이 그들의 그러한 순간을 꾸준히 목격해왔다는 것을 어렴풋이 눈치채고 있었다. 그것은 줄곧 의심 혹은 가정에 불과한 것으로 여겨져왔지만, 지하의 철문을 돌려 열던 순간 키코는 곧바로 알 수 있었다. 자신의 의심이 아주 조금도 빗나가지 않았다는 사실을. 루와 주안은 하얘진 얼굴을 한 채 서로에게서 멀찍이 떨어져 앉아 있었는데, 루의 눈가가 조금 부어 있었고, 주안은 바싹 마른 입술을 연신 깨물고 있었다.

키코가 넋이 나간 루와 주안을 불렀을 때, 주안은 기다렸다는 듯 달려와 키코의 가슴팍을 있는 힘껏 밀쳤다. 그러곤 갈라지는 목소리로 키코에게 소리를 지르기 시작했는데, 천천히 걸어 나와 주안의 어깨를 쥐고 키코에게서 떼어내는 루의 목소리도 깊게 잠겨 있었으므로, 키코는 그들이 창고에 갇혀 있던 한나절 동안 거의 아무런 말도 하지 않았으리라 짐작할 수 있었다.

"네가 여기라며. 여기로 가라며."

"그래. 여기 맞고, 나도 들은 대로 전해준 거야."

"거짓말하지 마."

"뭐가 거짓말인데? 저 문이 고장 난 걸 왜 나한테 지랄이야."

"모르는 척하지 마. 너 같은 애들 존나 잘 알아."

주안은 키코의 멱살을 쥐고 거짓말하지 말라고 계속해서 소리쳤다. 키코는 주안이 왜 자신에게 화를 내는 것인지 이해할 수 없었지만, 함께 화를 내기에 주안은 너무도 처참한 몰골을 하고 있었으므로, 그런 주안의 분노가 바닥나기를 조용히 기다려주는 것 외에는 마땅히 할 수 있는 일이 없었다. 얼마 뒤 주안은 결국 제 분을 못 이기고 창고를 떠났다. 남겨진 루는 키코의 택시를 얻어 타고 집으로 돌아갔다. 내내 말이 없는 루의 옆얼굴을 쳐다보면서, 키코는 그들의 관계가 이미 오래전에 끝장나버린 것일지도 모르겠다는 생각을 했다.

관여하지 말자, 관여하지 마. 키코는 차가운 차창에 이마를 기댄 채 계속해서 되뇌었다. 목격자가 되었을 땐 절대로 관여하지 않고 발을 빼는 것— 매번 키코를 안전한 구역 속에 머무를 수 있도록 해주었던 건 그와 같은 단호함이었다. 그런 의미에서 키코는 루가 자신에게 무어라고 말을 걸어오길, 짧고 간단한 말로 모든 껄끄러운 상황을 종결해주기만을 바랐는데, 루는 키코의 생각만큼 약삭빠른 사람이 되질 못했다. 훤히 들여다보이는 얼굴로 생각에 잠겨 있던 루는 아주 무방비해 보였고, 키코는 당장이라도 루의 머릿속을 반죽하듯 부드럽게 헤집어놓으며, 그 안에 든 모든 기억과 생각을 멋대로 이해하거나 오해할 수 있을 것만 같았다.

하나 키코는 그러는 대신 일정한 간격으로 놓인 가로등과, 가지런히 늘어선 가드레일의 경계선을 지나치며, 그것들을 일정한 박자에 맞추어 하나둘 세어갔다. 몇 개의 선과 불빛이 차의 뒤편으로 사라지고, 키코가 머리를 말끔히 비워냈을 때, 차는 루와 주안의 집 앞으로 서서히 들어섰다. 키코는 주머니를 뒤적이며 지갑을 꺼내 드는 루를 쫓아내듯 황급히 차에서 밀어내며 말했다.

"됐으니까 그냥 들어가."

루는 순순히 고개를 끄덕이며 고맙다고 대답했다. 그러곤 느린 걸음으로 유리문을 향해 천천히 걸어갔다. 키코는 그런 루의 뒷모습을 참을성 있게 지켜보지는 않았다. 곧장 차를 출발시켰고, 골목의 코너에서 차가 방향을 틀던 순간 무심코 건물 위편을 올려다보았다. 불 켜진 하나의 창문 너머엔 창밖을 내려다보는 하나의 실루엣이 있었다. 당신이 율이구나, 얼굴을 잘 볼 수 없었음에도 키코는 단번에 확신할 수 있었다.

"저기요, 루가 올라갑니다."

키코가 중얼거렸고, 차는 키코의 말이 채 끝나기도 전에, 신속히 골목을 벗어나 대로변으로 소리 없이 흘러들었다.

## 8

주안이 다시 띄엄띄엄 일을 빼먹기 시작하면서, 루와 키코가 함께 일을 하는 경우가 잦아졌다. 그 무렵 루는 키코의 집에 조금씩 발을 들이게 되었는데, 함께 출근해 함께 일을 하고 함께 퇴근을 하던 몇 년간 키코의 집에 방문한 경험이 없었다는 사실을 상기할 때면 어김없이 얼떨떨한 기분이 되었다. 키코가 루와 주안의 집을 밥 먹듯 들락거리던 수년 동안, 루와 주안은 정작 키코의 집에 대해 한마디 언급조차 해본 적이 없었단 것이, 루로서는 좀처럼 믿어지지 않았다.

키코는 루와 주안의 집에서 그리 멀리 떨어지지 않은 곳에 위치한 빌라에 살고 있었다. 루와 주안의 거실에선 보이지 않는 강변의 풍경이 거실 유리창을 통해 멀게나마 내다보이는 곳이었다. 키코의 집 안에 놓인 대부분의 가구들은 1인용이라기에 필요 이상으로 크고 넓었는데, 그러한 가구를 제외하고는 눈에 보이거나 손이 닿는 곳에 놓인 물건들이 전혀 없어서 지나치게 삭막하다는 인상을 자아내기도 했다. 무엇보다도 집의 바닥에선 난방의 인위적인 열기가 한 번도 닿지 않은 것처럼 깨끗하고 쨍한 냉기가 한껏 배어 나오고 있었다. 사용감 없는 가죽 소파에 등을 대고 앉으면 등허리를 파고드는 찬기에 자꾸만 몸이 움츠러들었다. 때문에 루는 키코의 슬리퍼를 직직 끌며 키코의 침대에 가 앉을 수밖에 없었다. 정리되지 않은 채 흐트러진 모습의 이불이 아마 그 집에선 유일하게, 키코의 흔적이라 부를 수 있을 만한 것이었다.

루는 두툼한 이불 위에 반쯤 몸을 뉘인 채 깊게 숨을 들이쉬며 풀냄새— 중얼거렸다. 키코의 집 안 어디서든 피톤치드 계열의 디퓨저 향기가 가볍게 감돌고 있었다. 그건 키코가 즐겨 쓰던 코롱과는 아주 조금도 닮은 구석이 없는 향이었는데, 둘 중 어느 쪽도 키코와는 잘 어울리지 않는 것 같다고 루는 생각했다.

"키코 너네 집 아닌 것 같아."

감겨오는 눈을 손바닥으로 지그시 누르던 루가 말했다. 키코는 루를 흘깃 쳐다보며, 그럼 내 집이 어떨 줄 알았는데, 되물었다. 루는 어딘가 날카로운 데가 있는 키코의 말을 곱씹다가, 키코가 무언가 오해를 하고 있으리란 생각에 몸을 일으켜 앉았다. 그러나 키코는 루가 대답을 하기도 전에 다시 입을 열었다. 이렇게 살아야 얻는 게 많아. 루는 무어라 말을 덧붙이려다 그만두었다. 그러곤 도로 몸을 뉘어 눈을 완전히 감아버렸다. 루도 그걸 모르지 않았으니까. 그런 이야기를 하려던 건 전혀 아니었지만 아무래도 상관은 없었다.

키코의 집에서 루와 키코는 대체로 시간을 그저 흘려보냈다. 차가운 가죽 소파에 함께 웅크리고 앉아 키코가 내린 디카페인 커피를 마시며 티브이의 채널을 이리저리 돌리길 반복하거나, 침실 창밖의 소음들을 배경 삼아 눈을 조금 붙이거나, 서로의 머리칼을 묶었다 풀었다 실컷 엉망으로 만들어놓거나, 유독 피곤한 날엔 침대에 각자 널브러진 채 조용히 아무것도 하지 않았다. 숨소리를 죽여 숨을 쉬고 말소리를 죽여 최소한의 대화만을 나누다 둘 중 하나가 먼저 잠에 빠져들기만을 기다렸다. 다만 그런 날이면 시간이 흐르고 주변이 고요해질수록 신경이 예민하게 곤두섰고, 둘 중 누구도 잠에 들지 못한 채 뻑뻑해져오는 눈가를 신경질적으로 문지르며 소리 없는 한숨을 줄곧 내쉬게 되었다.

그러다 보면 잠이고 뭐고 전부 저만치 밀어둔 채, 협탁 위의 램프를 살며시 켜게 되는 일이 생겼다. 그때마다 키코는 루의 셔츠 자락을 부드럽게 말아 올렸다. 셔츠 아래 드러난 갈비뼈의 홈들을 하나하나 조심스레 쓸어보고, 찬기가 남은 가슴 위쪽의 연한 피부를 간질여보다, 동그란 어깨를 아프지 않게 깨물어보기도 했다. 앞으로 쏟아지며 흘러내린 키코의 머리카락이 루의 목덜미를 스칠 때면, 머리 묶어줄까, 루가 무심히 물어보았고, 키코는 괜찮다고 대답했다. 그래. 루는 아쉬운 대로 옅은 레몬빛 머리칼을 한 움큼 쥐어

손끝으로 빗어 내렸다. 키코의 머리색이 언제부터 이렇게 밝았더라, 생각했고, 물이 빠지고 빠져서 레몬색이 되기 전에는 어떤 색이었는지 떠올려보려 노력했다. 그러는 동안 루와 키코는 침대 위를 작은 공처럼 여러 번 굴러다녔다. 루가 위에서 하고 키코가 위에서 하고 이런저런 짓들을 하다 보면 내려둔 블라인드 사이로 어느덧 뭉근한 햇빛이 스며들고 있었다.

주안에게서 걸려온 전화를 받았을 때, 루는 젖은 머리를 수건으로 털어내고 있었다. 어디야, 주안이 물었으므로, 루는 키코네 집에 왔어,라고 대답했다. 주안은 그게 어디냐고 다시 물었고, 루는 키코에게 여기가 어디냐고 물었다. 대답을 들은 루가 여기가 어디냐면, 하고 운을 뗐을 땐 이미 통화가 끊어져 있었다. 루는 휴대폰의 검은 화면을 멍하니 쳐다보며 다시 전화를 걸어야 할지 잠시 고민했는데, 주안은 그런 루의 고민이 길어질 틈도 없이, 주소 찍어, 하고 곧장 메시지를 보내왔다. 주안이 보내라 했으므로, 루는 또 한 번 키코의 도움을 받아 주안에게 답장을 보냈다. 그로부터 20분가량이 지나자, 마법처럼 주안이 키코의 집 앞으로 도착해 있었다.

이후로도 루는 종종 키코의 집으로 갔다. 키코의 집으로 가서 키코의 침대에서 키코와 함께 공처럼 줄곧 굴러다녔다. 주안에게서 전화가 오면 키코네 집인데 올래, 하고 물어 보았고, 주안은 그때마다 내가 거길 왜 가느냐고 쏘아붙이곤 전화를 끊었다. 그러면서도 주안은 매번 어김없이 키코의 집을 찾아와 거칠게 문을 두드렸다. 키코는 그런 주안을 태연하게 맞이했고, 루는 다음 날 오전이 되어서야 주안과 함께 그들의 집으로 돌아갔다. 집에 도착하면 율이 빈집에서 홀로 깊은 잠에 들어 있었다. 루와 주안이 어쩐지 죄스러운 기분을 느끼며 현관문을 여닫고, 발소리를 죽여 침실로 걸어가는 동안에도, 율은 햇빛이 드는 거실 한편에 조용히 잠든 채 절대로 일어나지 않았다. 무사히 침실로 들어가 문을 닫고 나면 루는 아무것도 보지 못했다는 듯 애써 잠을 청했다. 주안은 그 옆에서 오래 뒤척이다, 루가 잠에 들 무렵 거실로 나가 흘러내린 율의 담요를 고쳐 덮어주고는 했다.

## 9

루는 주안의 손에 머리를 맡긴 채 눈을 끔뻑이고 있었다. 귀 끝에 와닿는 드라이기 바람이 뜨거웠고 머리칼이 스치는 날개 뼈 부근이 간질거렸다. 루는 고개를 가볍게 젖혀 주안의 가슴팍에 머리를 기댔다. 졸려? 주안이 물었다. 으응,

대답하며, 루는 고개를 두어 번 끄덕였다. 주안은 그런 루의 뺨을 부드럽게 매만져주었다. 주안의 손에 얼굴을 파묻자 루는 금방이라도 다시 잠에 들 것 같은 기분이 되었다.

키코는 침대 끝에 걸쳐둔 다리를 까딱이며 휴대폰을 만지작거리다, 뒤늦게 일어서서 후드 점퍼를 집어 들곤 느릿느릿 팔을 끼워 넣었다. 내려뒀던 블라인드를 올리고 창가로 다가섰을 때, 창밖에서 웅성이는 소음이 방 안으로 희미하게 들어왔다.

"저것 좀 봐."

키코가 말하자 주안이 드라이기를 잠시 내려둔 채 주위를 두리번거렸다. 키코는 말없이 턱짓으로, 창밖 도로 한편을 가리켰다. 루와 주안은 자리에서 일어나 키코의 옆으로 다가섰다. 그러곤 키코의 시선을 따라 고개를 돌렸다. 창 아래서 먼지 덮인 스타렉스 한 대가 같은 자리를 빙글빙글 맴돌고 있었다. 열린 선루프 사이엔 새빨간 확성기를 든 남자가 매달리듯 솟아 있었는데, 남자의 발음이 좋지 못했던 탓에 루와 주안과 키코는 그가 내뱉는 말의 대부분을 알아듣지 못했다. 종말이…… 다가와…… 부실 공사를…… 파리 목숨이…… 사죄하라……! 계속해서 무언가를 필사적으로 소리치는 남자의 스타렉스 옆에선 고개를 푹 숙인 사람들이 제각각의 속도로 종종거리며 걷고 있었다. 그들은 남자에게 아주 조금의 관심조차 허락하지 않기 위해, 온 신경을 기울이고 있는 듯했다.

곧 흥미를 잃은 주안은 다시 화장대 거울 앞으로 돌아갔고, 루 역시 주안을 따라 거울 앞에 가 앉았다. 키코는 창틀에 기댄 채 얼마간 더 서 있다가, 발치에 떨어져 있던 트레이닝팬츠를 집어 들곤 다리를 한쪽씩 밀어 넣기 시작했다.

"그거 들었어?"

들려오는 목소리에 주안은 드라이기 바람을 약하게 줄인 뒤 거울에 비친 키코와 눈을 맞추었다. 키코는 가슴까지 내려오는 머리칼을 손끝으로 대강 빗어내며 하품을 하고 있었다.

"뭘?"

"반장님 이사 가신다던데."

"그래."

"땅 밑에서 소리를 들었대."

"무슨 소리? 드디어 노망이 났나."

주안이 듣는 둥 마는 둥 심드렁한 태도로 중얼거렸다.

"길바닥에 귀를 대고 누우면 쿵쿵, 하고 공룡 발걸음 같은 소리가 난다는 거야."

"무슨 말이야?"

"땅 밑에서 이상한 소리가 난다고."

"누가 그러는데?"

"그냥 괴담처럼 떠돌던데. 무슨 현상이……"

루는 고개를 들어 주안의 옆얼굴과 거울에 비친 키코의 표정을 살폈다. 어쩐지 상기된 얼굴을 한 키코는 적당히 과학적인 말들을 허술하게 덧붙여가며 땅 밑의 소리에 대해 계속 떠들어댔다. 그동안 주안은 틈틈이 루의 젖은 머리칼을 쓸어 넘겨주었는데, 그때마다 썩 유쾌해 보이지 않는 낯빛을 하고 있었다.

"그게 끝이야?"

"뭐가 끝?"

"그래서 이사를 가는 거냐고."

"어."

"무슨 소리를 하는 건지."

"아, 답답하네. 그러니까 땅 밑에서……"

주안이 길게 숨을 내쉬었다. 그 소리에 키코는 하던 말도 멈추고 가만히 주안을 쳐다봤다.

"너 듣기 싫구나?"

"그럼."

"그럼 뭐."

"차 다니고 사람 다니고 건물 짓는 길바닥인데."

"……"

"귀 대고 누우면 참도 조용하겠네, 멍청한 년아."

일순 정적이 흘렀고, 방 안의 공기가 급격히 얼어붙었다. 주안은 곧 다시 드라이기를 집어 들었지만, 루는 서둘러 자리에서 일어났다. 반쯤 젖은 머리를 털어내며, 지갑과 겉옷을 챙기고, 주안의 등을 떠밀었다. 키코는 팔짱을 끼고 선 채, 사뭇 진지한 얼굴로, 그런 루와 주안을 조용히 지켜만 보았다. 그러곤 루와 주안이 문 앞의 키코를 지나치던 순간이 되어서야 작고 선명한 목소리로 말했다.

"나한테 이런다고 뭐 안 변해."

키코의 목소리엔 악의가 없었다.

그 말을 끝으로 문은 닫혔고, 몇 초 후엔 주안이 닫힌 문에 대고 무어라 소리치기 시작했다. 키코는 뭉개진 채 듬성듬성 넘어오는 주안의 목소리를 무심히 흘려듣다가, 복도가 조용해졌을 무렵 다시 문을 열어젖혔다.

"야. 너희 내일 출근은 할 거야 말 거야?"

키코가 루와 주안의 등에 대고 물었다.

"할 거야. 내일 보자."

루가 주안의 팔뚝을 힘주어 그러쥔 채 대답했다. 키코는 잠시 뜸을 들이다, 성가시다는 듯 앞머리를 털어내곤 손을 휘휘 저었다. 미—안, 루가 작게 입을 벙긋거리며 키코에게 사과를 건넸다. 그 모습을 본 키코는 별다른 대꾸 없이 문을 닫아버렸고, 비로소 복도는 고요해졌다.

"주안. 왜 그래?"

"미안."

1층으로 향하는 엘리베이터에서 나눈 짧은 대화를 끝으로, 루와 주안은 더 이상 말을 하지 않았다. 집에 도착할 때까지, 루는 무엇에 대해서도 묻지 않았고, 루가 묻지 않았으므로, 주안은 대답하지 않았다.

집으로 들어섰을 땐 율이 부엌에서 냉장고를 뒤적이고 있었다. 루와 주안은 자연스레 그런 율의 곁으로 다가갔다. 분주히 손을 움직이던 율은 루와 주안에게 늘 그렇듯 반갑게 인사했다. 그러곤 말을 했다. 루와 주안에게 어딜 다녀왔는지, 누구를 만났는지, 밥은 먹었는지를 일일이 물었으며 그것들을 진심으로 궁금해했다. 율이 질문을 해서, 루와 주안은 다시 말을 하기 시작했다. 별로 하고 싶은 말이 없었지만 율이 물으니까, 궁금해하니까, 열심히 대답을 했다. 대답을 하고, 대답을 하고, 대답을 하다 보니 루와 주안은 그들도 모르는 새 아주 사소한 이야기들까지 줄줄 늘어놓고 있었다. 그러던 그들의 입에서 기어이 키코의 이름이 튀어나오기 시작했을 무렵, 루는 스스로 조금 닥쳐야 할 필요가 있겠다고 생각했는데, 그러거나 말거나 주안은 여전히 루를 등진 채로 쉴 새 없이 말을 쏟아내는 데만 열중하고 있었다.

"율아, 땅 밑에서 이상한 소리가 난대."

"무슨 소리?"

"공룡 발걸음 같은 소리."

"뭐야 그건?"

"종말이 다가오는 소리."

"오. 무서운데."

그런 이야기를 하며, 어느새 율을 따라 냉장고를 뒤적이고 있었다. 바쁘게 움직이는 율과 주안을 한동안 멀뚱히 지켜보던 루는, 왜 서 있어, 묻는 율의 목소리에 뒤늦게 식탁 의자를 빼내 앉았다. 너 안 무섭지. 무서워. 안 무섭네. 무섭다니까. 율과 주안이 투닥거리는 동안, 루는 딱딱한 원목 의자 위에서 차가워진 두 손을 녹였다. 손바닥을 맞대 비비며, 무언가를 생각하다 말았고, 다시 생각하려다 말았다. 그러니까 지금, 무엇을, 생각해야 하지, 생각해보았지만 루는 알 수 없었다. 결국 루는 무엇에 대해서도 생각하지 않았으며, 무엇에 대해서든 생각했다. 그러곤 얼마 후 정말로 생각하기를 멈추기로 했다. 그건 그리 어려운 일은 아니었다. 무서워, 안 무서워, 율과 주안이 루의 귓가에 같은 말을 내내 반복해 들려주고 있었다.

무서워. 무서워. 무섭다고? 무서워. 안 무서워. 율과 주안의 의미 없는 말들이 한마디 한마디 쌓여갈 때마다, 흰 봉지에 싸인 것들이 날아와 루의 발치에 툭툭 떨어졌다. 그것들이 부엌 바닥을 빈틈없이 채웠을 때, 냉장고에선 경고음이 울리기 시작했다. 주안은 냉장고 아래 내려둔 것들을 발로 쓸어 대충 밀어둔 뒤, 냉장고 문을 닫았다 열었다. 경고음이 멈추자 율은 다시 그 앞에 주저앉아 냉장고의 벽면을 뒤적였다. 루는 자리에서 일어나 바닥에 뒹굴던 유리병 하나를 집어 들었다. 캐나디안 메이플 시럽 퓨어 100—라벨 위에 물기가 서려 흥건했다.

"너희 뭐 해?"

병을 제자리에 내려놓으며, 루가 물었다. 주안은 그제야 그러게, 하는 표정으로 율을 쳐다보았다.

"우리 뭐 해?"

율은 어처구니가 없다는 얼굴로 루와 주안을 번갈아 바라보았다.

캐나디안 메이플 시럽 퓨어 100—을 들어 올려서, 루와 주안의 얼굴 앞에 가져다 댔다.

"유통기한."

마침내 손발을 맞추기 시작한 루와 주안과 율은 머지않아 빈틈없던 그들의 냉장고를 거의 전부 비워내는 데 성공했다. 율은 비닐봉지 안에서 뒤섞여 액체가 되어가는 채소와 과일 들을 두 손가락으로 간신히 집어 올리며 몇 번이나 역겹다는 표정을 지었다. 냉장고 속에 남은 것들은 대부분 물컹거리는 상태가 되어 있었고, 드물게는 마른 나뭇가지처럼 바싹 숨이 죽은 것들도 있었다. 더러워. 냉장고 더럽다고. 율이 말할 때마다 루와 주안은 알 수 없는 기분이 되어갔다. 이게 다 언제 이렇게 됐더라. 아무리 생각해보아도, 루와 주안은 그것들이 언제부터, 왜 그곳에 있었는지 전혀 기억해낼 수 없었다.

"우와, 이것 좀 봐."

별안간 율이 냉동실 구석에 파묻혀 있던 연분홍색 상자를 꺼내 들고 말했다. 상자 옆면엔 유명 케이크 하우스의 이름이 필기체로 휘갈기듯 새겨져 있었고, 케이크용 폭죽 세 개가 포도알처럼 주렁주렁 매달려 있었다. 율이 고개를 들어 루와 주안을 쳐다보았지만 그들은 무구한 표정으로 고개만 저을 뿐이었다.

세 사람은 식탁 앞에 모여 머리를 맞댄 채 조심스레 상자를 열어보았다. 상자 바닥의 받침대를 부드럽게 잡아당기자, 난생처음 보는 모양새의 덩어리가 끌려 나왔다. 그건 석고를 덕지덕지 발라 굳혀둔 일종의 오브제처럼 보였는데, 아마도 생크림이었을 흰 점막은 안쓰러울 만큼 수축한 채 단단히 굳어 있었고, 표면 곳곳이 깨진 타일처럼 흉측하게 갈라져 있었다. 그중에서도 가장 상태가 좋지 못한 윗면 중앙엔 작게 뚫린 대여섯 개의 구멍 주변으로 난데없는 분홍색 얼룩이 드문드문 져 있었다. 루와 주안은 한참을 고민한 끝에야 그것이 말라붙은 촛농이라는 사실을 알아냈다. 이후 그들은 그 괴상한 모양새의 케이크를 내려다보며, 본능적으로 참고 있던 숨을 뒤늦게 몰아쉬었다. 동시에 그들은 그것으로부터 아무런 냄새가 나지 않는다는 사실에 놀라워했다. 악취도, 생크림이나 버터의 향기도 나지 않는, 무취의 덩어리. 그 앞에서 루와 주안은 여전히 아무것도 기억해낼 수 없었다. 그런 그들 대신, 율이 앞서 말했다.

"좀비 같아."

"좀비 같네."

"근데 천사가 있어."

이후 율은 말라붙은 생크림 속에서, 손바닥 절반만 한 크기의 설탕 인형 하나를 끄집어냈다. 흰 원피스를 입고 등에 날개를 매단 채 오른손에 별 모양 지팡이를 들고 있던 그것은, 엉망이 된 케이크 속에서 유일하게 원래의 형태를 유지하고 있는 물체처럼 보였다.

"진짜 천사다."

"팅커벨 아냐?"

"팅커벨인가?"

셋은 얼마간 그 인형을 내려다보다가, 천사든 팅커벨이든— 말하곤 다시 묵묵히 하던 일을 마무리했다. 결과적으로 그들의 냉장고엔 냉동 베리 한 팩과 요거트 두 통만이 남게 되었다. 모든 정리를 끝낸 율이 말끔해진 부엌 바닥에 누워 숨을 고르는 사이, 주안은 빈 냉장고 속에 몸을 반쯤 밀어 넣고선 장난스레 말했다.

"우리 이제 여기 들어갈 수도 있겠는데."

"위험한 일이 생기면 다 같이 냉장고에 들어가자."

"무슨 위험한 일?"

"운석이 떨어진다든가."

"천장이 내려앉는다든가?"

"하늘에서 음식이 내린다든가."

"들어가면 안전해지나."

"아마 그럴걸…… 아니 모르겠어."

"냉동실이 추우니까 두 명이서 들어가자. 냉장실엔 한 명."

"그땐 어차피 안 추워."

"왜?"

"전기가 안 들어올 테니까."

"아. 맞네."

주안과 율의 실없는 대화를 들으며, 루는 스웨터의 소매

끝으로 미끌거리는 설탕 인형을 깨끗이 문질러 닦았다. 그러곤 새것처럼 말끔해진 인형을 식탁 위 달력에 기대어 세워두고는, 자 됐지, 하고 주안과 율에게 말했다.

"저런 데 들어가기 싫으면 천사님한테 기도해."

"팅커벨이라니까."

"그럼 팅커벨한테."

"팅커벨은 소원 안 들어줄걸."

"아무튼."

"참 나."

"하긴 천사나 팅커벨이나."

"살려주세요—하고 빌어봐. 얼른."

주안과 율은 영 의심쩍다는 얼굴로 루와 인형을 번갈아 보다가, 얼마 뒤 마지못해 손을 모으며 아멘, 하고 소리 내어 말했다.

그날 밤 율은 루와 주안의 침대에 누워 잠들었다. 루와 주안의 퀸 사이즈 베드는 세 사람이 함께 잠들기에 적당히 넓었고, 적당히 좁았다. 자니, 물으며 서로의 옆구리를 쿡쿡 찔러대던 주안과 율은 얼마 못 가 동시에 곯아떨어졌고, 그 옆에서 휴대폰을 만지작거리던 루는 날이 밝아올 즈음에서야 잠에 들었다.

키코로부터는 끝내 연락이 오지 않았다.

## 10

특별한 약속이 오간 것은 아니었으나 루와 주안은 꼬박꼬박 퇴근 시간에 맞춰 집으로 돌아오기 시작했다. 율은 더 이상 홀로 밤을 흘려보내지 않았다. 루와 주안을 따라 그들이 자주 가는 가게에 놀러 갔고, 언젠가의 밤처럼 강변에 누워 영영 변하지 않을, 짙푸른 색으로 출렁이는 강물을 바라보았다. 그렇게 루와 주안의 침실 한편을 율의 물건들로 채우고, 루와 주안의 품속에서 잠들고 일어나는 일에 서서히 익숙해지고 나자, 율은 누군가의 공간을, 또 시간을 침범하는 것이 얼마나 달콤한 일인지에 대해 속속들이 알게 되었다. 무심코 돌아본 곳에 묽은 액체처럼 엎질러진 자신의 흔적들이 보일 때, 멈추지 않고 한 뼘씩 앞으로, 또 아래로 흘러가는 그것의 궤적을 발견할 때, 가슴속에서 무언가 밝고 따뜻한 기운이 차오르곤 한다는 점에 대해서도. 그러나 율은 정작 그런 것들이 궁금한 적은 없었다. 율이 진정 알고 싶었던 것은, 율에 의해 모서리부터 젖어가고 있는 루와 주안의 입장, 생각, 감상 들이었다. 그들을 향해 조금씩 가까워지는 율의 발소리가 그들의 머릿속에서도 제대로 울려 퍼지고 있는가, 들리고 있는가, 눈치채고 있는가, 대비하고 있는가, 무엇이, 바뀌어가고 있는가. 율은 그런 것이 궁금했다.

루와 주안의 손에 이끌려 역 앞 아이스크림 가게로 걸어갔던 어느 늦은 밤, 율은 인적 드문 길목에 멈춰 한껏 허리를 숙인 채 땅에서 나는 소리에 귀 기울여본 적이 있었다. 뭐가 들려? 묻는 주안에게, 율은 싱겁다는 얼굴로 슬슬 고개를 저어 보였다. 도시의 바닥에선 도시에서 날 법한 소리들이 규칙적으로, 일정하게 들려왔고, 그것들은 전혀 특별하지도 놀랍지도 두렵지도 않았다. 들려도 들리지 않는 것. 듣지 않아도 들려오고 있는 것. 그런 따분하기 짝이 없는 소리들만이 율을 에워싸고 있었다. 율은 그중 무엇도 흥미롭지 않았다. 그중 무엇에 대해서도 말을 하고 싶지 않았다. 반면 도시의 사람들은 꾸준히 땅 밑의 소리에 대해 이야기했다. 그들의 이야기가 귀신처럼 골목 곳곳을 떠돌며, 가만하던 사람들을 미약한 흥분 상태로 차례차례 밀어 넣었다. 입에서 입으로—손끝에서 손끝으로 전해지고, 돌고 돌며 조금씩 더 험악해지던 그 이야기들은, 그곳의 모두가 하나같이 비슷한 종류의 결말을 기다리고 있으리란 인상을 자아내기도 했다. 도시는 벌써 몇 달간 아무런 사고 없이 조용했으므로, 누군가는 정말로, 일어나거나 일어나지 않을 위험을 기다리며 모종의 지루함을 느끼고 있을지도 모른다는 의심, 그런 예감이 공중을 분분히 떠다니고 있었다.

그럼에도 눈을 뜨면 예외 없이 평범하고 안전한 하루가 이어졌다. 땅 밑의 굉음에 관한 소문만이 매일 더 멀리, 더 끔찍한 모습으로 변태하며 퍼져 나갔다. 어느덧 율은 남몰래 어림하게 되었다. 거대하게 몸집을 키운 그 소문으로부터 태연히 눈을 돌린 채, 변함없는 일상을 유지하고 있는 이들은 루와 주안과 율, 셋뿐인지도 모르겠다고. 그리고 그러한 율의 짐작은, 날이 갈수록 점점 더 진실에 가까운 것으로 여겨지게 되었다.

주말 저녁 여느 때와 같이 장을 보러 가려던 루와 주안과 율은 현관 앞에 앉아 함께 신발 끈을 묶다가, 일제히 고개를 들어 천장 위를 바라보았다. 율이 손을 흔들고, 주안이 현관 앞을 여러 번 오갔음에도 현관엔 불이 들어오지 않았다. 루는 옷걸이를 들고 와 현관 등의 센서를 툭툭 건드려보았다. 얼마간의 시간이 지나고, 이거 완전히 맛이 갔는데, 루가 말했다. 맥없이 꺼지고 켜지던 현관 등의 수명이 완전히 끝장나버렸다는 사실은, 율이나 주안으로 하여금 언젠가 그럴 줄 알았다는 식의 표정을 짓게 했다.

"가서 전구도 사 와야겠네."

율이 말하자, 루가 고개를 저었다.

"전에 사둔 거 있어."

"어디에?"

"어딘가에. 아무튼 있어. 확실해."

루의 단호한 목소리에 율은 고개를 끄덕이며 신발 끈을 마저 묶었다. 루와 율이 나갈 채비를 마치고 현관문을 열었을 때, 주안은 느닷없이 묶어두었던 신발 끈을 다시 풀기 시작했다. 뭐 해? 루가 묻자 주안이 씩, 입꼬리를 올리며 웃었다.

"너희 다녀와라. 내가 그동안 이거 고쳐놓을게."

"이따 고쳐도 되는데."

"전구 찾는 데만 한참 걸려. 밥 먹고 나면 또 귀찮아지고."

루와 율은 서로의 얼굴을 흘깃 쳐다보았다.

"주안. 너 팔은 닿아?"

주안은 대답 대신 의자 한 개를 끌고 와 당당히 그 위에 올라섰다. 안타깝게도, 주안의 손은 천장 근처에도 가 닿지 못했다.

얼떨결에 루가 집에 남게 되었다. 주안은 미심쩍은 얼굴로, 몇 번이나 루를 돌아보며 당부했다.

"너 뒤로 자빠지지 마."

"응."

"자빠지지 말라구."

"으응."

"……제대로 고쳐놔."

"알았으니까 얼른 다녀와. 나 배고파."

주안은 부루퉁한 표정으로 먼저 집을 나섰다. 다녀올게, 루에게 인사하며 율이 뒤따라 문을 열었다. 루가 현관 앞에 멀거니 선 채 손을 흔들었다.

가까운 마트까지는 걸어서 10분 정도면 도착할 수 있는 거리였다. 주안은 한 발 한 발 내디딜 때마다 추워, 추워, 춥다고 말했다. 많이 추워? 물으면, 춥다구 추워 추워, 중얼거리며 팔짱을 꼈다 풀었다 손을 주머니에 넣었다 뺐다 하며 부산스레 몸을 움직였다.

"이게 아닌데."

"뭐가?"

"오늘 너무 춥단 말이야. 영하 20도라고."

"너 추운 거 좋아하잖아."

"그래도 추운 건 추운 거야."

"장갑 한쪽 줄까?"

"됐거든."

횡단보도의 신호가 바뀔 동안, 주안과 율은 서로의 어깨를 부둥켜안은 채 추위를 견뎠다.

"……집에 좀 누워 있으려고 했더니."

"뭐야. 그럼 나랑 루는?"

"넌 추위 안 타고, 루는 겨울 좋아해."

"추운 건 추운 거라며."

"그렇긴 한데."

뜸을 들이던 주안은 별안간 흐흐, 하는 소리를 내며 웃어버렸다. 얘 웃는 것 좀 봐 약았어. 안 약았어. 완전 나쁘다. 안 나빠. 나빠. 안 나빠. 주안과 율은 같은 말을 계속해서 내뱉으며 걸었다. 차창을 굳게 닫은 차들이 그런 주안과 율의 곁을 연달아 스쳐 지났다. 차체에 부딪힌 바람은 주안과 율의 얼굴을 향해 줄곧 매섭게 불어왔다. 나빠, 안 나빠, 말하던 주안과 율은 그들도 모르는 새 어느덧 추워, 추워, 춥다는 말만을 반복하고 있었다.

알 수 없는 굉음이 도시 전체에 울려 퍼진 것은 주안과 율이 역 앞 광장을 지날 때의 일이었다. 주안과 율을 포함한 도로 위의 사람들이 그 소리에 일순 걸음을 멈추고 주변을 두리번거렸다. 다만 그들은 눈앞 어디에서도 소음의 출처를 발견해내지 못했으므로, 결국 어리둥절한 표정으로 몸을 조금 움츠린 채 하던 일을 하고 가던 길을 갈 수밖에 없었다. 그렇게 모두가 다시 가족들과의, 친구들과의, 연인들과의 대화로 돌아갔을 때, 한 가지 소리가 메아리치듯 별안간 도로를 따라 울려 퍼졌다. 사람들의 손에 매여 있던 개들이 일제히 울부짖기 시작한 것이었다. 정신을 차린 뒤 주안과 율은 한껏 불길한 눈빛으로 견주들을 뚫어져라 쳐다보았다. 둘의 눈에 그들은, 덩달아 겁에 질린 채 개들의 입을 막을 것인지 개들과 함께 비명을 지를 것인지를 고민하는 듯 보였고, 자연스레 그 고민을 주안과 율도 함께 떠안게 되었다.

그러나 그러한 고민이 무색하게도 지나간 굉음의 실체는 곧 사람들의 곁으로 성큼 다가섰다. 한순간 발아래 지면을 타고 전해져온 울림이 사람들의 무릎뼈를 간질였고, 공명하며 길게 퍼져 나가는, 축축하고 부드러운 것들이 무너지는 소리와 함께, 역 앞 사거리의 지면이 녹아내리듯 아래로, 아래로 가라앉았다. 사라진 대로변을 따라 수놓인 듯 촘촘히 박혀 있던 가장 견고한 구조물과 건물 들이 매끈한 곡선의 형태로 휘어지고, 천천히 기울어지던 것들이 꺾이고 끊어져 도시의 중앙으로 떨어지자 희부연 먼지가 안개처럼 두껍게 떠올랐다. 그리고 그것들이 가라앉지도 흩어지지도 않고 주안과 율의 눈앞에, 사람들의 머리맡에 오래도록 맺혀 있었다.

겹겹이 쌓여가는 먼지 속에서 주안과 율은 눈을 가늘게

뜬 채 서로를 찾아냈다. 주안이 뒷걸음질을 쳤고, 율은 그런 주안의 손을 이끌고 달렸다. 인파 속을 달리면서, 그들은 사람들의 비명 소리 한번, 아이들의 울음소리 한번 듣지 못했다는 사실을 뒤늦게 깨달았다. 주안과 율은 어떤 소리도 들을 수 없었고, 들어도 알아들을 수 없었다. 주안은 소리치는 율의 목소리를 듣지 못했고, 율은 주안이 끊임없이 되뇌는 자신의 이름을 알아듣지 못했다. 그들은 덩어리진 흙과 벽돌이 굴러떨어지며 부딪히는 소리를 듣지 못했고, 발밑에서 느껴지는 진동과 함께 도시를 울리고 있을 수많은 소음도 전혀 알아채지 못했다. 무너지고 쏟아지고 가라앉는 모든 풍경이 무성영화처럼 고요하게, 아무런 음성 없이 천천히 흘러가고 있었다. 율은 먹먹해지는 귀를 내려치며 자꾸만 뒤를 돌아보았다. 뒤섞인 흙더미 사이로 기울어진 건물들의 뼈대가 앙상하게 드러났고, 그 위로는 한 층도 빠짐없이 불이 밝혀져 있었다. 빛나는 유리창 뒤를 오가는 검은 그림자들이 간간이 눈에 들어왔다. 율은 사거리의 건물들이 전부, 하나씩 천천히, 도미노처럼 차례로 쓰러질 것이라 생각했다. 하나 그것들은 그 이상 기울어지지도, 율의 생각대로 쓰러지지도 않았다. 단지 기울어진 모습 그대로, 허공에 멈춰 더 이상 움직이지 않을 뿐이었다. 그로부터 얼마 후 사거리의 모든 빛이 일제히 사라졌다. 뒤이어 불 꺼진 빌딩들이 암흑 속으로 신속히 잠겨들었다. 빛이 사라지자 마침내, 소리들이 들려오기 시작했다. 그제야 주안과 율은 다시 서로의 숨소리를, 이야기를 들을 수 있었다. 뭐지. 뭐야. 뭐지. 뭘까. 둘은 기다렸다는 듯 누구도 대답하지 않을 말들을 허공에 뱉어냈다.

살려주세요—누군가 속삭였을 때, 멀어진 사거리에서부터 무언가가 연달아 터져 나오는 소리가 들렸다. 같은 방향으로 달려 나가던 사람들이 한순간 걸음을 멈춘 채 고개를 돌렸다. 보지 말고 달려, 율이 말했지만 주안은 더 이상 걸음을 옮기지 않았다. 주안이 율의 손을 힘주어 당겼다. 저것 좀 봐, 주안이 말했다. 율은 그제야 뒤를 돌았다. 그들이 그때껏 고작 두 블록 정도를 달려왔을 뿐이라는 사실을 깨달음과 동시에, 율은 뺨을 스치는 눅눅한 공기 속에서 진한 물비린내를 맡을 수 있었다. 사거리 주변 곳곳에서 새하얀 연기가 솟구쳤다. 걸음을 멈춘 사람들은, 그것이 방대한 양의 수증기라는 사실을 점차 알아차렸다. 바람이 불어올 때마다 덥고 축축한 공기에 머리끝이 젖어들었다. 머지않아 모두가 볼 수 있었다. 도로 위의 크고 작은 모든 구멍으로부터, 불투명한 물이 울컥울컥 토해져 나오는 모습을. 끓는 물이 역류하고 있었다.

주안과 율이 왔던 길을 되돌아 달리게 된 것은, 그들이 바

보였다거나 공포에 질려 이성을 잃었다거나 하는 이유에서는 아니었다. 영문도 모른 채 멈추어 있던 주안과 율의 앞에서 맨홀 뚜껑 몇 개가 달그락거리며 밀려 나왔고, 여름의 분수대처럼, 새하얀 물줄기가 그 위로 솟구치고 쏟아져 내렸다. 지면을 타고 흐르는 물의 표면이 영하의 공기와 마찰하며 빠르게 식었고, 그 위에서 수증기가 멈추지 않고 피어올랐다. 물이 끊임없이, 엄청난 양으로 쏟아져 흘렀으므로, 사람들은 더 이상 서로의 얼굴을 분간할 수 없었다. 사람들은 앞이나 옆, 뒤가 아닌 발밑만을 보며 움직였다. 겨울이었고 날이 추웠고 식은 물이 수증기가 되어 눈앞을 가렸음에도, 사이렌 소리가 끊어지며 사방이 고요해질 때마다 흐르는 물 속에서 부글거리는 소리가 잔잔히 들려왔다. 보이지 않는 사람들이 넘어지며, 바닥을 구르며, 끓는 물속을 헤저어 달리며, 긴 비명을 내질렀다. 고개를 처박은 채 내달리는 사람 중 정말로 넘어지고, 바닥을 구르고, 끓는 물속을 첨벙이는 사람을 본 이는 존재치 않았지만 메아리치듯 연속적으로 울려 퍼지던 비명 소리가 모두로 하여금 고통에 몸부림치는 누군가들의 얼굴을 끊임없이 상상하고 떠올려보도록 하고 있었다.

주안과 율이 눈앞의 건물 안으로 뛰어 들어갈 때까지, 사거리 근방의 도로 몇 곳이 물에 잠겼다. 그러고 얼마 후엔 그들이 들어선 건물의 바닥까지 물이 밀려들었으므로, 주안과 율은 숨을 돌릴 새도 없이 건물의 옥상을 향해 달려야 했다. 와중에도 건물의 출입구를 통해 수많은 사람이 잇달아 닥쳐들었다. 그들은 하나같이 비슷한 표정을 한 채 주안과 율의 뒤를 따랐다. 주안과 율은 온 힘을 다해 내달리면서도, 틈틈이 계단 아래쪽의 그들을 돌아보았다. 몇몇 사람이 밟히고, 넘어졌다. 그럼에도 달음박질을 멈추는 사람은 없었다. 앞장서 최상층에 도착한 주안과 율이 서둘러 옥상의 문을 열자, 뒤따르던 사람들이 탄식을 토해내며 주저앉았다. 얼마간의 소란이 있었고, 좁은 옥상의 안쪽으로 속속들이 사람이 들어찼다. 어느새 가장 앞쪽까지 밀려나버린 주안과 율은, 눈앞의 난간을 발견하고선 퍼뜩 그것에 매달려 바깥을 내려다보았다. 그들은 그제야 모든 곳을, 사거리의 모습을 천천히 살펴볼 수 있었다. 사거리의 절반을 집어삼킨 구멍과, 흙에 뒤덮인 채 물을 뿜어내는 거대한 파이프. 해무로 뒤덮인 바다처럼 안개에 잠긴 사거리. 번갈아 들려오는 비명 소리와 사이렌 소리. 홀린 듯 휴대폰을 꺼내든 율이 몇 장의 사진을 찍어두었다. 난간에서 내려온 주안과 율은 그 사진들을 얼마간 말없이 쳐다보았다. 줄지어 늘어선 차들과, 차창 위까지 찰랑이는 검푸른 색의 물결, 그 위로 두께를 알 수 없는 희부연 수증기— 차창 안의 얼굴들은 잘 보이지 않았다.

"율아. 저 안에 사람 없는 거 맞지?"

율은 대답하지 않았다. 대신 율은 그들이 대체 언제쯤 저 아래로 내려갈 수 있을지, 집으로 돌아갈 수 있을지, 잠에 들 순 있을지에 대해 생각했다. 그런 율의 옆에서, 주안이 한참 동안 난간 기둥을 손에서 놓지 못했다. 해가 밝아올 즈음 율은 주안이 무어라 속삭이는 소리를 듣기도 했다. 저기 루가 있어. 주안의 말에 율은 급히 고개를 내밀고 도로를 내려다보았는데, 주안이 가리키는 곳엔 루도 사람도 무엇도 없었다. 이후로도 주안은 인파 속에서 자꾸만 없는 루를 만들어 찾아냈다. 그런 주안에게 율은 계속해서, 몇 번이나 말해주었다.

루는 여기 없어.

사거리에 쏟아지던 물은 해가 뜨고도 한참이 지나서야 도로 아래로, 아직 구멍 나지 않은 배수관 속으로 천천히 흘러 들어가기 시작했다. 주안과 율이 옥상에서 내려와 건물 밖으로 조심스레 발을 내디뎠을 때는, 땅 위에 옅은 훈기만이 감돌 뿐이었다. 위협적으로 끓어오르던 물 같은 것은 아주 조금도 남아 있지 않았다. 다만 도로 위엔 어디서 흘러온 것인지 알 수 없는 물건들이 군데군데 놓여 있었고, 어디선가 쓸려 왔을 방대한 양의 검은 흙이 두껍게 쌓여 있었다. 주안과 율은 가능한 한 빠르게, 집을 향해 걸었다. 지나치는 건물들의 옥상마다 아직 의심과 불안을 떨쳐내지 못한 사람이 많았다. 그들은 난간 앞에 삼삼오오 모여 선 채 고요해진 사거리를 내려다보고 있었다. 건물들의 유리문은 굳게 닫혀 있었는데, 닫힌 유리문 앞마다 젖은 줄과 조그마한 옷가지로 둘러싸인 살덩이들이 한데 뒤엉킨 채 널브러져 있었다. 작고 알록달록한 천 조각 사이에서 반질반질하게 빛나는 젖은 털은 도통 생물의 것으론 보이지 않았고, 덕분에 주안과 율은 그것들이 반쯤 삶아진 개의 사체라는 사실을 알아차리는 데 꽤나 오랜 시간을 할애해야 했다. 끊이지 않는 사이렌 소리를 따라 주안이 뒤늦은 비명을 내지르며 구역질을 했고, 율은 주안의 얼굴을 끌어안고 엉거주춤 발걸음을 이었다.

주안과 율은 새벽이 다 되어서야 집으로 돌아왔다.

문을 열자, 현관에 웅크린 채로 새하얘진 손끝을 주무르던 루가 천천히 몸을 일으켰다.

루는 주안과 율의 얼굴을 번갈아 쳐다보다, 주안의 어깨를 조심스레 매만지다, 다시 흘러내리듯 아래로, 주저앉았다. 양손으로 주안의 발목을 힘주어 쥐고, 주안의 한쪽 정강

이에 이마를 댄 채, 루는 한참 동안 아무 말도 하지 않았다.

"아파."

얼마 후 주안이 한쪽 발목을 비틀며 말했다. 그러나 루는 주안의 발목을 놓지 않았다.

"아프다고."

주안이 루의 어깨를 밀어내며 다시 말했다. 그러나 루는 주안의 발목을 놓지 않았다.

"이것 좀 놔."

보다 못한 율이 루에게 손을 뻗었을 때, 루가 예고 없이 손을 놓아버렸고, 순간 중심을 잃은 주안이 큰 소리와 함께 현관 바닥에 나동그라졌다. 이후 둘은 율이 손을 쓸 새도 없이 서로를 향해 달려들었다. 주안은 루의 위에 올라타 잔뜩 힘을 실은 주먹으로 루의 얼굴을 연신 내리쳤다. 나한테, 왜 이래, 주안이 악을 쓰며 소리치는 동안 루의 턱이 몇 번이나 반대쪽으로, 다시 반대쪽으로 돌아갔다. 그렇게 얼마간 새빨개진 눈가를 찌푸린 채 주안의 주먹을 잠자코 맞아내던 루는, 어느 순간 스스로 몸을 일으키며 주안의 어깨를 거세게 밀쳤다. 단번에 나가떨어진 주안의 등이 현관문에 부딪히며 쿵, 소리를 냈다. 주안은 그 문 앞에서 몸을 둥글게 말고 앉아 한동안 일어서지 못하다, 전보다 더욱 악에 받친 목소리로 욕을 하며 다시 루와 엉겨 붙었다.

루와 주안은 끊임없이 서로를 밀치고 때렸다. 주안이 소리를 지르고 욕을 하며 루의 얼굴을 후려치면, 루는 주안을 밀치고 자리에서 일어나 눈에 보이고 손에 집히는 모든 것을 벽으로, 바닥으로 집어 던졌다. 집 안 곳곳이, 물건들이, 깨지고 부서졌다. 율이 몇 번인가 루와 주안의 사이에 끼어들어 두 사람을 멀리 떨어뜨려놓았지만, 얼마 안 가 그들은 다시 서로에게 달라붙었고, 더욱 격렬한 몸짓으로 서로를 몰아붙였다. 율은 더 이상 무엇도 이해할 수 없었다. 왜 루와 주안이 느닷없이 서로를 죽일 듯 굴고 있는지 알 수 없었고, 그런 그들의 눈에 어떻게 한 치의 망설임도, 두려움도 없을 수 있는지 이해할 수 없었다. 율은 자신이 루와 주안에 대해 무엇을 알았으며, 무엇을 알지 못했는지, 정말로 더 이상 기억해낼 수 없었다. 율은 현관 앞에 앉아 두 손으로 얼굴을 감쌌다.

"무서워."

율의 목소리가 집 안을 울렸다.

루와 주안이 말을, 모든 행동을 멈추었다.

루가 아이처럼 울음을 터뜨렸다.

주안은 그런 루를 내려다보다, 조용히 욕실로 들어가 문을 잠갔다.

## 11

그날 이후 루와 주안은 더없이 조심스러운 태도로 서로를 대했다. 그들은 필요 이상으로 상냥하게 대화했으며, 어느 순간 약속된 정적을, 의도적으로 소리를— 말을 삭제하는 시간을 가지기도 했다. 율은 그제야 루와 주안에 대해 조금은 알 것 같은 기분이 들었는데, 기분은 기분일 뿐 아무런 도움이 되지 않는 것임을 잘 알고 있었으므로, 불필요한 참견이나 섣부른 착각을 해버리지 말자는 다짐을 거듭해야 했다.

루와 주안은 그날의 사고를 완전히 잊은 것처럼 태연하게 행동했다. 창밖에서 새어 들어오는 희미한 사이렌 소리가 이튿날 저녁까지도 세 사람의 귓가를 맴돌았지만, 루와 주안은 평소처럼 커피를 마시고 거실에 둘러앉아 구식 게임기를 두드리며 웃었다. 율은 그들과 함께 움직였고 함께 웃었으며 함께 이야기하거나 이야기하지 않았다. 율은 루와 주안이 더 이상 그날에 대해 이야기하고 싶어 하지 않는다는 것을 알고 있었다. 그래서 율은 그들과 함께 그날에 관한 모든 것을 없던 셈 치기로 했다. 궁금해하지 않기로 했다. 원한다면 언제든 인터넷을 뒤져 그들이 본 것에 대해, 겪은 일들에 대해, 그와 관련해 곧 일어날 일들에 대해 밝혀진 모든 정보를 알아낼 수 있었겠지만, 그걸 안다고 해서, 이야기한다고 해서, 무엇이 달라지지—율은 알 수 없었다. 하여 율은 루와 주안이 어떠한 변화를 스스로 맞게 되기를, 그래서 율에게도 어떠한 말을 먼저 건네주기를, 잠자코 기다릴 수밖에 없었다. 그러는 사이 율은 기억을 되짚어 자꾸만 뒤로, 뒤로 돌아가게 되었다. 먼 과거에서부터 시간을 거슬러 오르며 더 많은 것을 이해하고 해석해보고자 노력하게 되었다. 다만 율이 흐릿한 시간들을 조각내어 순서를 뒤바꾸거나, 빈 공간에 새로운 이야기들을 채워 넣으려 할 때마다, 몇 가지 의문이 율의 머릿속에서 부풀어 오르다 사그라지기를 반복했다.

대체 뭐가 문제야?

율은 묻고 싶었다. 하지만 루와 주안은 영원히 대답하지 않을 것 같았고, 대답한대도, 율은 그 무엇도 이해할 수 없을 것 같았다.

도시의 밤은 고요했다. 얼마간 거대한 쇳덩이를 실은 커다란 차들이 창틀 아래서 오가는 것이 보이기도 했지만, 곧 다시 도로는 한산해졌다. 간혹 개를 산책시키는 사람들이 빈 도로를 가로질러 달리기도 했다. 루와 주안과 율 중 누구도 밖에서 무슨 일이 일어났는지, 무엇이 끝이 났으며 무엇이 시작되었는지 알지 못했으므로, 도시의 풍경은 정말로 특별할 것이 없어 보였다. 달라진 것은 루와 주안뿐이었다. 그 사실을 율은 꽤나 긴 시간이 흐른 뒤에야 알게 되었다.

율은 루와 주안과 함께 무른 토마토 따위를 집어 먹으며 부엌 찬장에 남아 있던 술병들을 모조리 비워내고 있었다. 모두 반쯤 취해 있었고, 사소한 대화와 농담이 이어졌다. 율은 무거운 눈꺼풀을 느리게 감았다 떴다. 루와 주안의 목소리가 뭉개지고 뒤섞이고 있었다. 쏟아지는 잠기운을 이기지 못하고 율이 자리에서 일어났다. 언젠가부터 율은, 루와 주안의 목소리만 들리면 잠이 들 것 같은 기분이 되곤 했다.

걸음을 옮기려던 율의 발치에 무언가 와 닿았다. 율은 발밑을 내려다보았고, 율의 바지 끝을 말아 쥐고 있는 루의 손을 보았다. 답지 않은 루의 행동에 율은 조금 웃었다. 술기운에 응석을 부려보는 모양이라고 생각했다.

먼저 잘게, 말하며 율은 다시 고개를 들었다.

그 순간 율은 말을 도로 집어삼킨 채 아주 천천히, 일으켰던 몸에 힘을 풀고, 원래의 자리로 돌아가 앉을 수밖에 없었다. 불 꺼진 방 안에서 희미하게 빛나는 네 개의 동공이 율의 얼굴을 동시에 올려다보고 있었다. 그즈음의 율은 아주 희박한 빛만으로도 눈앞의 사물들을 알아볼 수 있을 만큼 어둠 속 생활에 익숙해져 있었다. 그랬기에 율은 루와 주안의 표정을, 겁에 질린 그들의 무력한 얼굴을 누구보다도 확실하게 알아볼 수 있었다. 일어나지 마—그들은 말하고 있었다. 율은 언젠가부터 자신이 루와 주안의 모든 행동을 과대 해석 하고 있다는 의심을 떨쳐낼 수 없었는데, 그때 그들은 정말로, 그렇게 말하고 있었다. 율은 두려웠다. 율은 루와 주안에게 해줄 수 있는 것이 없었다. 루와 주안은 루와 주안이었고, 율은 율이었으므로, 율은 루와 주안이 자신에게 대체 무엇을 바라고 있는 것인지 알 수 없었다. 내가 뭘 해줘야 해? 율은 물을 수도 없었다. 루와 주안은 그 물음에 대답하지 못할 것이었다. 율은 점점, 모든 상황에 자신이 없어졌다.

영영 집 밖으로 나서지 않을 것만 같던 루와 주안은 어느 날 저녁 평소처럼 몸을 씻고 옷을 입었다. 율은 평소처럼 거실 소파에 앉아 부지런히 오가는 루와 주안의 뒷모습을 말없이 쳐다보았다. 현관 등에 불이 들어오고, 율은 루와 주안의 얼굴을 마주 보았다. 평소처럼 다녀와, 말하려던 율은 조심스레 입을 벙긋거리는 주안의 얼굴을 보곤 입을 다물었다.

"같이 나갈래?"

주안이 물었다. 루와 주안이 율의 눈을 쳐다보고 있었다.

율은 눈을 깜빡이는 동안 말을 고르며, 그들이 자신에게 농담을 하고 있는 것인지 생각해야 했다.

"너희 일하는데 어떻게 가."

율이 웃으며 대답하자, 루가 손에 든 볼 캡을 푹 눌러썼다. 주안은 예의 그 눈으로 율을 쳐다보다, 다시 장난스러운 얼굴로, 구경해도 되는데— 중얼거렸다.

"다녀올게."

루가 현관문을 열었다.

"이따 뭐 시켜 먹을까?"

주안이 물었다.

율은 손을 흔들며 그러자고 대답했다. 그러곤 문이 닫히기 직전 소리쳤다.

"조심해."

루가 고개를 끄덕였다.

그날 새벽 현관문은 두 번 열렸다.

새벽이 되기 전, 루가 물에 젖은 솜 인형과 같은 모습으로 키코의 어깨에 매달려 들어왔다. 키코가 루를 던지듯 현관에 내려놓자, 루는 신발도 벗지 않은 채 침실로 휘청이며 걸어 들어가기 시작했고, 키코는 현관문에 스토퍼를 걸어둔 채 루를 늦지 않게 뒤쫓았다. 율이 뒤따라 침실에 들어섰을 때, 루는 곤히 잠들어 있었다. 키코는 침대 옆 벽에 등을 기대고 서 있었는데, 팔짱을 낀 채 말없이 루의 뒤통수를 쳐다보다가, 두어 번 소리 내어 혀를 찼다. 누구시죠, 뒤늦게 율이 묻자, 친구예요, 키코가 대답했고, 이젠 아니고요, 이어 덧붙였다. 친구라고, 율이 미심쩍은 얼굴로 키코를 살펴보았지만 키코는 아랑곳하지 않은 채 루를 지켜보고만 있었다.

루를 구석구석 훑어보던 키코는, 별안간 손을 들어 루의 뒤통수를 냅다 후려쳤다. 율은 놀란 얼굴로 잠시간 얼어붙은 채 움직이지 못했는데, 그사이 키코는 미련 없이 돌아서서 유유히 집을 빠져나갔다. 열렸던 문이 닫혀가는 동안, 율은 천천히 멀어지는 키코의 뒷모습에 대고 무어라 말을 하려다 말았다. 누구지. 여전히 율은 알 수 없었고, 문이 닫힌 뒤 루의 신발을 조용히 벗겨주는 수밖엔 없었다. 루의 신발을 정리하고, 무심코 베란다에 나가 밑을 내려다본 율은 율의 얼굴을 똑바로 올려다보고 있던 키코를 우연히 마주 보게 되었다. 키코는 율과 눈이 마주치고도 얼마간 능청스레 웃어 보이며 율에게서 눈을 떼지 않다가, 골목으로 미끄러져 들어온 택시를 타고 언제 있었냐는 듯 흔적도 없이 사라져버렸다.

루가 술과 잠에서 깨어날 즈음엔 주안이 들어왔다. 주안은 집에 발을 들이자마자 현관에 쓰러져 잠들었다. 율은 손을 모아 쥔 채 아이처럼 잠을 자는 주안의 얼굴을 얼마간 조용히 내려다보았다. 잠든 주안에게선 찬 겨울 공기의 냄새가 났다. 살며시 건드려본 주안의 뺨이 놀랍도록 차가워서, 율은 주안이 곧 감기에 들지도 모르겠다는 생각을 했다. 루는 뒤늦게 침실에서 걸어 나와 현관을 향해 다가왔다. 루는 율과 주안을 번갈아 바라보다가, 도와줘, 율에게 말했고, 율이 고개를 끄덕였다. 루와 율은 주안의 신발을 벗겨낸 뒤 조심스레 안아 침대에 눕혀주었다. 루는 말이 없었다. 말없이, 주안의 머리칼을 넘겨주다가, 침실 문을 닫고 거실로 걸어 나왔다. 루는 소파 끝에 앉아 한쪽 턱을 괸 채 오래도록 움직이지 않았다. 율은 그런 루의 옆에서 뜬눈으로 함께 밤을 지새웠다.

## 12

가장 먼저 P시를 떠난 것은 루였다. 루는 인사도 없이, 아주 조금의 짐만을 챙겨 사라졌다. 율은 주안에게 루에 대해 여러 번 물었지만, 주안은 언제나 전부 알고 있다는 듯이 말했고, 때문에 무엇도 알지 못하는 사람처럼 보이기도 했다.

넓어진 집에서 주안은 율의 노트북으로 다큐멘터리 따위

를 보거나 게임기를 만지작거리며 시간을 보냈고, 가끔은 율의 품에 안겨 눈물 없이 마른 울음을 터뜨리기도 했다. 주안은 밥을 먹다가도, 잠을 자다가도, 양치를 하다가도 자주 억울하다고 말했다. 그즈음의 모든 일들이 자신은 어떤 선택권도 가질 수 없었던, 순전히 우연에 의해 일어난 일에서 비롯되었다고 주안은 말했다. 그러다가도 주안은 한순간 말이 없어졌고, 다시 모든 걸 알고 있다는 얼굴로, 모든 걸 알고 있었다는 얼굴로 무료하게 시간을 보냈다. 율은 주안이 원할 때 주안의 옆에 있어주었고, 주안이 원하지 않을 때엔 조용히 기다려주었다. 율에게 있어서, 루와 주안의 관계는 언제나 조용히 지켜볼 수밖에 없는 종류의 것이었다. 율은 그 사이에서 더없는 무력감을 느끼고 있었다.

그 모든 것에 익숙해졌을 즈음 주안이 떠났다. 루와 주안이 사라진 루와 주안의 집엔 갈 곳 없는 율이 남았다. 율에겐 왜 자신마저 떠났어야 했느냐고, 루와 주안을 질책할 여유가 없었다. 율은 계산해야 할 것들을 계산했고, 찾아야 할 것들을 찾았다.

홀로 집에 남아 있는 동안, 율은 루와 주안과 율 중 누구의 것도 아닌 물건들이 집 안 곳곳에 널려 있었다는 사실을 알게 되었다. 율은 루와 주안의 집에 머물렀을 몇몇 사람의 얼굴을 떠올려보았다. 그 순간 율은 그들이 다들 정말 살기 위해서, 루와 주안의 공간에 발을 들인 채 그 안에 속하기 위해서, 그곳에 도달했을 것이라는 생각을 하지 않을 수 없었다. 율은 한 번쯤 그들을 만나보고 싶다고 생각했다. 당신들 대체 뭘 바라고 이 집에 들어온 거야— 율은 처음으로, 그들에게 묻고 싶어졌다.

언젠가 율은 루와 주안이 남기고 간 침대에서 선잠에 든 적이 있었다. 꿈속에선 보이지 않는 누군가가 율의 머리칼을 물결처럼 차고 부드러운 손길로 매만져주었다. 율은 암흑 속에서 그의 손길을 기분 좋게 음미하며, 꿈결을 따라 흩어지는 음성을 이해하려 귀를 기울이고 있었다. 귓가에 맴도는 모든 단어가 웅웅대는 소음과 함께 뭉툭하게 뒤섞여 흘렀다. 율이 끝내 무엇도 알아듣지 못한 채 뒤를 돌아보았을 때, 꿈속의 감각들은 거품이 터지듯 순식간에 율의 손을 떠났고, 율은 잠에서 깨어나 눈을 깜빡였다. 뻑뻑해진 눈가를 비비던 율의 손안에서 무언가가 바스락거리며 가볍게 만져졌다. 율은 눈을 뜨고 오른손을 펼쳐보았다. 손바닥 위엔 작은 메모지가 구겨진 채 놓여 있었다.

왜 아직 여기에 있어?

율은 몸을 일으켜 방 안을 둘러보았다. 여전히 방 안엔 율만이 남아 있었다. 율은 다시 침대에 몸을 뉘인 채 그림자 진 천장을 바라보았다. 바람이 불었고, 열린 창문에선 도시에서 날 법한 소리들이 규칙적으로, 일정하게 들려왔다.

# 한밤의 스키틀즈

해아는 죽은 미오를 찾아 자그마치 석 달을 헤맸다고 말했다. 창밖으로 흰 가루눈이 날리고, 예언처럼 찾아든 꿈자리에 내내 몸을 뒤척여야 했던 12월의 어느 밤을 기점으로, 흐릿한 인상으로만 남겨진 어릴 적의 기억들을 뿌리째 들어 올린 채 샅샅이 살펴보기 시작했다고. 낡은 서랍 속에서 발견한 은빛 모토로라의 망가진 버튼을 연신 딸각이며, 터질 듯 부풀어 오른 리튬 이온 배터리의 톡 쏘는 냄새를 이따금 맡아가며, 기억 저편에 폐기된 이름들을 하나둘씩 건져내었다고. 어렵게 연락이 닿은, 마음 여린 사람들의 도움을 염치없이 받아먹고, 그녀와 미오의 사이를 이어주던 가늘고 희미한 인연의 끈을 따라 기약 없이, 이리저리 흘러 다녔다고. 그러니 단단히 얼어 있던 도시 곳곳의 빙판들이 슬그머니 녹아내리기 시작한 그날 오후, 마침내 도착한 옥탑의 녹색 철문 앞에서 미오를 마주했을 때, 빛바랜 앨범의 모서리에서 보아왔던 희고 둥근 얼굴이 거짓말처럼, 몸만 자란 채, 그녀를 어리둥절하게 쳐다보았을 때, 살아 있네?— 해아는 대뜸 물을 수밖에 없었다. 응 살아 있지. 차분히 대답하던 미오의 어깨를, 말랑거리는 한쪽 뺨을, 쿡쿡 찔러볼 수밖에 없었다. 난 네가 정말로 죽은 줄 알았어,라고 그날 해아는 아주 여러 번 반복해 중얼거렸다. 그사이 미오는 끊임없이 자문하고 있었다. 누구더라. 그러고도 미오는 끝내 해아를 기억해내지 못했다.

해아가 꾸었다는 꿈이란 그리 대단한 것은 아니었다. 그 꿈속에서 미오는 낯선 길가의 커다란 나무 아래에 서 있었고, 해아는 길의 건너편에 서서 불어오는 바람에 따라 일제히 흔들리던 새하얀 나뭇가지들과 차게 얼어 붉어져가던 미오의 코끝을 조심스레 건너다보고 있었다. 해아는 이따금 미오가 자신을 곁눈질하듯, 아주 잠깐씩 돌아보고 있다는 느낌을 받았는데, 그런 미오에게 응답하려 크게 눈을 깜빡일 때면 미오는 다시 그녀의 바깥으로, 자연스레 시선을 거두어갔다. 그들을 향해 쏟아져 내리던 겨울의 희고 새파란 빛 속에서, 그런 일이 내내 반복되었다. 지루하리만큼 긴 꿈이었지만 둘의 시선이 온전히 마주했던 시간을 따져보자면 수 초도 되지 않을 것이라고 해아는 단언했다. 그러다 아침이 다가오고, 햇살이 쏟아지고, 마침내 부스스 눈을 뜨며 침대에서 몸을 일으켰을 때, 해아는 미오가 죽었다는 것을 알 수 있었다. 문 앞에 도착한 소포를 풀어보듯 차근차근하게 그러나 확실하게, 그 죽음을 인지하고 감각할 수 있었다. 해아는 그 누구도 아닌 자신이, 미오의 상태를 확인해야 한다고 생각했다. 그래서 해아는 미오의 집을 찾아 겨우내 이리저리 헤맸다. 미오는 당혹스럽기 그지없는 얼굴로 그런 이야기들을 들었고, 얼마 뒤 천천히 입을 떼었다.

— 어쨌거나 난 죽지 않았어. 아주 멀쩡하고…… 건강해.

그러자 해아는 어딘가 골똘해 보이는 얼굴로 대답했다.

— 응. 그래 보이네.

해아와 미오는 철문 앞 계단에 나란히 쪼그려 앉은 채 한참을 어색하게 대화했다. 말하는 쪽은 대체로 해아였고 미오는 그렇구나, 따위의 대꾸를 하며 잠자코 이야기를 듣는 쪽이었다. 해아의 말에 따르면 그들은, 쉽게 말해, 아무 사이도 아니었다. 중학교 시절 한 차례 우연히 스쳐 지난 이후로 10년이 넘는 세월을 접점 하나 없이 지내왔기 때문이다. 미오는 해아가 건넨 두 장의 사진을 살펴보며 그 사실을 다시금 확인했다. 사진 하나엔 턱선에 맞춰 똑 자른 단발머리의 어린 미오가, 다른 하나엔 구불거리는 곱슬머리를 길게 늘어뜨린 어린 해아가, 잔뜩 흔들린 채 찍혀 있었다. 그 순간 미오는 불현듯 한 가지 기억을 떠올렸는데, 해아에 대한 것은 아니었다. 미오는 그녀가 어릴 적 들고 다니던 싸구려 디지털카메라 하나를 기억해냈을 뿐이었다. 그 시절에도 이미 구식으로 여겨지던 기종으로, 툭하면 알아보기 어려울 정도로 흔들린 사진을 내놓던 것이었는데, 그때 미오는 누구의 사진이든 함부로 찍어댔으며, 아무에게나 카메라를 쥐여주며 자신을 찍어달라 부탁하고는 했다. 이름도 모르는 아이들의 사진이 책상 위에 쌓이는 일이 자주 있었다. 해아도 그중 하나였겠거니, 미오는 짐작했다. 동시에 미오는 그 사진들이 조금 웃기다고 생각했다. 사진 속의 어린 해아와 다 자라버린 그날의 자신이, 반대로 사진 속 어린 자신과 눈앞의 해아가 조금씩 닮아 있던 탓이었다. 그날 미오는 사진 속의 해아처럼, 구불거리는 파마머리를 허리까지 늘어뜨리고 있었고, 해아는 곱슬머리를 깔끔하게 펴낸 채, 쇄골 근처에서 찰랑거리는 긴 단발머리를 하고 있었다. 이거 꼭, 쟤가 자라서 내가 된 것 같잖아. 내가 자라서 쟤가 되고. 미오는 그런 생각을 속으로만 삼켰다.

그들이 거의 모르는 사이에 가깝다는 사실을 알고 나자

미오는 해아의 방문을 더욱 이해할 수 없었다. 그러니까 대체 해아의 용건이 무엇인지 미오는 알 수 없었던 것이다. 잠자코 이야기를 듣던 미오가 해아에게 그런 질문을 던졌을 때, 너 대체 여기 왜 온 거야, 하고 물었을 때, 해아는 목덜미를 긁적이며 한동안 대답을 하지 못했다. 해아도 자신의 용건이 무엇인지 알 수 없었던 것이다. 정확히는, 알 수 없게 되어버렸던 것이다. 해아는 어느 날 꿈속에서 미오를 보았고, 그 꿈에서 깨고 나자 미오가 죽었다는 것을 알 수 있었고, 죽은 미오가 자신을 부르고 있다고 생각했고, 하여 무턱대고 미오의 집을 찾아왔을 뿐이었다. 미오가 죽었다는 사실을 확인하고 나면 얌전히 자신의 동네로 돌아갈 생각이었다. 집주인이나 이웃 사람들에게, 이 집 사는 사람 죽었나요, 묻고, 죽었습니다, 대답을 듣고, 역시 그렇구나, 중얼거리며 집으로 돌아갈 계획이었다. 그러나 미오는 살아 있었으므로 이제 계획이란 없었다. 내 꿈은 틀린 적이 없었는데, 라고 불쑥 해아가 말해서 미오는 그게 무슨 소리냐는 듯 잠시 해아를 돌아보았지만, 해아는 별다른 설명을 덧붙이지는 않았다.

결국 그들은 둘 사이의 이야기가 한없이 길어지게 될 것을 예감하며 자리를 옮겼다. 겨울이 끝나가고 있었으므로 기온이 많이 낮지는 않았지만 바람이 잦게 불어왔다. 미오는 근처의 카페라든가 식당이라든가 아무튼 찬 바람을 막아줄 수 있는 실내로 자리를 옮겨야겠다고 말했다. 그러자 해아는 구태여 멀리 갈 필요가 있겠느냐며 미오의 집을 가리켜 보였다. 잠깐 집 좀 빌리자. 해아가 몹시 당당한 투로 말했을 때, 미오는 뜸을 들일 것도 없이 곧장 고개를 저어 보였다. 그러곤 꽤나 단호하게, 집이 지저분해서 안 돼, 하고 말해주었는데, 미오가 정신을 차렸을 즈음 해아는 이미 그녀의 집 앞으로 훌쩍 걸어가 녹슨 철문의 손잡이를 돌리고 있었다. 이후의 일들은 전부 미오의 예상대로였다. 해아는 열린 문 틈새로 미오의 집을 들여다보고는 이내 쿵 소리를 내며 도로 문을 닫아버렸다. 마치 못 볼 것을 보기라도 했다는 듯 잘게 고개를 흔들다, 두어 번 눈을 깜빡인 뒤엔, 와…… 따위의 소리를 내며 미오를 돌아보았다. 그러게 내가 말했지, 미오가 중얼거렸다. 해아는 벽면을 따라 전시된 창백한 피부의 인형들과, 탁자 위나 방바닥을 어지럽게 굴러다니던 유리 안구들을 순식간에 살펴보았을 것이다. 문을 열던 찰나, 그것들이 일제히 그녀를 돌아보는 것만 같은 생경한 기분을 느꼈을 것이다. 종종 있는 일이었다.

얼마간 입을 다물고 서 있던 해아는 역시 카페가 좋겠어, 하고 말했다. 미오는 고개를 끄덕이며 옥상 난간 너머를 훑어보았다. 어느새 미오의 곁으로 다가온 해아가 차가운 난간에 매달린 채, 저기, 하고 한 건물을 손으로 가리켜 보였다. 그녀의 손끝을 따라 시선을 옮기자 낮은 주택들 사이로 거대한 부표처럼 떠오른, 스프링클도넛 모형의 입체 간판이 얼핏 보였다. 미오는 건물을 벗어나 그곳을 향해 익숙하게 걸음을 옮겼다. 미오도 잘 아는 곳이었다.

*

미오의 집에서 도넛 가게까지는 걸어서 10분 정도의 거리였다. 미오는 평소보다 보폭을 넓혀 걸었는데, 걷는 내내 해아가 미오의 옆구리를 쿡쿡 찌르며 그거 뭐야, 아까 그거 대체 뭐야, 하고 물어왔기 때문이다. 미오는 딱히 할 말이 없었고 하고 싶은 말도 없었으므로 해아의 말을 듣는 둥 마는 둥 하며 티 나지 않게 걸음을 재촉했다. 덕분에 그들이 간판 아래에 도착했을 즈음엔 집을 나선 이후로 고작 5분 정도가 지나 있을 뿐이었다.

4층까지 계단을 오르자 진녹색 방수 페인트가 칠해진 옥상 바닥과, 사방이 연분홍색 페인트로 빠짐없이 칠해진 아담한 매장이 눈에 들어왔다. 도넛 간판은 생크림케이크 한가운데에 푹 박아 넣은 토퍼처럼 매장의 지붕에 수직으로 꼿꼿이 세워져 있었고, 그 아래 가로로 긴 유리창 너머로는 매장 내부가 훤히 들여다보였다. 매장은 몹시 좁고 북적거렸다. 테이블 하나 없이 쇼케이스와 계산대만 들여놓은 채 운영되는 곳이었음에도, 사람들은 끊임없이 매장을 드나들며 커피와 도넛을 포장해 갔다. 쇼케이스에 진열된 도넛들은 이미 반쯤 품절된 채였다. 해아는 그 앞으로 빠르게 다가서며 대뜸 간판,이라는 알 수 없는 소리를 해왔다. 간판? 잠시 헷갈려 하던 미오는 곧 아아, 하는 소리를 내며 스프링클이 뿌려진 분홍색 글레이즈드도넛 하나를 주문했다. 이후 미오는 자신의 몫으로 가장 소량 남아 있던 파인애플잼필링도넛 하나를 골랐다. 겉면에 정체 모를 파란 젤리가 얇은 막 형태로 코팅되어 있는 것이었는데, 미오는 이미 몇 번이나 그것을 사 먹어본 적이 있었다. 그때마다 미오는 그 젤리의 정체를, 그 미묘한 향과 맛의 정체를 알아내는 데 실패했었다. 이게 대체 무슨 맛이야,라고 연신 중얼거리곤 했었다. 이상하게 승부욕을 불러일으키는 도넛이지, 미오는 조용히 생각했다.

주문을 마친 해아와 미오는 오가는 사람들 틈에 섞여 자연스레 매장을 빠져나온 뒤에야 그들이 테이크아웃 전문 매장에 와 있었다는 사실을 알아차렸다. 아 맞다, 미오가 황망하게 중얼거렸고, 해아는 그런 미오를 지그시 쳐다보았다. 어쩔 수 없이 그들은 매장 앞에 주루룩 놓인 세 개의 플라스틱 선 베드 중 하나씩을 차지하고 몸을 뉘어야 했다. 활짝 펼쳐진 병아리색 파라솔이 그들의 상반신 위로 짙은 그림자를 드리웠다. 내내 어이가 없다는 얼굴을 하고 있던 해아는, 아까보다 더 춥잖아,라고 짧게 불평했고, 미오는 그럼 파라솔을 접어,라고 대꾸했다. 해아는 파라솔을 접지 않았다.

그들은 각자의 도넛을 한 입씩 베어 물며 조용히 말을 골랐다. 미오의 왼편에서 해아가 오독거리며 스프링클을 씹는 동안, 미오는 해아가 자신에게 물어올 수 있는 것들을 간략히 추려보았다. 그때껏 미오는 누군가로부터 뭐 하고 사니, 따위의 질문을 받을 때마다 대충 아무 말이나 지어내고는 했다. 대략 30퍼센트쯤만 맞는 이야기들. 메이크업을 해요. 미용을 해요. 옷을 만들고 팔아요. 그러고 나서 마법 같은 한마디— 참 좋아요 살 만해요. 그런 말을 덧붙이고 나면 아무도 미오의 일에 대해 구체적으로 물어오지 않았다. 별로 궁금해하지 않았다. 그들 중 누구도 미오의 집에 발을 들인 적이 없었기에 가능한 일이었다. 미오는 그 일들을 전부 하는 사람이었다. 한꺼번에 하는 사람이었다. 사람이 아니라 인형에게 말이다. 한편 해아는 미오가 미묘한 파란 도넛을 소리 없이 베어 무는 내내 자신의 꿈에 대해 생각하고 있었다.

이 얘기를 어디서부터 어디까지 해야 하나, 어디서부터 어디까지 해야 미오가 알아들을 수 있나. 그때껏 해아는 사람들을 붙잡고 꿈이니 뭐니 하는 소리를 하다 길바닥에 홀로 버려진 적이 여러 번 있었다. 경험상 썩 유쾌한 일은 아니었다.

결국 긴 침묵을 깬 사람은 해아였다. 나 사실 예지몽 경력 10년 차야, 하고 해아가 불쑥 운을 떼었을 때, 미오는 그녀가 농담을 하고 있다는 생각에 작게 웃음을 터뜨렸다. 그러나 해아는 따라 웃지 않았고, 그 탓에 미오도 곧 웃음을 거두었다. 얼마 뒤 미오는 조금 머쓱해진 채 더 설명해줘,라고 부탁했다. 해아는 그런 미오의 말에 예지몽이 예지몽이지 뭐,라고 짧게 대꾸했다. 실제로 해아의 예지몽이란 그리 특별할 게 없었다. 해아는 자신의 꿈속에 나타난 사람들을 밤새 지켜볼 뿐이었다. 멋대로 꿈속에 나타나 엎어지고 구르고 깨지던 사람들이 다음 날 해아의 눈앞에서, 같은 방식으로 다시 엎어지고 구르고 깨지는 모습을 내내 그저 지켜볼 뿐이었다. 그게 끝이야,라고 해아는 말했다. 어렸던 시절엔 해아도 자주 손톱을 깨물며, 그들에게 경고를 해주어야 한다는 의무감을 가졌다. 마주치는 이들에게서 닥치는 대로 연락처를 받아 모으는 버릇이 들었고, 불길한 꿈에서 깨어나는 아침이면 베개 밑의 모토로라를 꺼내 들고 다짜고짜 전화를 걸곤 했다. 통화는 대체로 신경질적인 목소리와 함께 뚝 끊어지곤 했지만, 하루 뒤엔 모두가 그녀의 말이 맞아떨어졌음을 알아차렸다. 다 옛날 일이었다. 이제 해아는 그런 일을 구태여 도맡지 않았다. 연락을 받은 모두가 해아를 께름칙해하며 그녀에게서 차츰 멀어져갔기 때문이다.

잠시 뜸을 들이던 해아는, 아무튼 네 꿈은 조금 이상했어, 라고 말을 이었다. 미오는 해아의 꿈속에서 내내 가만히 서 있었을 뿐이었는데, 아무래도 그게 끝이 아닐 것 같다는 생각이 들었다는 것이다. 뭐랄까, 꿈의 뒷부분이 잘려 나간 것만 같은 기분이었어. 왜, 디브이디를 리핑하다 작은 오류가 생기면, 영화의 끝부분이 조금 잘려버리잖아. 그런 느낌이었어. 내가 보지 못한 것이 있을 것만 같다는 생각이 들었어. 그리고 꿈에서 깨어나자마자 그 뒷내용을 알 수 있었어. 그러니까, 네가 죽었다는 확신이 들었어. 그게 아니라도, 곧 죽게 될 거라는 예감이 들었어. 해아는 그렇게 말했고, 미오는 연신 고개를 갸웃거렸다.

—나 살아 있다니까.

—나도 알아. 그게 중요해.

해아는 그때껏 그 불길한 예지몽들의 유효기간이 잠에서 깨어난 그날까지라고만 생각해오고 있었다고 말했다. 그리고 어쩌면 그녀가 그때껏 잘못 이해하고 있던 것일지도 모르겠다고 말했다. 해아의 꿈속에 나타나던 사람들은 대체로 해아와 몹시 가까운 곳에 살고 있었으므로, 하루 만에 그들을 마주치는 것이 충분히 가능한 일이었다. 그러나 미오는 해아와 아주 멀리 떨어져 있었고, 수개월이 걸려서야 겨우 그녀를 찾아낼 수 있었고, 결과적으로 그녀는 해아의 눈앞에 멀쩡히 살아 있었다. 그러니까 사실 해아의 꿈들은 그녀가 꿈속의 인물들을 현실에서 마주치던 순간부터 유효해진 것일지 몰랐다. 우린 방금 막 만났으니까, 넌 멀쩡히 살아 있는 게 아닐지도 몰라. 아직 죽지 않은 것뿐일지도 몰라. 그리고 정말로, 오늘까지인지도 몰라. 해아는 사뭇 진지한 투로 말했다. 그 꿈의 결말이 잘려 나간 게 맞다면, 그리고 내 예감이 틀리지 않았다면 말이야,라는 말은 한참 뒤에야 덧붙였다. 미오는 솔직히 말도 안 되는 소리라고 생각했지만 일단은 잠자코 고개를 끄덕였다.

— 그나저나. 넌 뭐야.

— 뭐가?

미오는 남은 도넛을 입에 욱여넣으며 모르겠다는 듯 되물었다.

— 그거. 사는 거야, 파는 거야?

— 둘이 뭐가 달라?

— 별 뜻 없는데. 그냥 궁금해서.

미오는 입안 가득 돌아다니는 파인애플 과육을 꼼꼼히 씹으며, 얼마간 고민해보았다.

— 나는 파는 사람에 가깝다고 봐야지.

— 그렇구나.

— 응. 일이거든, 일.

그러나 미오는 사실 그보다는 빼앗기는 사람에 가깝지 않나, 하는 생각을 하고 있었다. 얼마 전까지만 해도 미오는 그저 취미로 인형들을 사 모으고 꾸미는 사람이었기 때문이다. 미오의 인형들을 사겠다는 사람들이 나타나기 시작한 것은 꽤 최근의 일이었다. 미오는 늘 딱히 하는 일이 없었고, 사람들은 늘 미오의 예상을 훌쩍 뛰어넘는 금액을 제시해왔으므로, 미오는 늘 어쩔 수 없는 기분으로 자신의 인형들을 팔았다. 하나씩 팔고 팔다 보니 그게 미오의 일이 되었다. 그뿐이었다. 언젠가 미오는 자신의 SNS 계정에 부러 괴상한 모습으로 꾸며진 인형들만을 잔뜩 업로드해보기도 했다. 이상한 옷을 입히고, 머리칼을 싹둑싹둑 자르고, 말랑거리는 관절들을 마구 꺾어놓은 것들이었다. 조금도 아름답지 않은 것들이었다. 그러나 그것들은 미오를 더욱 유명하게 만들어주었을 뿐이었다. 조금 더 많은 돈을 미오에게로 가져다주었을 뿐이었다. 조금 더 많은 인형을 빼앗기게 했을 뿐이었다. 미오는 그런 기억들을 차가운 선 베드 위에서 조용히 곱씹고 있었다.

그사이 해아는 손목을 들어 시간을 확인한 뒤, 동전만 한 크기로 줄어든 도넛을 한입에 털어 넣었다. 그러곤 자리를 박차고 일어나 기지개를 켜기 시작했다. 얼마 뒤 해아는 가뿐한 몸짓으로 미오를 돌아보며 가자, 확인할 게 있어, 하고 말했다. 무엇을? 미오가 묻자, 해아는 줄곧 참아온 말들을 우르르 쏟아내듯 대답했다. 그냥, 무슨 일이 일어나고 있는 건지. 그 꿈은 대체 뭔지. 넌 왜 죽지 않았는지. 난 왜 네가 죽었다고 생각했는지. 그런 것들. 미오는 누운 자세 그대로 두 눈을 천천히 깜빡이며, 그런 해아의 얼굴을 몇 초간 뚫어져라 쳐다보았다. 너 내 말을 믿지 않는구나. 미오의 표정을 살핀 해아가 흘리듯 말하자, 미오는 화들짝 놀라며 뒤늦게 고개를 저어 보였다. 그러나 해아는 이미 미오에게서 시선을 거둔 채 주섬주섬 주변의 쓰레기들을 챙겨 들고 있었다.

— 오히려 잘됐어.

— 뭐가?

— 내가 내 꿈의 정체를 확인하는 동안, 넌 나를 확인해 보면 되겠어. 내가 제정신인지 아닌지. 헛소리를 하고 있는 건지 뭔지.

— 네 말 믿는다니까……

말꼬리를 흐리던 미오에게, 해아는 그래 알겠어, 따위의 대답을 대강 흘려주었다. 미오는 그런 해아에게 무어라 더 말을 붙여보려 했지만, 연달아 하품이 새어 나오는 탓에 아무 말도 할 수 없었다. 어쨌거나 미오는 해아를 따라 순순히 자리에서 일어났다. 언젠가 이런 일이 생길 줄 알았지,라는 생각이 마음 한가운데에 서서히 떠오르고 있었기 때문이다. 평소에도 미오는 자신의 일상이 필요 이상으로 순탄하다는 생각을 자주 하곤 했으므로. 보통은 이런 일이 한 번쯤 생기기도 하겠지, 내가 죽어야 했다는 둥 곧 죽게 될 것이라는 둥 하는 소리를 듣게 되는 일이 생기기도 하겠지, 면전에 대고 그런 말을 하는 여자애랑 걸어 다니는 일이 생기기도 하겠지,라고 자연스레 이해하게 되었던 것이다.

*

해아의 계획은 간단했다. 근처의 공원으로 걸어가 눈에 보이는 모든 나무의 앞에 한 번씩 서 있어보자는 것이었다. 무슨 계획이 그래, 잠시 투덜거리던 미오는, 그녀를 지그시 쳐다보던 해아의 눈빛에 못 이겨 결국 휴대폰을 꺼내 들고 지도를 살피기 시작했다. 공원이라면 그 근처에만 세 군데가 있었다. 미오의 어깨에 기대어 함께 휴대폰 화면을 살펴보던 해아는, 나무가 아주 많은 곳이 좋겠다는 요청을 해왔다. 미오는 잠시 고민하다 가장 넓어 보이는 공원을 향해 걸음을 옮겼다. 작은 호수 주위를 둥그렇게 에워싼 형태의 녹지가 있는 곳이었는데, 날이 풀리는 오후면 겨울 점퍼를 벗어 허리에 단단히 매어둔 사람들이 물가를 따라 띠처럼 둘러진 산책로 위를 빙글빙글 돌고 도는 모습을 구경할 수 있었다. 공원 입구에 다다르기 전, 해아와 미오는 편의점에 들러 이온 음료를 하나씩 사 왔다. 오래 걸어야 하니까, 설명하던 해아는 얼마 뒤 슬쩍 말을 바꾸었다. 뭐, 아닐 수도 있고.

그들은 공원의 입구에서부터 산책로를 따라 조금씩 걸음을 옮겼다. 산책로의 양쪽으로 앙상한 겨울나무들이 빼곡히 늘어서 있었으므로, 앞으로 한 걸음 나아가는 데에만 꽤 오랜 시간이 걸렸다. 저기, 하고 해아가 말하면 미오는 그녀가 가리킨 나무 앞으로 느릿느릿 다가갔다. 그러곤 차가운 나무 기둥에 엉거주춤 등을 기댄 채 건너편의 해아를 쳐다보았는데, 해아는 그때마다 느슨히 팔짱을 끼고 미오와 미오 뒤편의 나무를 유심히 지켜보고 있었다. 미오는 자신의 몸 구석구석을 훑어 내리는 해아의 시선을 느끼며 어색하게 손을 주물렀다. 어쩐지 부끄럽다는 생각이 들었고, 그 사실에 억울해져 반대로 해아의 얼굴을 똑바로 쳐다볼 때면, 어김없이 해아와 눈이 마주쳤다. 때문에 미오는 살며시 눈을 돌려 해아의 주변부를 넓게 둘러볼 수밖에 없었다. 해아의 등 뒤로 반짝이던 호수의 수면과, 물가에서 흔들거리던 억새풀 다발과, 검게 죽은 덤불과, 해아의 흰 운동화 같은 것들을, 끈질기게 쳐다볼 수밖에 없었다.

수많은 사람이 해아와 미오의 곁을 지나쳐 갔다. 형광색 트레이닝복 차림의 여자가 빠르게 달려 나갔고, 자전거 바구니 앞에 트로트가 흘러나오는 라디오를 매단 남자가 가다가, 멈추고, 가다가, 멈추기를 반복했다. 해아는 두 손을 들어 과장스러운 몸짓으로 귀를 막으며, 시끄러워죽겠네, 들으라는 듯 중얼거리기도 했으나, 남자는 그런 해아의 목소리를 들은 체 만 체 하며, 그들의 곁에서 멀어질 듯 멀어지지 않았다. 가다가, 멈추고, 다시 가다가, 멈추었다. 그의 자전거가 그들의 시야에서 완벽히 사라졌을 즈음엔 한낮의 햇살이 해아와 미오를 향해 강렬하게 쏟아지고 있었다. 지상의 그림자들이 전부, 공평하게 짙어지고 있었다. 그 순간 미오는 아, 하고 작은 탄식 소리를 내었다. 자신이 해아의 꿈을 재현해주고 있다는 사실을 그제야 깨달았던 것이다. 나, 바보 아니야? 미오가 황당한 심정으로 자문했을 때, 저기, 하고 다시 해아의 목소리가 들려왔다. 미오는 산책로 한가운데에 우뚝 멈춰 선 채 움직이지 않았다. 그러자 해아가 미오의 어깨를 톡톡 건드리며, 어서 가야 해, 하고 재촉해왔다. 왜? 미오가 묻자, 우린 꿈속에서 아주 환한 곳에 서 있었으니까, 하고 해아가 대답했다.

— 너 설마 내가 죽는지 안 죽는지 시험해보자는 거였니?

여러 번 뜸을 들이던 미오가 해아에게 물었을 때, 해아는 어쩐지 머쓱해진 얼굴로, 뭐 그럴 수도 있고, 아닐 수도 있고, 따위의 애매한 대답을 했다. 순간 미오는 해아를 그곳에 남겨둔 채 집으로 돌아가버리고 싶다는 생각을 했는데, 뒤이어 들려온 해아의 물음이 그런 미오를 주춤하게 만들었다.

— 너 세상의 모든 나무를 피해 다닐 자신이 있어?

미오는 무어라 대꾸를 하려다 이내 포기하곤 고개만 저었다.

— 해가 지기 전까지 단 한 그루의 나무도 마주치지 않을 자신이 있니?

미오는 그녀의 주위를 한 차례 크게 둘러보곤, 다시 고개를 저었다. 그러자 해아가 말을 이어갔다.

— 내 예감이 맞는다면 넌 오늘 죽을 거야. 해가 지기 전에 죽을 거야. 무슨 수를 써도 죽을 거야. 어떻게든 기어이, 죽게 될 거야. 너도 모르는 사이에, 커다란 나무 아래로 가서 말이야.

— 너, 섬뜩한 소릴 다 하는구나.

미오의 말에 해아는 어깨를 으쓱여 보이며, 거짓말을 할 수는 없잖아, 하고 대꾸했다.

—어차피 죽을 거라면 차라리 나랑 있을 때 해보는 게 낫지 않아? 아무도 모르게 혼자 죽어버리는 거, 별로잖아.

— 그런가.

미오가 모르겠다는 듯 대꾸하자, 그렇지, 하고 해아가 대답했다. 그때부터 미오는 어쩌면 해아의 예감이 틀리거나 맞거나는 그리 중요하지 않을지도 모르겠다는 생각을 하게 되었다. 해아의 말이 맞다면, 미오는 오늘 해아의 곁에서 죽게 될 것이고, 그건 해아의 말마따나 아무도 모르는 곳에서 혼자 죽어가는 것보다야 훨씬 괜찮은 죽음이 될 것이다. 반대로 해아가 무언가를 착각하고 있는 것이라면, 어차피 미오에겐 아무런 일도 생기지 않을 것이다. 미오는 해아와 함께 이곳저곳을 오래오래 걸어 다니다, 해가 떨어진 뒤 유유히 집으로 돌아가게 될 것이다. 해아와 가벼운 인사를 나누고, 영영 헤어져버릴 것이다. 그뿐이었다. 얼마 뒤 미오는 한층 편안해진 얼굴로 해아에게 말했다.

— 그나저나 해봐,라니. 이상한 말이야.

— 왜?

— 그건 한번 죽어봐,라는 말처럼 들리잖아. 죽고 나서도 한 번쯤은 다시 살아날 수 있을 것처럼. 그러니까 그런 것쯤

아무것도 아니라는 말처럼.

해아는 잘 모르겠다는 얼굴로 그런가, 하고 대꾸했다.

해아와 미오는 다시 조용히 산책로를 따라 걷기 시작했다. 그들은 수많은 나무의 곁을 차례차례 지나쳤고, 미오는 매번 아슬아슬한 마음으로, 그럼에도 언제나 무사한 몸으로, 다음 나무를 향해 건너갈 수 있었다. 이번이 마지막일지도 몰라,라는 생각이 들 때면 미오는 건너편의 해아를 꼼꼼히 눈에 담았다. 어깨를 따라 흘러내리는 두꺼운 살구색 니트와, 크고 헐렁한 청바지와, 찰랑거리는 머리칼 따위를 하나하나 아주 오랫동안 살펴보았다. 죽기 전엔 눈앞에 있는 사람을 엄청나게 꼼꼼히 보게 되는구나, 아주 사랑스럽다는 듯이 온몸 구석구석을 뜯어보게 되는구나,라고 미오는 새삼 생각했다. 그러나 얼마 뒤엔 다시 해아의 바깥으로 서서히 시선을 돌리게 되었다. 나 정말 죽나, 오늘 죽나, 죽는구나, 그렇다면 어떻게 죽나, 따위의 생각들이 미오의 머릿속으로 불쑥 끼어들었기 때문이다.

미오는 한 발 한 발 천천히 걸음을 옮기며 어쩌면,이라는 말을 머릿속으로 몇 번이고 되뇌었다. 어쩌면, 저 수풀 속에서 몹시 힘이 센 누군가가 나타나 나를 공원 중앙의 호수로 던져버릴 수도 있다. 어쩌면, 아까 그 트로트 남자가 나이프를 쥐고 돌아와 나의 배를 버터 가르듯 갈라놓고 사라질 수도 있다. 어쩌면, 산책로 밖의 도로에서 커다란 덤프트럭이 튀어나와 나를 납작하게 뭉개놓을 수도 있고. 그게 아니라면 혼자 가슴을 부여잡은 채 철퍼덕 쓰러질 수도 있지. 원인 불명의 돌연사,라는 소견서가 죽은 나의 머리맡에 놓이게 될 수도 있지. 정말 그럴 수도 있지. 그런 생각을 하는 사이 몇 대의 앰뷸런스가 사이렌을 울리며 해아와 미오의 곁을 지나쳤다. 이 동네, 사이렌 소리가 너무 자주 들려. 건너편에서 해아의 목소리가 희미하게 들려왔을 때, 미오는 원래 좀 그래,라고 무심히 대답해주었는데, 그러고 나자 걸음을 걷는 일이, 나무에 몸을 기대는 일이, 해아를 돌아보는 일이, 전부 아무것도 아닌 일처럼 느껴졌다. 산책로의 풍경이, 안쪽의 호수가, 그 너머의 도로가, 나아가 온 도시가, 아무것도 아닌 곳처럼 느껴졌다. 누구에게든 아무 일도 일어나지 않을 것 같았다. 혹은 누구에게나 비슷비슷한 일들만이 일어날 것 같았다. 음, 내가 너무 힘이 드나 봐, 미오는 생각했다. 그러고 보니 해아와 미오는 꽤 오래 걷고 있었다.

얼마 뒤 미오는 해아의 옆구리를 쿡 찌르며 재미있는 얘기 좀 해봐,라고 부추기기 시작했다. 그러자 해아는 무슨 얘기, 하며 짧은 대꾸만을 해왔는데, 그런 해아에게 미오는 냉혈한, 따위의 말을 하며 실망스럽다는 표정을 지어 보였다.

나 지금 시한부라고. 그 말에 해아는 작게 실소를 터뜨렸다. 이제 와서 뭐야. 여태 내 말 하나도 안 믿어놓고. 해아가 웃음기 섞인 목소리로 말했을 때, 미오는 이젠 조금 믿어,라고 대답했다가, 진심이야,라는 말을 눈치껏 덧붙였다. 그제야 해아는 허리에 손을 짚으며 음, 하는 긴 소리를 내었다.

—사실 나 내 꿈으로 돈을 벌어보려고 한 적이 있어.

—그거 그럴싸하네.

—그렇지. 이거 거의 초능력이잖아.

정말 그러네,라고 그때 미오는 새삼 생각했다.

해아는 고등학교를 졸업한 뒤 몇 년간, 당신의 불행을 예측해드립니다,라는 제목의 글을 인터넷 여기저기에 올려두곤 했었다고 말했다. 조회 수는 대체로 10회를 넘기지 못했지만, 그럼에도 종종 연락이 오기는 했다는 것이었다. 연락을 받고 보면 대부분이 해아보다 어린 십대 아이들이었고, 가뭄에 콩 나듯 이십대 초반의 대학생들이 섞여 있었다. 인터넷이라 그랬을까? 해아는 자문하듯 중얼거렸다.

—연락이 오면 걔들을 동네 굴다리 밑으로 불러. 선금 만원을 받아.

—애개.

—SNS 계정이 있으면 팔로우하고, 없으면 한 달에 한 번씩 전화로 소식을 전해 들어. 그 뒤로는 그냥 기다리는 거

야. 일주일이고, 한 달이고, 1년이고, 내 꿈에 걔네가 나올 때까지. 나오면 이야기해주고, 추가금 2만 원. 안 나오면 어쩔 수 없고.

— 뭐야. 그래봐야 3만 원이네.

미오는 다시 한번 애개,라고 말할 생각이었지만, 자신을 흘깃 쳐다보는 해아의 눈길이 느껴져 그만두었다.

— 아무튼 그 일에는 두 가지 문제가 있었어.

해아는 손가락을 브이 자 모양으로 펴 보이며 말을 이어갔다. 하나는 누군가의 얼굴을, 이름을, 소식을 안다고 해서 그들의 꿈을 마음대로 꿀 수 있는 게 아니라는 것이었고, 다른 하나는 꿈의 내용이 너무나 실없던 탓에 어렵게 이야기를 전해주고 나서도 추가금을 받지 못하는 일이 잦았다는 것이었다. 해아의 어린 손님들은 엎어지고 구르고 깨지는 일 정도로는 만족하지 못했다. 그들은 그들의 인생을 완전히 망쳐버릴 하나의 결정적인 사건을 알고 싶어 했다. 그런 일이 언젠가, 머지않아, 일어날 것이라고, 그들은 늘 철석같이 믿고 있었다. 그런 측면에서 해아도 억울한 점이 많았다.

— 고작 열몇 살 먹은 애들한테 무슨 일이 있겠어. 시험 망침, 급식에 고기 없음, 엄마 지갑에서 만 원짜리 빼돌리다 들킴, 정도가 내 최선이었다고. 아주 가끔은 정말 심각한 꿈을 꾸기도 했지만…… 그런 경우는 거의 없어.

해아가 열을 올리며 토로했다. 해아는 조금 더 나이를 먹은 사람들에겐 해줄 수 있는 이야기가 많았을 것이라고 말했다. 그들에게라면 최소한 회사 잘림, 정도까지는 말해볼 수 있었을지 모른다는 것이었다.

— 그렇게 내 처음이자 마지막 사업이 쫄딱 망해버렸어.

— 그게 끝이야?

— 그렇지 뭐.

폐점을 하는 기분으로 SNS 계정을 폭파한 해아는, 연락을 나누던 모든 이에게서 잠수를 타버린 뒤 외딴 동네의 영화관에 들어가 팝콘을 튀기고 상영관을 청소하기 시작했다고 말했다. 그 시절 해아는 그녀의 유일하고도 께름칙한 초능력이 그녀의 삶에 아무런 도움이 되지 않는다는 사실을 차츰 깨달으며 절망적인 기분에 휩싸여가고 있었는데, 빗자루를 들고 막 끝나가는 영화의 마지막 신을 멍하니 쳐다보다 집에 돌아오는 날이면, 어처구니없게도 영화 속 인물들이 그녀의 꿈에 나타나 엎어지거나 구르거나 깨졌다. 해아는 자신이 영화의 결말 이후를 엿보게 된 것인지, 단지 그 영화에 출연했던 배우들의 꿈을 꾼 것인지 궁금했지만, 꿈의 정체에 대해선 아무래도 알 길이 없었다. 영화는 끝나버렸고, 배우들의 사생활 따위 알아낼 수 있을 리 없었다.

— 나 아직도 거기서 일해. 가끔 꿈에서 본 배우들한테 메

일을 보내. 저기요, 혹시 정말 그 여자분이랑 만나고 계신가요. 그건 불륜일 텐데요. 곧 들키실 텐데요, 하고.

— 답이 오니?

— 너라면 보내겠니.

미오는 설마,라고 대답하며 키득거렸다.

— 넌 어때?

— 나 뭐?

— 아무 얘기나 해봐. 마지막이라고 생각하고.

들려주고 싶은 얘기라, 미오는 오래 뜸을 들였다. 미오는 딱히 하고 싶은 이야기가 없다고 생각했다. 그러나 얼마 뒤엔 하고 싶은 이야기가 너무 많다고 생각했다. 그래서 미오는 어떤 이야기를 해야 좋을지 알 수 없었다. 수많은 장면이 미오의 머릿속을 한꺼번에 지나쳐 갔다. 미오는 해아에게 도넛에 관해 말할 수 있었다. 끝내 알아내지 못한 젤리의 정체에 대해 말해볼 수 있었다. 혹은 자신의 인형들에 대해 말할 수도 있었다. 응, 역시 그 인형들에 대해 말해야겠어,라고 미오는 이내 생각했다. 너무나 사람다워 아름답던 인형들에 대해서, 동시에 전혀 그렇지 못했던 인공의 나체들에 대해서. 작고 예쁜 머리통을 뽑아낼 때의 손맛에 대해서. 아끼던 드레스를 잘라 손바닥만 한 인형 옷을 만들던 순간에 대해서. 그리고 책상 서랍을 당겨 열 때마다 우르르 쏟아져 내리던 색색의 가짜 눈알들, 유리 안구들에 대해서 말해야겠다고 생각했다. 방 한가운데로, 그러니까 미오에게로 늘 쏟아지던, 절대 잠들지 않는 투명한 동공들의 시선 속에서, 아이처럼 가장 먼저 잠에 들던 밤이나, 언제나 늦잠을 자버린 기분으로 가장 늦게 눈을 뜨던 아침 들에 대해서. 밤잠 없어 끝이 없던 그 시선들에 대해서. 그리고 또……

그 순간 미오는 어디선가 그게 뭐야,라고 말하는 해아의 목소리를 들어버린 것 같았다. 덕분에 미오는 끝없이 이어지던 생각을 멈춘 채, 잠시 숨을 고를 수 있었다. 얼마 뒤 미오는 메신저를 통해 대화를 주고받아온 익명의 의뢰인들을, 그녀가 절대로 따라 할 수 없었던 그들의 우아한 말투를, 서서히 떠올려내었다. 우리, 정 없는 이야기는 하지 말아요. 돈은 얼마든지 맞춰드릴 수 있거든. 그런, 밑도 끝도 없던 말들. 그제야 미오는 입을 열었다.

—난 그 사람들처럼 늙고 싶었어.

짧게 말을 마치고 나자 주위가 고요했다. 고개를 돌려 바라본 해아는 어딘가 곤란해 보이는 얼굴을 한 채 미오의 눈치를 살피고 있었다. 왜 그래? 미오가 이상하다는 듯 묻자, 해아는 그제야 어색하던 표정을 지워내며 장난스레 물었다.

—뭐야 그거, 유언이야?

—아. 그렇게 되나.

미오는 그러고 보니 그렇게도 부를 수 있겠다고, 생각했다.

— 좋아. 네 묘비명으론 그 말을 꼭 써달라고 전해줄게. 전 그 사람들처럼 늙고 싶었어요.

— 그래그래.

— 근데 그 사람들이 누구야?

— 비밀이야.

— 그럼…… 누군지는 비밀이에요. 202×년 어쩌고저쩌고. 미오.

한참을 떠들던 해아와 미오는 얼마 뒤 서서히 말을 줄여가기 시작했다. 공원의 산책로를 반 바퀴쯤 돌았을 때부터, 해아와 미오는 낮게 가라앉은 침묵 속에서, 기계적으로 발만 움직이고 있었다. 그들은 알고 있었다. 시간은 빠르게 흐르고 있었고, 그들은 너무나 많은 이야기를 나누고 있었고, 그러는 사이 그들은 그들도 모르게, 아주아주 많은 나무를 지나치고 있었다. 어영부영 묘비명까지 정해둔 미오는 자꾸만, 죽지 않았다. 죽지 않고 자꾸만 살아남았다. 그래서 그들 사이의 대화는 좀처럼 끊이지를 않았다. 그 사실을 알아차린 후부터 해아와 미오는 거의 대화하지 않았다. 미오는 이따금, 나 죽지 않네, 짧게 말할 뿐이었고, 해아는 그러네, 따위의 대답을 하고는 다시 입을 다물 뿐이었다. 나 죽지 않네. 그러게. 나 죽지 않아. 그러네. 나 죽지 않았어. 그렇구나. 나 왜 죽지 않니. 그러게. 그런 말들이 그들 사이에 끊임없이 오갔다. 그러게라니, 그 대답이 맞니? 잠시 생각하기도 했지만, 구태여 말꼬리를 잡기에 미오는 너무 피곤한 상태였다.

결국 해아와 미오는 산책로 한편에 놓인 두 개의 벤치에 나란히 누워버리게 되었다. 짙어진 색의 하늘을 유심히 쳐다보며, 벤치 아래로 축 늘어뜨린 두 팔을 이따금 흔들흔들 흔들어버리게 되었다. 그들의 머리 위로 높이 떠 있던 해는 이미 점점 더 낮은 곳을 향해 기울어지는 중이었고, 그들은 어느새 공원의 입구로 돌아와 있었다. 그들은 인정할 수밖에 없었다. 해아의 계획이란 완전히 끝장나버렸으며, 미오는 결국 살아남았고, 해아의 의미심장한 꿈은 그저 그런 개꿈일 뿐이었다는 시시한 결론에 다다라버렸다는 사실을, 받아들일 수밖에 없었다. 이게 뭐야. 좋아해야 돼 말아야 돼. 미오가 한숨을 쉬듯 말하자, 해아는 다 망했어, 하고 대답했다. 망했다니. 미오는 그 말만큼은 쉬이 넘길 수 없겠다고 생각했다.

— 너 정말 내가 죽길 바랐니?

미오의 물음에 해아는 퍼뜩 고개를 들어 올리며 그런 거 아니야,라고 대답했는데, 눈에 띄게 목소리가 처져 있었다.

미오는 그런 해아에게서 미련 없이 시선을 거두며 중얼거렸다.

— 맞구먼 뭘.

그 뒤로 해아와 미오는 한마디 말도 하지 않았다. 내내 불어오던 바람은 조금씩 더 차가워지고 있었다. 그들은 어서 말을 해야 한다는 것을 알았다. 구체적으로, 어떤 말을 해야 하는지도 알았다. 그들은 집에 가자,라고 말해야 했다. 그러나 아무도 그 말을 꺼내지 않았다. 해아와 미오는 둘 중 누군가가, 집에 가자,라는 말을 꺼내기만을 기다리며 하염없이 벤치에 누워 늘어지고 있었다. 언제까지 이러고 있을 테지, 언제까지나 이러고 있어도 되나, 따위의 영양가 없는 생각들이 꼬리에 꼬리를 물고 끊임없이 이어졌다.

그러다 어느 순간, 벤치 뒤편의 수풀 속에서 부스럭거리는 소리가 들려왔다. 해아와 미오는 동시에 고개를 들었다. 둘의 등과 허리는 여전히 벤치에 달라붙은 채였다. 소리는 먼 곳에서부터 차츰 그들에게로 가까워지고 있었는데, 이따금 누군가의 비명 소리가 그 사이에 희미하게 섞여들기도 했다. 소리가 선명해지고, 선명해지고, 아 이건 분명히 비명 소리구나,라고 그들이 확신할 수 있게 되었을 때, 어깨높이의 관목수들이 일제히 세차게 흔들렸다. 그 속에서 희고 커다란 무언가가 엄청난 속도로 튀어나왔다. 해아와 미

오는 잔뜩 몸을 굳힌 채, 반쯤 눈을 감아버렸다. 이어 그들의 좁아진 시야를 가득 채웠던 것은,

— 개?

크고 북슬북슬한 개였다. 그 커다란 개가 해아와 미오 사이를 한달음에 지나쳐 사라졌다. 순식간에 넋이 나가버린 미오는 한동안 어색한 자세로 누워 있다가, 해아에게로 서서히 손을 뻗으며 무어라 말을 하려 들었는데, 그때 또다시 무언가가 수풀 속에서 튀어나왔다. 이번엔 흰 와이셔츠 차림을 한 여자였다. 여자는 앞서 사라진 개를 따라 질주하며, 야, 이리 와, 소리치며, 해아와 미오의 사이를 무서운 속도로 스쳐 지났다. 여자가 일으키고 간 바람이 해아와 미오의 머리칼을 잔뜩 흩뜨려놓았다. 그 소란이 완벽히 잦아들었을 즈음, 미오가 해아의 손목을 잡아채며 물었다.

— 방금 저 여자, 우리를 통과해서 지나가지 않았니?

— 응. 여기로 지나갔지. 우리 사이로.

— 그러니까 내 말은, 정말로 우리를 통과하지 않았느냐는 거야. 내 팔이랑 네 손목을, 스르륵 통과하지 않았느냐는 거야.

미오는 여자가 벤치 아래로 늘어져 있던 자신의 팔과 해아의 팔을, 절반씩 통과하며 지나쳐 갔다고 주장했다. 몹시 차가운 감촉이었어,라고 반복해 말했다. 알겠어? 이게 뭔지

알겠어?라고 물었다. 해아가 천천히 눈을 깜빡이며, 무슨 말을 하는 거니, 대꾸하자, 미오는 어쩐지 들뜬 목소리로 대답했다.

— 저 여자, 귀신이야.

그 덕에 해아는 고개를 내저으며, 마침내 말을 꺼낼 수 있었다. 우리 이제 집에 가자,라고 말해버릴 수 있었다. 그러나 미오는 그런 해아의 말을 아니, 하고 단칼에 잘라내었다.

— 방법이 하나 있어.

— 그게 무슨 소리야?

— 늦게까지 하는 술집에 가서 같이 밤을 새는 거야. 네가 잠에 들지 않으면 네 하루는 끝나지 않는 거야. 네 꿈은 내일 아침까지, 어쩌면 오후까지도 유효해질 수 있는 거야. 그러니까 내일이 되면, 다시 해가 뜨면, 다시 모든 걸 확인해볼 수 있는 거야. 어때?

영문을 알 수 없는 미오의 제안에 해아는 티 나지 않게 미간을 찌푸리며 생각했다. 네가 왜, 어째서, 그렇게까지 해준다는 건데? 그러나 해아는 결국 순순히 고개를 끄덕여버렸다. 곰곰 생각해도 해아로서는 거절할 이유가 없었으므로. 그런 해아를 따라 가볍게 고개를 끄덕인 미오는, 될 대로 돼라,라고 마음속으로 생각해버렸다. 사실 미오는 이미 한참 전부터 그런 방법을 떠올리고 있었다.

*

미오는 앞장서 걸음을 옮기며, 눈에 보이는 모든 술집의 문을 벌컥벌컥 열어젖혔다. 여기 몇 시까지 해요, 소리쳐 물으면 이제 막 영업 준비를 시작한 주방의 안쪽에서 새벽 2시, 3시, 하는 대답이 돌아왔다. 그때마다 미오는 미련 없이 가게의 문을 닫고 걸음을 돌렸다. 그들에겐 더 많은 시간이 필요했다.

걷다 보니 그들은 담배꽁초와 쓰레기가 즐비한, 너저분하고 외진 골목에 다다라 있었다. 근처의 가게들은 대개 불이 꺼진 채 조용했으므로, 이미 폐점을 했거나 아직 영업을 시작하기 전인 것으로 보였다. 길을 잘못 들었다는 생각에 미오는 뻣뻣해져오는 목을 잡고 고개를 돌렸다. 턱을 젖혀 머리 위를 바라보았을 때엔 검은 전선줄이 어슴푸레한 하늘을 배경으로 이리저리 얽힌 채 늘어져 있었는데, 그중 몇몇은 당장이라도 끊어질 것처럼 위태로워 보이기도 했다. 그때 그녀의 뒤를 따르던 해아가 문득 골목 어귀의 상가를 가리키며 저기 불이 켜져 있다,라고 말했다. 그녀의 검지를 따라 시선을 옮기던 미오는, 한 상가의 3층 창가에 정말로 불이 켜져 있는 것을 발견했다. 건물 외측으로 불거져 나온 옥외 간판에선 '3F, PUB'이라는 간단한 문구가 노란빛으로 반짝이고 있었다.

들어선 가게는 술집이라기엔 꽤 이상한 모습을 하고 있었다. 두어 개의 테이블을 제외하고는 장사와 조금도 관련이 없어 보이는 물건들만이 여기저기에 아무렇게나 널려 있었기 때문이다. 벽을 따라 나란히 세워진 진열장 속엔 먼지가 부옇게 쌓인 시계나 오르골 따위의 골동품들이 마구잡이로 뒤섞여 있었고, 반대편에 놓여 있던 체리색 서랍장엔 오래된 티셔츠와 유행 지난 청바지 따위의 옷가지들이 가득했다. 웬 옷장이 여기에, 미오가 참지 못하고 입을 떼었을 때, 그녀의 등 뒤에서 무언가 툭툭 떨어져 내리는 소리가 들려오기 시작했다. 곧장 등을 돌린 미오는 플라스틱 다트 핀을 한 손 가득 모아 쥔 해아가 벽에 매달린 다트 보드를 향해 그것들을 차례차례 던져대고 있었음을 알아차렸다. 뭐해? 미오가 묻자 해아는 어어, 하는 얼빠진 소리를 내며 들고 있던 다트 핀들을 탁자 위에 와르르 내려놓았다. 눈에 보이길래 그만…… 미오는 못 볼 것을 보기라도 했다는 듯, 아무 말 없이 등을 돌려 다시 앞을 바라보았다.

몇 시까지 하세요, 미오의 목소리가 빈 매장을 울리자, 커튼으로 가려진 주방 안쪽에서 한 남자가 느릿느릿 걸어 나왔다. 그는 계산대에 비스듬히 몸을 기대어 미오를 쳐다보다가, 언제까지 있을 거요, 하고 대뜸 물어왔다. 아침까지 가게를 닫지 않는 곳을 찾고 있다는 미오의 대답에, 남자는 그러시든지,라는 말을 남기곤 다시 커튼 안쪽으로 들어가버렸는데, 이후 다시는 모습을 드러내지 않았다. 주문이요, 주문, 한참을 소리치던 해아와 미오는 얼마 후 잔뜩 지쳐버린 채, 매장 구석에 있던 냉장고에서 멋대로 맥주를 꺼내 마시기 시작했다. 계산할 때가 되면 그가 어련히 알아서 나타나겠거니, 싶었던 것이다. 그때까지도 나타나지 않는다면, 돈도 내지 않고 튀어버릴 테다—미오가 들으라는 듯 몇 번인가 말해보았지만, 주방은 매번 쥐 죽은 듯 고요하기만 했다.

맥주병을 부딪칠 때면 챙,이나 짠,이라기보다는 또각,에 비슷한 둔탁한 소리가 났다. 어쩐지 찝찝한 기분에 해아와 미오는 각자의 병을 돌려가며, 부딪칠 위치를 바꾸어 다시 건배를 시도해보기도 했다. 하지만 그때마다 또각,거리는 소리만이 짧게 울려 퍼질 뿐이었다. 이게 원래 이랬던가, 미오가 묻자, 해아는 그랬던 것 같기도 하고, 아닌 것 같기도 하고, 따위의 하나 마나 한 대답을 해왔다. 미오는 그제야 해아가 조금 넋이 나간 채 진열대 속의 시계들을 빤히 들여다보고 있다는 사실을 알아차렸다. 그런 해아를 위해 미오는 부러 휴대폰 화면에 나타난 시간과 그곳의 시계들을 번갈아 확인하고는, 저 시계들 다 맛이 갔어,라고 말해주었는데, 해아는 그렇구나,라고 대답한 뒤에도 계속해서 맛이 간 시계들을 쳐다보았다.

—너 왜 그래?

참다못한 미오가 묻자, 해아는 한참 뜸을 들이다 말을 내뱉었다.

—내가 지금 너한테 미안하다는 말을 해야 하는 걸까?

—아, 됐어. 그런 소리 할 거면 술이나 마셔.

미오는 손을 내저으며 해아의 말을 뚝 잘라버렸다. 그러나 얼마 뒤 해아는 다시 시무룩해진 채, 틱틱거리는 소리를 내며 손톱을 뜯어내기 시작했으므로, 미오는 결국 테이블 아래로 해아의 신발 코를 툭 차며 말을 할 수밖에 없었다.

—야. 네 꿈이니 뭐니 하는 이야기 말이야. 어차피 나한텐 처음부터 믿거나 말거나, 둘 중 하나였어. 그리고 솔직히 아직도 말거나,에 가깝거든? 난 아직 네가 99퍼센트쯤 헛소리를 하고 있다고 생각한다고.

그제야 해아는 아 그래, 그렇구나, 그렇겠구나, 따위의 소리를 하며 싱거운 웃음을 흘렸다. 미오는 그런 해아의 눈앞에 검지를 펴 보이며 선언하듯 말을 이어갔다.

—너 말이야, 정말 나한테 미안하면, 그리고 내가 내일 정말 죽는다면.

—응.

— 내가 죽을 때, 날 끝까지 지켜봐야 해.

— 응.

— 끝까지 지켜보다가, 오래 슬퍼해야 해.

— 응.

— 그리고 아주 천천히 잊어줘야 해.

— 응응.

그런 이야기들이 내내 말장난처럼 이어졌다. 말장난 같은 이야기들만이 내내 이어졌다. 해아와 미오는 말장난을 하는 것 말고는 더 이상 무엇을 해야 할지 알 수 없다는 듯이 실없는 이야기들을 자꾸자꾸 내뱉었다. 할 말이 떨어지면 차가운 맥주를 연거푸 들이켰다. 짧은 침묵이 그들 사이에 가라앉았다가, 잠시 떠났다가, 다시 돌아오기를 반복했지만 둘 중 누구도 그것을 불편하게 여기지는 않았다. 모르는 사이 그들은 몹시 편안한 상태가 되어 있었다.

한참이 지나 다시 입을 뗀 사람은 미오였다. 미오는 순전한 호기심에 떠오른 질문들을 해아에게 하나하나 조심스레 던져보았다.

— 네 꿈 말이야, 정말 네가 그 사람들을 마주친 순간부터 유효해졌던 걸까?

— 글쎄. 그럴 수도 있겠지. 내일이 되면 알겠지.

내가 죽거나, 죽지 않음으로써 말이지. 미오는 생각했다.

구태여 말로 내지는 않았다.

—그럼 그 사람들 말이야, 너를 마주치지 않았다면 아무 일도 겪지 않을 수 있었을까? 너를 만나서 그 사람들이 엎어지고 구르고 깨져버린 거였다면, 어때?

이어진 미오의 물음에 해아는 잠시 입을 다물고 맥주병의 입구를 만지작거리다, 싫은데, 하고 대답했다. 싫다, 싫어, 그건 좀 싫은데, 뭘 묻는 거야, 당연히 싫지, 하고 말했다.

—그럼 만약에 내가 내일 살아남아. 넌 집으로 돌아가. 시간이 흐르고 넌 또다시 내 꿈을 꿔. 또다시 아주 불길한 꿈이야. 너 그때도 나를 찾아올 거니?

—아마 그러지 않을까.

해아는 이번엔 별다른 고민 없이 대답했다.

—아, 그래.

짧게 대꾸한 미오는 그것참 고맙네, 고마워, 따위의 말을 덧붙였다. 고맙다아, 고마워어, 하고, 말꼬리를 죽죽 늘려대면서. 해아는 그런 미오의 얼굴을 흘깃 살펴보았는데, 미오는 별로 대수롭지 않다는 표정을 한 채 킥킥 웃어대고 있었다. 취했나, 생각하던 해아는 이내 머리를 비워내고는 다시 말없이 맥주를 홀짝였다.

그들이 안주도 없이 맥주 한 병씩을 비워냈을 때, 미오는 자리에서 일어나 냉장고 안쪽을 조심스레 살펴보았다. 즐비한 맥주병들 사이에 투명한 락앤락 통 하나가 놓여 있었는데, 그 안엔 작게 썰린 오렌지 조각들이 가지런히 쌓여 있었다. 뚜껑을 열고 슬쩍 냄새를 맡아보던 미오는, 죽기야 하겠어, 중얼거리며 그것을 들고 테이블로 돌아왔다. 해가 떨어지기 시작한 이후부터, 미오는 그녀가 무슨 수를 쓰더라도, 다시 해가 뜨기 전까지는 죽을 수 없으리라는 기분을 느끼고 있었다. 평소보다 몇 배쯤은 용감해질 수 있을 것만 같은 기분이었다. 그래봐야 썩은 오렌지일 뿐이겠지만. 배탈이나 된통 앓고 말겠지만. 그런 생각을 하던 미오는 슬며시 웃음을 흘리며 오렌지 한 조각을 빼내어 새 맥주병의 입구 안쪽으로 깊숙이 밀어 넣었다. 그러곤 오렌지 향이 나는 맥주를 한 모금 크게 들이켜며, 해아의 어깨를 힘주어 건드렸다.

—넌 내가 죽었다고 생각했댔지.

—응.

—금세 알 수 있었다고.

—확신이었지.

—어떻게 그럴 수가 있지?

무어라 대답을 하려던 해아는, 글쎄 같은 소릴 한다면 가만두지 않겠어,라고 미오가 덧붙인 탓에 다시 몇 초간 입을 다물어야 했다. 얼마 후 해아가 내놓은 답은 이런 식이었다. 아무 일도 일어나지 않는 꿈이었는데, 잠에서 깨어나고 나니 몹시 큰일이 난 것처럼 심장이 뛰고 있었어. 나는 너를 알지도 못했는데, 당장이라도 너에게 전화를 걸어 괜찮으냐고 안부를 물어야 할 것 같다는 생각이 들었어. 어쩌면 내가 아주 결정적인 장면을 놓쳐버린 것일지도 모르겠다는 생각이 들었어. 너무 불안해서, 몇 번이나 다시 잠에 들어보려고, 네가 있는 꿈속으로 돌아가보려고 노력했는데 계속 실패했어. 그러다 한순간 깨닫게 된 거야. 죽었구나. 이렇게까지 마음이 불안하다는 건, 어쩔 줄 모르겠다는 기분이 드는 건, 서지도 앉지도 못하고 자꾸 안절부절못하게 된다는 건, 누군가 죽었기 때문이겠구나,라고밖에는 생각되지 않았어. 그 사람이 너구나. 그래서 네가 내 꿈에 나왔구나.

— 뭐야, 낮에 했던 소리랑 뭐가 달라. 결말이 잘렸니 어쩌니 하던 이야기 말이야.

— 음, 그런가. 똑같은가.

해아는 조금 골똘해진 채 대답했고, 미오는 싱겁다는 듯 반응하며 그게 끝이냐고 물었다. 그러자 해아가 손에 든 맥주병을 찰랑찰랑 흔들며, 다시 말을 이어갔다.

— 실은 너무 오랜만이었어. 그런 꿈을 꾼 거.

— 무슨 말이야?

— 나 영화관에서 일한다고 했잖아.

해아는 영화관에서 일을 하기 시작한 이후, 알던 사람들과 모조리 연락을 끊어버린 이후, 그리고 그녀를 아는 이가 없는, 영화관 근처의 조용한 동네로 이사를 간 이후, 차츰 꿈속에서 사람들을 마주치는 일이 줄어들기 시작했다고 말했다. 해아는 여러 가지 생각을 해보았다. 더 이상 누구의 소식도 들려오지 않게 되었기 때문일까? 물리적인 거리가 문제였던 것일까? 모두와 너무 멀어져버려서, 더 이상 아무것도 볼 수 없게 되어버린 것일까? 앞으로는 별로 궁금하지도 않은 영화계의 뒷소식이나 자꾸자꾸 알아가며 살게 되는 것일까?

— 그러다 너를 봤던 거야. 네가 왔던 거야.

그렇게 말하는 해아에게, 미오는 묻지 않을 수 없었다.

— 그런 기분 나쁜 예지몽 같은 거, 이 기회에 그만 꾸는 편이 낫지 않아? 그러니까 이번 한번쯤은, 시원하게 틀려버리는 편이 좋지 않아? 솔직히 내가 너였다면……

거기까지 입을 떼었던 미오는 말을 멈추고 생각에 잠겨들었다. 해아는 미지근해진 맥주를 천천히 비워내며, 그런 미오를 가만히 지켜봐주었다. 얼마 뒤 긴 생각 속에서 빠져나온 미오는 완전히 다른 종류의 이야기를 하기 시작했다. 돌이켜보니 미오도 이상한 꿈을 연달아 꾸던 시절이 있었다는 것이다. 그건 그리 오래된 일이 아니었고, 따지자면 꽤 최근의 일이어서, 미오는 자신이 그 기간을 줄곧 잊고 지내왔다는 사실이 어색하게 느껴질 정도였다.

그곳에서 미오는 무엇이든 될 수 있었고, 무엇이든 할 수 있었다. 마음만 먹으면 흰 털이 북슬북슬한 토끼가 될 수 있었고, 커다란 네 발로 옥상에서 옥상을, 도시에서 도시를, 단 한 걸음 만에 훌쩍 넘어 다닐 수 있었다. 그러다 보면 미오는 자신이 줄곧 물속 같은 적막에 휩싸여 있었음을 알게 되었다. 도시의 소음이 모조리 제거되어버린 것처럼, 미오의 발소리만이 온 도시를 희미하게 울리고 있었다. 그럴 때면 미오는 일부러 걸음을 멈추고 한동안 귀를 기울여보았다. 모든 소리가 사라지고, 머리 위로 뻗은 길고 보드라운 두 귀가 고요함에 익숙해지기 시작하면, 옅은 바람이 불어올 때마다 지상의 낮은 곳으로부터, 음, 파, 하는 소리가 연달아 들려왔다. 그건 마치 누군가가 음, 하고 긴 고민을 이어가다, 파, 하며 얕은 숨을 내쉬는 것만 같은 소리였는데, 어디에서나 일정한 크기와 세기를 유지하고 있었다. 그래서 미오는 도시 어딘가에서 거대한 입술이 모습을 숨긴 채, 조용히 숨을 쉬고 있을지 모른다는 생각을 하게 되었다. 매번, 그렇게 생각하게 되었다.

미오는 매일 밤 눈에 보이는 모든 건물의 곁으로 폴짝 뛰어오르며, 깨끗한 유리창의 안쪽을 일일이 살펴보았다. 계세요? 조금씩 더 높이 뛰어오르며, 각 층의 유리창 앞으로 뛰어오를 때마다, 미오는 점차 더 크고 선명한 소리로 외쳐 물었다. 계세요? 계세요? 그러나 미오는 누구에게서도 대답을 들을 수 없었다. 어디에서도 거대한 입술 같은 것은 찾아볼 수가 없었다. 미오는 지독하게 지루했고, 꿈이었음에도 두 다리가 팽팽히 당겨왔다. 진이 빠져 더 이상 온몸을 꼼짝할 수 없게 되고 나면, 미오는 빈 도로에 누워 자신이 내내 헛수고를 해왔음을 인정했다. 처음부터 비어 있던 도시에선 이따금 음, 파, 하는 소리만이 사방에서 공명하듯 들려올 뿐이었다. 미오는 그곳에 남겨진 유일한 사람이었다. 혹은 토끼였다. 그런 건 별로 중요하지 않았다. 중요한 건 그 도시에서 숨을 쉬고 걸음을 옮기고 뛰어오르고 말을 하는 이가 언제나 미오뿐이었다는 사실이었다. 그 사실을 깨달을 때마다 미오는 어김없이 잠에서 깨었다. 그러나 밤이 되면 미오는 지난밤의 모든 기억을 잃은 채, 그 도시의 한가운데로 되돌아갔다.

어느 날의 꿈속에서, 미오는 자신이 꿈을 꾸고 있다는 것을 알았다. 도시의 한복판에서 눈을 뜨던 순간부터, 미오는 중얼거리고 있었던 것이다. 이건 전부 꿈일 뿐이야. 그날도 미오는 흰 토끼가 되어 음, 파, 소리가 나는 도시의 골목들을 얼마간 배회했고, 여전히 그곳에 자신만이 남겨져 있다는 사실을 확인했다. 그래서 미오는 조금 화가 난 채, 텅 비어 있던 사거리의 교차로로 걸어 나갔다. 그러곤 있는 힘껏 소리쳤다.

— 이건 전부 꿈일 뿐이야!

그 순간 미오는 사거리 한가운데에 우뚝 멈춰 선 채, 빠르게 숨이 막혀오는 기분을 느꼈다. 비어 있던 건물들의 유리창 너머에서, 녹색 페인트칠이 된 옥상 위에서, 가로수가 즐비한 길의 건너편에서, 심지어는 미오의 코앞에서, 흐릿한 인영들이 서서히 드러나기 시작했던 것이다. 당황한 미오는 점차 선명해져가는 잿빛 실루엣들을 가만히 지켜보았고, 얼마 뒤엔 온 도시에 새로 태어난 사람들이 북적였다. 그들 모두가 교차로 위의 미오를 향해 눈을 반짝이고 있었다. 미오는 한 바퀴 빙글 몸을 돌리며 도시의 풍경을 둘러보았다. 이곳에서 저곳으로 시선을 옮길 때면, 그녀를 뚫어져라 쳐다보고 있던 낯선 이들과 어김없이 눈이 마주쳤다. 놀라 잘못 들이켠 숨에 헛기침을 하며 잠에서 깨어나자, 미오는 방 한가운데의 딱딱한 매트리스 위에서 땀을 흘리고 있었다. 벽을 따라 전시된 인형들이 미오를 향해 일제히 고개를 돌린 채, 감기지 않는 눈을 반짝이고 있었고, 창 틈새로는 아침의 환한 빛이 부드럽게 흘러들고 있었다. 미오는 그 사이에서 빙글 몸을 돌리며, 천천히 자리에서 일어났다.

그러고 보니 나도, 그 이후론 꿈을 꿀 때마다 소리쳤어. 이건 꿈일 뿐이라고, 자꾸만 말해버렸어. 미오는 해아에게 그렇게 이야기해주려던 참이었다. 그러나 해아는 금세 비워낸 맥주병으로 테이블 위를 쿵쿵 내리찧으며, 그녀보다 먼저 입을 떼었다.

— 그 도시 말이야, 우리 동네랑 닮았는데.

미오가 고개를 한쪽으로 기울이며 그게 무슨 소리냐고 묻자, 해아는 조금 흥분한 채, 자신이 사는 동네가 꼭 그렇게 생겨먹었다는 식의 이야기를 했다. 낮이고 밤이고 오가는 사람이 없어서, 종종 자신이 그곳의 유일한 주민이라고 느껴진다는 것이었다.

— 어쩌면 나 그 속에 있었을지도 몰라.

— 그 사람들 사이에?

— 그런 느낌이 들어.

미오는 해아가 자신의 이야기를 어딘가 잘못 이해하고 있다는 느낌을 받았지만, 별로 상관없지 않나, 하고 생각해버렸다. 해아는 그새 자리에서 일어나, 매장의 창가를 향해 걸어가고 있었다. 비틀거리는 해아의 어깨 너머로, 짙은 남색의 하늘이 비쳐 보였다.

하나뿐인 유리창의 커튼을 쳐버리자, 매장은 한층 깊어진 어둠 속으로 잠겨들었다. 커튼과 커튼 사이를 꼼꼼히 여미던 해아는, 얼마 뒤 만족스러운 미소를 지으며 두 병의 맥주를 더 꺼내왔다. 미오는 해아가 무슨 생각을 하고 있는 것인지 조금도 알 수 없었지만, 일단은 그녀가 건네준 맥주를 받아 들며 예의 그 또각거리는 건배를 했다.

새 맥주병의 3분의 1 정도가 비워지자, 해아는 다시 자리에서 일어나 창가로 다가갔다. 그러곤 빈틈없이 쳐두었던 커튼을 활짝 걷어내며, 짜잔, 하는 소리를 내었는데, 그때 고개를 들어 창가를 바라본 미오는 놀라지 않을 수 없었다. 고작 몇 분 만에 창밖은 일말의 빛도 남지 않은 암흑이 되어 있었다.

—밤이야!

해아가 보란 듯 소리쳤다. 그리고 덧붙였다.

—아직 겨울이 끝나지 않았다는 증거지.

*

취기가 돌면서부터 그들은 매장 곳곳에 굴러다니던 물건들을 제 것처럼 쉽게 들추고 만지작거리기 시작했다. 미오는 에어컨 뒤편에 숨겨져 있던 라디에이터를 찾아내 테이블 곁으로 끌어왔고, 해아는 매장 한편에 놓인 긴 소파에 앉아 다시금 벽을 향해 다트 핀들을 던져댔다. 해아는 이따금 더블, 더블이다, 하고 소리쳤는데, 미오가 그녀의 곁으로 가 다트 보드를 확인하니 그건 더블이 아니라 트리플이었다. 이건 트리플이야, 미오가 말해주었지만, 해아는 계속해서 트리플을 맞춰놓고는 더블이라고 소리쳤다. 그런 해아를 한참 지켜보던 미오는, 문득 눈길을 끈 한 원목 탁자 앞으로 다가갔다. 몇 세기 전 유럽을 배경으로 한 영화 속에서 여자들이 편지를 쓰곤 하던 여닫이 책상과 비슷한 모양이었는데, 자세히 보니 그건 탁자도 책상도 아니었다. 파티션처럼 상판의 삼면을 둘러싼 원목 벽의 안쪽엔 푹신한 재질의 가죽이 덧대어져 있었고, 후면의 벽 위로는 높은 네트가 솟아 있었다. 네트라니, 미오는 자신이 그것을 진작 발견했다면 책상이니 탁자니 하는 생각은 하지도 않았으리라 확신할 수 있었다. 매장의 벽이 짙은 색으로 칠해져 있었던 탓에, 멀리서는 검은 네트를 전혀 알아볼 수 없었던 것이다.

—여기 봐.

어느새 미오의 곁으로 다가온 해아가 상판 위를 가리키며 말했다. 미오는 눈을 찌푸리며 해아가 가리킨 곳을 들여다보았다. 그러자 먼지 덮인 상판 위에 둥그런 형태로 띄엄띄엄 남겨진 자국들이 눈에 들어왔다. 원형의 자국은 총 아홉 개로, 일정한 간격을 둔 채 가로로 긴 다이아몬드 형태의 배열을 이루고 있었다. 얼마 뒤 해아와 미오는 매장 구석에서 천으로 된 자루 하나를 찾아내었다. 자루 속엔 아홉 개의 상아색 원목 막대와, 같은 재질의 작은 원반이 세 개쯤 들어 있었다. 그 막대들을 꺼내 상판 위의 먼지 자국을 따라 무심코 세워보았을 때, 그들은 자연스레 그것이 무엇인지 알 수 있었다.

—볼링이다.

—응. 볼링이 확실해.

상아색 막대들의 정체는 볼링 핀임이 분명해 보였다. 그때껏 보아왔던 볼링 핀의 머리랄까 모가지랄까 하는 부분이 잘려 나간 듯한 형태였지만, 아무튼 볼링 핀임이 확실했다. 미오는 휴대폰을 꺼내 시간을 확인하고는, 이왕 이렇게 된 거 이거나 해볼까, 하고 말했다.

—그렇지만 여기, 레일이 없는걸. 이 원반은 또 뭐야.

—그거 뭐랄까, 도넛같이 생겼네.

—이건 가운데에 구멍이 없는데. 차라리 동그란 치즈 덩어리랑 더 비슷하다.

—잼이 든 도넛은 구멍이 없어. 아까 내 파인애플 도넛에도 구멍이 없었다고.

짧게 실랑이를 하던 해아와 미오는 곧 입을 다문 채 자루

속에서 원반을 하나씩 집어 들었다. 그러곤 한 번씩 번갈아가며 그것을 탁자 위로 조심스레 굴려보았는데, 가장 앞으로 튀어나와 있는 볼링 핀에서부터 상판의 끄트머리까지는 고작 10센티 정도의 여유가 있었으므로, 아무리 애를 써도 원반을 굴린다기보다는 그것을 들고 볼링 핀들을 밀어 쓰러뜨리는 모양새가 되었다. 무언가를 잘못하고 있다는 생각이 강하게 들었지만, 해아와 미오는 최선을 다해 게임을 이어가보려 노력했다. 이거로 점을 쳐보자. 미오가 말했을 때, 해아는 그 이상의 설명을 듣지 않고도 미오가 무슨 이야기를 하고 있는지 알 수 있었다. 누가 먼저 스트라이크를 치는지 보자고. 어쩐지 들떠버린 미오가 말을 덧붙이자, 해아도 주저 없이 좋았어, 하고 대답해주었다.

그들은 금세 그 게임에 빠져들 수 있었다. 원반을 굴릴 때마다 두 개, 세 개의 핀이 찔끔찔끔 쓰러질 뿐이었지만, 그들은 그 어느 때보다도 흥미진진한 기분을 느끼고 있었다. 그들은 번갈아가며 함성과 탄식을 내질렀고, 이따금 서로를 밀치며 한 번만, 한 번만 더, 따위의 말을 하기도 했다. 그러는 내내 그들은 비슷한 스코어만을 올리고 있었고, 그랬기에, 도무지 질릴 틈이 없었다.

매장의 입구에서 딸랑, 하는 차임벨 소리가 들려온 것은 얼마 뒤의 일이었다. 한창 게임에 열을 올리고 있던 해아와 미오는 그들이 있던 곳이 영업 중인 펍이었다는 사실을 새삼 떠올리며, 당황스러운 몸짓으로 뒤를 돌아보았다. 매장의 유리문 앞엔 희고 두툼한 케이블 니트를 입고 검은 안경을 올려 쓴, 꽤 피곤해 보이는 인상의 여자가 서 있었다. 여자는 어색하게 자신을 쳐다보는 해아와 미오를 무시하고, 냉장고에서 맥주 한 병을 꺼내 소파에 앉았다. 그러곤 그들이 무어라 변명을 하기도 전에, 불쑥 말을 건네왔다.

— 그건 던지는 거예요.

— 네?

별안간 들려온 목소리에 놀란 미오가 저도 모르게 말을 내뱉자, 여자는 오른팔을 들어 마치 물수제비를 뜨는 듯한 시늉을 해 보이며 다시 말했다.

— 던지는 거라고. 이렇게, 확.

이후 미오는 여자의 손에 이끌려 그녀의 곁에 나란히 앉게 되었다. 그녀의 조언에 따라 정면의 볼링 핀들을 향해, 들고 있던 원반을 힘껏 던져보았다. 둥근 원반이 긴 포물선을 그리며 탁자의 상판 위로 떨어질 때면, 엄청난 소음과 함께 볼링 핀들이 우수수 쓰러졌다. 그러나 모든 핀이 일제히 쓰러지는 일이란 쉽게 일어나지 않았다. 미오는 던진 원반을 연신 주워 오며, 쓰러진 핀들을 원래대로 세워놓으며, 몇 번이고 원반을 다시 던져보았지만, 한 번도 스트라이크에 성공할 수 없었다. 그러는 동안 빈 맥주병들은 테이블 위에, 소파 아래에, 계속해서 늘어가고 있었다.

— 말도 안 돼!

분을 못 이긴 미오가 소리치자, 재미있다는 듯 구경하던 여자가 호탕한 웃음을 터뜨렸다. 여자는 천천히 미오의 뒤로 걸어와, 미오의 손 위에 자신의 손을 겹쳤다. 당황한 미오가 손을 빼내기도 전에 여자가 크게 팔을 휘둘렀고, 미오와 여자의 손에 반씩 들려 있던 원반이 정면을 향해 빠르게 날아갔다. 미오는 그 원반이 정확한 각도로 정면의 핀을 맞힌 뒤, 후면의 가죽 쿠션에 튕겨 다시금 날아오르는 모습이 슬로모션처럼 펼쳐지는 것을 빠짐없이 지켜보았다. 마지막으로 남아 있던 핀들이 튕겨져 나온 원반에 스치며 모조리 쓰러졌을 때, 미오는 자신도 모르게 와, 하고 쾌재를 불렀고, 해아는 넋이 나간 채 엉망이 된 상판의 위쪽을 쳐다보았다. 그 순간 미오에게서 스르륵 빠져나온 여자가 그리 유쾌하게 들리지 않는 소리로 키득거렸다. 미오는 문득 기분이 상한 채 뒤를 돌아보았는데, 여자가 자신을 비웃고 있다는 생각이 들었기 때문이다. 하지만 여자는 이미 미오에게서 등을 돌린 채 유유히 매장을 빠져나가고 있었다. 그런 그녀의 뒷모습을 지켜보던 미오의 머릿속에, 어떤 기억이 빠르게 스쳐 갔다.

미오는 생각했다.

그 여자야.

서둘러 겉옷을 챙겨 든 미오는 매장의 문을 열어젖히며, 빠르게 여자를 따라나섰다. 그러곤 멀뚱히 자신을 쳐다보고 있던 해아에게, 어서 따라와, 하고 소리쳤다. 등 뒤에서 우당탕 소리를 내며 짐을 챙겨 드는 해아의 소리가 들려왔다. 그 소리를 뒤로한 채, 미오는 주저 없이 걸음을 옮겼다. 상가를 빠져나오자 세상은 거짓말처럼 환해져 있었다. 미오는 주변을 둘러보며 자신이 아까 그 골목에 서 있는 게 맞는지 재차 확인했다. 길가를 따라 세워진 가로등에 불이 들어와 사위가 조금 밝아졌을 뿐, 전체적인 풍경은 크게 다르지 않아 보였다. 그럼에도 미오는 완벽히 다른 곳에 외떨어져 있는 것 같은 기분을 느꼈다. 저녁보다 밤이 더 밝다니. 미오가 믿을 수 없다는 듯, 소리 내어 중얼거렸다. 그사이 여자는 놀라우리만큼 빠른 속도로 미오에게서 멀어져가고 있었다.

미오는 여자를 따라 좁고 구석진 골목의 사이사이를 정신없이 뛰어다녔다. 저기요, 저기요, 여자를 부를 때마다 이름 모를 행인들이 삼삼오오 무리를 지어 걸으며 이따금 미오를 힐끔거렸다. 한참이 지나 미오가 마침내 여자의 어깨를 덥석 쥐었을 때, 여자는 비명을 지르며 미오를 돌아보았다. 행인들은 여전히 미오를 수상한 눈빛으로 지켜보고 있었다. 미오는 그들의 시선을 무시한 채 여자에게 물었다.

— 저기요, 아까 공원에 계셨죠?

그러나 여자는 눈에 띄게 인상을 찌푸리며 되물었다.

— 무슨 소리를 하는 거예요?

여자는 공원에 간 적이 없다고 대답했다. 개를 키우지 않는다고 말했다. 겨울엔 조깅을 하지 않는다고 말했다. 그런 이야기를 하던 여자의 어깨는 단단하고 따뜻했다. 여자는 희고 두꺼운 케이블 니트를 입고 있었다.

얼마 뒤 여자는 도리어 미오의 어깨를 살살 흔들며, 충고하듯 말했다.

— 학생, 취했으면 집에 들어가야지. 아까 거기, 계산은 하고 나온 거예요?

미오는 여자가 모른 체를 하고 있다는 생각에 헛웃음을 터뜨리며 뒤를 돌아보았다. 이 여자 맞지, 하고 해아에게 묻기 위해서였다. 그러나 미오의 뒤에 해아는 없었다. 여자가 눈을 가늘게 뜨고 미오를 지켜보았다. 미오는 여자를 내버려둔 채 그들이 있던 펍을 향해 달렸다.

가까스로 도착한 펍에도 해아는 없었다.

해아만, 없었다.

해아. 해아야. 어디 있니. 미오는 해아의 이름을 부르며, 그들이 걸어온 길목들을 거꾸로, 차근차근 돌이켜 올라갔다. 해아의 대답은 어디에서도 들려오지 않았다. 조금 전과 다른 얼굴의, 그러나 조금 전과 같이 낯선 얼굴의 행인들만이 무리 지어 걸으며 미오를 힐끔거릴 뿐이었다. 정신을 차리고 보니 미오는 어느새 도넛 가게 앞까지 도착해 있었다. 낮게 선 건물들 너머에선 온종일 들었던 사이렌 소리가 다시금 시작되고 있었다. 그 소리가, 점점 더 선명해지고 있었다. 조금씩 더 큰 소리로, 조금씩 더 미오와 가까운 곳으로, 알아차릴 수 없는 속도로, 빠르게 흘러오고 있었다. 미오는 방전 직전의 휴대폰을 들어 시간을 확인했다. 자정까지는 여전히 한 시간가량이 남아 있었다. 뭐야, 이렇게 나를 남겨두면 어떡해. 미오는 차가운 물에 흠뻑 젖어버린 것 같은 기분으로, 도로의 한복판에 멈춰 섰다. 귀신 따위 알 게 뭐야. 끝까지 봐준다며. 미오는 거의 울먹이며 소리쳤다. 종일 그녀의 주변을 맴돌던 사이렌 소리의 종착지가 실은, 미오 자신일지도 모르겠다는 우울한 상상을 하면서. 아니 분명, 그렇게 되리라는 확신을 하면서. 뒤늦게 주위를 둘러보았을 무렵엔 차가운 도시의 나무들이 한껏 숨을 죽인 채, 날카로운 가지들을 아래로, 아래로 늘어뜨린 채 미오를 기다리고 있었다. 그들의 옅고 묽은 그림자가 이미 미오의 발을 향해 한 뼘씩, 신속히 전진해 오고 있었다. 그 속도에 맞춰 한 발씩, 뒷걸음질하던 미오를, 한낮보다도 환해진 밤의 골목이, 그곳의 희고 새파란 불빛이, 줄곧 집요하게 비추고 있었다.

지금이구나.

이렇게 지금이야,

생각했는데.

—여기.

높은 곳에서 낮고 지친 목소리가 희미하게 들려왔다. 내내 발밑을 쳐다보고 있던 미오가 고개를 높이 들어 올렸다. 해아는 도넛 가게의 옥상에 서 있었다. 옥상의 난간 너머로 고개를 내민 채, 미오를 향해 두 팔을 흔들어 보이고 있었다. 미오는 더 이상 아무런 생각도 이어갈 수 없었다.

미오는 거대한 발을 가진 토끼처럼, 해아를 향해 힘껏 뛰어올랐다.

*

미오는 도넛 가게 앞 플라스틱 선 베드 위에 누워 있었다.

그런 미오의 곁에 해아가 몸을 웅크리고 앉아, 미오의 무릎에 뺨을 기대고 있었다. 옆에 편히 누우라고 여러 번 권해보았지만 해아는 끝까지 고집을 부리며 말을 듣지 않았다. 그러게 날 버리고 가면 어떡해. 해아가 말했을 때, 미오는 억울하다는 듯 대답했다. 네가 따라오지 않은 거잖아. 그러자 해아는 자신도 어쩔 수 없었다고 말했다. 펍의 사장에게 술값을 계산해야 했기 때문이다.

— 그 남자, 결국 나왔어?

— 아니.

— 그럼 뭐야.

— 끝까지 안 나오길래 주방에 들어갔더니, 플라스틱 의자에 앉아서 팔짱을 끼고 자고 있었어. 완전히 깊은 잠에 빠져 있었어.

해아는 잠든 그의 앞치마 주머니에 5만 원권 두 장을 넣어주고 나왔다고 말했다. 나오면서 안녕히 주무세요,라고 인사까지 해주었다고 말했다. 무슨 장사를 그렇게 하냐. 미오가 실소를 터뜨리며 말했다.

— 그 여자, 공원에 온 적이 없대.

— 귀신이었어?

— 사람이었어.

미오가 천천히 말하자, 해아가 고개를 한쪽으로 기울이

며 대답했다.

— 이상하네.

— 그리고 난 네가 없는 사이에 내가 죽을 거라고 생각했어.

— 걱정 마. 내일까지는 괜찮아.

그렇구나, 내일까지는 괜찮구나. 미오가 해아의 말을 조용히 되뇌었다. 해아는 대답하지 않았다. 그러는 대신 해아는 피곤하다, 중얼거리며 미오의 무릎에 고개를 비비적거렸다. 미오는 얇은 원피스 자락 위로 해아의 눈이 천천히 깜빡이는 것을 느낄 수 있었다. 그녀의 눈꺼풀이 감겼다가, 몇 초 뒤 살며시 뜨였다가, 이내 다시 스르륵 감겨버리는 것을 손으로 만져보듯 하나하나 세세히 감각할 수 있었다. 미오는 해아의 눈이 감길 때마다 그녀의 등을, 목을, 뒤통수를 손끝으로 툭툭 쳐주었다. 해아는 미오의 손길에 응답하듯 한쪽 눈을 떠 보이거나 응, 하고 작은 소리를 내었는데, 전혀 믿음이 가지 않는, 졸음에 한껏 취한 듯한 목소리였다. 그냥 자게 두는 편이 좋지 않을까, 미오는 잠시 생각해보았지만 글쎄, 별로 그러고 싶지가 않았다.

— 야, 자면 안 돼.

미오가 단호한 목소리로 말하자, 해아가 부스스 고개를 들어 올리며 대답했다.

—절대 안 자.

얼마 뒤 해아가 반짝 눈을 떴다. 그러곤 부스스 몸을 일으키며, 도넛 가게의 위쪽을 손으로 가리켰다. 미오야, 저길 봐. 그녀를 따라 시선을 옮긴 미오는 풍선처럼 떠올라 있던 도넛 간판이 바람에 흔들려 왼쪽으로, 그리고 다시 오른쪽으로 기우뚱거리고 있는 것을 발견했다. 저거 조금 위험한 것 같은데,라고 미오가 생각했을 때, 그들의 눈앞에서 둥그런 도넛이 옥상 아래로, 쿵, 소리를 내며 굴러떨어졌다.

해아와 미오는 벌떡 자리에서 일어나 난간 곁으로 달려갔다. 떨어진 도넛은 다시금 쿵, 쿵, 소리를 내며 상가 아래의 도로를 농구공처럼 튀어 다니고 있었다. 말끔한 타일이 깔린 인도와, 검은 아스팔트 도로가 움푹움푹 파일 때마다, 도넛은 조금씩 더 높이 튀어 오르며 거대해져갔다. 그것이 건물보다도 높이 떠올랐을 때, 하여 해아와 미오의 시야가 사탕처럼 반짝이는 도넛의 분홍색으로 가득 들어찼을 때, 미오는 도넛 중앙의 둥근 구멍 사이로 맞은편 건물의 옥상을 훤히 들여다볼 수 있었다. 동시에 그녀의 두 발이 간질거리고 있음을 알아차릴 수 있었다. 그녀의 발은 앞뒤로 1센티미터씩 자라나다, 마침내는 희고 북슬거리는 털로 뒤덮였다. 중력을 거슬러 최고점에 다다른 도넛이 공중에서 잠시 정지하던 순간, 미오는 너무나도 자연스럽게, 해아의 손을 잡고 그 구멍 속으로 함께 뛰어들었다. 해아가 비명을 질렀고, 도로 아래의 행인들은 반짝 눈을 뜨고, 날아오른 해아와 미오를, 혹은 그들이 통과하고 있던 거대한 스프링클도넛을, 일제히 올려다보았다.

해아와 미오는 아주 작고 가벼운 낙엽처럼 천천히 낙하했다.

해아와 미오는 아주 크게 눈을 뜨고, 감았다.

어느 순간 해아와 미오는 사거리의 교차로 한가운데에 눕혀진 도넛 위에 서 있었다. 그들은 자신들이 무엇을 해야 할지 알고 있었다. 그들은 약속이라도 한 듯 발을 맞추어 폭신거리는 도넛 위를 달렸다. 검게 뚫린 구멍의 주위를 둥그렇게 맴돌며, 발밑에서 오독거리며 부서지는 스프링클을 마구 짓밟으며, 점차 멀어지는 서로의 얼굴을 끈질기게 돌아보며, 한 바퀴, 두 바퀴, 끊임없이 빙글빙글 돌고 돌았다. 그들은 점점 더 신이 났다. 마음속으로 하나, 둘, 숫자를 세며 더 크게, 더 멀리까지, 보폭을 키워나갔다. 사이렌 소리가 잦아들지 않고 내내 들려왔다. 그 소리에 맞춰, 심장이 쿵쿵 세차게 뛰었다. 심장이 터질 거 같아, 해아가 소리쳤을 때, 미오는 검은 구멍을 똑바로 쳐다보았다. 정확히 마주 보았다.

미오는 몹시 가뿐해진 몸으로 날아올랐다. 가장 높은 곳까지 다다른 미오는 공중에서 잠시, 정지하였고, 이내 긴 포물선을 그리며 아래를 향해, 호수처럼 깊고 넓은 도넛의 구멍을 향해, 빠르게 떨어지기 시작했다. 그녀의 몸이 기울어지고, 기울어지고, 마침내 미오의 시선이 수직으로, 아래를 향해 떨어지게 되었을 때, 미오는 아, 하고 짧게 읊조릴 수밖에 없었다. 구멍은 사라지고 있었다. 낙하하는 미오의 속도보다 빠르게, 좁아지고 있었다.

얼마 지나지 않아 미오의 얼굴은 폭신하고, 말랑거리고, 어쩐지 조금 끈적거리는 물체의 안쪽에 깊숙이 처박혔다. 미오는 구태여 고개를 들어 올리지 않았다. 구름 위에 안긴 기분으로, 눈을 감고 크게 입을 벌렸다. 아주 달콤한 것이 미오의 입안 가득 밀려들고 있었다.

나 이제 알겠어, 이건 말이지.

*

— 포도 껍질.

— 뭐라고?

해아가 천천히 눈을 뜨며 물었다. 미오는 선 베드 위에 누워 있었고 해아는 미오의 무릎을 베고 있었다.

—포도 껍질 맛이었어.

—꿈이었지?

—꿈이었어.

해아는 그들이 동시에 잠이 든 것 같다고 말해주었다. 그래서 자신이 미오의 꿈을 전부 지켜볼 수 있었다고, 같은 꿈속에 있던 것처럼, 훤히 들여다볼 수 있었다고 말해주었다. 해아는 미오의 꿈속에서 본 것들을 하나하나 차근차근 다시 묘사해주었다. 미오는 조금씩 고개를 끄덕여가며 그녀의 말을 들었다.

전부 처음 듣는 이야기 같았다.

*

자정에 다다른 시각이었다. 해아는 미오를 집 앞까지 데려다주겠다고 말했고, 미오는 거절하지 않았다. 미오는 그 짧은 사이에 퉁퉁 부어버린 해아의 눈가를 쳐다보며 실컷 웃음을 터뜨리느라 정신이 없었다. 늦잠이라도 잤니? 미오가 놀리듯 물으면, 해아가 샐쭉해진 채 하지 마, 하고 대답했다.

그들은 그들이 걸어온 거리를 하나하나 지나치며 걷고, 걷고, 그대로 영원히, 아주 먼 곳까지 걸어도 좋다는 듯이 계속해서 걸었다. 미오의 집을 지나쳐서, 이 도시를 지나쳐서, 아는 것이 하나도 없는 엉뚱한 도시에 다다라도 좋겠다는 듯이, 성큼성큼 발을 내디뎠다. 그러다 노란 가로등 빛이 안개처럼 부드럽게 퍼져 있던 골목에 다다랐을 때, 미오의 집이 올려다보이는 바로 그곳에 다다랐을 때, 미오는 해아의 팔을 잡아 세우며 물었다.

— 너 정말 왜 온 거니?

해아는 눈을 깜빡이며, 운을 떼려고 했다. 그러니까, 내가 왜 왔느냐면, 하고 입을 떼려고 했다. 그러다 해아는 문득 부셔오는 눈을 반쯤 감으며, 턱을 치켜들고 작게 입을 벌리며, 미오의 머리 위를 올려다보게 되었다. 높은 곳에서 무언가 작고, 동그랗고, 환한 것이 빠르게 떨어져 내리고 있었다. 그 바로 아래에, 웃음기 가득한 얼굴의 미오가 서 있었다.

해아는 미오의 어깨를 있는 힘껏 밀쳐버렸다. 튕겨지듯 날아간 미오는 뒤편의 붉은 벽돌담에 등을 부딪쳤고, 그대로 주르륵 바닥에 주저앉았다. 그때, 해아와 미오 사이에 무언가 푹, 소리를 내며 처박혔다. 이내 처참히 터져버린 그것은 검은 도로 위로 붉고 진득한 액체를 줄줄 흘려 보냈다. 반투명한 액체의 표면이, 가로등 빛을 반사하며 환히 반짝였다.

얼마 뒤 미오가 눈을 찌푸리며 말했다.

— 홍시잖아.

— 홍시라고?

해아는 황당한 심정으로 그것을 향해 걸어갔다. 그러곤 고개를 푹 숙인 채, 그것을 오랫동안 쳐다보았다. 정말로 홍시가 있었다. 무를 대로 물러버린 홍시가, 절반쯤은 썩어버린 홍시가, 그리하여 맥없이 터져버린 홍시가, 그곳에 있었다.

— 바보야. 이건 맞아도 안 죽어.

미오가 다시 웃음을 터뜨리며 소리쳤다. 해아는 고개를 들어 옥상 위를 물끄러미 쳐다보았다. 옥상 위엔 마지막 열매를 툭 놓아버린 감나무가 가볍게 가지를 흔들며 서 있었다. 뭐야, 이젠 하다 하다 감나무 꿈까지 꾸나. 해아가 중얼거리자, 미오의 주머니 속에 들어 있던 방전 직전의 휴대폰이 맑은 알람음을 내며 자정을 알리곤 완벽히 꺼져버렸다. 배를 부여잡고 웃던 미오는 그제야 숨을 고르며 해아에게 물었다.

— 너, 우리 집에서 한잔 더 할래?

# 몬몬 캔디

고다가 집에 들인 첫 반려동물의 이름은 햄스터 1호로, 이제는 기억나지 않는 어느 동네의 쓰레기장에서 발견한 잡종이었다. 햄스터 1호는 튼튼하고 유순했으며, 그 두 가지 특성을 살려 이후 들여온 햄스터 2호의 기상천외한 괴롭힘들을 필요 이상으로 오래 견뎌냈다. 햄스터 2호는 고다가 마감 직전의 마트에서 훔쳐 온 것으로, 성질이 난폭하고 예민했으며 먹을 것에 관해서라면 어딘가 제어장치가 고장 나기라도 한 것처럼 흥분을 주체하지 못했다. 그래서였을까? 부드러운 카페라테 혹은 갓 구워낸 버터쿠키의 색을 닮았던 옅은 황금빛 털의 햄스터 1호는 온몸이 새하얗게 반짝이던 2호의 역시나 새하얗던 앞니에 산 채로 뜯어 먹혔다.

어느 겨울밤 우연히 잠에서 깬 고다는 눈을 비비며 침실을 나오다 그 장면을 그대로 목격했다. 암흑 속에 가라앉은 자정 무렵의 거실에서, 베란다를 통해 들어오던 희미한 달빛에만 의지하여. 그날 햄스터 2호는 장장 두 시간에 걸쳐 햄스터 1호를 무참히 포식했다. 햄스터 1호의 몸뚱이는 장장 두 시간에 걸쳐 햄스터 2호의 자그마한 입안으로 꾸역꾸역 밀려 들어갔다. 그 모습을 두 시간 내내 관찰하던 고다는 애초 잠에서 깨었던 이유를 잊어버린 채, 불 꺼진 화장실만을 몇 차례 들락거리다 자신의 방으로 되돌아갔다.

고다는 다음 날 아침이 되어서야 잠에서 깬 이유를 처절히 기억해낼 수 있었다. 이른 새벽부터 도지기 시작한 타는 듯한 갈증이 고다를 잠의 세계 밖으로 거칠게 몰아냈던 것이다. 내쫓기듯 눈을 뜬 고다는 갈증의 정도가 간밤 사이 배로 심해졌다는 사실을 깨달으며 주방의 정수기 앞으로 달려갔다. 그러곤 정신없이 컵 안의 물을 들이켰는데, 미지근한 물이 메마른 목을 타고 흐름에 따라 시야 바깥에 놓여 있던 물체들이 하나둘 고다의 눈길을 끌기 시작했다. 얼마 지나지 않아 고다는 식탁 위에 놓인 커다란 철창을, 그 속을 가득 메운 톱밥을, 그 위에서 몸을 말고 잠들어 있는, 몸 군데군데가 선홍빛으로 물든 햄스터 2호를 차례차례 발견했고, 이내 확인할 수 있었다. 기상 이후 머릿속을 은은히 떠돌던 일련의 장면들이 간밤에 꾼 악몽의 일부가 아니었다는 사실을 말이다. 곤히 잠든 햄스터 2호의 곁에는 예쁘게 발라진 작은 뼈들이 아무렇게나 흩어져 있었다. 고다는 그것이 1호의 것임을 확신할 수 있었다. 그 순간 고다는 깜짝 놀랄 만큼 차가운 액체 같은 것이 온몸의 살갗을 타고 빠르게 흘러내리는 것을 느꼈다. 정수리에서 발끝까지, 위에서부터 아래로 단숨에 쏟아져 내린 그것은 금세 고다의 발밑에 고여 찰박거렸다. 그건 분명, 고다가 스스로 발견해낸 최초의 두려움이었다.

두려운 고다는 그러나 울지 않았다. 울지 않고 햄스터 1호의 뼛조각을 그러모아 집 앞 화단에 묻어주었다. 그 뒤로도 고다는 꾸준히 두려워하며, 그럼에도 여전히 울음을 터뜨리지는 않으며, 정성을 다해 햄스터 2호를 돌봐주었다. 그 결과 햄스터 2호는 털에 물든 햄스터 1호의 핏기가 다 지워지기도 전에 돌연 죽어버렸다. 이유 없는 죽음이었다. 정말이지 어디에서도 이유를 찾아낼 수 없는 기이한 죽음이었다. 그때서야 고다는 울었다. 무언가 거대한 실수를 저질러버리고 말았다는 불길한 기운을 느끼면서. 이어 고다는 생각했다.

실수하면 안 돼.

그 무렵, 고다는 초등학교에 입학할 준비를 하고 있었다.

고다는 무럭무럭 자랐다. 먹어야 하는 만큼만 먹었고 자야 하는 만큼만 잤으며 움직여야 하는 만큼만 움직였음에도 고다는 매일 밤 시큰거리는 성장통에 시달렸다. 학년이 올라갈수록 고다의 자리는 점점 더 칠판과 선생에게서 멀리 떨어진 곳으로 밀려났다. 그렇게 고학년이 되었을 즈음엔, 교실 뒤편의 쓰레기통에서 스멀스멀 피어오르는 우유 썩은 내와 덜 닫힌 뒷문의 틈새를 통해 새어 들어오던 갓 지은 밥 냄새에 코가 절어버릴 지경이 되어 있었다. 말해야 하는 만큼만 말하는 아이로 자라버린 고다는 그것들을 묵묵히 견뎠다. 도저히 참을 수 없겠다는 생각이 들 때면 뒷문을 열고 나가 화장실에 다녀왔다. 그러다가 한 번씩은 조금 더 멀리까지 나아가 빈 복도를 둘러보고 돌아왔고, 가끔은 정문을 넘어 교정의 화단을, 인조 잔디가 깔린 운동장을, 허리께까지 올라오는 낮은 담벼락 앞을 기웃거리다 들어왔다. 머지않아 고다는 머물러야 하는 만큼만 머무르는 아이가 되었다. 충분히 머물렀다는 생각이 들 때마다, 교실의 뒷문을 빠져나가 학교 근처를 서성이곤 했던 것이다.

그런 고다의 눈에 선요가 자주 발견되었던 것은 너무도 당연한 일이었다. 선요는, 말하자면, 머물러야 하는 만큼도 머무르지 않는 아이였다. 책가방을 그대로 멘 채 문방구의 오락기 앞에, 지렁이가 꿈틀거리는 웅덩이 앞에, 뱀딸기가 피어난 수풀 앞에 쪼그려 앉아 있는 아이였다. 그런 식으로 매일 아침부터 오후까지, 동네 곳곳을 부산스레 쏘다니는 아이였다. 좁은 동네였으므로, 고다와 선요의 동선은 자주 겹쳤다. 아이들이 많지 않은 동네였으므로, 고다와 선요는 쉽게 서로의 얼굴을 기억했다. 단지 그 이유만으로, 고다는 선요를 친구로 인식하기 시작했다. 학기 초 어른들의 무례한 물음—누구랑 가장 친하니?—에 고다는 당당히 선요의 이름을 말했다. 뒷모습으로만 떠들 줄 아는 아버지의 성의 없는 물음—어디 다녀오냐?—에도 선뜻 선요의 이름을 댔다. 고다는 선요 역시 자신과 다를 바 없는 일상을 보내고 있으리라 예상했다. 확신했다. 자신의 이름 역시 이미, 여기저기서 마음껏 불렸으리라는 사실을. 고다와 선요는 그때껏 말 한마디 나눠보지 않은 사이였지만, 어쨌거나 고다에겐 그런 일이 가능했다.

하나 그 기간이 길어지고 고다의 입에서 선요의 이름이 더 자주 불릴수록, 고다의 마음속에선 작고 투명한 유리구슬 같은 것이 한 알씩 생겨나 데구르르 굴러다니기 시작했다. 고다는 그것들의 출처를 도무지 알 수 없었지만, 그것 전부가 상당히 유약한 성분으로 이루어져 있으리라는 짐작 정도는 할 수 있었다. 그중 하나를 운 나쁘게 깨뜨리기라도 한다면, 자신이 상상해낼 수 있는 한도 내의 가장 두려운 일들이 한꺼번에 자신을 덮쳐오리라는 예감 역시도. 때문에 고다는 그 무렵 자신의 어깨 위에 멋대로 걸터앉아 수런거리던 유령들에게 자주 시달렸다. 그것들은 늘어뜨린 두 다리를 함부로 흔들며, 고다의 조그마한 구슬들을 그들의 조그마한 발끝으로 아슬아슬 건드리기를 좋아했다. 그러다 어느 순간엔 고다의 귓바퀴를 예고 없이 죽 잡아당기며, 고다만이 알아들을 수 있을 법한 희미한 소리로 속삭여 물었다.

*대체 무엇이,*

*너와 그 애를 친구로 만들지?*

그럴 때면 고다는 양 손바닥으로 두 귀를 막았다 떼기를 반복하며, 와—와—와 하는 소리를 오래도록 내었다. *와—와—와—저리 가—와—와—나는—와—아무것도—와—와—들리지 않아—와—와—와—.*

세상의 많은 아이가 그렇듯 고다는 그것들이 던지고 떠난 괴팍한 질문의 답을 끝내 찾지 못했다. 결국 고다는 답은커녕 질문의 의미조차 제대로 파악해내지 못한 채, 말 그대로 몸만 훌쩍 커버린 채, 정신없이 중학교에 진학하게 되었다. 고다의 동네는 여전히 좁았고, 좁은 만큼 여전히, 혹은 전보다도 더욱 아이들이 없었고, 때문에 고다는 예외 없이 선요와 같은 학교의 신입생이 되었다. 입학 후에도 고다와 선요는 같은 교복을 입은 아이들의 틈바구니에서 서로의 모습을 쉽게 찾아내었다. 그렇다고 그들이 반가운 인사를 주고받거나, 서로의 안부를 묻거나, 시시콜콜한 대화를 하거나, 집에서 가져온 간식을 조금씩 나누어 먹거나 한 것은 아니었다. 그저 서로를 알아보았을 뿐. 시간이 지남에 따라 묘하게 변해가는 서로의 얼굴과 목소리, 옷차림 같은 것을 발견하고는 했을 뿐. 와중에도 변함없이 학교 바깥을 서성이고 있는 서로의 모습을 물끄러미 지켜보았을 뿐. 그러다 종종 같은 곳에서 같은 곳을 향해 걸어가게 되었을 뿐이었다.

그런 그들이 그들의 의지로 말을 섞기 시작했을 리 없었다. 고다와 선요가 서로에게 건넨 첫 마디는 휴대폰의 스피커를 타고 전해졌다.

—여보세요.

고다가 말했다.

—누구세요?

선요가 물었다.

고다는 황급히 휴대폰의 음량을 최소치로 줄였다.

그때 고다는 교무실에 앉아 선요네 담임선생님의 눈치를 보고 있었다. 그녀는 당황한 기색이 가득한 고다의 얼굴을 무심히 건너다보며, 곧게 펼친 검지를 굳게 다문 입술 앞으로 연신 가져다 대고 있었다. 그때까지도 고다는 고작 중학생일 뿐이었으므로, 자신보다 열댓 살쯤 많은 성인 여성의 그러한 몸짓 한 번에 자신도 이해할 수 없을 정도로 겁을 먹는 일이 가능했다. 따라서 고다는 그녀가 시키는 대로 선요의 행방을 밝혀내는 일에 연루되고 있었다. 그녀의 지시에 따라 착실히 선요에게 전화를 걸며, 수년 전 한 동급생의 어깨 너머로 선요의 연락처를 훔쳐보고 은밀하게 저장해두었던 일을 고다는 뼈저리게 후회하고 있었다.

수화기 너머로 선요의 목소리가 다시 한번 들려왔을 때—저기요—고다는 자신의 조그마한 휴대폰을 있는 힘껏 말아 쥐었다. 일순 고다의 등줄기를 타고 식은땀이 흘러내렸다. 선요의 담임은 그런 고다의 어깨를 톡톡 두드리며 대답을 재촉했다. 고다는 고개를 푹 숙인 채, 티 나지 않게 그녀를 노려보았다. 그녀는 선요가 고다에게라면 학급의 반장에게도, 담임인 그녀에게도, 집에서 애를 태우고 있을 부모에게도 하지 못한 이야기들을 줄줄 쏟아내리라 확신하는 듯 보였는데, 고다는 할 수만 있다면 그런 그녀를 꼬깃꼬깃 접어 교무실 탁자의 걸쇠 달린 서랍 속에 구겨 넣고 영원히 그 서랍을 잠가두고 싶은 심정이었다. 고다는 그녀에 의해 자신의 비밀이 발각되어버릴 것이라는, 오랜 세월 소중히 지켜온 무언가가 망가져버릴 것이라는 불안에 떨고 있었다.

이유는 명확했다. 고다는 선요와 대화해본 적이 없었고, 때문에 선요에 대해, 선요의 행방에 대해, 아무것도 아는 바가 없었다. 고다는 도리어 묻고 싶었다, 대체 무엇이, 그들을 친구로 인식되게끔 만들었는지에 대해서. 이렇게 아무것도 모르는데. 정말이지 아무것도, 아무것도……

아무것도?

아무것도,라는 단어를 두어 번 곱씹어보던 고다는 문득 자신의 생각이 틀렸음을 깨달았다. 그날 아침 고다는 학교 앞 분식집에 앉아 새빨간 떡볶이를 천천히 씹어 먹고 있던 선요의 모습을 스치듯 목격한 바 있었다. 그때 선요는 평소처럼 단정한 교복 차림이었다. 경쾌한 박자로 까딱거리던 검은 구두의 코가 유독 반짝였다. 식기를 쥐지 않은 왼손에는 상당히 오래되어 보이는 만화책이 한 권 들려 있었는데, 선요는 그것을 한 장씩 팔락거리며 즐겁다는 듯 해사한 웃음을 지어 보였다. 웃을 때마다 입술 사이로 삐져나오는 송곳니가 유독 새하얗다고, 멀리서 고다는 무심코 생각했다. 그런 선요의 모습을 목격했을 사람은 단언컨대 고다뿐이었을 것이다. 이미 등교 시간을 한참 넘긴 시각이었으므로. 잠시 고민하던 고다는 다시 한번 선요네 담임선생님의 눈치를 살폈다. 그녀는 고다에게 소리 없이 입 모양으로 말하고 있었다. 어디 있냐고, 물어. 집에 오라고, 말해. 지금 만나자고, 말해. 고다는 그 말들을 토씨 하나 놓치지 않고 완벽히 알아들었다. 그러나 고다는 얼마간 모르겠다는 듯 고개를 갸웃거리며 뜸을 들였고, 그 사이 선요에게 통화의 발신자가 자신이라는 사실을 비밀스레 알릴 수 있는 방법을, 선요의 담임에게 일말의 정보를 내어주지 않고도 그 모든 상황을 종결시킬 수 있을 만한 묘수를 차근차근 궁리해냈다.

한참이 지나서야 고다는 입을 열었다.

— 나야. 오늘 가져온 만화책 재미있었어?

우선 되는대로 말을 내뱉어버린 고다는 이후 초조한 심정으로 선요의 대답을 기다렸다. 물은 엎질러졌고, 자신은 영영 그것을 도로 주워 담을 수 없으리라는 예감을 하면서. 뜬금없는 소리를 꺼내버린 탓인지 선요의 담임은 이미 반쯤 의심스럽다는 눈초리로 고다를 지켜보고 있었다. 그 날카로운 시선 속에서 고다가 진땀을 흘리는 동안, 선요는 꽤 오랜 침묵을 유지했다. 그러곤 얼마 뒤, 어쩐지 기분이 좋아 보이는 목소리로 쾌활히 대답했다.

— 응. 무척 재미있었어.

통했다! 고다는 속으로 생각했다.

— 있잖아, 그거 나도 빌려주면 안 돼? 내일 너희 반으로 갈게.

고다가 다시 던진 질문에 선요는 상황을 파악하려는 듯

재차 뜸을 들였고, 이내 대답했다.

—그래. 내일 학교에서 줄게.

선요의 마지막 말이 떨어지기 무섭게 고다가 선요의 담임을 당당히 올려다보았다. 그녀는 여전히 미심쩍다는 얼굴로 고다를 흘겨보고 있었다. 고다는 선요에게 큰 의미 없는 인사를 몇 차례 더 건넨 뒤 자연스레 통화를 종료했다. 그러곤 선요의 담임에게, 세상에서 가장 순진한 미소를 지어 보이며 자랑스레 말했다.

—내일 학교에 오겠대요. 내일은 꼭 올 거예요. 정말이에요.

선생은 썩 유쾌하지 않은 눈치로, 그러나 자신이 해야 할 최소한의 역할만큼은 다 마쳤다는 듯 꽤 너그러워진 표정으로, 고다에게 두어 번 고개를 끄덕여 보였다. 고다는 선생의 허락이 떨어짐과 동시에 교무실을 빠져나왔다. 내일 통화 목록 확인할 거야. 그런 말이 등 뒤에서 들려온 것도 같았지만 고다는 걸음을 멈추지 않았다. 어차피 고다는 선요에게 다시 연락할 생각이 없었다. 고다는 아무것도 정정하고 싶지 않았다. 그 말은 아무것도 확인하고 싶지 않다는 뜻이기도 했다. 왜냐하면, 그냥, 싫으니까. 그런 생각을 하던 고다는 곧 자신의 심장이 한참 전부터 세차게 뛰고 있었음을 깨닫게 되었다. 하여 고다는 얇은 하복 블라우스 위로 가슴을 부여잡은 채, 텅 빈 복도를 종종걸음으로 거닐며, 집도 학교도 아닌 어딘가를 어슬렁거리고 있을 선요에게 가닿지 못할 속삭임을 보내게 되었다. 너. 똑똑하게 굴어. 내가 보낸 경고를 알아들어. 학교로 돌아오지 마. 집으로 돌아가지 마. 나에게 얼굴을 보이지 마. 도망가. 도망가. 도망가……

너 날 알아?

다음 날 아침 고다는 여전히 진정되지 않은 마음을 다독이며 학교로 갔다. 평소보다 느린 걸음으로, 평소보다 더 많은 곳을 기웃거리며. 혹시라도 자신의 시선 끝에서 단정히 교복을 차려입은 선요가 나타날까 봐 잔뜩 가슴을 졸이며. 그러나 그날 고다는 등굣길 어디에서도 선요와 마주치지 못했다. 학교의 정문을 넘어서서, 모래뿐인 운동장을 건너서, 신발을 갈아 신고 계단을 올라 교실에 들어갈 때까지, 고다는 선요의 뒷모습조차 발견하지 못했다. 고다는 알 수 없는 기분으로 자신의 자리에 도착했다. 똑같이 알 수 없는 기분으로 가방을 정리하고 겉옷을 벗어 의자 뒤편에 걸어두었다. 얼마 뒤엔 걸어두었던 겉옷을 집어 들고 다시금 그것의 안쪽으로 팔을 한쪽씩 슬며시 끼워 넣었다. 그러고는 교실 벽면의 시계를 연신 들여다보기 시작했다. 당장 자리를 뜨고 싶은 충동을 느끼며. 안절부절못하며.

—자, 여기.

누군가 고다의 눈앞으로 낡아빠진 만화책 한 권을 들이밀었던 것은 그때였다. 고다는 무심코 그 만화책을 건네받은 뒤에야 천천히 고개를 들어 정면을 바라보았다. 그곳엔 깔끔히 머리를 모아 묶은 선요가 서 있었다. 고다는 자신의 입술이 슬쩍 벌어져 있는 것도 자각하지 못한 채 눈앞의 선요를 황급히 살펴보았다. 얘가 왜 여기에 있지, 생각하며. 선요는 장난기 없는 표정으로 그런 고다의 얼굴을 얼마간 들여다보다, 답답하다는 듯 한층 선명해진 목소리로 말했다.

—자, 이거. 빌려달라며.

그제야 고다는 선요가 자신의 말을 곧이곧대로 이해해 버렸음을, 곧이곧대로 학교에 와, 곧이곧대로 그 낡아빠진 만화책을 자신에게 건네주고 있음을 눈치챘다. 잠시 숨을 고른 고다는 조금 화가 난 얼굴로 이 바보야, 하고 운을 떼었다.

—그런 말이 아니잖아……

그러자 선요는 무언가 재미있는 이야기라도 들었다는 듯 홀로 키득거리기 시작했다. 그 사이 고다는 망연한 얼굴로 선요를 지켜보며, 그녀가 곧 맞닥뜨리게 될 갖가지 문제를 상상하고 걱정하기 시작했다. 얼마 지나지 않아 선요는 눈꼬리에 고인 눈물을 손끝으로 찍어내며 고다에게 말해주었다.

— 장난이야. 다 알아.

그녀의 말을 이해하지 못한 고다는 다시 한번 멍청한 표정이 되었지만, 선요는 그 이상의 설명을 덧붙이지 않고서 유유히 고다의 반을 빠져나갔다.

그날 오후, 고다는 선요가 교무실에 불려가 앉아 있다는 소식을 들었다. 같은 학년의 아이들 사이에선 이미 별의별 소문들이 왜곡되거나 과장되어 전해지고 있었다. 그러나 선요는 그날 수업이 끝나는 시간에 맞춰 멀쩡히 교무실을 걸어 나왔고, 마침 하교를 하던 아이들의 무리에 자연스레 섞여든 채 다시 어디론가, 집도 학교도 아닌 어디론가 사라졌다. 아무 일도 일어나지 않은 채로 밤이 지났고, 아침이 왔고, 멍하니 등교를 하던 고다는 평소처럼 학교 근처에서 선요를 발견했다. 선요는 오락실의 게임기 앞에 앉아 화면 속 방울을 마구 터뜨려대고 있었다.

— 안녕.

고다가 먼발치에서 인사했다.

— 안녕.

선요가 고다에게 반갑게 손을 흔들어 보이며 인사했다.

고다와 선요에게 있어 그들이 누군가와 공식적으로 아는

사이가 된 일은, 특히 같은 동네의, 또 같은 학교의 아이를 알게 된 일은 말 그대로 사건이라 부를 수 있을 법한 종류의 경험이었다. 그들은 고작 아는 애 하나가 늘었다는 점만으로—그들의 경우 0명에서 1명으로 대폭 늘어난 셈이었으나 어쨌거나—이전까지는 상상도 못 해온 일들을 마음껏 저지를 수 있게 되었다는 사실에 놀라워하지 않을 수 없었다. 그들은 우선 서로의 눈을 빌려 그들을 교실 안에 가둬두려 혈안이 된 선생들을 완벽히 따돌릴 수 있었다. 복도에서, 운동장에서, 후문에서, 정문에서, 가끔은 주차장의 차 뒤에서까지 어슬렁거리며 집요하게 눈을 번뜩이던 그들을, 오래된 게임의 튜토리얼 속 허접한 몬스터를 대하듯 간단히 피해갈 수 있었다. 요컨대 고다와 선요는 그들과 마주치지 않고도, 아까운 시간과 체력을 소모하지 않고도, 그들과의 싸움에서 매번 수월하게 승리를 거머쥘 수 있었다. 하여 그들은 교내의 모든 문을, 교정을 둘러싼 낮은 돌담을 제 방의 문지방처럼 훌쩍 넘어 다닐 수 있게 되었다. 그런 두 사람의 메신저 창 위로는, 비슷한 내용의 메시지들이 매일 차곡차곡 쌓여갔다.

온다.

간다.

있어.

**없어.**

**지금?**

**응, 지금.**

**내가 전부 보고 있어.**

그렇게 고다와 선요는 따로 또 같이 학교로부터 도망쳤다. 그리고 어슬렁거렸다. 별다른 목적 없이, 평소와 다르지 않게. 그러나 사실 그들은 그들을 둘러싼 거의 모든 것이 몰라보도록 달라졌음을 알았다. 모를 수가 없었다. 언젠가부터 그들은 돌담 너머에서 그 안쪽으로, 다시 교문의 바깥에서 그 안쪽으로, 슬그머니 숨어들게 될 순간만을 목이 빠져라 기다리고 있었으니까.

점심시간을 앞둔 복도의 풍경은 유독 고요했다. 그 무렵엔 함부로 복도를 가로지르며 화장실을 오가는 아이들도, 별 이유 없이 이 반 저 반을 기웃거리며 느적느적 걷는 교사들도, 용도를 알 수 없는 비품들을 안아 든 채 계단을 오르내리는 외부인들도 거의 없었다. 그저 절반쯤 지나버린 4교시가 영원처럼 이어지고, 벽시계의 시침들은 꿈속처럼 움직이지 않고, 턱을 괴고 앉아 있는 모두가 천천히 눈을 깜빡이며, 몽롱한 적막으로부터 그들을 건져줄 종소리를 기다리는 시간. 허기를 참지 못한 아이들은 진작 매점으로 내려가 천 원짜리 공장제 딸기잼 샌드위치와 흰 우유 한 팩을 먹어버린 후 이른 식곤증에 시달리는 시간. 강렬한 햇빛이 쏟아져 오렌지빛으로 물들어가는 교실과 달리 중앙의 복도는 더욱 어두워져만 가고, 그 위를 부유하는 고운 먼지 입자가 바늘처럼 가늘고 예리한 빛줄기 속을 자유로이 통과하며 더없이 반짝이는 시간.

그리고 급식 차들.

고다와 선요는 그즈음마다 스테인리스 재질의 급식 차들이 각 교실 옆의 복도에, 정확히는 복도를 향해 난 앞문과 뒷문의 중간 지점에 하나씩 놓이게 된다는 것을 알았다. 그것들이 복도 끝의 비좁은 화물용 승강기를 통해 오르내리다, 어디선가 나타난 흰 가운 차림의 여성들에 의해 차례차례 꺼내져 옮겨진다는 점 역시도. 그러고 나면 어김없이 찾아오는 점심시간을 고다와 선요는 동일한 정도로 질색했다. 꼼짝없이 모두와 둘러앉아 음식을 씹고 삼켜야 하는 그 시간을 피해, 지치지도 않고 매일매일 유령처럼 학교를 빠져나갔다. 아직 서로를 알지 못했던 시기에도 그들은 각각, 따로, 도망치듯 교실을 뛰쳐나가곤 했었는데, 그런다고 해서 거대한 솥과 냄비에 한꺼번에 찌고 볶고 구워졌을 맵고 달큰한 채소들이, 방대한 양의 기름 속에서 순식간에 튀겨졌을 임연수 따위의 생선들이, 클로렐라 가루를 뿌려 색을 낸 녹색의 쌀밥과 늘 그럴싸한 냄새를 풍기던 해물탕 따위의 국물 요리들이, 그 향과 맛이, 궁금하지 않은 것은 아니었다. 자꾸만 궁금해지는 마음을, 멈출 수 있는 것은 아니었다.

그러니까 어느 날 선요가 그녀의 새것처럼 깨끗한 가방 속에서 커다란 밀폐 용기 두 개를 꺼내 보였을 때, 그러곤 그중 하나를 고다의 품에 안겨주었을 때, 고다는 작게 웃음을 터뜨릴 수밖에 없었다. 고다는 선요의 터무니없는 계획이 두말할 필요도 없이 완벽하게 마음에 들었다. 그날 그들은 근처 편의점에서 일회용 숟가락과 젓가락을 잔뜩 챙겨 들고는 조심스레 담을 넘어 학교로 돌아왔다. 점심시간을 앞둔 학교의 복도는 고요하고 평화로워 보였으며 또한 무방비해 보였다. 1층 쪽문 앞에서 가위바위보를 한 고다와 선요는 소리 없이 계단을 뛰어올랐다. 그들이 노리던 곳은 4층 복도의 양측 끄트머리에 위치한 3학년 5반과 3학년 1반으로, 그 층에는 특별히 중앙 계단이 없으며 그것이 있어야 할 자리에는 1년에 세 번도 채 사용하지 않는, 그리하여 대부분의 시간에 오가는 사람이 없는 빈 소강당이 자리해 있었다. 고다가 좌측 계단에서 먼저 망을 보는 동안, 선요는 우측 계단을 등진 채 3학년 5반의 급식 차를 열었다. 그러곤 철제 뚜껑들이 여닫히는 소리가 교실 안으로 새어 들어가지 않도록 조심하며, 김이 모락모락 피어오르는 궁중떡볶이와 마늘종볶음, 진미채무침 따위를 밀폐 용기 속에 잔뜩 퍼 담기 시작했다. 아주 잔뜩. 무사히 할 일을 마친 선요가 밀폐 용기의 뚜껑을 닫고, 급식 차를 원래의 모습으로 얌전히 돌려놓고, 우측 계단을 향해 천천히 걸어가는 것을 본 뒤에야 고다는 안도의 숨을 내쉬었다. 때맞춰 고다의 주머니 속에서 휴대폰의 진동 소리가 울렸다.

**밥은 훔칠 수가 없겠어. 티가 나.**

고다는 반대편에서 자신을 바라보고 있던 선요에게 두어 번 고개를 끄덕인 뒤, 3학년 1반을 향해 걸음을 내디뎠다. 급식차 앞에 다다라 조심조심 문을 열고, 둥그런 국통의 뚜껑을 멍하니 쳐다보던 고다는, 한 차례 크게 심호흡을 한 뒤 그것을 활짝 열었다. 이어 들고 있던 밀폐 용기를 짙은 빛깔의 우거짓국 속에 참방, 담갔다. 바가지로 우물물을 퍼 올리듯. 용기의 절반가량을 국으로 채우는 데 성공한 고다는 그것을 힘겹게 들어 올린 채 잽싸게 뚜껑을 닫았다. 그 잠깐새에 국 속에 담가졌던 용기의 표면과 고다의 오른손이 흥건히 젖어 있었다. 이래서 국을 푸기 싫었는데. 고다가 생각했다. 그때 복도의 반대편에서 콜록, 콜록, 두 번의 기침을 한 선요가 고다 쪽을 향해, 정확히는 복도 중앙의 소강당을 향해 한 걸음씩 다가오기 시작했다. 그제야 고다는 선요의 등 뒤에서 누군가가 걸어오고 있음을 인지했다. 고다는 황급히 급식 차를 밀어내고 국으로 범벅이 된 밀폐 용기를 자신의 후드 집업으로 둘둘 말아 안았다. 불행 중 다행으로, 선요는 이미 가방 안쪽에 밀폐 용기를 숨겨둔 모양이었다.

고다와 선요는 서로에게로 한 걸음씩 가까워졌다. 고다와 선요는 절대로 눈을 마주치지 않았다. 선요의 뒤를 따르던 체크무늬 셔츠의 남자 선생이 고다와 선요의 정수리께를 번갈아 쳐다보고 있었기 때문이다. 고다는 걸음마다 자신의 품속에서 찰랑, 찰랑, 찰랑 소리를 내는 밀폐 용기를 더욱 단단히 끌어안았다. 소강당의 문에 가까워질수록 밀폐 용기를 감싼 후드 집업이 축축이 젖어갔고, 그 안쪽의 블라우스 역시 별수 없이 따듯하게 적셔지고 있었다. 고다는 자신의 복부에서 풀풀 올라오는 짠내를 맡으며, 체크 셔츠 선생이 선요의 어깨를 낚아채는 순간을, 소강당의 문을 열어젖히는 자신의 목덜미를 말아 쥐는 순간을, 둘의 손목을 양손에 우악스럽게 나누어 쥐고 교무실로 질질 끌고 가는 순간을 상상했다. 그 손에 붙들려 땀내 나는 가죽 의자에 앉혀진 그들에게로, 그들이 가장 두려워하는 종류의 질문들이 일제히 쏟아져 내리는 순간을 상상했다. 두렵고 무자비한 질문들. 견뎌내야 하는 질문들.

그건 바로 왜,라는 질문이었다.

대체 왜 그랬냐, 하는 것이었다.

그들로 하여금 길을 걷다 어느 집의 베란다에서 스르륵

떨어져 내린 두터운 이불에 온몸이 뒤덮이는 기분을, 거대한 짐승의 입안으로 순식간에 집어삼켜지는 기분을, 칠흑 같은 암흑 속으로 삽시간에 빠져드는 기분을 느끼도록 만드는 마법의 단어들. 왜, 혹은 어째서. 그런 물음 앞에선 고다도 선요도 선뜻 입을 떼거나 다물 수 없었으므로, 그들은 늘 침울한 기분으로 말끝을 흐릴 수밖에 없었다. 표정 없이 입을 우물거리며, 모두의 관심이 그들에게서 자연스레 물러가주기를, 심심하고 따분하고 우울한 어른들이 어서 자라나 바쁘고 피곤하여 훌륭한 어른들이 되어주기를, 하여 자신들 따위는 거들떠볼 시간도 여유도 없는 이들이 되어 그들의 눈앞에서 썩 꺼져주기를, 소망할 수밖에 없었던 것이다.

다행히 그날 그들에게 그런 일은 일어나지 않았다. 고다는 선요보다 앞서 소강당의 문 앞에 도착했고, 무사히 그 문을 열어 강당의 안으로 성큼 발을 들이는 데 성공했다. 고다의 뒤로 문이 닫히던 찰나의 순간, 좁은 문틈 새로 살펴본 선요의 표정은 꽤 여유가 넘쳐 보였고, 아니나 다를까 그 문을 다시 열고 들어온 선요는 승리자의 미소를 지어 보이며 고다를 향해 붕붕 손을 흔들어주었다. 고다와 선요는 강당의 벽면에 난 커다란 창의 폭넓은 창틀 위로 뛰어올라 서로에게 몸을 밀착해 앉았다. 벽 전체를 가리는 두터운 연녹색 커튼이 그런 그들을 가려주었으므로, 그들은 누구에게도 발각되지 않을 자신이 있었다. 그러나 체크 셔츠 선생은 별 생각 없이 그들을 지나친 듯했고, 소강당의 문을 다시 여는 자는 없었다. 한동안 무릎을 맞대고 숨을 죽이던 고다와 선요는, 주위가 완벽히 고요해지고 나서야 소강당의 바닥으로 풀썩 뛰어내렸다.

그들은 소리 없이 키득거리며 화장실로 달려갔다. 고다는 젖은 밀폐 용기를 물에 적신 화장지로 박박 닦았고, 새파란 오이 비누로 자신의 블라우스와 후드 집업도 몇 번이나 빨았다. 그런 뒤 고다와 선요는 언제나처럼 수월하게, 학교를 빠져나갔다. 그들은 근처 아파트의 옥상으로 올라가 각자 담아 온 것들을 아무렇게나 펼쳐놓고 허겁지겁 나누어 먹었다. 그들은 그들을 제외한 모두가 이렇게나 따뜻하고 향긋하며 만족스러운 식사를 하고 있었음에 적잖은 충격을 받았고, 다시는 점심시간에 길바닥의 개미 따위나 구경하며 주린 배를 부여잡고 있지 않기로, 문방구에서 산 2백 원짜리 달고나 사탕으로 허기를 달래지 않기로, 재미도 없는 오락실의 게임기를 붙잡고 배고픔을 잊으려 애쓰지 않기로 다짐했다.

—다음부턴 집에서 밥을 미리 퍼 오자.

고소한 향이 나는 궁중떡볶이를 입안 가득 밀어 넣고 우물거리던 선요가 말했다.

고다는 플라스틱 숟가락으로 우거짓국의 건더기를 남김 없이 건져 먹으며, 몇 번이나 고개를 끄덕였다.

밥 도둑들.

고다와 선요는 자신들을 그렇게 부르곤 했다.

그들은 실로 재능 있는 밥 도둑이었다. 그들은 매일매일 어디서든 밥을 훔쳐 먹었다. 집에서는 말 그대로 밥을 훔쳤고 학교에선 국과 반찬을 훔쳤다. 그것들을 모아 집도 학교도 아닌 어딘가에서 맛있게 냠냠 먹었다. 그러면서도 그들은 절대 들키지 않았다. 그들은 밥을 훔치는 일이 너무 쉽다고 생각했고 실제로 그러했다. 너무 쉬웠던 나머지 고다와 선요는 학교 1층 구석에 위치한 조리실을 겁 없이 기웃거리기도 했는데, 머지않아 선요는 그 안으로 대범하게 발을 들이기 시작했다. 선요는 자신의 주름 없이 빳빳하고 깨끗하며 단정한 차림새의 교복이, 낯선 어른들에게서 손쉽게 호감을 사는 데 도움을 준다는 사실을 잘 알았다.

―아주머니, 저희 반에 사과가 조금 모자란 것 같아요.

시야를 부윰하게 가리는 거대한 구름 같은 조리실의 수증기 속에서 선요는 소리쳤다. 대답은 곧장 돌아오지 않았다. 수증기가 모든 사람과 사물을 숨겨 안고 있었다. 보이지 않는 곳에서 크고 단단한 철제 식기들이 부딪치고 비벼지는 소리만이 얼마간 들려왔고, 이어 찰박찰박 누군가 물 위를 걷는 소리가 들려왔고, 그러고도 얼마쯤 뒤에야 흰 가운의 여성들이 부스럭거리는 소리를 내며 선요의 앞에 나타났다. 희부연 장막의 한가운데를 가르고 걸어온 그들은 몹시 친절한 얼굴로 선요의 모습을 살펴본 뒤, 남은 간식들을 선요의 품 안에 선뜻 안겨주었다. 조각조각 썰린 사과나 푸딩 컵 형태의 용기에 포장된 오렌지주스, 차갑게 얼린 홍시 같은 것들을, 필요 이상으로 잔뜩 말이다. 덕분에 고다는 선요와 함께 그 새콤달콤한 것들을 배가 터질 때까지 먹어댈 수 있었다. 그것들은 각 학급의 학생 수에 맞춰 정량만 배급되는 품목이라 그들이 쉽게 손을 댈 수 없는 것들이었다. 하나만 모자라도 금세 티가 나니까. 이제 그들은 더 이상 바랄 게 없다고 생각했다.

봄은 완벽했다. 여름은 짜릿했다. 짧은 방학은 나른했고, 다만 배가 고팠고, 가을은 그럭저럭 괜찮았다. 이후 빠르게 떨어져가던 기온은 그들을 조금씩 불안하게 만들었다. 밥 도둑들은 염치도 없이 어디에서나 밥을 잘 훔쳤다. 밥 도둑들은 체면 차릴 것 없이 어디에서나 밥을 잘 먹었다. 그러나 그런 밥 도둑들도 살을 에는 겨울의 추위 앞에선 어찌할 도리가 없었다. 기어이 돌아온 겨울에 고다와 선요는 갈 곳이 없었다. 그들에겐 벽과 천장이 필요했는데 훔친 밥을 들고 선 어디에도 들어갈 수 없었다. 그들은 그들에게 갈 곳이 없다는 사실을 그 겨울에 처음으로 실감했다. 그들의 손에 들린 밀폐 용기가, 그 안에서 이리저리 뒤섞인 음식들이, 누군가에겐 더럽고 냄새나는 것이었음을 처음 알았다.

별수 없이 고다와 선요는 모든 것을 중단하고 원래의 생활로 되돌아갔다. 고다는 만성 소화불량을 핑계로 보건실에가 죽은 듯 잠을 잤다. 선요는 학교에서 10분쯤 떨어진 대형 서점의 공용 소파에 퍼지듯 앉아 휴대폰 게임을 했다. 점심시간이 끝나면 고다는 반으로 돌아가거나 돌아가지 않았고, 선요도 마찬가지로 학교로 돌아가거나 돌아가지 않았다. 그들은 똑같이 굶주린 채로 학교 밖에서, 또는 학교 안에서 마주치게 되었고 그럴 때면 도무지 무얼 해야 좋을지 알 수 없었다. 그래서 고다와 선요는 예의 그 소강당으로 숨어들어 연녹색 커튼 뒤에, 폭넓은 창틀 위에 무릎을 맞대고 앉았다. 그곳에서 창밖의 세상을 오래오래 내려다보거나 시답잖은 소릴 하며 키득대거나 각자 휴대폰을 꺼내 들고 굳이, 문자 메시지를 주고받으며 끝말잇기를 했다.

**배고파.**

**파파야**

**야금야금**

그게 뭐야?

비밀.

밀크티

티티새

새콤달콤

이건 뭐야.

비밀.

바—보

그런 그들의 머리 위에서, 몹시 높고 먼 곳에서, 느닷없이 아, 아, 하는 소리가 들려온 날이 있었다. 그날도 어김없이 휴대폰을 붙들고 서로의 무릎을 무릎으로, 팔꿈치를 팔꿈치로 쿡쿡 찔러대며 끝말잇기를 하고 있던 고다와 선요는, 뒤이어 귓속에 꽂혀 들어온 날카로운 금속성 소음에 놀라 서로를 밀쳐냈고, 각자의 귀를 힘껏 틀어막으며 강당의 천장을 이리저리 살펴보게 되었다. 머지않아 소음이 잦아들었고, 아, 아, 누군가 목을 가다듬는 소리가 들려왔다. 이어 꽤 선명한 소리로, 짤막한 문장들이 강당의 스피커를 타고 송출되었다.

— 장선요 학생. 2학년 4반 장선요 학생. 지금 당장 교무실로.

고다는 놀란 눈으로 선요를 돌아보았고, 선요는 익숙하다는 듯 눈을 두어 번 깜빡이며 창틀에서 몸을 내렸다. 그때 선요의 입가엔 희미한 비소가 띄워져 있었다.

함께 계단을 내려가는 동안, 고다는 선요에게 계속해서 물었다. 선요, 무슨 일이지? 무얼 했어? 너 무언가를 했어? 선요야. 너에게 무슨 일이 일어났어? 선요는 고다가 던진 질문 중 그 무엇에도 대답을 하지 않았다. 대신 선요는 언젠가 귓가에서 들려오던 유령과도 같은 목소리로, 흰 나비의 날갯소리와도 같은 희미한 속삭임으로, 고온의 춧농처럼 부드럽게 녹아내리는 발음으로, 무언가를 연신 중얼거렸다. 말을 알아들을 수 없던 고다가 숨을 죽이고, 귀를 기울이고, 그 속삭임에 가까이, 더 가까이 다가가려 노력하기 시작했을 즈음, 선요는 교무실의 문을 벌컥 열고 그 안으로 들어섰다. 그 문이 고다의 코앞에서 쿵, 하고 닫혀버렸다. 고다는 그 자리에 가만히 얼어붙은 채 선요를 기다렸다.

그것 말고는 할 수 있는 일이 없었던 것이다.

5분쯤 지나, 선요가 문을 열고 다시 복도로 나왔다. 문틈으로 교무실의 유리 탁자 앞에 둘러앉은 몇 명의 교사들과, 결코 학교의 내부인으로는 보이지 않는 차림새의 노파 하나가 설핏 들여다보였다. 때맞춰 4교시의 끝을 알리는 종소리가 들려오기 시작했고, 같은 순간, 닫혀가던 문을 잡고 선요의 담임선생님이 불쑥 얼굴을 내밀었다. 그 탓에 고다는 거의 기함할 뻔했으나, 선요의 담임은 고다에게서 금세 관심을 거둔 채 선요에게 타이르듯 말했다.

—반으로 가서 밥부터 먹고 있어. 부모님은 곧 도착하신다니까.

놀랍게도 선요는 그 말에 순순히 고개를 끄덕였다. 아주 순순히. 그래서 고다는 선요가 정말이지 돌이킬 수 없는 짓을 저질러버린 게 분명하다고 생각했다. 아주 몹쓸 짓, 아주 못된 짓, 아주 끔찍한 짓을 저질러버렸으리라고 말이다. 대체 그게 뭐지? 뭔지는 몰라도 고다는 선요가 그 일을 뉘우치기 위해, 참회하는 뜻으로, 스스로에게 일종의 처벌—아이들이 삼삼오오 모여 침을 튀기며 밥을 먹는, 퀴퀴한 냄새가 나는 직사각형의 교실 안으로 걸어 들어가는 것, 그리고 그 안에서 밥을, 망할 밥을 우적우적 씹어 삼키는 것—을 내리려 하는 것이리라 확신했다.

선요는 결코 가볍지 못한 발걸음으로, 그렇다고 그다지 무거워 보이지도 않는 발걸음으로 2학년 4반의 뒷문을 향해 걸어갔다. 그러곤 닫혀 있던 뒷문을 지체 없이 밀어 열었다. 2학년 4반 아이들은 이미 급식 차를 칠판 앞으로 끌어온 다음, 철제 식판 위로 정량의 밥과 반찬을 퍼 담는 중이었고, 본래 두 줄씩 세 분단으로 나뉘어 배열되어 있던 교실의 책상들은 아이들의 입맛대로 이리저리 옮겨지고 돌려지고 붙여진 채, 몇 개의 거대한 덩어리를 형성하고 있었다. 교실 뒤편엔 남는 책상과 의자가 두어 개씩 널브러져 있었지만 그뿐이었다. 잠시 멈칫하던 선요는 이내 자연스레 교실 앞으로 걸어가 식판 한 개를 꺼내 들었다. 수저를 챙기고, 밥과 반찬을 퍼 담고, 국을 푸고, 교실의 테두리를 빙 둘러 다시 교실의 뒤편으로 돌아와서는 널브러진 책상 하나에 자리를 잡고 앉았다. 그런 선요를, 모두가 지켜보고 있었다. 소리 없이 쏟아지는 호기심 어린 시선들. 선요가 그것을 눈치채지 못할 리 없었다. 닫히지 않은 뒷문 앞에 멈춰 서 있던 고다조차도, 그 뜨거운 시선들을 온전히 감각할 수 있었다.

선요는 깨끗한 숟가락의 끄트머리를 힘없이 쥐고, 투명한 뭇국을 휘적휘적 저었다. 선요는 그것을 전혀 입에 넣을 생각이 없어 보였다. 그러다 어느 순간, 선요는 고다를 향해 고개를 돌렸다.

— 같이 먹자.

선요가 말했다.

고다의 반은 2학년 1반이었다.

그러나 고다는 선요의 부탁을 거절할 수 없었다.

그날 고다와 선요는 2학년 4반 교실 뒤편에서, 수평이 맞지 않아 덜컹거리는 책상 두 개를 앞뒤로 맞붙인 채 점심을 먹었다. 반짝이는 철제 식판에 한가득 음식을 담아, 반짝이는 철제 식기로 밥과 반찬을 푹푹 떠가며. 고다와 선요는 자신들이 그 교실을 차지한 거대한 덩어리들 사이에서, 작고 보잘것없는 외딴섬처럼 보이리라는 사실을 잘 알고 있었다. 그러나 그 점은 고다와 선요의 밥맛을 더욱 좋게 만들어줄 뿐이었다. 고다와 선요는 한차례 식판을 깨끗이 비운 뒤, 교실 앞으로 다시 달려 나가 남아 있던 음식들을 자신들의 식판에 모조리 쌓아 올렸다. 보랏빛이 도는 잡곡밥과 말랑거리는 청포묵 무침을 무더기째 퍼 담고, 눅눅해진 단호박 튀김의 아주 작은 부스러기까지 싹싹 긁어모으는 데 성공한 고다와 선요는, 그들의 자리로 돌아가 아무런 생각 없이 그것들을 씹고 삼키는 데 집중했다. 그들은 마치 그 모든 것이 처음이라는 듯이, 새롭다는 듯이, 그러나 그 순간이 영영 돌아오지 않으리라는 것을 알고 있다는 듯이, 정말로 마지막이라는 듯이, 이미 빈틈없이 차버린 위장 속에 그 모든 것을 밀어 넣었다. 씹고, 삼켰다. 씹고, 삼켰다. 목이 막히면 물을 마시는 대신 뭇국을 식판째 들이켰다. 그들은 폭식하였다. 어쩌면 포식하였다. 교실은 너무나도 따듯하고 안전해서, 배를 가득 채우고 나면 잠이 솔솔 올 수도 있을 것 같았다. 그럼에도 그들은 자꾸만 쫓기는 기분을 느꼈다.

고다는 블라우스 하단의 단추들을 풀며 선요에게 물었다.

너 대체 무얼 한 거야. 그러곤 입안의 음식들을 다시 우물우물 씹었다. 선요는 교복 치마의 지퍼를 티 나지 않게 5센티쯤 내리며 대답했다. 만화책 훔쳤어. 그러곤 역시나 입안의 음식들을 우물우물 씹었다. 언제부터 훔친 거야. 고다가 물었고 음식을 우물우물 씹었다. 나도 몰라. 선요가 말했고 음식을 우물우물 씹었다. 그때 그것도 훔친 거야? 고다가 물었다. 우물우물 씹었다. 그렇게 낡아빠진 책을 훔친 거야? 고다가 물었다. 우물우물 씹었다. 선요는 고개를 끄덕이며 우물우물 씹었다. 우물우물. 선요는 한동안 말을 하지 않았다. 왜 훔친 거야? 고다가 물었다. 어김없이, 우물우물 씹었고. 한편 선요는 그 순간 우물우물하는 것을 멈추고 고다의 얼굴을 올려다보았다. 그러곤 한참 씹고 있던 것들을 한 번에 모아 꿀꺽, 삼켰다. 고다는 순간 온몸이 얼어붙는 기분을 느꼈다. 그래도 고다는 멈추지 않고 씹었다. 우물우물. 간만에 입안을 돌아다니는 모든 음식의 조각들이, 그것들의 맛이, 너무도 다채롭게 황홀했으므로.

선요는 기침을 하듯 목을 가다듬고 늦게서야 대꾸했다.

— 훔칠 수 있으니까.

그러곤 다시 식판에 코를 박고 밥을 먹기 시작했다.

그때 고다는 어쩌면 선요가 그녀에게 던져지는 모든 종류의 질문에 같은 대답을 하리라는, 아니 아마 이미 오래전부터, 줄곧 그래왔으리라는 짐작을 할 수 있었다. 할 수 있으니까. 그럴 수 있으니까.

그들은 그날 배가 터지기 직전까지 밥을 먹었다.

그럴 수 있는 날이었으니까, 그렇게 했다.

음식은 금세 동이 났다. 점심시간은 신속하게 흘러갔다. 선요는 기다렸다. 누군가 자신을 불러일으키기를. 교무실로 끌고 가듯 데려가주기를. 고다는 기다렸다. 선요의 이름이 불리는 순간을. 그리하여 그녀를 뒤따라 좁아터진 교실에서 벗어날 수 있기를. 그러나 5교시가 시작될 때까지 선요의 부모님은 도착하지 않았다. 지루한 5교시가 끝나고, 5교시보다 지루한 6교시가 끝나고, 시계의 고장을 의심케 하는 7교시가 끝나고, 방과 후에 남아 청소를 하거나 공부를 하거나 축구를 하는 아이들마저 하나둘 학교를 떠나버릴 때까지, 선요는 교무실에 불려가지 못했다. 때문에 곤란해진 쪽은 도리어 교무실에 앉아 있던 교사들과, 선요가 곳간처럼 드나들며 만화책을 훔쳐대던 만화방의 주인 노파였다. 그들은 어찌할 도리 없이 서로 민망한 표정을 주고받다가, 각자 휴대폰을 들고 선요의 모친에게, 또 부친에게 번갈아 전화를 걸다가, 꾸물꾸물 기어 올라오는 분노를 어른스럽게 잠재우다가, 결국 고개를 흔들며 일단 자리를 파했다.

선요의 부모님은 그로부터 한참이 지나서야 학교에 방문했다. 마침 기온이 높아 고다도 선요도 학교 밖으로 나가 이곳저곳을 기웃대고 있던 날이었다. 선요의 부모님은 선요가 없는 학교에서, 그때껏 선요가 만들어온 크고 작은 문제들을 말끔히 해결해주었다. 나아가 그들은 선요가 머지않아 저지르게 될 모든 잘못을, 범하게 될 모든 실수를, 미리 앞서 해결하고 양해를 구해두었다. 그건 일종의 허락이었으며, 한편으로는 선언이었다. 최악의 일이 벌어지지 않는 한, 다시는 선요의 일로 자신들의 시간을 허비하지 않겠다는 선언. 그러니까 자질구레한 일들로 그들의 일상을 들쑤시지 말라는—그들은 이미 오래전부터 학교 측의 연달은 상담 문의로 골머리를 앓고 있었다—선언. 선요에 관해서라면 대체로 눈을 감아주되, 필요하다면 당신들이 원하는 대로 알아서, 적절히, 처리하라는 선언 말이다. 그들은 그런 이야기를 한 뒤 몹시 정중한 태도로, 교무실에 있던 모두에게 허리 숙여 인사한 뒤 학교를 빠져나갔다. 그 정중함이란, 그들의 뻔뻔스러운 조치에 불쾌함을 느끼고 있던 모두로 하여금 아무런 지적도 할 수 없도록 만드는, 이상하리만큼 강력한 힘을 지닌 것이었다.

덕분에 선요는 이전보다도 훨씬 더 자유로운 처지가 되었다. 선요는 뭐든지 할 수 있었다. 선요는 그녀의 부모가 드디어 그녀를 포기했다고 말했다. 포기당한 선요는 뭐든지 해도 되었다. 그래서 그렇게 했다.

겨울이 깊어갈수록 선요가 학교에 나오지 않는 날이 잦아졌다. 고다는 매일 저녁 자신의 출석 일수를 계산해가며, 다음 날 학교에 갈지 말지를 결정했다. 어쩔 수 없이 등교를 한 뒤엔 금세 학교를 나와버렸다. 그러곤 설탕 알갱이처럼 떨어져 내리는 눈을 온몸으로 맞으며 걸어 다녔다. 매일매일 넋을 놓고 걸어 다니다 보니 방학이었다. 그래서 고다는 걸어 다니는 것마저 그만두었다.

고다와 선요는 겨울 방학에 거의 만나지 않았다. 다만 어느 날 고다의 집 앞엔 출처 모를 케이지 하나가 덩그러니 놓여 있었다. 고다는 그것을 발견하자마자 자신의 집으로 들였다. 그것이 선요가 자신에게 남긴 선물임에 틀림없다고, 한 치의 의심 없이 믿었던 것이다. 새것인 듯 깨끗하게 윤이 나던 케이지는 그것을 내려다보던 고다의 기운을 순식간에 압도할 수 있을 만큼 커다랗고 견고했다. 그것은 고다의 가슴께까지 올라오는 높이의 3층짜리 사각 케이지였고, 1층의 한쪽 구석에는 영원히 비워질 수 없을 것처럼 빼곡하게 들어찬 모이통이 고정되어 있었다. 그 거대한 궁전의 주인들은 각각 2층과 3층을 우아하게 차지한 채 꾸벅꾸벅 졸고 있었는데, 고다는 그것들의 연분홍빛 부리와 둥글게 말린 작은 발을 보며 생각하지 않을 수 없었다.

티티새.

이 애들이 바로 티티새구나.

고다는 선요로부터 온 새들에게 각각 티티 1호와 티티 2호라는 이름을 붙여주었다. 한 쌍의 티티새는 서로의 색을 나눠 가지는 걸까, 생각하며. 실제로 티티 1호와 티티 2호는 서로의 몸을 뒤덮은 주된 색을 각자의 몸에 작은 얼룩으로 지니고 있었다. 우윳빛 깃으로 온몸이 뒤덮인 티티 1호의 날갯죽지엔 거의 흰색에 가깝다시피 한 옅은 푸른빛 얼룩이 있었고, 옅은 푸른빛 깃을 가진 티티 2호의 옆구리엔 엎지른 우유처럼 비정형적인 형태의 흰 얼룩 하나가 자리 잡았던 것이다. 티티 1호와 티티 2호의, 서로의 몸에 대신 뚫어둔 구멍과도 같이 보이던 그 얼룩들은, 서로를 거들떠보지도 않던 그것들을 한 쌍의 새로 마땅히 여겨지게끔 했다.

한 주간 각종 대형 마트와 조류 전문 매장 들을 바쁘게 돌아다닌 고다는 티티 1호와 티티 2호가 지내기에 완벽한 환경을 그들의 커다란 케이지 안에, 또 고다 자신의 방 안에 훌륭하게 조성해낼 수 있었다. 홀로 매장을 빨빨거리는 고다를 귀엽다는 듯 쳐다보던 직원들이, 생각지도 못한 정보들을 알아서 줄줄 읊어준 덕분이었다. 그러는 사이 고다는 선요에게 묻고 싶은 것이 점점 많아졌다. 고다는 선요가 티티새의 다른 이름이 지빠귀라는 사실을 알고 있을지 궁금했다. 티티새의 울음소리가 종종 휘파람 소리처럼 들린다는 사실을 알고 있을지도 궁금했다. 그 휘파람 같은 울음소리가 어느 밤에는 여자의 울음소리로 변모해 산속의 사람들을 놀래킨다는 사실, 그러나 티티새는 그보다 자주, 다른 새들의 울음소리를 집어삼킨 듯 훌륭하게 흉내 낸다는 사실, 그래서 늦겨울이면 까치도 아닌 것이 까치밥이랍시고 남겨둔 감을 모조리 먹어치운다는 사실, 그런데, 그렇다는데, 정작 티티 1호와 티티 2호는 오직 쪼로록쪼로록 하는 소리로만 운다는 사실을 알고 있는지 궁금했다. 무엇보다 고다는 선요가 자신에게 그 새들을 선물한 이유가 궁금했다. 쪼로록쪼로록 우는 티티새를 대체 어디에서 구해 와 선물한 것인지 궁금했다. 그래놓고 어째서 단 한 통의 연락도 없는 건지, 연락도 없이 지금, 대체 어디서, 무엇을 하고 있는 건지. 고다는 그런 것들이 참을 수 없이 궁금했다.

유독 바람이 매서운 날이면 고다는 선요의 집으로 갔다. 사람이라면 도무지 집 밖으로 나올 엄두를 내지 못할 것 같은, 그런 날이 오면 말이다. 선요의 집은 아담한 마당이 딸린 주택이었으며 마당 주위로는 낮은 돌담이 쌓여 있었다. 고다는 그 돌담 너머에서, 아마도 선요의 방으로 보이는 곳을 오래오래 건너다보았다. 그러나 선요는 좀처럼 모습을 드러내지 않았다. 때문에 고다는 원치 않게 선요의 부모님을 여러 번 보아야 했다. 그들이 예의 그 꼿꼿한 자세로 출근을 하고, 또 귀가를 하는 모습을 말이다. 그런 그들의 곁에서도, 선요는 발견되지 않았다. 발견되지 않는 선요에게선 통 연락이 없었다. 결국 먼저 자존심을 굽히기로 마음먹은 고다는 선요에게 짤막한 문자 메시지 하나를 보냈다. 무언가 특별한 이야기를 적어 보낸 것은 아니었다. 고다는 케이지의 2층 한편에 나란히 자리를 잡고 조는 티티 1호와 티티 2호의 사진 한 장을 첨부하고는, 티티새는 잘 지내,라는 말을 간단히 덧붙였을 뿐이었다. 선요는 고다의 긴 기다림이 무색할 만큼 빠르게, 그러니까 고다가 문자를 보냄과 거의 동시에 답장을 보내왔다.

**그건 티티새가 아니야.**

**그럼 뭔데?**

**그건 잉꼬야. 말하자면 앵무새의 일종.**

고다는 선요의 마지막 답장을 뚫어져라 쳐다보며 헛웃음을 지었다. 그때까지 고다는 마음속으로 은밀하게, 자신이 만나온 이름 모를 직원들을 모두 바보라고 부르고 있었는데, 곧 자신이 그들에게 자신의 새들에 대해, 그들의 생김새나 울음소리에 대해 한 번도 설명한 적 없다는 사실을 상기하게 되었으므로, 바보는 나다, 바보는 나다, 따위의 생각을 하며 조금씩 침울해지기 시작했다. 침대 위로 던지듯 휴대폰을 내려둔 고다는 창가에 놓인 케이지 앞으로 천천히 다가갔다. 티티 1호와 티티 2호는 그 무렵 서서히 서로에게 가까운 곳으로 각자의 자리를 옮겨가고 있었다. 종종 서로를 돌아보며, 부리를 크게 크게 벌려가며, 쪼로록쪼로록 지저귀고 있었다. 고다만 알아들을 수 없는 언어로 활기차게 대화하듯이. 그 소리를 듣던 고다는 손가락 끝으로 케이지의 창살을 괜히 두들기며, 자신의 얼굴을 흘끔거리는 티티 1호와 티티 2호에게 말해보았다.

— 얘들아. 얘기 좀 해봐.

그러나 티티 1호와 티티 2호는 부리를 꾹 다문 채 고다의 얼굴을 불길하게 곁눈질할 뿐이었다.

— 티티 1호. 티티 2호. 말 좀 해봐.

고다는 조금 더 큰 소리를 내어 창살을 통통 두들겼다. 그러자 티티 1호와 티티 2호는 놀랍게도 딱 한 발짝씩을 내디뎌 서로에게로 다가갔다. 어라, 하고 무심코 말을 내뱉은 고다는 잠시 눈을 깜빡거리며 티티 1호와 티티 2호를 살펴보다가, 어떤 결심을 내린 사람처럼, 마침내 자신의 할 일을 찾은 사람처럼, 두 눈을 반짝 빛내며, 본격적으로 창살을 두드리는 데 집중하기 시작했다. 고다가 더 큰 소리로, 더 짧은 간격으로 창살을 두드릴 때마다 티티 1호와 티티 2호는 슬금슬금 둘 사이의 거리를 좁혀갔다. 곧 그것들은 한쪽 구석으로 함께 내몰린 채, 서로에게 어깨 한쪽씩을 맞댄 채, 고다와 가장 먼 곳까지 멀어져버렸다. 그곳에서 흰자위가 가득 보이는 눈으로, 고다의 손끝을 잔뜩 경계하고 있었다. 그제야 고다는 케이지에서 완전히 손을 떼었다. 그 순간 티티 1호와 티티 2호는 진정 사이가 좋은 잉꼬 한 쌍처럼 보였으므로. 잠시 침묵하던 고다는 아무도 대답하지 않는 허공에 대고 조용히 중얼거렸다.

— 그래도 이름은 바꾸지 말자. 티티 1호. 티티 2호. 계속 그렇게 하자.

때맞춰 티티 1호가 작게 쪼로록 하는 소리를 내었다. 고다는 그것이 티티 1호와 티티 2호가 자신에게 내어준, 꽤 긍정적인 의미의 대답이리라 멋대로 생각해버렸다.

선요가 모습을 드러낸 것은 그로부터 한 달여가 더 지난 뒤의 일이었다. 심부름 겸 짧은 산책을 마치고 집으로 돌아가던 고다는 귓가에 들려온 익숙한 목소리를 따라 고개를 들어 올렸다. 이후 무심코 주위를 살피던 고다는 정면에 위치한 4층짜리 건물의 옥상에서 빼꼼 고개를 내민 선요를 발견할 수 있었다. 그때 선요는 흰 목도리를 턱 밑까지 둘둘 말아 맨 채 고다를 향해 한쪽 손을 흔들어 보이고 있었는데, 고다는 그런 선요를 올려다보며 적잖이 당황했다. 고다는 동네에 하나뿐인 학원가를 지나치다가, 그 거리에 즐비한 저가형 커피숍 중 한 곳 앞에 서서 차가운 딸기라테를 주문하는 중이었다. 선요는 바로 그 건물의 옥상에 서 있었고, 커피숍 간판 위로 층층이 쌓인 간판들엔 고다도 여러 차례 들어본 적 있는 유서 깊은 학원들의 이름이 적혀 있었다. 그 간판들과, 난간 너머로 언뜻 보인 선요의 커다란 백팩과, 선요의 손에 들린 먹다 만 초코바 하나가, 고다로 하여금 선요에게서 상당히 낯선 기운을 느끼도록 했다. 아주 낯설고, 이상하고, 그다지 달갑지 않은 기분 속으로 잠겨들게끔 했다. 무심코 열어본 낡은 서랍 속에서 윤이 나는 사과 한 알을 발견한 것과 같은 기분. 깨끗한 백사장 위를 구르는 크고 새하얀 무를 마주한 것과 같은 기분. 지난밤 잃어버린 지저분한 운동화 한 짝이 어느 가게의 번쩍거리는 쇼윈도 너머에 전시되어 있고, 기묘한 기시감을 느끼며 천천히 그 앞을 걸어 지나칠 때와 같은 기분.

고다는 그런 이상한 기분에 휩싸인 채 머리 위의 선요를, 선요의 얼굴을, 혹은 그 얼굴 너머에 있을 무언가를 오래오래 응시했고, 때문에 자신의 이름을 애타게 부르는 선요의 목소리를 듣지 못했다. 고다야, 고다야, 하고 참을성 있게 고다를 부르던 선요는 점점 더 난간에 밀착한 채로, 허리를 꺾고 상체를 숙인 채로, 조금씩 더 고다에게로 가까이 몸을 늘어뜨렸다.

— 야! 고다현!

끝내 소리쳤을 즈음, 선요는 난간에 반쯤 매달린 것과 같은 모양새가 되어 있었다. 고다는 그런 선요의 모습을 한 발짝 늦게 발견한 뒤 경악하는 얼굴로 양손을 허우적거렸다.

— 뭐야, 빨리 내려가! 위험하잖아!

그제야 선요는 키득거리며 난간으로부터 몸을 거두었고, 기다리라는 말을 남긴 채 옥상 끄트머리에서 모습을 감추었다. 선요가 건물의 계단을 나풀나풀 걸어 1층에 다다를 때까지, 고다는 쿵쿵거리는 가슴을 연신 부여잡으며 커피숍의 키오스크 앞에 꼼짝없이 얼어붙어 있었다. 선요가 딱딱하게 굳어버린 고다의 어깨를 가볍게 밀치며, 불쑥 얼굴을 들이밀 때까지, 모든 할 말을 잊어버린 채 멈추어 있었다.

— 들어가자.

선요는 말했다.

그 말에 고다는 자신도 모르게 두어 번 고개를 주억거린 뒤, 선요를 따라 걸음을 옮겼다.

고다와 선요는 과육이 잔뜩 들어간 딸기라테를 한 잔씩 앞에 둔 채 마시는 둥 마는 둥 했다. 그러는 동안 선요는 고다가 묻지 않은 것들에 대해 잔뜩 말을 늘어놓았고, 고다는 유리잔에 꽂아둔 빨대에 조금씩 바람을 불어 넣으며, 보글거리는 연분홍색 라테의 표면을 감흥 없이 지켜보면서 그 이야기들을 들었다. 선요는 유독 빠르고 두서없는 방식으로 말을 늘어놓고 있었다. 마치 누군가에게 쫓기기라도 하는 듯, 아무렇게나 말을 내뱉고 있었다. 어쩌면 선요의 등을 타고 차가운 땀이 한 줄기쯤 흐르고 있는지도 모를 일이었다. 그러나 그 점에 대해, 고다는 조금의 언급도 하지 않았다.

— 그래서, 방학 내내 학원을 다녔다?

— 응. 아침부터 밤까지. 국어, 수학, 영어, 과학…… 심지어 논술까지.

선요는 손가락을 접어가며 수를 세다, 탁자 위로 풀썩 엎어지며 고다에게 눈짓했다.

— 나 기특하지?

— 응.

— 그럼 나 칭찬해줘.

고다는 손을 들어 선요의 뒤통수를 살살 쓰다듬어주었다. 그러곤 선요의 눈치를 살폈다. 선요는 반쯤 눈을 감은 채 기분 좋다는 듯 얌전하게 고다의 손길을 느끼고 있었다.

— 많이 바빴겠네.

— 응.

— 알겠어.

— 뭘?

— 그냥 다.

그 말에 선요는 슬며시 고개를 들어 고다를 올려다보았다. 그러곤 입 모양으로 말했다. 거짓말. 그 소리 없는 말 한마디에 고다는 마법에 걸린 것처럼, 혹은 나쁜 주술에 걸린 것처럼, 온몸이 뻣뻣하게 굳은 채 선요의 입가로 시선을 고정할 수밖에 없었다. 그 입술 사이로 새어 나올 말들이 아직 더, 조금 더, 남아 있으리라는 예감이 들었던 것이다. 따라서 고다는 선요가 다시 한번 입을 열어준다면, 하여 고다의 거짓말에 대해, 무언가를 더 집요하게 물어준다면, 기꺼이 자신의 모든 비밀을 줄줄 쏟아내어 줄 작정을 하고 있었다. 필요시엔 선요의 옷깃을 말아 쥐어 앞뒤 양옆으로, 세차게 흔들어줄 작정까지 하고 있었다. 그렇게라도 선요가 입안에 물고 있는, 절대 녹지 않을 사탕과도 같은, 언제까지고 이쪽 볼에서 저쪽 볼로 그저 굴러다니게 될 어떤 이야기들을, 고다의 두 손 위로 퉤, 하고 뱉어낼 때까지, 지치지 않고 선요를 다그쳐줄 자신이 있었다. 그리하여 두 사람 모두를, 같은 정도로 부끄럽게 만들어줄 자신이 그때의 고다에겐 정말로 있었다. 하지만 선요는 별다른 말 없이 고다에게서 시선을 떼고 고개를 돌려버렸다. 이후 선요가 고다에게 소리 없는 속삭임을 들려주는 일은, 다시 일어나지 않았다. 그 탓에 고다는 자신이 그날 아침에도 선요의 집 앞까지 찾아갔었다는 이야기를 선요에게 들려주지 못했다.

각기 다른 이유로 우울해진 고다와 선요 사이로 짧은 정적이 흘렀다. 그 정적을 깨고 먼저 말을 꺼낸 쪽은 선요였다.

— 새들은 잘 지내?

— 응. 티티 1호랑 티티 2호.

— 걔네 잉꼬라니까.

— 그래도.

주섬주섬 휴대폰을 꺼내 든 고다는 선요에게 티티 1호와 티티 2호의 사진들을 하나씩 보여주었다. 티티 1호와 티티 2호가 언젠가부터 늘상 서로의 곁에 찰싹 붙어 있다는 이야기를 곁들이면서, 그 이야기가 어색해진 둘 사이의 분위기를 조금이나마 가볍게 환기해줄 수 있기를 바랐던 것이다.

— 사이 좋아 보인다.

— 응. 집에서 물소리가 나면 쪼로록쪼로록거려. 물소리를 좋아하는 것 같아.

— 그래?

— 응. 분무기로 물 뿌려주는 것도 좋아해.

— 또?

— 음…… 아침엔 새장에서 꺼내서 날아다니게도 해줘. 근데 잘 못 날아. 여기저기 부딪혀.

— 아, 그건 좀 위험하다.

— 그리고…… 가끔 부리를 활짝 벌리고 뽀뽀도 해.

— 말도 안 돼.

— 진짜야. 정말 키스하는 것처럼……

고다가 억울하다는 듯 고개를 이리저리 꺾어가며 과장되게 티티새들을 따라해 보였을 때, 선요는 자신이 웃고 있다는 자각도 없이 비죽비죽 웃음을 흘리기 시작했다. 선요의 반응을 놓치지 않은 고다가 그 행위의 소리까지 정확하게 모사해내자, 선요는 누군가에게 간지럼이라도 태워진 것처럼 큰 웃음을 터뜨렸다. 그 상태로 제발 그만 좀 해,라고 몇 번이나 고다를 나무라다, 고다가 모든 걸 그만둔 뒤에도 홀로 한참을 더 웃었다. 결국 고다 역시 선요를 따라 웃게 되었다. 둘의 웃음소리가 길게 연장되었다. 그 소리마저 잦아들고 사그라들었을 즈음, 고다는 천천히 숨을 고르며 이제 무슨 말을 해야 하지, 고민했다. 어쩐지, 무슨 말이든 해도 좋을 것만 같다는 예감이 들었다. 마침 선요는 무언가 까끌거리는 것을 혀 밑에 숨겨둔 아이처럼, 어딘가 불완전한 미소를 지으며, 고다의 목소리가 들려오기만을 기다리고 있는 듯 보였다. 그 앞에서, 고다는 아주 잠시간 망설였을 뿐이었는데, 별안간 커피숍 안쪽으로 한 무리의 여학생들이 불쑥 들어섰다. 그들은 순식간에 왁자지껄한 말소리와 웃음소리로 공간을 채웠고, 심지어는 선요에게 어, 하고 알은체를 하기까지 했다.

— 선요야, 여기서 뭐 해?

그 소리에 퍼뜩 몸을 일으킨 선요는 급히 주위를 둘러보다, 이내 자신을 부르는 친구들을 향해 어색하게 손을 흔들어 보였다. 이어 휴대폰을 꺼내 시간을 확인한 선요는, 뒷머리를 긁적이며 뜸을 들이는 듯한 자세를 취했다. 고다는 생각했다. 아직 보내면 안 돼. 그러나 고다는 그 이유를 알지 못했다. 어째서 선요를 보내서는 안 되는지, 자신과 선요가 그곳에 앉아 어떤 이야기들을 더 나누어야 하는 것인지, 그리고 그 이야기란 왜 꼭 오늘 이 시간에 나누어야만 하는 것인지, 평범하게 약속을 잡고 다시 만나면 되는 게 아닌지, 그때의 고다는 알지 못했다. 고다도 모르는 고다의 마음을 선요가 알 리는 없었으므로, 선요는 곧 자리에서 슬그머니 일어나 고다의 눈치를 살폈다.

— 그, 나 이제 슬슬 가봐야 해서.

선요가 힘겹게 꺼낸 한마디에, 고다는 잠시 입을 벙긋거리다 물었다.

— 수업 때문에?

— 응. 곧 시작이야.

커피숍 입구에선 여전히 고다가 모르는 선요의 친구들이 기묘한 눈빛으로 고다와 선요를 지켜보고 있었다. 그들은 고다가 어서 선요를 보내주기를, 선요가 어서 고다를 떠나 그들 사이로 합류해주기를, 지루하게 기다리고 있었다. 순간 온몸에 진이 빠지는 것을 느끼며 두 눈을 감았다 뜬 고다는, 아무렇지 않다는 듯 미소 지으며 선요의 등을 떠밀었다.

— 괜찮으니까 얼른 가봐.

— 응, 미안.

선요는 마지못해 가방을 챙기며 물었다.

— 혹시 이따 시간 돼?

— 이따 언제?

— 9시쯤…… 수업이 그때 끝나서.

고다는 아무것도 할 일이 없었으므로 고민 없이 고개를 끄덕였다.

— 다행이다. 그럼 이따 여기서 다시 보자.

마지막 말을 남긴 선요가 쾌활한 웃음과 함께 고다에게서 돌아섰다. 고다는 선요가 친구들과 섞여 커피숍을 나서고, 자신의 시야에서 완전히 사라져가는 모습을 물끄러미 지켜보았다. 비로소 커피숍 안이 적막해졌을 때, 고다는 탁자 위에 남은 두 잔의 딸기라테를 지그시 노려보았다. 그러곤 그중 하나를 들어 빠르게 홀짝이기 시작했다. 10분도 안 되어 두 잔의 딸기라테를 모조리 들이켠 고다는 자리에서 일어나 같은 음료를 한 잔 더 주문했다. 주문한 딸기라테가 다시금 눈앞에 놓이자마자, 고다는 배가 터질 것 같다는 생각을 하며 그것을 전보다도 빠르게, 허겁지겁 마셔 없앴다. 팽팽하게 부푼 배를 두 팔로 끌어안고 푹신한 의자에 기대어 앉아 무심코 고개를 돌리자, 유리벽을 통해 고다의 얼굴이 흐릿하게 비춰 보였다. 고다는 그 벽에 비친 자신의 얼굴을 유심히 들여다보다, 수염처럼 난 연분홍색 우유 자국을 손등으로 벅벅 문질러 닦았다.

입맛을 다셨다.

그날 밤 고다와 선요는 함께 학원가를 벗어나 인근의 하천 주변을 걸었다. 그들의 곁에서 물길은 넓어졌다 좁아지기를 반복하며 끝나지 않을 것처럼 길게 이어지고 있었다. 그러나 고다와 선요 모두 그 물길이 결국 도시 중앙의 거대한 인공 호수로 흘러들 것이라는 사실을 알았다. 고다는 걷는 내내 선요가 그 호수를 중심으로 한 공원을 향해 자신을 데려가는 중이라고 생각하고 있었지만, 선요는 놀랍게도 얼마쯤 지나 덜컥 걸음을 멈추었다. 물길의 폭이 두 뼘 정도로 좁아지는 곳이었다. 양옆의 물가에는 죽은 수풀이 무성했고, 잿빛 수풀 사이사이에 무언가를 짓다 만 것으로 보이는 콘크리트 자재들이 널려 있었으며, 고다와 선요의 머리 위로는 전철이 지나는 고가선로가 새카만 밤하늘을 일직선으로 가로지르고 있었다. 고다는 설명이 필요하다는 표정으로 선요를 돌아보았지만, 선요는 어깨를 으쓱이며 버려진 폐타이어 위에 풀썩 주저앉을 따름이었다. 고다는 그런 선요를 의심스러운 눈길로 바라보다, 이내 선요의 곁에 함께 앉아버렸다.

—추워.

—나도.

—여긴 왜 왔는데.

—그냥.

고다는 맥없는 선요의 대답에 처음으로, 선요를 쏘아보았다. 그제야 선요가 멋쩍게 웃으며 말을 덧붙였다.

—나 여기 자주 오거든. 수업 끝나면.

—집에 안 가고?

—응.

고다는 선요에게 왜,라고 묻지 않았다. 그러는 대신 주변에 널린 돌멩이들을 모아 탑을 쌓기 시작했다. 탑을 쌓고, 무너뜨리고, 다시 쌓고, 무너뜨리는 고다를 선요는 말없이 지켜보기만 했다. 그러다 고다가 그 행위에 완전히 흥미를 잃고 얕은 물속으로 돌멩이를 하나씩 던지기 시작했을 즈음에서야, 느적느적 몸을 움직여 멀리까지 내던져둔 가방을 집어 들었다. 선요는 지퍼가 활짝 열린 가방을 뒤집어 바닥을 향해 탈탈 털어냈다. 가방 안에 들어 있던 것들이 차가운 흙바닥 위로 일제히 쏟아져 내렸다. 고다는 당황스러운 심정으로 그 물건들을 하나하나 살펴보았다. 몇 권의 책과 학습지, 필통을 제외하면 학원이나 공부와는 전혀 관련이 없어 보이는 물건들뿐이었다. 한 뭉치의 커피 맛 비스킷, 녹차와 둥굴레차 따위의 티백, 각설탕, 박스째 포장된 스테이플러 심, 플라스틱 빨대와 나무젓가락, 딸기크림빵, 맥주 맛 막대사탕, 누구의 것인지 모를 이름이 적혀 있는 전자사전, 라이터, 라이터, 라이터……

이게 다 뭐야,라고 묻기도 전에, 선요는 커피 맛 비스킷 두어 개의 포장지를 까서 고다의 손에 들려주었다. 먹어. 선요가 말했고, 고다는 아무런 의식 없이 그것들을 한입에 욱여넣었다. 입안을 가득 채운 것들을 힘겹게 씹어 삼키자 선요는 반으로 나눈 크림빵을 다시 고다의 입가에 들이밀었다. 고다는 역시나 아무런 의식 없이 그것을 받아 물었다. 맛있어? 묻는 선요에게 고다는 순순히 고개를 끄덕여 보였다. 그러자 선요 역시 크림빵 반절을 우물우물 씹어 삼키기 시작했다. 그들은 말없이 빵을 먹어치운 뒤, 바닥에 흩어져 있는 수많은 비스킷과 사탕, 각설탕 따위의 먹을 것들을 하나씩 입안으로 집어넣었다. 달다, 이건 너무 달아, 따위의 하나 마나 한 짧은 말들을 주고받기도 하며. 뱃속이 더부룩하게 불러올 즈음엔 고다가 나무젓가락을 모조리 꺼내어 흙바닥에 하나씩 푹푹 박아 넣었다. 기둥처럼 세워진 젓가락 위에 다시 새로운 젓가락들을 가로로 얹어 올려 정육면체 형태의 뼈대를 만들자, 집이야? 하고 선요가 물었다. 고다는 자신이 만든 것을 곰곰이 들여다보고는 별생각 없이 고개를 끄덕였다. 누구 집인데? 선요가 다시 물었을 때, 고다는 발목을 긁적거리며 글쎄, 하고 대답했다. 그 후 고다와 선요는 약속이라도 한 듯 일시에 그 정육면체로부터 시선을 떼고 어딘가, 적당히 멀어 보이는 곳을 바라보았다. 사실 젓가락으로 지어진 손바닥만 한 집의 주인 따위엔 둘 중 누구도 관심이 없었기 때문이다.

선요는 얼마 뒤 바닥에 널브러진 쓰레기와 물건 들의 틈바구니에서 전자사전을 집어 고다에게 보여주었다. 고다는 무광의 은색으로 반짝이는 그것을 보자마자 이건 너무 비싸 보이는데,라고 생각했다.

— 자, 들어봐.

— 뭘?

—수진이가 걔네 엄마 몰래 꽁꽁 숨겨놨던 보물.

고다는 수진이를 몰랐다. 그러나 선요에게 수진이에 대해 묻고 싶지 않았다.

—하라는 공부는 안 하고, 맨날 이런 거나 담아 와서 읽더라고.

짧게 말을 마친 선요는 한참을 홀로 키득거렸고, 웃음기가 가신 뒤엔 전자사전을 펼쳐 들고 무언가를 큰 소리로 낭독하기 시작했다. 고다는 갑작스레 선요의 입을 통해 내뱉어지기 시작한 문장들을 가만히 들었다. 그 문장들은 하나같이 과도하게 수식되어 있었고, 외설스럽기 짝이 없었고, 더러웠고, 때문에 고다는 그 문장들을 듣는 내내 귓가가 끈적거려오는 것만 같은 불쾌한 기분을 느껴야만 했다. 얼기설기 지어진 이야기 속에 등장하는 두 사람은 서로에게 끊임없이 혀를 낼름거렸다. 그들은 서로에게 끊임없이 침을 뱉었다. 그들은 서로에게 끊임없이 상처를 내었다. 그들은 서로에게 끊임없이 비명과 같은 소리를 질러댔다. 동시에 그들은 서로에게 끊임없이 사랑을 고백했다. 고다는 그들의 사랑을 조금도 믿을 수 없었다. 고다는 멈추지 않고 들려오는 선요의 목소리를, 그로써 빠르게 고조되어가는 그 저질스러운 이야기를, 충분히 들었다 싶을 때까지 잠자코 앉아 있었다. 그러곤 선요가 잠시 숨을 고르는 틈을 타 잽싸게 경고했다.

— 그만해. 듣기 싫어.

고다는 그 순간 울려 퍼진 자신의 목소리가 전에 없이 진지하고 엄중하게 들린다는 생각을 했다. 익숙한 듯 낯선 목소리가 고다의 몸속에서 작게 메아리치며 천천히 소진되어 가고 있었다. 하지만 선요는 그런 고다를 잠시 돌아보고, 장난스레 웃고, 다시 그 더러운 것을 입에 올리기 시작할 따름이었다.

— 그만하라니까.

고다가 다시 한번 힘을 주어 말했다. 하지만 선요는 멈추지 않았다.

— 야.

고다는 소리치듯 말했다. 그제야 선요는 고다를 돌아보았다. 선요와 눈을 마주한 고다는 곧, 선요의 얼굴이 그다지 즐거워 보이지 않는다는 사실을 깨달았다. 그때 고다는 처음으로, 뱃속 깊은 곳에서 무언가 뜨거운 것이 부글거리며 끓어오르는 기분을 느꼈고, 자신의 상태를 채 확인할 새도 없이, 거의 무의식적으로, 선요의 손에서 사전을 빼앗아 물길의 반대편을 향해 있는 힘껏 던져버렸다. 돌 틈 사이에 떨어진 전자사전은 크고 날카로운 소리를 내며 몇 번인가 튀어 오르다 반으로 쪼개졌다. 선요는 그중 한쪽이 좁은 물길을 향해 굴러가 빠지고, 약한 물살을 따라 천천히 흘러가는 모습을 안타깝다는 듯 지켜보았다.

— 아, 아깝게.

선요가 입맛을 다시며 말했다.

— 저게 아까워?

고다가 물었다.

선요는 대답하지 않았다. 그러는 대신 선요는 다시 바닥에 털썩 주저앉았다. 그러곤 바닥을 굴러다니던 각설탕 하나를 집어 자신의 입안에 던져 넣은 뒤, 다른 하나의 포장지를 까 고다에게 건넸다. 고다는 한쪽 팔을 높이 치켜든 채로 자신의 발치에 누워 있는, 태평하기 그지없는 선요의 얼굴을 똑바로 내려다보며, 더 이상 참을 수 없다는 듯 물었다.

— 너 왜 자꾸 도둑질한 걸 나한테 먹여.

선요는 고다의 물음에 잠시간 말없이 고다의 얼굴을 올려다보았다.

— 왜 자꾸 도둑질한 걸 나한테 주냐고.

다시 물었을 때, 선요는 당연하다는 듯 짧게 대꾸했다.

— 맛있잖아.

— 맛없어.

— 그럼 말고.

선요는 별수 없다는 듯 들고 있던 각설탕 한 알을 자신의 입안으로 밀어 넣고 우적우적 씹었다. 씹으면서 말했다.

— 도둑질이라니. 너무해.

— 맞잖아.

— 아무도 모르면 도둑질이 아니야.

— 내가 알잖아.

— 너만 알지. 너 말곤 아무도 몰라.

고다는 선요의 마지막 말에 무어라 더 대꾸를 하려다, 한 차례 크게 숨을 들이마시곤 입을 다물었다. 그 말에 자신이 어떤 식으로 반응해야 좋을지, 어떤 반응을 보여야 맞을지, 심지어는 어떤 반응을 보이고 싶은 건지도 고다로서는 도무지 알 길이 없었기 때문이다. 그리하여 고다는 반응을 하는 대신 선요를 추궁하기 시작했다.

— 선요 너.

— 나?

— 어, 너. 혹시 집에서 맞기라도 해?

— 엉?

— 너희 엄마 아빠가 너를 굶기기라도 해?

— 갑자기 무슨 소리야?

— 너희 엄마 아빠가 돈 안 줘? 안 준대?

— 아니. 다 아니야.

— 그럼 도대체 뭔데?

— 뭐가?

— 왜 이러냐고.

— 그러니까 뭐가?

고다는 좀체 나아가질 않는 대화에 지쳐 입을 다물어버렸다. 그런 고다에게 선요가 말했다.

— 나 멀쩡해.

— ……

— 너야말로 왜 그래?

고다에게 되묻던 선요가 정말로 멀쩡해 보여서, 고다는 자신이 애초에 선요에게 무엇을 묻고 싶었는지조차 모조리 잊어버렸다. 그런 고다가 선요의 물음에 어떤 대답을 해야 할지 알 수 있을 리 없었다. 고다는 침묵을 지켰고 그러는 만큼 둘 사이의 정적은 길어져만 갔다. 무슨 말이라도 하자. 무슨 말이든. 고다는 몇 번이나 생각했다. 그러나 고다는 결국 아무런 말도 하지 못하게 되었다. 그래도 되었다. 고다의 발치에 널브러져 누워 있던 선요가 몸을 반쯤 일으키며, 어어, 하는 소리를 내었기 때문이다.

고다와 선요는 일시에 한곳을 바라보았다. 선요가 검지를 들어 가리키고 있던 곳을. 물가와 떨어진 수풀 더미 속에서 작은 사마귀 한 마리가 부스럭거리는 소리를 내며 기어 나오고 있었다. 짙은 고동색으로 색이 바랜 사마귀는 돌이 섞인 흙길을 비틀비틀 건너 고다와 선요의 가까이로 천천히 걸어왔다. 그것을 물끄러미 바라보던 선요는 홀린 듯 자리에서 일어나 고다를 돌아보았다. 그러곤 자신의 입술에 검지를 대 보이며, 고다에게 쉿, 하는 소리를 내었다. 그걸 본 고다는 모종의 불안감을 느끼기 시작했으나, 명확한 이유는 알 수 없었다. 선요는 작은 나뭇가지를 집어 들고 사마귀 곁으로 살금살금 다가갔다. 고다는 초조하게 시선을 옮기며 선요의 뒷모습을 지켜보았다. 어느새 선요는 사마귀와 정면으로 대치한 채, 앞다리를 활짝 벌리고 선요를 위협하는 사마귀에게 나뭇가지 끝을 슬금슬금 들이밀고 있었다. 얼마간 쉬익거리는 소리를 내며 톡톡 튀어 오르기만을 반복하던 사마귀는 결국 선요가 내민 나뭇가지의 끝을 꽉 깨물었고, 선요는 때를 맞춰 나뭇가지를 번쩍 들어 올렸다. 사마귀는 순식간에 낚여 공중에 대롱대롱 매달린 꼴이 되었다. 그 모습을 본 고다가 다급히 선요의 옷자락을 말아 쥐었지만, 선요는 아랑곳 않고 걸음을 옮겼다. 그러곤 고다가 정육면체의 형태로 세워둔 나무젓가락들의 안쪽으로 사마귀를 살며시 내려놓았다.

— 이것 봐. 이제 여긴 사마귀네 집.

고다는 굳어버린 몸으로 선요가 내려놓은 사마귀를 꼼꼼히 살펴보았다. 사마귀는 조금 어리둥절해 보였지만, 뻐대

뿐인 집 안에서 꽤나 아늑히 숨을 고르고 있는 듯 보였다. 그제야 고다는 온몸에 힘을 풀고 한숨을 내쉬었다. 맥이 풀리자 허탈한 웃음이 새어 나왔다. 고다는 헛웃음을 지으며 선요에게 말했다.

— 크기가 딱 맞네.

— 그치?

고다는 몇 번인가 고개를 끄덕이며 선요의 말에 동조했고, 등 뒤에서 희미하게 들려오는 선요의 숨소리를 들으며, 다시 한번 선요와 대화를 시도해야 한다는 생각을 했다.

— 있잖아.

고다가 운을 떼었을 때, 고다의 등 뒤에서 부스럭거리며 선요가 일어서는 소리가 들려왔다. 고다는 여전히 사마귀에게 시선을 고정한 채 해야 할 말을 고르고 있었으므로, 자신의 등 뒤에서 달칵, 하는 소리와 함께 선요가 무엇을 주워 들었는지 보지 못했다. 으응, 하고 작게 대꾸한 선요가 사마귀에게로 다시금 다가가고 있는 이유가 무엇인지에 대해서도, 고다는 알지 못했다.

— 아까 내가 한 말.

— 으응.

또 한 번 성의 없는 대꾸가 돌아왔을 때, 선요는 이미 사마귀에게 몸을 밀착한 채 웅크려 앉아 있었다. 그 탓에 고다는 하려던 말을 잠시 미뤄둔 채, 선요에게 물을 수밖에 없었다.

— 뭐 해?

선요는 질문으로 대답했다.

— 재미있는 거 볼래?

— 무슨……

고다의 말이 끝나기도 전에 달칵, 하는 소리가 다시 한번 들려왔고, 선요의 손끝에서 작고 환한 불빛이 반짝 새어 나왔다. 캄캄하던 일대가 일순 새하얗게 밝아지고, 갑작스러운 눈부심에 고다가 눈을 반쯤 감았다 떴을 때, 마른풀이 타오르는 것과 같은 매캐한 냄새가 희미하게 고다의 코끝을 스쳐 갔다. 반사적으로 몸을 일으킨 고다는 선요의 어깨 너머로, 이미 손을 쓸 새도 없이 번져버린 불길 속에 휩싸여 있는 사마귀를 발견했다. 동시에 고다는 무력한 사마귀를 게걸스레 집어삼키는, 거대한 촛불처럼 일렁이는, 잘 익은 사과처럼 새빨갛게 타오르는, 끔찍한 불길이, 선요의 동공에 비쳐 아름답게 일렁이는 모습을 발견했다. 고다는 선요의 시야를 비스듬히 비켜난 곳에서, 못이 박힌 듯 멈추어 꼼짝도 하지 못했다. 반쯤 타버린 사마귀는 죽지도 못하고 끊임없이 튀어 오르며 쌕쌕거리는 소리를 내었다. 비스듬히 건너다보이는 선요의 눈 속에서, 그 모습이 거울의 상처럼 거꾸로 맺혀 다시, 다시, 자꾸만 다시 재생되었다. 고다는 비명을 지르고 싶다고 생각했다. 한편으로 고다는 그 모습을 다시, 다시, 계속해서 다시 바라보고 싶다고 생각했다. 저 불길 속으로 빨려들고 있는 것은 바로 나,라고 생각하고 싶었다. 그러나 어느 순간, 으으, 하는 선요의 신음 소리가 들려왔으므로, 고다는 꿈에서 깨어나듯 번쩍 눈을 뜨고는 달려가 선요를 있는 힘껏 밀쳐냈다. 그러곤 불타는 사마귀와 검게 그을리고 있는 나무젓가락들을 짓밟아버렸다. 쿵쿵 소리가 나도록 발을 구르며, 짓이겨진 사마귀와 무너진 나무젓가락을 몇 번이고 밟고 또 밟았다. 이미 꺼져버린 불꽃이 언제라도 다시 타오를 수 있다는 듯이. 선요는 수풀 위에 나동그라진 채 그런 고다를 뚫어져라 쳐다보다가, 고다의 발길질이 서서히 잦아들고 나서야 엉덩이를 털며 자리에서 일어났다. 흙투성이가 된 선요는 고다의 곁으로 비척비척 걸어오며 중얼거렸다.

— 라이터는 아직 한 번도 안 써봤단 말이야.

도무지 믿을 수 없는 선요의 말에 고다는 뒷목이 타오르듯 뜨거워지는 것을 느끼며 고개를 돌렸다. 선요의 멱살이라도 거세게 붙잡고, 이게 대체 무슨 짓이냐고 소리라도 빽 질러볼 작정이었던 것이다. 그러나 고다는 어딘가 초조해 보이는 듯한 선요의 표정을 알아차리지 않을 수 없었고, 같은 순간 귓가에 울리는 바람 소리와도 같은 속삭임을 알아듣지 않을 수 없었다.

*실수하지 마. 실수하면 안 돼.*

결국 고다는 아무것도 쥐지 못한 채 허공에 어색하게 떠버린 한 손을 허벅지 옆으로 늘어뜨릴 수밖에 없었다. 고다와 선요는 마주 선 채로, 그러나 서로의 얼굴로부터 시선을 내리깐 채로, 오래도록 침묵하였다. 긴 침묵 끝에 먼저 입을 연 쪽은 고다였다. 고다는 머릿속이 터져버릴 것 같은 기분을 느끼며 두 눈을 질끈 감았다 떴고, 이내 차분해진 목소리로 선요에게 물었다.

— 선요야. 너 무슨 일 있었어?

이후 다시 마주 본 선요의 표정엔 아무것도 담겨 있지 않았다. 선요는 아무것도 담겨 있지 않은 목소리로, 느릿느릿 대답했다.

— 아니. 아무 일도 없었어.

— 그래.

고다는 그길로 뒤를 돌아 걸음을 옮겼다. 한 걸음씩, 선요에게서 먼 곳으로. 너무나 멀어서 더 이상 선요의 모습이 보일 수 없을 곳까지. 충분히 멀리 왔다는 생각이 들었을 즈음 고다는 딱 한 번 뒤를 돌아보았다. 예상대로, 선요의 모습은 보이지 않았다.

그날 집으로 들어선 고다는, 뒷모습으로 거실 탁자 앞에 앉아 있던 엄마를 보았다. 고다의 엄마는 티브이 속에서 흰 공을 쫓아 달리는 수십 명의 이름 모를 사람들을 멍하니 쳐다보고 있었다. 고다는 그녀의 뒷모습에 대고 물었다.

— 엄마, 나도 학원 다닐까?

고다의 엄마는 뒷모습으로 되물었다.

— ……갑자기 왜?

사람들이 여전히 공을 쫓아 달리고 있었다. 그 모습에 모든 의욕을 잃어버린 고다는 조용히 방으로 들어가 문을 잠갔다.

선요에게선 종종 연락이 왔다. 들여다보면, 그날 밤의 일을 까맣게 잊어버리기라도 한 듯 너무나 일상적인 내용의 메시지들뿐이었다. 고다는 그럴 때마다 도무지 영문을 모르겠다는 심정으로 선요의 연락을 무시했다. 특별한 이유가 있었다기보다는, 그 메시지들에 어떤 답을 해야 좋을지 알 수 없었을 뿐이었다. 그래서 고다는 답을 하지 않았다. 그뿐이었다.

고다는 종종 밤 산책을 나섰다. 크고 두꺼운 검은 옷 속에 온몸을 깊숙이 파묻은 채로, 희부연 입김을 내뿜으며 정처

없이 동네의 길가를 걸어 다녔다. 그러다 보면 고다는 종종 그때 그 물가에 도착하기도 했다. 그곳의 근처를 유령처럼 떠돌아다니곤 했다. 그곳에서 고다는 몇 번인가, 선요를 목격하기도 했다. 선요는 대체로 홀로, 때로는 같은 학원의 친구들로 보이는 여자애들과 함께, 그곳에 있었다. 홀로 있을 때의 선요는 가만히 앉아 가방에서 꺼낸 작은 간식들을 천천히 까먹었다. 고다가 모르는 여자애들과 함께일 때의 선요는, 고다가 모르는 낯설고 기묘한 소리로 많이 웃었다. 그 웃음소리 사이로 종종 쨍하고 부딪히는 유리병들의 소리가 났고, 무언가를 깨거나 부수는 소리가 나기도 했으며, 가끔은 그들 중 누군가가 소리를 지르며 울기도 했다. 어쨌거나 선요가 무언가 좋지 않은 일을 하고 있는 것이 분명해 보였다. 그런 날이면 고다는 무력한 기분으로 집에 돌아와 티티 1호와 티티 2호를 지켜보았다. 손끝으로 케이지의 창살을 탕, 탕, 소리 내어 두드리며 티티 1호와 티티 2호를 놀래켰다. 그러다 별안간 티티 1호와 티티 2호를 작은 상자로 옮겨놓은 뒤 케이지를 들고 욕실로 갔다. 세제와 수세미를 들고 티티 1호와 티티 2호의 배설물로 범벅이 되어 있는 케이지를 박박 닦은 후 깨끗해진 케이지에 티티 1호와 티티 2호를 도로 들여놓은 채 턱을 괴고 그것들을 쳐다보았다. 그러곤 전보다 더 세게, 큰 소리로, 창살을 두드렸다. 두드림을 넘어서, 힘껏 내려치고 있다는 자각이 들 때까지. 그로써 고다는 자신도 무언가 나쁜 일을, 그러나 용납 불가능할 정도는 아닌, 아주 조금 나쁜 일을 저지르고 있다는 기분을 느낄 수 있었다. 그때마다 티티 1호와 티티 2호는 서로에게 달라붙어 벌벌 떨고 있었고, 그런 그들의 모습이 고다를 더욱 만족스럽게 해주었다.

그러고도 기분이 나아지지 않을 때면 고다는 홀로 침대에 누워 중얼거렸다.

—촛농. 농. 농구공. 공. 공상. 상. 상처. 처. 처벌. 벌. 벌레. 레. 레몬. 몬. 몬. 몬……

홀로 하는 끝말잇기는 끔찍하리만큼 재미가 없었으므로, 고다는 곧 모든 것을 그만둔 채 조용히 잠을 자기 시작했다. 그러는 사이 얼마 남지 않은 방학이 빠르게 끝나갔다.

개학을 일주일 앞둔 아침, 고다는 평소처럼 잠에서 깨어나 가만히 천장을 바라보았다. 가족들은 이미 출근을 했거나 외출을 한 뒤였으므로, 집 안은 쥐 죽은 듯 고요했다. 고다는 고요하다, 너무 고요하다,는 생각을 하며 다시금 눈을 감고 이불 속으로 파고들었다. 그때 고다는 포근한 이불로 온몸을 휘감은 채, 아주 좋은 꿈을 꿀 수 있을 것만 같은 달콤한 기분을 느끼고 있었는데, 얼마 뒤엔 무언가 이상하다는 생각을 하며 퍼뜩 두 눈을 뜨게 되었다. 너무 고요하다. 평소보다도 너무 고요해. 고다는 침대에서 일어나 주위를 한 차례 크게 둘러보았다. 날이 흐렸고, 때문에 고다의 방 안은 새벽처럼 컴컴했다. 고다는 뻑뻑한 눈을 비비며 창가에 놓인 케이지 앞으로 천천히 걸어갔다. 케이지 안을 살펴보자 2층 구석에 앉은 티티 2호가 평소와 같이 어딘가 불안한 눈빛으로 고다를 곁눈질하고 있었다. 고다는 그런 티티 2호에게 안녕, 하고 인사한 뒤에야 케이지의 바닥에 누워 있는 티티 1호를 발견했다. 고다는 케이지의 창살을 통통 두드리며 티티 1호를 깨웠다. 새도 누워서 잘 수 있나, 생각하며. 티티 1호, 티티 1호, 티티 1호. 티티 1호의 이름을 연달아 부르던 고다는 뒤늦게 무언가 잘못되었음을 깨달으며 케이지의 문을 열었다. 이후 케이지 안쪽으로 손을 넣어 티티 1호를 집어 든 고다는, 자신도 모르게 티티 1호의 몸을 던지듯 내려놓았다. 손끝에 닿은 티티 1호의 몸이 너무나 딱딱하고 차갑게 굳어 있던 탓이었다.

황급히 티티 1호의 몸을 주워 든 고다는, 한쪽 귓가에 티티 1호의 가슴팍을 바짝 붙인 채 숨을 죽였다. 쿵, 쿵, 하는 티티 1호의 심장 소리가, 늦게라도 분명히 들려오리라 생각했던 것이다. 그러나 티티 1호의 몸속에선 어떤 소리도, 작은 바람이 새어 들거나 새어 나가는 소리도, 정말이지 아무런 소리도 들려오지 않았다. 고다는 티티 1호의 몸을 탁자 위에 내려놓은 채, 언젠가의 기억을 되살려 1분에 백 회씩, 티티 1호의 가슴께를 압박하기 시작했다. 하나 고다는 이미 알고 있었다. 티티 1호는 이미 완벽히 죽어버렸으며 자신이 그 죽음에 일말의 책임이 있다는 사실을 말이다. 얼마 안 가 고다는 자포자기한 상태로 방바닥에 주저앉아, 티티 1호의 사체를 멍하니 바라보았다. 그러곤 참담한 심정으로 휴대폰을 들어 선요에게 메시지를 남겼다. 그때껏 연락을 피해온 사실이 무색해지도록 간단하게.

**미안해.**

선요의 답장은 거의 곧바로 도착했다.

**뭐가?**

**티티 1호가 죽었어. 내가 죽인 것 같아.**

**괜찮아?**

**정말 미안해.**

**왜 나한테 사과를 해?**

**네가 주고 간 애니까.**

마지막 메시지를 보낸 직후 선요에게서 전화가 왔고, 고다는 아무런 기력도 없이 그 전화를 받았다.

—무슨 소리야?

—정말 미안. 할 말이 없어.

—아니. 난 너한테 그런 거 준 적 없는데.

그 말에 고다는 머릿속이 차갑게 식는 것을 느끼며 전화를 끊었다. 그럼 얘네는 대체 누구의 새지? 고다는 서둘러 자문했다. 그러나 그 질문의 답을 고다가 알아낼 수 있을 리 만무했다. 답을 찾지 못한 고다는 부르르 몸을 떤 뒤, 티티 1호의 사체를 방바닥에 남겨두고 꾸물꾸물 침대 위로 기어 올라갔다. 그러곤 두꺼운 이불로 몸을 둘둘 말고, 메마른 눈가를 꾹꾹 눌러가며, 오지 않는 잠을 청했다. 침대 밑에 떨어져 있던 휴대폰에서는 벨 소리가 울리다, 잦아들고, 울리다, 잦아들기를 반복했다.

일주일간 고다는 침대 위에서 거의 내려오지 않았다. 방문을 잠그고 창가의 블라인드를 내려둔 채 잠을 자다 깨고 자다 깨기만을 반복했으며, 배가 고프면 머리맡에 둔 커다란 생수 통을 들어 물을 마신 뒤 아주 가끔씩만 문을 열고 나가 화장실을 다녀왔다. 그때마다 고다는 방바닥에 방치된 티티 1호의 사체와 눈을 마주치지 않으려 부단히 노력했다. 감기지 않은 티티 1호의 눈을 볼 때마다, 자신이 누군가의 새를 훔쳐 와 죽여버렸으리라는 사실을 재차 확인하게 되었기 때문이다. 고다는 그 모든 가능성을 흰 이불로 덮어 가려두었다. 그럼에도 고다는 매 순간 코를 킁킁거리기를 멈출 수 없었다. 차가운 방바닥에 놓인 티티 1호의 사체가, 언제고 썩어들어 가기 시작할 수 있다는 불안에서 비롯된 버릇이었다. 고다는 썩어 반쯤 형체가 물크러진 티티 1호의 사체를 옮기는 일과, 여전히 시퍼렇게 눈을 뜨고 있는 티티 1호의 깨끗한 사체를 옮기는 일 중 어느 쪽이 더 나을지에 대해 매일 밤 저울질했다. 그러나 고다는 언제나 둘 중 무엇도 택하지 못한 채 눈을 감아버릴 수밖에 없었다.

그러던 어느 오후엔 잠가둔 문밖에서 소란스러운 소리가 웅웅거리며 들려왔다. 누군가 초인종을 연신 누르는 소리가 들렸고, 이어 알아들을 수 없는 말소리가 오고 갔다. 얼마 뒤 고다는 집 안을 울리는 미세한 진동으로 현관문이 열렸다 닫혔음을 알아차렸다. 고다는 본능적으로 침대 구석에 몸을 웅크린 채 문밖을 향해 신경을 곤두세웠는데, 이내 들려온 목소리엔 별수 없이 긴장을 풀 수밖에 없었다.

— 나야. 문 좀 열어봐.

고다는 울 것 같은 기분으로 소리쳤다.

— 싫어. 저리 가.

— 열어보라니까.

— 싫어……

이후로도 몇 번인가 끈질기게 문을 두드리던 선요는, 잠시 침묵하다 한층 선명해진 목소리로 말했다.

— 새 주인 누군지 알아냈어.

고다는 그 말에 황급히 몸을 일으켜 문 앞으로 달려갔다. 굳게 닫혀 있던 문을 활짝 열자, 선요가 안도하듯 천천히 눈을 깜빡이고는 고다를 향해 웃어 보였다. 선요는 굳어 있는 고다를 지나쳐 고다의 방 안으로 성큼성큼 들어섰고, 반대편 벽의 창가를 향해 걸어갔다. 선요가 블라인드의 로프를 가볍게 당기자, 아직 다 지지 않은 창밖의 햇빛이 방 안으로 일제히 쏟아져 들어왔다. 그로써 가장 환해진 곳에, 티티 1호의 사체가 놓여 있었다. 선요는 그 앞에 서서히 꿇어앉아, 티티 1호의 사체를 조심스레 품에 안아 들었다. 고다가 무심코 코를 킁킁거리자, 선요는 괜찮다는 듯 말해주었다.

— 아직 썩지 않았어.

그제야 고다는 긴 숨을 내쉬며 선요의 곁에 스르륵 주저앉았다.

선요는 고다의 곁에 함께 앉아 그간의 일들을 빠르게 읊어주었다. 고다가 사는 빌라의 모든 세대를 돌아다니며 3층짜리 케이지와 두 마리의 잉꼬에 대해 조사했던 일과, 특히 의심이 가던, 고다네 옆집의 한 꼬맹이를 몇 번이나 찾아가 어르고 달래가며 추궁했던 일에 대해서 말이다.

— 결론은, 엄마가 버리래서 버린 거래.

— 옆집 꼬맹이가?

— 응.

고다는 티티 1호의 죽음에 슬퍼하며 자신을 저주할 사람이 없다는 사실에 안심했고, 동시에 참을 수 없이 쓸쓸한 기분을 느꼈다.

— 그래도 내가 죽인 건 안 변해.

— 맞아.

— 내가 티티 1호를 죽였어.

— 나는 사마귀를 죽였고.

— 나는 쓰레기야.

— 우린 쓰레기야.

— 우린 끔찍해.

— 우린 더러워.

— 우린 살인마야.

— 우린 범죄자야.

— 우린 망해야 해.

— 우린 없어져야 해.

— 우린 벌을 받아야 해.

— 온몸을 갈기갈기 찢어버려야 해.

— 아주 갈기갈기 찢어발겨야 해.

— 맞아.

— 그래도 티티 1호는 묻어줘야 해.

— 맞아.

고다와 선요는 동시에 고개를 끄덕이며 몸을 일으켜 세웠다. 그들은 집 안을 뒤져 적당한 크기의 상자를 찾아냈고, 작고 부드러운 수건으로 티티 1호를 감싸 그 안에 넣었다. 상자를 품에 안은 고다는 겉옷을 단단히 챙겨 입으며 선요에게 말했다.

— 이제 티티 1호를 묻으러 가자.

선요는 이미 신발장 앞에서 신발을 고쳐 신고 있었다.

고다와 선요는 익숙한 길을 따라 걸었다. 그들의 곁에서 흐르던 물길은 그들의 걸음을 따라 넓어졌다 좁아지기를 반복하며 길게 이어지고 있었다. 영하였으므로, 물의 수면은 얕게 얼어 있었다. 고다와 선요는 그 위로 뛰어들어 얇은 얼음을 밟아 깨뜨리지 않았다. 그들은 다만 그 옆의 길을 조용히 걸었다. 익숙한 풍경이 고다와 선요의 곁을 차례차례 스쳐 지나갔다. 그들이 고가선로의 아래에 다다랐을 때엔, 그날의 마지막 전차가 둔중하게 땅을 울리며 그 위를 지나치고 있었다. 그제야 고다와 선요는 그들이 이야기를 나누는 사이 생각보다 많은 시간이 흘러버렸으며, 해는 진 지 오래이고, 이미 저녁보다는 밤에 가까운 시간이 되어 있다는 사실을 깨달았다. 때문에 고다와 선요는 지체하지 않고 수풀 사이의 흙바닥을 맨손으로 헤집으며, 무언가를 파묻을 수 있을 만큼 부드러운 땅을 찾아 헤매기 시작했다.

— 고다, 여기로 하자.

얼마 뒤 선요가 겉옷 소매로 빰을 타고 흐른 땀을 닦아내며 말했다. 고다는 고개를 주억거리며 선요의 곁으로 다가가 앉았다. 고다와 선요는 한참 동안 그곳의 땅을 파내었다. 양손이 모조리 흙투성이가 되고, 돌에 스친 손등 곳곳에 상처가 났을 즈음, 그들은 마침내 티티 1호가 담긴 상자가 온전히 들어갈 깊이의 구덩이를 만들어낼 수 있었다. 고다는 흙이 묻은 손으로 얼굴의 땀을 문질러 닦은 뒤, 수풀 사이에 내려놓았던 상자를 조심스레 집어 들었다.

— 넣는다.

말했을 때, 선요는 잠깐,이라고 외치며 주위를 두리번거리기 시작했다. 고다는 순순히 동작을 멈추고 선요를 기다려주었다. 선요는 물가 주변을 천천히 걸어 다니며 무언가를 찾고 있는 듯 보였는데, 시간이 흐른 뒤 결국 빈손인 채로 고다 곁으로 돌아왔다.

— 뭐 찾아?

— 아냐. 넣자.

고다는 잠시 선요의 얼굴을 살피다 별다른 대꾸 없이 상자를 구덩이 속에 집어넣었다. 이후 고다와 선요는 각자 두 손을 얼굴 앞으로 합장하며 잠시 눈을 감았다. 짧은 기도를 마친 뒤엔 약속이라도 한 듯 신속히 구덩이를 메우기 시작했다. 차가운 흙이 한 줌씩 상자 위로 덮여갔고, 얼마 지나지 않아 상자는 검은 흙 속에 파묻혀 흔적도 보이지 않게 되었다. 고다와 선요는 구덩이를 완전히 메운 뒤 그 위로 발을 구르며 단단히 땅을 다졌다. 그러곤 상자가 묻힌 곳으로부터 한 발짝씩 떨어져 그곳을 물끄러미 내려다보았다.

—아무 일도 없었던 것 같아.

선요가 말했다.

—그러네.

고다가 대답했다.

고요하던 땅이 다시금 둔중하게 울리기 시작한 것은 고다와 선요가 숨을 고를 겸 수풀 사이에 널브러져 누워 있던 때였다. 선요보다 먼저 그 울림을 기민하게 알아챈 고다는, 순식간에 상반신을 일으켜 선요를 돌아보았다. 그즈음 다시 한번 우르릉, 소리를 내며 땅이 울렸으므로, 그때껏 아무것도 모르고 있던 선요 역시 튀어 오르듯 자리에서 일어나지 않을 수 없었다. 엉거주춤한 자세로 일어선 고다와 선요는 동시에 서로를 돌아보았다. 이후 그들은 고개를 한껏 꺾어, 그들의 위를 가로지르는 고가선로를 올려다보았다. 마지막 열차는 분명 한참 전 그곳을 지나친 뒤였다. 이게 무슨 소리지, 고다와 선요의 머릿속에 같은 의문이 떠올랐다. 그러나 고다와 선요가 그런 물음을 서로에게 던질 필요는 없었다. 얼마쯤 뒤 길가 너머의 한 술집에서, 무언가 쏟아지고 깨어지는 듯한 엄청난 소음이 너무나도 선명하게 들려오기 시작했으므로.

고다와 선요는 한껏 귀를 기울인 채 들려오는 모든 소리를 들었다. 무언가 부서지고 깨지는 소리. 근처의 땅을 울릴 만큼 커다란, 수많은 사람의 뜀박질 소리. 이어지는 비명 소리. 아마도 수십 명의 입을 통해 일제히 쏟아져 나오고 있을, 길고 끔찍한 비명 소리. 고함 소리. 흐릿한 반투명 시트지 너머로 새어 나오고, 퍼져 나가는 붉은빛. 그 속에서 어지럽게 흔들리는 수십 개의 검은 실루엣. 그것들은 고다와 선요의 머릿속에 수많은, 결코 좋지 못한 장면을 연상시키기에 충분했다. 고다와 선요는 그 좁은 술집을 우적우적 씹어 삼키는 시뻘건 불길을 상상했다. 그 안에서 작고 새까만 석탄처럼 타들어가는 사람들의 시체를 상상했다. 또는 누군가, 어쩌면 검은 복면을 쓴 괴한이, 그 좁은 술집 안의 사람들을 마구잡이로 쑤셔대고 있을 모습을 상상했다. 예리하거나 뭉툭한, 새것처럼 반짝이거나 새카맣게 녹이 슨, 커다란 식칼을 상상했다. 잠긴 문 안에서 피를 쏟으며 굴러다니는 수십 구의 시체를 상상했다. 고다와 선요는 한 번도 그런 장면 속에 놓인 적 없었다. 그러나 고다와 선요는 이미 그 안을 지나쳐 온 것처럼 그 장면들이 익숙하게 느껴졌다. 익숙한 섬뜩함이 느껴졌다. 고다와 선요는 당장이라도 그 자리에 주저앉고 싶었다. 그리고 그 술집은 정확히 같은 이유로, 고다와 선요를 강력하게 끌어당겼다.

— 우린 벌을 받아야 해.

둘 중 누군가가 넌지시 말했을 때, 고다와 선요는 누가 먼저랄 것 없이 언덕을 뛰어올랐다. 그들은 차 없이 한산한 4차선 도로를 무작정 달려 건넜고, 울타리가 쳐진 화단을 넘어, 여전히 귀가 찢어질 듯한 소음이 쏟아져 나오고 있는 술집 앞까지 한달음에 도착했다. 고다와 선요는 머리를 징징 울리는 사람들의 비명 소리에 휩싸여 서로의 손을 붙잡았다. 그들의 심장이 같은 속도로 쿵쿵 뛰고 있었지만, 둘 다 걸음을 멈출 생각은 조금도 없었다. 고다는 선요의 상기된 얼굴을 잠시 바라보다, 질끈 눈을 감으며 술집의 문을 활짝 열어젖혔다. 고다와 선요는 망설임 없이 그 안으로 들이닥쳤다. 그러곤 서로의 몸을 단단히 끌어안은 채 그들에게 닥쳐올 나쁜 일, 끔찍한 일, 아주 무서운 일을 기꺼이 기다렸다. 그들의 몸이 새까맣게 타들어가기를, 갈기갈기 찢기기를, 끈적한 액체로 짓물러 녹아내리기를, 토막토막 잘려 흩어지기를 기다렸다.

그러나 아무 일도 일어나지 않았다.

이상한 기운을 알아챈 고다와 선요가 각각 한쪽씩 눈을 떴을 때, 그들은 이미 그들을 어리둥절한 얼굴로 지켜보는 몇몇 사람 속에 둥글게 둘러싸인 뒤였다.

— 얘들아, 누구 찾아왔니?

어디선가 들려온 물음에 고다와 선요는 뒤늦게 술집 안쪽을 둘러보았다. 여전히 귀를 찢을 듯한 비명과 고함 소리가 들려오고 있었고, 무언가 깨지고 부딪히는 소리가 들려오고 있었고, 쿵쿵 발을 구르는 듯한 소리가 들려오고 있었지만, 고다와 선요는 자신들이 그 일련의 소음들을 완전히 잘못 읽어내었다는 사실을 곧장 알 수 있었다. 술집 곳곳에 매달린 벽걸이 티브이들에선 각기 다른 채널의 축구 경기 중계가 방영되고 있었고, 술에 취한 사람들은 서로를 부둥켜안은 채 환호하고, 테이블을 두드리고, 잔을 부딪치고, 심지어는 자리에서 일어나 쿵쿵 뛰고 있었다. 고다와 선요가 발을 붙이고 선, 에폭시 처리가 된 콘크리트 바닥이, 마구 흔들리고 있었다. 같은 박자로, 술집 안의 모든 집기가 연달아 흔들리고 떨리며 날카로운 소리를 내고 있었다. 그 속에서, 고다와 선요는 그들의 심장 소리가 서서히 잦아들어가는 것을 느꼈다.

고다는 그들에게로 다가온 한 직원의 소매를 붙잡고 물

었다.

— 아저씨. 저게 뭐예요?

직원은 쾌활한 목소리로 대답했다.

— 응? 모르는구나. 월드컵 예선 중이야. 우리가 이기고 있단다!

그 말에 고다와 선요는 모든 할 말을 잃어버린 채, 서로를 부둥켜안고 있던 두 팔을 축 늘어뜨린 채, 귀를 찢어놓을 것만 같은 소음 속에서, 모든 생각을 포기한 채, 가만히 술집 안의 풍경을 둘러보았다. 머지않아 그들의 심장이 다시 같은 속도로 뛰기 시작했다. 이유는 명확했다. 그들은 조금씩, 조금씩, 화가 나고 있었다. 미약한 분노가 조금씩, 그들 안에 피어오르고 있었다. 타오르고 있었다. 그것이 그들의 작은 몸을 당장이라도 찢고 나올 수 있다는 듯 굴고 있었다. 선요의 손이 작게 떨리기 시작했을 때, 고다는 더 볼 것도 없다는 듯 선요의 팔을 이끌고 곧장 술집을 빠져나왔다. 그들이 열고 나온 문이 서서히 닫혀가는 사이, 붉은 얼굴의 사람들이 둥글게 모여 서로의 손을 잡고, 서로의 어깨와 목에 팔을 두르고, 정체를 알 수 없는 춤을 추는 모습이 잠시 엿보였다. 고다와 선요는 그 모습을 문이 닫힐 때까지, 끈질기게 쳐다보았다. 그들은 그 문틈 새로, 춤을 추는 사람들에게로, 더러운 침을 뱉어버리고 싶다는 생각을 하고 있었지만,

문은 그들의 생각보다도 빠르고 신속하게 닫혀버렸다. 닫힌 문은, 다시는 열리지 않을 것처럼 보였다. 적어도 고다와 선요의 손으로는 영영, 그 문을 다시 열 수 없을 것만 같아 보였다. 그로부터 아주 오랜 세월이 흐른 뒤에도 말이다.

술집을 박차고 나온 고다와 선요는 진이 다 빠져버린 채 아무 곳을 향해 아무렇게나 걸음을 옮겼다. 소음으로부터 완전히 멀어진 뒤 고다는 더 이상 한 걸음도 걸을 수 없다고 소리치며 길바닥 한편에 주저앉았고, 선요도 그런 고다를 따라 그 옆에 철푸덕 앉아버렸다. 그들은 얼마간 멍하니 새카만 밤하늘을 올려다보다가, 울음이 쏟아져 나올 것만 같은 기분을 느끼다가, 그 울음을 목구멍의 안쪽으로 꿀떡 삼키며 말했다.

—우린 바보야.

—우린 멍청이야.

—나는 화가 나.

—나는 너무너무 화가 나.

—나는 화가 나서 미쳐버릴 것 같아.

—나는 미친, 사람들을 다 죽여버릴 것 같아.

—아니 근데 왜 자기들끼리만 월드컵을 하고 난리지?

—진짜. 나한테 월드컵 한다고 아무도 안 알려줬어.

이후 고다와 선요는 잠시간 침묵하였고, 머잖아 둘 중 누군가가 코를 훌쩍이는 소리를 내었으므로, 동시에 작은 헛웃음을 터뜨렸다. 영하였고, 밤이었으므로, 그들은 너무 추웠다.

— 나는 벌을 받기 싫어.

— 나도 그래.

— 나는 너무 두려워.

— 나도 그래.

— 그럼 돌아가자.

— 응.

— 돌아가자니까.

— 응.

— 돌아가야 해.

— 응……

선요가 고다의 힘없는 팔을 흔들흔들 흔들었다. 하지만 고다는 그런 선요의 손길에도 아랑곳 않고 물에 젖은 인형처럼 바닥에 늘어져 있었다.

— 레몬……

— 뭐라고?

— 레몬…… 몬…… 몬……

— 뭐야, 끝말잇기?

— 몬으로 시작하는 단어가 없어.

— 음.

— 으음.

— 레몬…… 몬…… 캔디……

— 그게 뭐야.

— 레몬 캔디.

— 그게 뭐냐고.

고다는 황당하다는 듯 선요의 어깨를 밀쳤고, 고개를 슬슬 내저으며 자리에서 일어났다. 일어난 고다는 선요에게 한 손을 뻗어 내밀었다. 그때까지도 홀로 키득거리고 있던 선요가, 그 손을 잡고 단번에 몸을 일으켰다.

그날 고다와 선요는 천천히 걸어 각자의 집으로 돌아갔다. 나란히 걷는 동안 그들은 거의 말하지 않았다. 아무것도 묻지 않았으며, 남은 모든 말들을 속으로만 삼켰다. 다만 그들은 갈림길 앞에서 서로에게 손을 흔들어주었고, 내일 개학이야, 늦지 마, 하는 말을 주고받았다.

둘 중 누구도 울지는 않았다.

집으로 돌아온 고다는 오래오래 몸을 씻었고, 머리도 말리지 않은 채 방으로 들어가 문을 잠갔다. 방 안에선 홀로 남은 티티 2호와 눈을 맞추려 노력하다 이내 그만두었다. 그러는 대신 고다는 티티 2호의 먹이통을 가득 채워주고 물통의 물을 갈아주었다. 잠들기 직전에는 티티 2호에게 새 이름도 붙여주었다.

— 캔디. 너는 이제부터 캔디야.

그런 뒤엔 침대에 푹 처박혀 아주 긴 잠에 빠져들었다. 그날 밤 고다는 꿈속에서 선요를 만나지 않았다. 그리고 그들의 만나지 않음은 고다가 잠에서 깬 이후로도 오래도록 이어졌다.

고다의 캔디는 2년 뒤 죽었다.

고다가 간만의 소식을 전했을 때, 선요는 잉꼬의 수명이 원체 짧다는 말로 고다를 달래주었다.

고다로서는 이야기의 진위를 알 수 없었으므로, 그냥 그 말을 진실이라 믿기로 했다.

# 보아

보아. 나 오래 생각해보았어. 너를 말하지 않고 나를 말할 수 있는 방법에 대해서. 너를 오려내고 남은 부분을 나라고 부르는 일에 대해서. 그런 일이 가능하리라 믿던 시절이 분명 있었지. 그런데 막상 가위질을 하다 보니 남는 게 없는 거야. 너는 내가 가진 최초의 기억 속에도 버젓이 등장하니까. 그리고 너는 그 기억에서조차 가장 큰 지분을 차지하지. 그건 내가 아직 아무것도 아니던 시절, 아무것도 모르던 시절, 오로지 무언가를 보고, 듣고, 또 느끼는 일만을 수행할 수 있던 시절의 일이야. 나는 작은 방 안에 홀로 누워 있었고, 흰 커튼 혹은 블라인드 틈새로 간신히 비어져 들어온 햇빛이 나의 배 위를 가로질렀어. 따뜻하다. 나는 따뜻하다고 생각했어. 안전하다. 나는 안전하다고 생각했어. 포근하다. 나는 포근하다고 생각했어. 이제 와 생각해보면, 그건 마치 희부윰하고 촉촉한 기체가 나의 온몸을 둥글게 둘러싸고 있는 듯한 느낌이었어. 그와 동시에 햇볕보다 따뜻한, 그러나 햇빛만큼 밝지는 않은, 거의 투명하다시피 한 빛이 나의 온몸을 적나라하게 조명하고 있는 듯한 느낌이었어. 나는 그 알 수 없는 감각 속에 온몸을 내맡긴 채 몇 번인가 편안히 눈을 깜빡였고, 시간이 흐름에 따라 눈의 깜빡임은 조금씩 느릿해졌지. 그러나 나는 결국 그곳에서 잠이 들지는 못했어. 그때 나를 잠들지 못하게 했던 그 기체와 빛의 감각으로 나는 너를 기억한다. 그게 바로 보여짐이라는 감각이라는 사실을 알게 된 것은, 훨씬 더 많은 시간이 흐른 뒤의 일이었어.

내가 홀로 먹고 자고 걸을 수 있는 작은 사람이 되었을 때, 너는 이미 기체와 빛으로 존재하기를 그만둔 뒤였지. 그러는 대신 너는 그늘과 그림자로 존재하기를 택한 것 같았다. 너는 나의 눈이 닿지 않는 먼 곳에서, 일방적으로, 언제나 나를 지켜보고 있었지만, 나는 그런 너를 절대로 돌아볼 수 없었어. 그래도 나는 네가 나의 뒷면에, 내 시선의 반대편에, 모든 종류의 사각지대에 늘 머무르고 있음을 알았다. 그래서 나는 너에게 나의 모든 기분과 움직임을 선물하려

들었지. 나는 오로지 네게 보여주기 위해 첫 뜀박질을 하였어. 나는 오로지 네게 보여주기 위해 첫 요리를 하였어. 나는 오로지 네게 보여주기 위해 첫 노래를 불렀고, 오로지 네게 보여주기 위해 매일 일찍 잠자리에 들었어. 그건 불 꺼진 방의 암흑 속에 나를 던져 전처럼 온몸으로 너를 맞이하기 위해서이기도 했지만, 그보다는 밤마다 나의 몸에 발생하던 크고 작은 변화들을 차곡차곡 모아두기 위해서였어. 깊게 잠들수록 수월하게 자라나는 머리칼과 매일 아침 새로이 부풀어 오르는 이목구비와 나도 모르는 새 놀랍도록 단단해져 있는 손톱. 그런 것들을 모아 네 앞에 자랑스레 펼쳐놓기 위해서 말이야. 나는 알았어. 네가 나의 어떤 변화들을 명백히 재미있어하고, 그보다 자주 지루해한다는 걸. 그렇게 내게는 들리지 않는 소리로, 웃거나 웃지 않는다는 걸. 나는 필사적으로 너의 웃음을 갈구하고 있었지만, 그러거나 말거나, 너는 그게 마치 네게 주어진 일이라는 듯 나를 집요하게 바라보기를 멈추지 않는다는 걸. 그런 너와 나도, 나는 꽤 마음에 들었었는데.

불행히도 나는 그게 마치 내게 주어진 일이라는 듯 자라나는 것을 멈출 수 없었어. 나는 명백한 아이가 되었고 너는 한 컵의 물과도 같이 변질되었어. 그때부터 너는 내가 아닌 아무것에나 너의 몸을 담은 채로 찰랑거렸고, 찰랑거리는 채로 조금씩 내게서 멀어지기도 했다. 그러면서도 너는 너의 일을 게을리하지는 않았지. 뜨거운 춧농처럼 새빨갛게 나의 목덜미를 타고 흐르는 시선. 그 시선은 너무나 자유롭게 내게서 멀어졌다가도 다시 멋대로 가까워졌어. 그런 일이 반복될 때면 나는 어쩐지 참을 수 없이 약이 올랐어. 나는 약이 오른 채로 생각했다. 보아. 너를 말하지 않고 나를 말하는 방법이 있을까. 너를 오려내고 남은 부분을 나라고 부를 수 있을까. 너는 내게서 오려질 수 있을까. 결론은 언제나 하나의 꼭지를 향해 나아가. 내가 너의 시선을 먹고 자라났다는, 오로지 너의 시선을 갈급해하고, 열망하며 자라났다는 하나의 사실, 하나의 꼭지, 하나의 점. 이런 내게서 대체 어떻게 너를 오려내라는 거야? 나는 왜 점점 더 너에게서 유리되어가는 기분을 느껴야 하는 거야? 이상해. 우리는 왜, 더 이상 접촉할 수 없게 된 거야?

보아. 나는 오래전부터 같은 꿈을 꿔왔어. 네가 없는 세계를 오롯이, 홀로, 유랑하는 긴 꿈을. 그 꿈에서 깨어나는 순간 나는 손을 휘적이며 주위를 두리번거리고, 나의 앞을 스쳐 지나는 모두를 일일이 돌려세운다. 머지않은 어느 날, 그와 같은 방식으로 너를 붙잡게 되는 상상을 하면서. 그날이 오면 나는 너의 두 발목을 한 손에 조심스레 모아 쥐고, 네 몸을 거꾸로 뒤집어 아주 높이 치켜들겠지. 너는 거대한 생선처럼 내 손아귀에 붙들린 채, 지면을 향해 힘없이 늘어진 채, 흔들흔들 부드럽게 몸을 움직이겠지. 그러곤 뒤집힌 주머니처럼, 너의 모든 비밀을 나의 발밑으로 와르르 쏟아내겠지. 나는 텅 비어 볼품없어진 너와, 네게서 떨어져 나온 너의 비밀들을 내 몸 깊숙한 곳에 전부 쑤셔 박으려 해. 그러기 위해 나는 처음부터 다시 떠올려보려 해. 내가 너를 보아라고 부르기 시작한 순간부터 이어져온, 나의 오랜 추적기를 말이야. 보아, 너는 모르고 있지. 내게 우리의 기억이 아닌 나만의 기억이 있어왔다는 것을. 그러니 나는 이제 네 것이 아닌 나의 기억을 되짚어봐야 해. 이 기억을, 오로지 네게 선물하기 위해서.

그날 아침 나는 내내 창밖을 바라보고 있었어. 오전 수업이 한창인 교실의 귀퉁이에선 창밖으로 시선을 돌린 채, 짙은 녹색으로 물들어가는 교정의 풍경을 오래 내다보기 좋았거든. 나의 교실은 건물의 외벽을 문지르듯 자라난 거대한 아카시아나무에 밀착해 있었고, 나의 기억은 바로 거기서부터 시작돼. 지면을 향해 부드럽게 기울어진 채, 투명한 창에 반쯤 짓눌려 있던 아카시아 가지들의 녹색을 배경으로. 너는 알았겠지. 창 너머를 건너다보던 나의 시야 끝에 같은 반 아이의 새하얀 뺨이 위태롭게 걸쳐 있었다는 것을. 그

뺨 위로 어른거리던 녹색의 빛 그림자를 내가 내내 신경 쓰고 있었다는 것을. 그래서였다고 생각해. 흰 뺨 위에서 느리게 깜빡이던 한쪽 눈. 그 안으로 흘러든 낯익은 시선. 이어, 최초의 눈맞춤. 두려울 만큼 낯설던 눈맞춤. 그것을 가능토록 만든 네 최초의 선택 말이야. 너는 그 아이의 눈을 빌려 나를 마주 보았어. 너와 나의 마주 봄 사이에서 그 아이의 존재는 눈 녹듯이 스르륵 삭제되었어. 그러나 나는 그 순간 내게 주어진 단 하나의 선택지가 무엇인지 알고 있었지. 나는 네가 내게 부여한 역할을 충실히 수행하였다. 우리 사이에서 투명하게 비워진 그 아이의 몸을 향해, 껍데기만이 남겨진 그 몸의 동그란 어깨를 향해, 곧장 손을 뻗었다. 그리고 나는 그 어깨를 나의 손아귀에 단단히 부여잡은 채 입을 떼었다.

—너 거기 있지?

뒤따른 적막. 교실은 정지된 것 같았고, 일순간 교실 안의 모두가 나의 자리를 돌아보았어. 내게 붙잡힌 그 아이도 예외는 아니었지. 아이는 천천히 고개를 돌려 나와 두 눈을 맞추었어. 나는 그제야 그 애의 반대쪽 눈을 바라볼 수 있었다. 작게 숨을 삼키며, 그 눈의 너머를 바라보려고 했지만, 그때의 나는 무언가를 보았다기보다 들었던 거야. 보이지 않는 무언가가 희미하게 새어 나가는 소리. 가늘게 흐르는 피리

소리라든가, 비밀스레 비어져 나온 웃음소리와 닮아 있는. 더 멀리까지 가보자면, 한 손에 잡힐 크기의 소동물이 조급히 거둔 마지막 숨과도 같은. 유약하기 짝이 없는 그런 소리를. 이건 무엇의 소리이지? 헷갈려 하던 내게 아이는 물었어. 속삭이듯이.

— 나한테 하는 말이야?

그 한마디로 전부 알았어. 그 말속의 '나'는 네가 아니라는 걸. 그 목소리 안에 너는 없다는 걸. 새어 나간 것은 너였다. 너와 나 사이에 끼어 있던 그 아이를 남겨둔 채로. 유리알처럼 투명하던 그 몸만을 남겨둔 채로. 하지만 남겨진 순간 그 몸은 더 이상 투명할 수 없게 되었지. 나는 황급히 시선을 내려 아이의 가슴팍을 바라보았어. 얇은 하복 셔츠의 포켓 위에 반듯하게 달려 있던 명찰. 거기서 나는 그 이름을 보았어. 보아. 난 네게 멋대로 그 이름을 붙였어. 보아. 보아. 보아…… 가끔 그 이름을 되뇌며, 나 생각해보았다. 네게 이름을 부여한 쪽이 정말 내가 맞을까? 그러나 나는 더 이상 그런 질문을, 스스로에게 던져보지 않아.

네 이름의 유래가 된 그 아이를 첫번째 보아라고 하자. 첫번째 보아는 네가 나를 똑바로 마주 볼 수 있도록 해주는 작은 구멍이었어. 창문이었어. 동시에 너를 흔적도 없이 감춰주는 짙은 안개였어. 장막이었어. 너는 첫번째 보아의 몸속에 갇혀버린 것 같기도, 숨어버린 것 같기도, 혹은 그런 식의 뉘앙스를 내게 은근히 풍기며, 그렇게 나의 눈을 속이며, 내가 없는 어느 도시의 어느 거리들을 몰래 배회하다 돌아오기를 반복하는 것 같기도 했어. 덕분에 나는 젖은 개처럼 첫번째 보아의 곁을 떠돌았지. 무언가 따뜻한 냄새를 풍기는 것이 떨어져 나오는 순간이 도래하기를 기대하며. 찰나의 기회를 엿보며. 너는 그런 내게 작은 고깃덩이를 던져주듯, 아주 가끔씩 기척을 드러내었어. 그 애의 눈을 통해 나를 곁눈질하고, 나로서는 도저히 해석할 수 없는, 미묘한 종류의 표정을 지어 보이고, 내가 무어라 입을 떼기도 전에 스르르 떠나버렸어. 나는 네 장난에 꼼짝없이 놀아났어. 나를 달갑지 않아 하던 첫번째 보아로부터, 한 발자국도 떨어지지 않겠노라 매일 떼를 썼으니까. 대놓고 불쾌한 기색을 띠는 그 애의 주위를 맴돌며 끊임없이 생각했지. 내 손이 그 애가 아닌 너에게 가 닿는 완벽한 타이밍, 그런 게 있다면, 나는 어디를 쥐어야 할까? 그 애의 어디를 쥐어야 너를 내 손안에 잡아둘 수 있을까? 붙잡힌 네게 나는 무슨 말을 할 수 있을까? 내게 붙잡힌 너는 무슨 말을 할까? 우리는 무얼 해야 하지? 우리는 무얼 하고 싶지? 그보다 먼저, 나는 대체 무엇을……

답이 나오지 않는 질문들은 가능한 한 멀찍이 밀어두는 편이 좋아. 그래서 나는 그리하였어. 대신 나는 네가 없는 사이 너의 의중을 파악하려 노력하였어. 네가 다른 누구도 아닌 그 애를 선택한 이유가 있으리라 생각했으니까. 첫번째 보아는 평범했어. 평범하게 친절했어. 평범하게 성실했고 평범하게 조용했고 평범하게 모두와 사이가 나쁘지 않았어. 그 애는 평범하게 사랑받았어. 그 애가 가진 것 중 유일하게 평범의 범위를 벗어난 것이 있다면 그건 바로 나였지. 그림자처럼 집요하게 그 애의 뒤를 밟던 나 말이야. 네가 평소처럼 나의 바깥에서, 내가 돌아볼 수 없는 먼 곳에서, 일방적으로 나를 관음했다면 결코 발생하지 않았을 나. 네 손으로 만들어낸 나. 평범하게 볕이 들던 자리에서, 질질 끌려 나와버린 나. 변질된 나. 영문 모를 나. 여전히 너무 어렸던 나. 평범한 여자아이의 곁에 그런 내가 얼쩡거린다는 것은 생각 이상으로 많은 이의 신경을 거스르는 일이었지. 나와 그 애의 주변에선 늘 좋지 못한 긴장감이 감돌았어. 모두가 그 애와 나를 예의 주시 하고 있었어. 그럴 때면 나는 기꺼이 그들의 기대에 부합하는 존재가 되고 싶어졌다. 몹시 나쁜 일을 저지르고만 싶어졌다. 하지만 나는 고작 열몇 살을 먹은 초등학생일 뿐이었고, 팔과 다리는 한참을 웃자라 있었고, 상상력은 풍부하지 못했으며, 그만큼 멍청했지. 그런 내가 무얼 할 수 있었겠어? 예상대로 나는 아무것도 하지 못했어. 같은 이유로 나는 전혀 예상하지 못했다. 첫번째 보아, 그 애가 나를 앞질러 저질러버릴 일들을 말이야.

방학식을 며칠 앞두고 있던 무렵, 나는 다가올 여름과 그 애에 대한 생각으로 머릿속이 빈틈없이 차 있었어. 그즈음 나는 차츰 깨닫고 있었지. 네가 더 이상 그 애의 바깥에서 나를 지켜보지 않는다는 것을. 나는 오로지 그 애를 통해서만 너를 마주할 수 있게 되었다는 것을. 교내에서 마지막 종소리가 울리고, 아이들이 앞다투어 교문 밖으로 뛰쳐나가고, 그 애가 나를 경계하여, 멀고 먼 길을 돌아 집에 도착하고 나면, 나는 네가 없는 나의 집에 홀로 남겨졌어. 그건 내가 아주 오랫동안 간절히 바라온 일이기도 했어. 보여짐에서 벗어나는 일. 연속되는 기록을 끊어내는 일. 기억되지 않는 암흑 속에 푹 파묻히는 일. 너로 인해 인식되어온 나를, 모조리 망각해버리는 일. 사라지는 일. 나는 사라진 채로 하고 싶은 것이 아주 많았다. 네가 없는 곳에서만 벌여놓을 수 있는 온갖 낯부끄러운 짓거리들의 끝나지 않는 목록이 내게는 있었다. 실제로 나는 그중 몇 가지를 실천에 옮겨보기도 했지만, 결국 큰 흥미를 느끼지 못한 채 멍하니 침대에 누워버리게 되었지. 그러곤 아주 오래오래 잠을 잤다. 그뿐이었어. 나는 네가 없는 집에서 오직 잠만 잤어. 죽은 듯이.

그러다 눈을 뜨면 숨 막히는 고요가 발견되었어. 짓누르고 짓뭉개는 고요. 어째서 숨을 트이게 하는 자유 같은 게 아니었는지, 알 수는 없지만. 나는 너도 그 애도 없이 고요 속에 덩그러니 남겨질 여름을 상상할 때마다 온몸이 콩알만 한 구슬의 형태로 쪼그라드는 고통을 느꼈어. 그러니까 그 애의 자리로 대뜸 다가가, 방학 동안 어디서 무얼 할 거냐고 캐물었던 것은, 고통에 몸부림치던 내가 찾아낸 최선의 방법이었던 거야.

그 애는 나를 얼마간 악의 없는 눈빛으로 쳐다보았어. 그 애는 그 애의 친구들 사이에 둘러싸여 있었어. 그 애는 그 애의 친구들과 무어라 숙덕거리더니 별안간 자리를 박차고 일어났어. 그러곤 나의 손목을 붙잡고 성큼성큼 걸었어. 한참을. 그 애와 나는 교실의 뒷문을, 2층의 복도를, 공용 계단을, 학교의 정문을 모조리 지나쳤고, 그런 우리의 등 뒤에서 수업의 시작을 알리는 종소리가 울려 퍼졌어. 그 애가 걸음을 멈춘 곳은 시뻘건 녹이 슬어 있던 체육 창고의 문 앞이었어. 그 애가 잠기지 않은 철문을 벌컥 열어젖히며, 들어가, 라고 내게 말했을 때, 나는 어쩌면 그 애가 나를 그곳에 가둬둔 채, 죽기 전까지 팰 수도 있겠다는 생각을 했지. 그럴 만한 분위기를 지닌 공간이었어. 그래도 나는 들어갔고, 그 애도 나를 따라 들어왔어. 이후 나는 순식간에 모든 준비를 마쳤다. 그 애에게 죽기 전까지 맞아줄 준비를 말이야. 하지만 놀랍게도 그 애는 나를 패지 않았어. 그러는 대신 차분하게 말을 걸어왔지. 필요 이상으로 친절한 목소리로. 이렇게까지 상냥할 수 있나? 하는 의문이 끼어들 정도로. 나는 그렇게 그 애의 선의를 의심하느라 그 애가 내게 던진 몇 가지 질문을 미처 답하지 못한 채로 흘려 넘겼다. 그래도 괜찮다고 생각했다. 그도 그럴 게, 그 애는 너무 많은 것을 한꺼번에 묻고 있었으니까. 나는 그중의 절반도 제대로 알아듣지 못했다. 그 애의 입에서 흘러나오는 말들이 하나같이, 도움이 필요하냐는 식의 싱거운 물음으로 끝맺어지는 이유 역시도, 나는 알지 못했고.

정신을 차렸을 즈음엔 그 애가 나를 노려보고 있었어. 아무리 나라도, 내가 그 이상 입을 다물고 있다가는 무언가 좋지 못한 일이 벌어지리라는 예감 정도는 할 수 있었어. 그 애는 기다리고 있었어. 내가 입을 열고 무언가, 그 애의 곤두선 신경을 잠재워줄 만한, 그 애의 불안을 누그러뜨려줄 만한, 그 애가 납득할 수 있을 만한 이야기들을 꺼내놓기를 말이야. 그러나 그때의 내 안엔 그렇게 편리하게 생겨먹은 이야기 따위는 없었어. 그렇다고 내 안이 빈 병처럼 텅 비어 있었느냐 하면 그것도 아니지. 나는 그 애에게 당장 무슨 말이라도 건네주어야 한다는 초조함에 시달리고 있었고, 동시에 뱃속에서 부글부글 끓어오르던 수만 가지의 말 중 해도 되는 것과 해서는 안 되는 것을 구분해내느라 혼절 직전의 정도로 넋이 나가 있었어. 결국 나는, 그 애가 참다못해 뱉어낸 야,라는 짧은 단어 하나에 와르르 무너져 내렸어. 나는 그 애의 양쪽 어깨를 으스러지도록 말아 쥔 채, 그 애에게 추궁하듯 말을 쏟아내기 시작했어. 보아, 보아야, 지금 네 안에 무엇이 있어? 네 안에 살고 있는 아이가 있어? 너는 그것이 네 안에 흘러들고, 사라질 때, 아무것도 느끼는 바가 없어? 너는 나를 보고 있어? 너는 나를 볼 때 느껴지는 것이 있어? 네 눈이 네 것이 아니라는 기분이 들 때가 있어? 네 몸이 네 것이 아니라는 기분이 들 때가 있어? 네 마음이 네 것이 아니고, 반대로 내 마음이 네 것이라는 기분이 들 때는 있어? 너, 자라나고 있어? 너 잠을 자고 있어? 너 꿈을 꿀 때, 대체 어디를 걷고 있어? 꿈속에서 나를 볼 때가 있어? 넌 나를 보며 무슨 생각을 해? 넌 나를 볼 때 기분이 어때? 넌 내가 어때? 어떤 것 같아? 나와 떨어져 있는 시간이 어떤 것 같아? 너 나와 떨어져 지낼 수 있어? 망할 길고 긴 방학을 견딜 수 있어? 너…… 방학 동안 우리 집에 있으면 안 돼?

……적막.

나는 기어코 일을 저질러버리고야 말았다는 생각을 하며 그 애에게서 파드득 떨어졌어. 숨을 몰아쉬며 그 애의 얼굴을 살폈어. 그 애는 내 손을 쳐낸 뒤 내게 붙들려 있던 어깨를 떨리는 손으로 천천히 주물렀어. 그 애는 말이 없었어. 말없는 그 애의 앞에 선 내가 몇 차례 눈을 깜빡이고, 조심스럽게, 미안하다는 말을 하려 했을 때, 그 애는 나의 가슴팍을 별안간, 엄청난 힘으로 밀쳐냈어. 그건 내가 한 번도 경험해본 적 없는 괴력이었어. 나는 금세 비틀거리며 첩첩이 쌓여 있던 고무 매트 더미 위로 쓰러졌고, 그 애는 그런 나를 깔아뭉개듯 내 위로 올라타 내 뺨과, 내 목과, 내 머리통을 연신 내려치기 시작했다. 그 애는 있는 힘껏 주먹을 휘두르며, 끊임없이 무어라 소리를 치고 있었는데, 나는 알아듣지 못했어. 싫어, 저리 가, 입 닥쳐, 따위의 말들이었으리라 짐작해. 나는 아무런 반항도 하지 않고 그 말들과, 그 애가 내게 휘두르는 주먹을 온전히 받아냈다. 이 일이 결국, 벌어지고 있군, 생각하며. 그러나 얼마 지나지 않아, 잠겨 있는 줄 알았던 창고의 문이 벌컥 열렸고, 각자의 휴대폰을 손에 쥔 열댓 명의 아이들이 우르르 창고 안으로 쏟아져 들어왔어. 그 애들은 비명을 지르며 나에게서 그 애를 떼어냈어. 그러곤 그 애의 곁에 둥글게 모여들어 그 애의 등을 다독이고, 그 애의 상태를 살피고, 조금 전 교실에서처럼, 그들만이 아는 무언가에 대해 숙덕거리기 시작했어. 나는 곧, 그들의 손에 들린 수어 대의 휴대폰에 그 애와 내가 나눈 모든 대화와, 그 애가 내게 저지른 모든 일이 처음부터 끝까지 전부 담겨버렸다는 것을 알아차릴 수 있었어. 나의 눈높이가 닿지 않는 높은 곳에 나 있던, 그 체육 창고의 좁고 긴 창을, 나는 늦게서야 발견할 수 있었던 거야. 그 애는 그 애의 친구들과, 대체 무엇을 도모하고 있었던 걸까? 그리고,

무슨 일이 벌어질까?

나는 생각했어. 저들이 촬영한 영상은, 나와 그 애에게 무슨 일을 불러일으키게 될까? 상상력이 풍부하지 못했던 나는, 그럼에도 몇 가지 장면을 상상해볼 수 있었고, 그러나 현실은 나의 모든 상상을 빗나갔지. 나의 학교와 나의 동네를 떠난 것은 내가 아니라 그 애였어. 그 애가 이사를 가고, 동시에 전학을 감으로써, 얼마간 소란스럽던 학교는 다시금 잠잠해졌어. 그 애는 나를 피해 달아났고, 그것으로 끝이었어. 그 애와 함께 너도 떠났지. 보아. 남겨진 나는 유령처럼 학교와 집을 소리 없이 오갔을 뿐이야.

졸업은 금세 다가왔어.

중학교는 지겨웠다. 지겨운 학교. 지겨운 아이들. 지겨운 싸움. 지겨운 연애. 지겨운 우울. 돌고 도는 지겨운 소문들. 그 안에 속해 있어야만 했던, 영원히 끝나지 않을 것만 같던 그 시간 속에서 나는 너에게 무수히 실망하였어. 나는 그제

야 깨달았지. 너는 선별하지 않아. 선택하고, 결정하는 데 있어서 아무런 기준을 세워두지 않아. 너는 눈앞에 보이는 것들을 닥치는 대로 손안에 취하려 들어. 너는 손안에 취한 것들을 버리는 데 아무런 거리낌이 없어. 네가 고르고 또 버린 것들을 모아 마룻바닥 위에 펼쳐놓은 채로, 너의 계획을 파악하려 드는 일만큼이나 멍청한 짓은 없지. 나는 더 이상 네가 남긴 것들로 너를 해석하려 들지 않아. 너에게서 이유를 찾아내는 데 시간과 정성을 쏟아붓지 않아. 너는 나만큼이나 아무런 대책이 없지. 그러니까 나도 딱 그 정도로만 네 움직임을 대해야 한다.

중학교에 입학함과 동시에 다시 돌아온 너는 정말이지, 무수하다고밖에는 표현할 수 없는 사람들 사이를 마음껏 흘러 다녔어. 마치 그 순간만을 기다려왔다는 듯이, 그래서 너무나 즐겁다는 듯이 말이야. 나는 내 주변의 어떤 아이들을, 어떤 어른들을, 나아가 어떤 행인들을 띄엄띄엄 건너다니는 너를 어떤 식으로 바라봐야 할지, 어떤 식으로 대해야 할지, 어떤 식으로 소화해내야 할지 늘 고민스러웠지. 보아. 네가 내게서 떠나 있던 동안, 내가 어떤 시간을 견뎌왔을지 상상해본 적 있어? 없다면 지금 당장 시작해봐. 어땠을까? 나는 슬펐을까? 외로웠을까? 두려웠을까? 반대로 아주 멀쩡했을 수도 있지만, 전부 아니야. 나는 화가 났다. 늘 참을 수 없이 화가 났다. 온몸이 부들부들 떨릴 정도로 참을 수 없는 분노에 휩싸여 있었다. 참을 수 없는 분노란 말 그대로, 참을 수 없는 것이지. 그러나 내게는 나의 분노를 배설할 구멍이, 그러니까 너, 네가, 내게는 네가 없었으므로, 나는 참을 수 없는 분노를 참아내는 기적을 매일같이 이뤄야 했다. 그 분노의 이유를 나는 끝내 명확히 짚어내지 못했지만, 그래도 괜찮잖아. 네 선택과 결정에도 명확한 이유란 없어왔으니까. 우리는 같아. 우리는 공평해. 그래야 하잖아.

너를 담았다가, 네게 버려진 사람들. 그들을 통해 나는 너를 무시하는 법을 배웠다. 정확히는 그래야만 하는 순간이 있다는 것을 배웠어. 나는 그들 중 몇몇에게, 성급히 나의 분노를 토하려는 시도를 하기도 했으니까. 다행히도 그 시도들은 대부분 미수에 그쳤지. 미수였음에도, 나는 그런 식의 태도가 내게 전혀 도움이 되지 못한다는 사실을 충분히 통감할 수 있었어. 그래서 나는 너의 기척이 느껴지는 모두를 일일이 관찰하는 일을 그만두었어. 나는 그들 중 누구도 두번째 보아,라고 부르지 않았어. 그러는 대신 네가 조금이라도 오래 머무르려는 기색을 보이는, 특정 인물들에게만 티 나지 않게 시선을 주었지. 그리고 고백하자면, 그 시선의 끝엔 언제나 약간씩의 흥미가 섞여 있었다. 네가 떠남과 동시에 눈 녹듯 사라져버리던, 아주 가벼운 흥미가. 하다못해 그런 부분까지 네게 휘둘려왔다는 사실을 자각했을 때의 황당함이란. 구구절절 설명할 필요도 없겠지.

두번째 보아는 내가 그 황당함과 분함에 충분히 무뎌졌을 즈음 나타났다. 그 애는 나보다 한 학년 선배였고, 점심시간마다 운동장 앞의 벤치에 덜 마른 빨래처럼 널려 있었어. 그 애를 떠올릴 때면 힘없이 비척거리던 걸음걸이와 늘 반쯤 잠에 취해 있던 얼굴이 아직도, 손에 만져질 듯 선명하게 그려져. 그건 내가 그 애를 특별히 여겨서라거나, 그 애와 유달리 기억에 남을 만한 일을 나누었기 때문은 아니지. 이유는 그보다 훨씬 단순하고도 명료한 영역에 놓여 있다. 말하자면 그 애의 얼굴. 그 애의 얼굴에 있다. 그 애의 얼굴을 처음으로, 정면에서, 똑바로 쳐다보았던 순간에 있다. 평소처럼 큰 감흥 없이 너를, 또 그 애를 지나치려던 내가, 그 애 앞에서 얼어붙은 채 한 발자국도 움직이지 못했으니까. 그 애는, 섬찟할 만큼 나를 닮아 있었어. 놀랍게도 오로지 외적인 부분들이 말이야. 그 애를 볼 때면 마치 세면대 위의 거울을 보고 있는 것 같았지. 내가 들여다보는 만큼 나를 들여다보는 거울 속의 얼굴. 내가 움찔거리는 만큼 움찔거리는 눈, 코, 입. 그러다 잠시 시선을 거두고, 찬물을 손에 받아 얼굴에 끼얹을 때면 감지되는, 어딘가 부자연스러운 인기척. 떠오르는 하나의 생각. 지금 고개를 들어 올린다면, 목격하고야 말 것 같아. 나와 다른 표정을 짓고, 나와 다른 자세로 서서, 거울 너머의 나를 재미있다는 듯 지켜보는 또 다른 나. 그런 꿈. 그런 악몽.

그 애는 나의 그런 악몽 속에서 막 튀어나온 것처럼 보였어.

이쯤에서 인정해야겠지. 나는 너와 깊이 연관된 사람들을 쉽게 끊어내지 못해. 그들이 내게 하는 말과, 나의 대답에 보이는 반응과, 은근슬쩍 내비치는 나를 향한 바람들을 가벼이 여기지 못해. 나는 그들의 심기를 거스르지 못해. 그런 식으로 첫번째 보아가 떠나갔으므로. 동시에 네가 사라졌으므로. 내가 너를 잡아둘 수 없다면, 네가 택한 이들을 잡아둘 수밖에. 그렇게 나는 언제나 그들의 앞에서 전전긍긍하였어.

그건 물론 두번째 보아에게도 해당하는 말이지. 두번째 보아는 나를 처음 본 순간부터 내게 큰 관심을 보였다. 그럴 수밖에 없잖아. 우리는 마치 쌍둥이처럼 닮아 있었으니까. 그 애와 내가 함께 걷고 있는 모습을 목격한 사람이라면 누구나, 우리를 자매라고 생각했을 테니까. 그 애는 바로 그 점을 재미있어했다. 그 애는 나보다 고작 한 살이 많다는 이유로 나를 필요 이상 편히 대했다. 같은 이유로 내 몸에 쉽게 손을 댔지. 그 애는 내 어깨며 목덜미에 함부로 팔을 두르고, 교내 곳곳을 돌아다니며 잘 알지도 못하는 이들에게 알은체를 했다. 안녕? 얘 좀 봐. 나 이런 애를 찾아냈다니까. 그런 말을 하며. 나는 그 애가 그 일에 완전히 질려버릴 때까지, 참을성 있게 어울려주었다. 그 애를 잘 알지도 못하는 게 분명해 보이는 사람들이 그 애와 나의 앞에서 어색한 미소를 지으며 수없이 멀어져갔다. 더 이상 알은체를 할 사람들조차 남지 않게 되고서야 그 애는 그 짓을 그만두었다. 그리고 그때부터, 은근히 나를 시험하는 듯한 태도를 보이기 시작했지.

그 애는 내 앞에 두 가지 선택지를 멋대로 들이밀고선, 그 둘 사이에서 절절매는 내 모습을 지켜보기를 좋아했어. 정답은 있거나 없었고, 오답은 언제나 있었지. 고민은 무의미했고 오로지 우연만이 나를 정답에 가닿게 해주었어. 그럼에도 나는 망설이기를 멈출 수 없었다. 그건 오로지 그 애의 변덕스러운 기분 때문이었어. 그 애는 내가 우연히 정답을 고를 때면 과하게 즐거워했고, 반대로 내가 오답을 고를 때면—미리 말하자면 나는 대부분 오답만을 골랐다—다른 의미로 더욱 즐거워하는 듯 보였어. 그 애는 넌 역시 나와 닮았어,와 역시 이런 부분까지 닮았을 리 없지,의 두 가지 반응 사이를 줏대 없이 휘청휘청 넘어 다녔는데, 그 탓에 나는 그 애의 취향을 어느 정도 파악하게 된 이후에도 꾸준히 진땀을 흘렸어야 했다. 그 애가 내게 원하는 것이 대체 무엇인지, 도대체 어떤 장단에 발을 맞춰주기를 바라는 것인지, 나로서는 도무지 감을 잡을 수가 없었으니까 말이야.

그런 그 애의 변덕이 성가셔질 때마다 나타난 건 너였지. 보아. 예의 그 기묘한 소리와 함께. 너는 나도 모르는 새 그 애의 안에 스며들어선, 나를 비웃듯이 내려다보았고, 같은 순간 내게 속삭이는 듯했어. 견딜 수 없다면 그만둬, 그런 말들. 그렇게 네가 떠나고 나면 나는 무엇도 그만둘 수 없는 사람이 되었지. 오기로라도 그 애의 곁에 머무를 수밖에 없는 사람이 되었어. 그런 일이 몇 번인가 반복되고 나자 나는 놀랍게도 마치 한 권의 책처럼 그 애를 활짝 펼쳐 들고, 처음부터 끝까지 읽어 내릴 수 있는 사람이 되었다. 그 애의 호와 불호를, 쾌와 불쾌를, 나아가 애와 증을, 전부 명확히 구분할 수 있게 되었고, 심지어는 그 애의 일상을 이루고 있는 아주 사소한 요소들의 목록까지 줄줄 읊을 수 있는 사람이 되었다. 그때의 내가 파악할 수 없던 것은 오직 하나, 그 애의 기분뿐이었지. 그래서 나는 살짝 방향을 틀었던 거야. 잔뜩 들떠버린 그 애의 기분을 망쳐놓지 않는 방법과, 잔뜩 망해버린 그 애의 기분을 더욱 최악으로 만들지 않는 방법만을 찾아내기로 했던 거야. 그 결과 나는 비로소, 그 애의 곁에 없는 듯 존재할 수 있게 되었던 거야.

그 애의 곁에서, 나는 나를 백지처럼 깨끗이 비울 수 있었어. 그 애의 완벽한 그림자가 될 수 있었어. 내 입에서 나오는 말은 그 애가 이미 했던 말의 메아리거나, 곧 하게 될 말의 이른 기척이나 다름없었어. 나는 제로. 제로로 존재하였어. 언젠가 그 애와 함께 교문 앞 복도의 커다란 거울을 지나친 적이 있었지. 그날 그 애는 유독 기분이 좋았고, 부드러운 멜론 맛 아이스크림을 입에 문 채, 춤을 추듯 팔랑팔랑 운동장을 향해 걸어가고 있었어. 나는 거울 속의 나와 그 애를 지켜보며 무심코 생각했다. 또 다른 내가 팔랑팔랑 춤을 추고 있네. 그러다 나는 깨달았던 거야. 거울 속엔 팔랑팔랑 춤을 추듯 걸어가는 그 애와, 그 애와 다른 표정을 짓는, 그 애와 다른 자세로 걷는, 또 다른 그 애가 있을 뿐이라는 것을. 그 애가 눈치채지 못하도록 숨을 죽인 채, 그 애를 재미있다는 듯 지켜보는 또 다른 그 애. 그런 꿈. 그런 악몽. 나는 그 애의 그런 악몽 속에서 막 튀어나온 것처럼 보인다는 것을.

성공이군.

그때의 나는 생각했어.

그러나 현실은 또 한 번 나의 짐작을 벗어난 곳으로 나아갔다. 그 애는 그날을 기점으로 천천히, 나와 거리를 두기 시작했다. 그 애는 내게서 더 이상 한 톨의 흥미도 새로이 발견해낼 수 없다는 듯 굴었어. 그런 속내를, 내게 숨기려는 아주 조금의 노력조차 하지 않았어. 그런 그 애에게, 나는 아무것도 묻지 않았다. 그러는 대신 몇 번이고 자문했지—어째서? 당연하게도 대답은 돌아오지 않았어. 그럼에도 내가 내게서 멀어져가는 그 애를 가만히 내버려두었던 것은, 내가 너와 깊이 연관된 사람들의 심기를 거스를 수 없었기 때문이겠지, 보아. 하지만 단지 그 이유에서만은 아니야. 그때 나에겐 하나의 믿음이 있었다. 경험에서 비롯된 몹시 단단한 믿음. 기다린다면, 아주 긴 시간일지라도 기다리기만 한다면, 너는 반드시 돌아온다는 믿음. 언젠가. 어디서든. 그런, 확신에 가까운 믿음.

그 믿음으로 나의 긴 기다림이 다시금 시작되었어. 하지만 정말로 그 믿음에 단 한 번의 흔들림조차 없었을까? 누군가 내게 묻는다면, 나는 이번에야말로 말꼬리를 흐릴 수밖에 없겠어. 왜냐하면…… 길고 긴 시간은 한 사람의 믿음을 송두리째 흔들어놓기에 충분하니까.

한 차례의 진학을 더 겪으며, 나는 학교라는 공간이 얼마나 편리한 곳인지, 또 내가 그 공간에 얼마나 잘 어울리는 인간인지 깨닫게 되었어. 밤낮으로 학교에 처박혀서 하라는 것들을 하고, 해서는 안 되는 것들을 절대로 하지 않는 일이, 내게는 밥을 먹고 잠을 자는 것만큼이나 쉽고 간단했지. 나는 그 쉽고 간단한 일을 매일 기계적으로 반복하는 것만으로 교내의 많은 이들에게서 호감을 살 수 있었다. 누구나 내게 선뜻 호의를 보였지. 그리고 나는 그들이 내어준 호의를 절대로 사양하지 않았어. 그건 정말이지 바보 같은 짓일 뿐이니까. 하기 쉬운 일들을 하고, 그 일들이 내게 가져다주는, 오직 좋은 것만이 가득 들어 있는 꾸러미를 매일 선물처럼 안아 들면, 나는 심지어 너에 대한 생각까지도 상당 부분 잊고 지낼 수 있었다. 그런 일상을 마다할 이유는 없지. 나는 기꺼이 그 모든 것을 나의 안으로 받아들였어.

2학년이 되어 만난 담임은 좋은 사람이었어. 그녀는 반 아이들을 넘어 교내의 모든 학생에게, '무슨 일이 있다면 언제든 나를 찾아와라'라는 말을 말버릇처럼 하고 다녔어. 때문에 그녀는 역설적으로 그 나이대 아이들에게라면 분명히, 어른의 도움을 필요로 하는 꽤 심각한 문제들이 생겨날 수밖에 없다는, 그러니까 모든 아이는 크고 작은 재앙들을 발치에 두고 있고, 그중 하나 이상은 반드시 밟아 터뜨릴 수밖에 없으리라는 가설에 과도하게 사로잡힌 사람처럼 보였다. 각자의 재앙 속에서 허우적거리는 아이들이 단 한 번이라도, 그녀에게 손을 내밀기만 한다면, 언제고 그들의 손을 잡아 자신이 딛고 선 뭍으로 건져 올려주리라 다짐한 사람처럼. 그런 다짐들로 뱃속을 가득 채운, 터지기 직전의 풍선처럼. 그토록 걱정스러운 눈빛으로 바라보고 있던 그 아이들이 정작 그녀 자신에 대해, 어떤 이야기들을 비밀스레 주고받고 있었는지는 꿈에도 모르고서 말이야. 그 소문을 주워들은 이 중 그녀가 서 있던 곳을 뭍이라 생각한 사람은 단언컨대 한 명도 없었을 테지. 이건 물론, 그때의 나를 포함해서 하는 말이야.

그런 그녀가 내게 이상하리만큼 신경을 쓰고 있다는 것을, 나는 줄곧 알고 있었다. 그녀는 내게 어딘가 불편한 것은 없는지, 학교생활에 있어 어렵거나 무언가 필요한 것이 있지는 않은지 넌지시 묻고는 했으니까. 그 이유를 알게 된 것은 첫 학기가 슬슬 마무리되어갈 무렵의 일이었어. 그녀는 여느 때처럼 방과 후에 남아 교과서를 뒤적거리던 내게 다가와, 잠시 시간을 내줄 수 있겠느냐고 물어왔다. 나는 별다른 고민 없이 그녀를 따라나섰고, 그녀는 나를 빈 교무실의 한편에 앉혀둔 채 따뜻한 녹차 두 잔을 타 왔지. 이후 그녀는 본격적으로 내게 묻기 시작했어. 큰 의미가 없어 보이는 질문들. 나는 그 질문들에 역시나 큰 의미가 없는 대답들을 하며, 왜 사람들은 내게 자꾸만 무언가를 묻고 싶어 하는 것일까—마치 바라는 대답이 있다는 듯이—따위의 생각을 했지. 그렇게 한참을 뜸을 들이던 그녀는 한 차례 크게 숨을 들이마시고는, 마침내 물었던 거야.

— 혹시 부모님이 많이 바쁘시니?

나는 처음으로 종이컵에서 시선을 들어 그녀의 얼굴을 살펴보았다. 그녀는 초조하다는 듯 답지 않게 손톱 끝을 만지작거리고 있었어. 나는 그녀가 별안간 나의 부모를 언급하기로 결심한 이유가 궁금했는데, 그녀는 그런 나의 표정을 금세 읽어내고는 덧붙였다.

— 별건 아니고, 연락이 잘 안 되셔서.

그 순간 나는 그녀가 내게 궁금해하고 있는 것이 무엇인지 전부 알아챌 수 있었어. 그리고 내게는 그 무언가를 감춰야 할 만한 이유가 전혀 없었지. 나는 그녀가 내게 묻는 모든 말에 성실히 답해주었다 — 맞습니다. 그들은 매우 바쁘신 분들입니다. 무슨 일을 하시냐고? 그건 저도 잘 모르지만. 어쨌든 그들은 매우 바쁘시고 돈을 법니다. 벌어 온 돈을 제게 줍니다. 그건 아주 많은 돈입니다. 돈을 많이 버는 그들은 아주 훌륭하신 분들입니다. 그들은 그들이 내게 준 돈이 떨어지는 순간을 정확히 알고 있습니다. 그러니까 몹시 철두철미하신 분들입니다. 그들은 그들이 내게 준 돈이 떨어져갈 무렵 집에 옵니다. 아주 효율적으로, 한 번씩 번갈아가며 말입니다. 그들은 내가 집을 비운 사이 집 안을 청소합니다. 그들은 호텔 방처럼 깨끗하게 집을 청소할 줄 압니다. 그들은 내가 집을 비운 사이 냉장고를 채워놓습니다. 그들은 호텔의 주방장들보다도 근사하게 요리를 할 줄 압니다. 그들은 내가 없는 사이 돈을 두고 갑니다. 저는 그 돈을 씁니다. 그건 아주 많은 돈이고 그러니까 선생님은 더 이상 저를 그렇게 불안한 눈빛으로 지켜보실 필요가 없습니다. 선생님이 찾고자 하시는 것은, 최소한, 제게는 없습니다—라고.

말을 마치자 그녀는 어딘가 넋이 나간 얼굴로 나의 입가를 바라보고 있었어. 그때 그녀는 마치 내가 무어라 말을 덧붙여주기만을 간절히 기다리고 있는 사람처럼 보였지. 어렵지 않으므로, 나는 그리했어.

—앞으로도 제 부모님과 연락이 되실 일은 없을 거예요.

그 말 뒤에 숨겨진 뜻이 있다면, 이런 거였어. 해야 할 말이 있다면 앞으로도, 지금처럼, 나를 불러 나와 대화하십시오. 그녀는 나의 속내를 전부 이해했다는 듯이, 두어 차례 고개를 끄덕이고는 나를 보내주었다. 그러나 그날 이후 그녀가 나를 따로 불러내는 일은 없었어. 어쩌면 그녀는 그 뒤로도 나의 비상 연락망을 연신 뒤적거리며, 여기저기에 연락을 취해보려는 시도를 했던 걸지도 모르겠어. 물론 그 연락이 어딘가에 가닿는 일 따위, 절대 일어날 수 없었을 테지만.

그러나 어떤 일들은 절대 일어날 수 없는 방식으로 일어난다. 방학이 끝나고 새 학기가 한창이던 초가을 무렵, 이름도 모르고 있던 한 아이가 급히 나를 찾았던 거야. 그 애는 담임선생님이 나를 부르고 있다고 했지. 가능한 한 빠르게, 교무실로 나를 데려오라는 부탁을 하셨다고 말이야. 나는 생각했어. 드디어 그 순간이 왔군. 불가능을 향한 그녀의 모든 시도가 드디어, 남김없이 좌절되었군. 나를 우회해 나에 대한 이야기를 나눌 수 있는 방법이란 없다는, 너무도 자명한 사실을 늦게서야 깨닫고, 드디어 내게로 왔군. 다른 누구도 아닌 나를, 그녀가 부르고 있군. 나는 어쩐지 가슴이 두근거리는 것을 느끼며 서둘러 교무실로 달려갔다. 내가 기다렸다는 듯 달려왔다는 사실을 숨기기 위해, 굳게 닫힌 교무실의 문 앞에서 흐트러진 옷매무새와 머리칼을 단정히 정리하기까지 했지. 모든 준비를 마치고 눈앞의 문을 밀어 열었을 땐, 그녀가 왜인지 새파랗게 질려버린 얼굴로 유선 전화기의 수화기를 꼭 말아 쥐고 있었어.

— 받아봐. 어서.

그녀는 그렇게 말했다. 덕분에 나는 영문도 모른 채 수화기를 집어 들었다. 그러곤 곧바로 들려온 수화기 너머의 목소리에, 순식간에 김이 새버렸지. 목소리의 주인은 나와 먼 친척 관계에 놓인 누군가인 듯했어. 그는 다짜고짜 이게 어찌 된 일이냐,라고 두 번이나 반복해 물었어. 격앙된 그의 목소리는 숨죽여 흐느끼고 있는 것 같기도, 남몰래 환호하고 있는 것 같기도 했지. 나는 그에게, 묻고 싶은 것이 있다면 그 일이 대체 무슨 일인지 설명부터 한 뒤에 묻는 게 어떻겠느냐고, 그보다 당신은 대체 누구냐고, 대체 나의 무엇이냐고, 별안간 신경질을 내고 싶은 기분이었지만, 실은 이미 그가 무슨 일에 대해 말하는 것인지 알고 있었어. 지난여름의 무덥던 어느 밤, 불운하게 일어난 교통사고로 나의 훌륭하신 아버지가 돌아가신 참이었으니까. 그의 장례가 치러지던 사흘간 나는 식장 근처에도 발을 들일 수 없었다. 어린 애들한테는 귀신이 붙기 쉽다는 이유로 말이야. 내가 본 것은 그의 관이 시뻘건 화염 속으로 천천히 빨려 들어가던 장면뿐이었지. 그런 일들이, 나와는 무관하다는 듯이 고요하고도 재빠르게, 나를 지나쳐 간 참이었다.

나는 말했다.

— 무슨 말씀을 하시는 건지 잘 모르겠습니다.

— 잘 모르겠다니, 그게 무슨 말이냐.

나는 말했다.

— 제게 정확히 무엇을 묻고 계신 건지를 잘 모르겠습니다.

— 네 아버지에게 무슨 일이 벌어졌냐는 말이야.

나는 말했다.

— 사고가 났다고 했습니다.

— 무슨 사고가?

— 교통사고가 났다고요.

— 그러니까 그게 무슨 소리냐는 말이야.

— 잘 모르겠습니다.

나는 말했어. 그러나 수화기 너머의 남자는 지칠 줄 모르는 앵무새처럼, 같은 말을 계속 반복하였지. 나는 그의 꾸준함에 완전히 질려버렸고, 결국 쏘아붙이듯 물었어.

— 저기, 대체 무슨 이야기를 하고 싶으신 건가요?

잠시 침묵을 유지하던 남자는, 얼마 뒤 내게 소리치듯 말했지.

— 왜 아무도 나를, 나만, 그곳에 부르지 않았느냐는 말이다.

반사적으로 수화기를 귀에서 떼어낸 나는, 긴 한숨을 쉬지 않을 수 없었고, 정말 마지막으로 말했어.

— 그럴 만한 이유가 있으셨겠지요.

나는 그의 대답도 듣지 않고 거칠게 수화기를 내려놓았다. 이후 잠시간 숨을 고르던 나는, 그제야 나의 어깨 위에 내내 누군가의 손이 올려져 있었음을 알게 되었어. 그건 물론 그녀의 손이었지. 나는 서서히 고개를 들어, 나를 내려다보던 그녀와 두 눈을 마주하였다. 그녀는 아무런 말이 없었지만, 나는 그녀가 나를 통해, 그녀가 줄곧 찾아 헤매고 있던 것을 기어이 발견해냈음을 짐작할 수 있었어. 예컨대 나의 문제. 나의 재앙. 내 입장에서 보자면, 그건 너무도 큰 착각일 뿐이었지만. 그럼에도 나는 그녀의 착각을 구태여 정정하려 들지는 않았다. 그때 내 앞에 서 있던 그녀의 기분이, 꽤 나쁘지 않은 듯 보였으니까.

나를 집으로 들이며 그녀가 내게 당부했던 것은 한 가지뿐이었다. 누구에게도 그녀와 나의 동거를 알리지 말 것. 불필요한 소문들이 그녀와 나, 둘 모두에게 끈질기게 달라붙게 될 것이 분명하므로. 나는 그녀의 말에 순순히 고개를 끄덕이면서도, 그녀가 소문 같은 것을 신경 쓰는 사람이었다는 사실에 적잖이 놀랐다. 그때 나는 티 나지 않게 시선을 내려 그녀의 아랫배를 곁눈질하고 있었는데, 안타깝게도 그녀는 더 이상 그녀가 그토록 싫어하는 소문으로부터 자유롭지 못할 듯 보였으므로. 그녀의 배는 이미 누구도 무시할 수 없을 만큼 부풀어 있었다. 전부터 그녀의 주위를 은은히 떠돌던 온갖 상스러운 내용의 소문들이, 그 무렵엔 활개를 치듯 더욱 활발히 아이들의 입에 오르내리고 있었다. 그리고 나는 그녀의 집에서 지내는 동안, 그 소문들이 악의적이긴 해도 아예 근거가 없는 이야기는 아니었을지 모르겠다는 짐작을 할 수 있게 되었다. 그녀의 곁에서 애인이라든가, 약혼자라든가, 남편이라든가, 하다못해 허물없이 지내는 친구의 흔적조차 발견되지 않았던 거야. 이러나저러나, 내가 상관할 바는 아닌 듯했지만.

나는 그녀의 뱃속에서 빵 반죽처럼 부풀어 오르고 있을 출처 모를 아이나, 그녀를 둘러싼 소문의 진위를 가려내는 일 따위엔 크게 관심이 없었다. 그럴 여력도 없었지. 그때 나는 그녀와의 생활에 익숙해지는 일에 온 신경을 쏟아붓고 있었다. 그러면서도 나는 내게 유쾌한 충격을 전해주던 낯섦들을, 쉽게 흘려보내지 않으려 부단히 노력하고 있었어. 예컨대 나는 누군가와 마주 보고 앉은 식탁에서, 도무지 넘어가지 않는 밥을 씹어 삼키는 일을 오랫동안 어려워했다. 그럼에도 나는 매일 아침저녁으로 그녀의 식탁에 앉아, 그녀와의 식사 시간을 오래도록 기다렸지. 또한 나는 누군가와 함께 누운 침대 위에서, 내 것이 아닌 뒤척임을 견뎌가며 잠에 드는 일을 오랫동안 어려워했다. 그래도 나는 매일 밤 그녀의 이불 속으로 기어 들어가, 그녀가 내 곁에 눕게 될 순간을 오래오래 손꼽아 기다렸지. 그때껏 볼 수 없었던 그녀의 화장기 없는 맨얼굴, 늦은 밤 학교를 나서다 우연히 마주친 그녀와 함께 걷는 귀갓길, 내 손으로 빨고 널던 두 명분의 빨랫감들. 그런 것들에 익숙해지는 날이 정말로 올까? 그 무렵 나는 그런 생각에 푹 빠져 있었어.

몇 차례 계절이 바뀐 뒤 어느 주말 아침, 나는 느지막이 눈을 뜨며 중얼거렸어. 이것은 내가 처음으로 가진 나의 것이다. 주위는 고요했고 그녀는 그 어느 때보다도 곤히 잠들어 있는 듯했지. 그녀는 진작 휴직계를 내고 매일 집에서 시간을 보내고 있었어. 그녀는 밤이 되면 허리 통증에 시달려 잠에 들지 못했어. 그녀는 종일 지친 얼굴로 화장실을 들락거렸고 혼자서는 오래 걷지 못했다. 그러나 그날만큼은 그녀도 세상 모른 채 깊은 잠에 빠져 있었어. 나는 그녀가 내뱉는 규칙적인 숨소리와 조용히 오르내리는 그녀의 둥근 배를 지켜보며, 다시 한번 중얼거렸다. 이것은 나의 것. 나만의 것. 이 모든 것이. 이 모든 평화가. 그리고 나는 나의 입에서 흘러나온 그 말들이, 어딘가 수상한 종류의 주문처럼 들린다고 문득 생각했다. 얼마 되지 않아 선생님은 부스스 눈을 떴다. 이윽고 나를 발견한 그녀의 입술이 천천히 벌어지기 시작했다. 나는 벌어진 그녀의 입으로부터 내가 그때껏 들어보지 못한, 전혀 낯선 이야기가 흘러나오는 상상을 하고 있었는데. 실제로 흘러나온 것은 한 차례의 긴 신음과, 그 뒤를 이은, 낮게 으르렁거리던 울음소리였어.

그날 저녁, 들것에 실려 응급차로 옮겨지던 동안에 그녀가 내게 했던 말을 기억해. 오지 마. 오지 말렴. 오지 말고 집에서 기다리고 있으렴. 그녀는 비 오듯 땀을 흘리면서도 연신 그런 말을 했다. 나는 한 톨의 고민도 없이 그녀의 말을 모조리 무시했어. 다행히 그녀는 내가 그녀의 곁에 앉아 있다는 사실을 전혀 눈치챌 수 없을 정도로 정신이 없어 보였지. 이후로는 엄청난 소음들. 사이렌이 울리고, 누군가 소리치고, 경적이 울리고, 누군가가 다시 소리치는 소음들. 그 소음의 한가운데에서 나는 오직 그녀의 얼굴과 짧게 경련하는 그녀의 부푼 배를 보고 있었는데, 병원에 가까워질수록 어쩐지 조금씩 속이 메스꺼워지는 것을 느꼈다. 어디에도 섣불리 시선을 고정할 수 없겠다는 기분을 느꼈다. 나는 내가 결코 발을 들여선 안 될 만한 곳을 향해 나아가고 있다는 불길한 예감이 들었고, 그러나 나와 그녀와 그녀의 아이를 실은 차는 더없이 쾌속하게 앞을 향해 달려 나가는 중이었다. 무언가 당도하고 있어. 나는 생각했다. 무언가 발돋움하고 있어. 무언가, 내가 아주 오랫동안 잊고 있던, 아주 멀리까지 떨어져 있던, 너무도 익숙하고, 너무나 잘 아는 그것이, 이 소음의 한가운데로, 나를 실은 차의 안으로, 기도하듯 꿇어앉은 나의 곁으로, 다가오고 있어. 거기까지 생각을 마치자, 나는 나의 두 무릎 사이에 황급히 고개를 처박을 수밖에 없었어. 두 손으로 나의 뒤통수를 단단히 감싸며. 어떤 주문을 외듯이, 조용히 읊조릴 수밖에 없었다. 오지 마. 오지 마. 오지 마…… 같은 순간, 보이지 않는 어딘가에서 내 것 아닌 목소리가 낮게 울리며 들려왔다. 오지 마. 오지 말렴. 오지 말고…… 기다리라는, 출처를 알 수 없는 목소리.

그래서 나는 귀를 틀어막았어. 나는 차라리 우리를 태운 차가 영영 멈추지 않기를 바랐어. 그러나 언제나와 같이 나의 바람은 좌절되었지. 차는 멈추었고, 문은 열렸고, 그녀에게로 모르는 사람들이 쏟아지듯 들이쳤어. 나는 여전히 나만의 어둠 속에 고개를 처박은 채로 서서히 깨달았다. 그것이 왔다. 너무 익숙한 그것이. 내가 아는 그것이 내게로, 기어이 돌아왔다. 누군가 나의 어깨를 흔들고 무어라고 내게 소리치기 시작했을 때, 나는 기도하듯, 또는 주문을 외듯, 사라져, 사라져, 사라지라고 몇 번이고 되뇌었는데, 끝내 마주친 그녀의 눈에서 나는 다시 한번 목도할 수밖에 없었다.

— 보아. 네가 왜 여기에 있니.

물어도 대답하지 않는 너.

그 뒤론 잘 기억나지 않아. 너와 그녀에게서 풍기던, 비릿하고 달큰한 냄새가 종종 벼락처럼 떠오를 뿐. 정신을 차리자 나는 이미 사람들의 손에 물건처럼 옮겨진 뒤였어. 그래서 나는 물건으로서의 본분을 다했다. 앉혀진 자리에 앉아 얌전히 숨을 죽였다. 내가 모르는 절차들에 따라 그녀가 병원 곳곳을 오가던 내내. 그런 내 곁에 슬며시 다가와 앉은 여자가 있었다. 그 여자의 얼굴을 보자마자 알 수 있었어. 바로 그 여자가 나의 선생님을 낳았으리라는 것을. 그 여자는 왼쪽 무릎으로 나의 오른쪽 허벅지를 툭 건드렸다. 그러곤 내게 가진 적의를 숨길 생각이 조금도 없다는 양, 큰 소리로 혀를 차며 물었다.

— 네가 그 애니?

나는 하나의 물건처럼, 아무런 고민 없이 고개를 주억거렸다. 맞습니다. 제가 바로 그 애입니다,라는 말은 속으로만 삼키며. 그러자 여자는 대놓고 짜증이 섞인 한숨을 내쉬며 다시 물었다.

— 집이 없니?

그 질문에 나는 입을 다물었다. 물건처럼 아무런 생각이 없던 내게도, 그 질문은 쉬이 답할 수 없는 것이었어. 나는 물건이기를 포기하면서까지 한참을 고민하였는데, 그러던 내가 무어라 대답을 하기도 전에 여자는 스스로 말을 이었다.

— 어쩌다 애비는 보내선.

나는 그 말이 내게 묻는 질문인지, 그 여자의 혼잣말인지 구분해낼 수 없었어. 그러나 물건이기를 포기한 나는 내 멋대로 판단하기를 택했다. 그리고 내 멋대로 그 여자의 말에 답을 해주었어.

— 늙으신 거겠지요.

— 뭐야?

— 늙어 가신 거겠지요.

— 뭐야?

— 때가 되셨던 거겠지요.

그 여자는 자리를 박차고 일어나 내게 삿대질을 하기 시작했어. 그러곤 몇 번인가 입을 벙긋거리며, 어떤 말을 하려다 말고, 다시 하려다 말기를 반복했는데. 나는 그 꼴을 더 보고 있기가 싫어 액체처럼, 너무나 묽어 너무나 멀리까지 흘러버리는 액체처럼 그 자리를 빠져나왔어.

그 복도의 코너를 돌며, 나는 보았던가? 반쯤 닫힌 병실 문 사이, 액체로 흐르는 나를 지켜보던 그녀의 두 눈. 시뻘건 두 눈. 혹은 너의, 그 눈.

나는 아무것도 보지 못한 것처럼, 아무것도 듣지 못한 것처럼, 아무 말도 하지 않은 것처럼 태연하게 그녀의 집으로 돌아갔다. 어디에도 가지 않은 것처럼, 처음부터 쭉, 그 집에서 기다리고 있던 것처럼. 나는 그녀의 식탁에서 홀로 밥을 먹었고 그녀의 욕실에서 홀로 몸을 씻었고 그녀의 침대 위에서 홀로 잠을 잤고 그녀에게선 연락이 오지 않았다. 나는 그 점에 관해 아무런 생각도 하지 않았고 월요일이 돌아오자 학생답게 학교에 갔다. 쉽고 간단한 일들을 쉽고 간단히 해치우려고.

아직 거기에 있겠지, 보아? 내가 하는 말을 듣고 있겠지? 나는 나의 선생님을 세번째 보아라고 부른 적 없어. 하지만 나는 에탄올 냄새가 은은히 감돌던 과학실에 들어선 적 있지. 깨끗한 가운을 차려입은 내 앞에 선물처럼 주어진, 반짝이던 철판 위의 그것. 내 쪽으로 두 다리를 활짝 벌린 채, 무방비하게 누워 있던 그것. 그것이라면.

이거라면 어떨까?

생각하던 나를, 몇 명의 아이들이 지켜보고 있었는지 이제는 알 수 없게 되었다. 내가 대여섯 명짜리 작은 조에 속하여 그것을 내려다보았던가? 혹은 커다란 칠판 앞 교탁에 서서, 한 학급의 대표로서 그것을 내려다보았던가? 둘 다 아니라면 그것이 오직 나만을 위한 일인용 양서류였나. 기억이 명확하지 않아. 나는 레몬 향 탈취제 향기가 짙던 흰 가운 속에 파묻힌 채, 그 가운의 넉넉한 주머니 속에 두 손을 푹 찔러 넣은 채, 얼어 죽기라도 한 듯 외상 없이 말끔하던 황소개구리의 뒤집힌 사체에 시선을 고정하고 있었지. 핏기 없이 창백한 배. 공중을 향해 3센티미터쯤 떠오른 팔과 다리. 앙다문 턱. 보이지 않는 눈. 반대로 뒤집는대도, 보이지 않을 눈. 닫힌 눈.

이거라면 충분하다.

나는 생각했다. 생각하며 철판 끝에 놓여 있던 메스 하나를 조심스레 집어 들었다. 그리고 누군가 내게 신호를 던져주기만을 기다리며, 주문처럼 되뇌었지. 이리로 와,라고. 그건 너에게 하는 말이었어. 보아. 너를 부르는 말이었어. 미운 아이처럼 말을 듣지 않는 너를, 살살 달래 꾀어보려는 속삭임이었어. 이리로 와. 나는 그 말을 전에 없이 또렷하게 발음했으므로, 내 곁의 누군가는 분명히 그 말을 들었을 테지. 그러나 그게 나와 대체 무슨 상관이지? 내게 영향을 미치는 것은 오로지 너뿐이야, 보아. 그러니까 이리로 와. 이리로 와.

—이리로 와.

나의 간절함이 닿았던 걸까? 아니면 내가 너를 다루는 데 너무 익숙해져 있던 걸까? 내가 세 번쯤 그 말을 입 밖으로 내뱉었을 때, 누군가 의아하다는 듯 모두에게 물었어. 잠깐. 저 개구리, 방금 몸을 한 번 떨지 않았어? 그때 나는 미소를 지었던가? 입꼬리를 당겨 올렸던가? 나는 그 말이 내가 기다려온 바로 그 신호라는 것을 알았고, 바로 그 순간에 네가, 나의 속삭임에 이끌렸음을 알았어. 그러나 뒤집힌 개구리의 눈은 질끈 감겨 있고 내게는 보이지 않지.

나는 손안에서 굴리고 있던 메스를 고쳐 쥐고, 그 개구리의 배에 있는 힘껏 꽂아 넣었어. 그러나 아무 소리도 들리지 않았다. 누군가 비명을 질렀는지 입이 크게 벌어졌어. 그러나 아무 소리도 들리지 않았다. 나는 개구리의 배에 박힌 칼날을 뽑아 들고, 다시 한번 같은 자리에 꽂아 넣으려는 시늉을 했어. 그러나 어느새 내 곁으로 다가온 과학 선생님은 부드러운 목소리로 내게 말해주었다.

— 살살. 살살 다뤄야지. 그런 식이면 아무것도 온전히 빼낼 수 없단다.

— 그렇군요.

나는 그의 지시에 따라 칼질을 이어나갔다. 얇은 피부막을 십자로 가르고, 갈라진 뱃가죽을 활짝 벌려 고정하고, 조그마한 내장들을 하나씩 잘라, 작은 핀셋으로 섬세하게 들어 올렸다. 작은 심장. 작은 폐와 간. 작은 위. 무언가로 가득 차 있는 위. 길고 긴 장. 그러나 아무 소리도 들리지 않았다. 그러나 아무것도 발견할 수 없었다. 낱낱이 흩어지고 있는 개구리를 내 어깨 너머로 바라보던 선생님께, 나는 끓어오르는 분노를 꾹꾹 눌러 담은 목소리로 말했다.

— 아무것도 없잖아요.

— 그게 무슨 소리니?

— 여길 봐. 텅 비어 있잖아요.

— 아냐.

— 머리통을 열겠어요.

— 그곳은 더더욱 비어 있단다.

— 머리통을 열겠어요.

— 아냐.

선생님은 나의 어깨를 돌려세우며, 다시 한번 아— 니— 야, 라고 말씀하셨다.

— 그게 전부란다. 네가 발견한 것이 그 개구리의 안에 든 모든 것이란다.

순간 참을 수 없는 짜증이 치밀었고, 나는 피투성이인 메스를 매끈한 철판 위로 부주의하게 집어 던졌다. 누군가 작게 비명을 내질렀다. 그 비명은 나의 실패를 모두에게 알리는 신호탄과도 같이 느껴졌다.

그러나 아무 소리도 들리지 않았다.

선생님은 보름이 지나서야 돌아왔어. 그녀의 품에 안긴 아이는 그녀의 뱃속에 있을 때와 크게 다름없는 인상을 하고 있었어. 그 애는 여전히, 덜 부푼 빵 반죽처럼 보였던 거야. 빵 반죽 같은 아이는 자주 울었다. 선생님은 자주 웃었다. 그리고 나에 대해서라면, 선생님은 아무것도 보지 못한 것처럼, 아무것도 듣지 못한 것처럼, 꼭 아무 데도 다녀오지 않은 것처럼 굴었어. 나는 어쩌면 그녀가 정말로 아무것도 보지 못하고, 아무것도 듣지 못하고, 아무 데도 다녀오지 않은 것일지도 모르겠다는 생각을 종종 하기도 했었지. 하지만 너는 여전히 그녀의 눈으로 나를 보고 있었어.

아이는 하루가 다르게 자라났다. 비명을 지르듯 울 줄만 알던 아이는 눈 깜짝할 사이에 말로 인식될 법한 소리를 낼 수 있게 되었다. 어느 날엔 선생님이 훌쩍 커버린 그 애를 품에 안고, 푹신한 의자에 앉아 있었지. 그녀는 물을 마시러 부엌으로 향하던 나를, 유독 더 따뜻한 눈빛으로 돌아보며, 아이에게 말했어.

—아가야. 언니, 해봐. 언니.

그 말에 나는 헛웃음을 치며 방으로 돌아갈 생각이었는데. 그때 그 애는 꼭 그 말을 알아듣기라도 한 것처럼, 내 얼굴을 똑바로 쳐다보았다. 순간 나는 그 애의 새까만 동공이 나의 온몸을 옭아매는 듯한 끔찍한 기분을 느꼈다. 심장이 불규칙하게 뛰었고, 입안에선 비릿한 악취가 자꾸만, 새로이 발생하는 듯했어.

그래서 나는 도망쳤어. 멀고 먼 길을 달렸어. 익숙하던 동네에 도착한 것은, 높이 떠 있던 해가 흔적도 없이 사라져버린 뒤의 일이었어. 나는 고작 몇 달 만에 낯설어진 현관문을 열며 긴 숨을 내쉬었다. 그러곤 무언가, 무언가 전부 잃어버린 기분으로, 무겁게 떨구어져 있던 고개를 들어 올렸는데, 그때 나는 열린 문 틈새로, 처음 보는 얼굴의 늙은 여자를 마주했던 거야. 나를 보고 주저앉는 처음 보는 얼굴의 늙은 여자. 덜덜 손을 떨며 고개를 떨구던 늙은 여자. 그 늙은 여자의 모든 몸짓으로부터, 펼쳐진 책처럼 명백하게 읽히던, 너무나 거대한 공포. 해일처럼 거대하고, 불가항력적인 공포. 그 공포는 늙은 여자가 다 늙기도 전에 그 여자를 죽일 수 있을 것처럼 보였다.

나는 그 불쌍한 여자의 앞에서 충분히 기다려주었어. 그 여자가 어련히 알아서 도망을 칠 때까지 말이야. 하나 그 여자는 앉은 자리에서 꿈쩍도 하지 않았고, 도리어 내게 말했어.

— 너 아주 멀쩡해 보이는구나.

그 말은 나를 상당히 당황스럽게 만들었지. 그건 정말이지 처음 들어보는 종류의 말이었기 때문이야. 나는 그 여자에게 묻고 싶은 것이 너무 많았는데, 예컨대 이런 것들이었다 — 정말입니까. 내가 멀쩡해 보입니까. 멀쩡하다는 것은 무엇입니까. 나의 어떤 점이 나를 멀쩡하게 만듭니까. 멀쩡한 나를 보며 당신은 왜 벌벌 떨고 있습니까. 나는 멀쩡하면 안 되는 겁니까. 사실 멀쩡하지 않은 것은 당신 아닙니까. 나는 멀쩡하고 당신은 멀쩡하지 않아서 벌벌 떨고 있는 게 아닙니까. 실제로 내 눈엔 당신이 그다지 멀쩡해 보이지 않습니다. 당신은 왜 멀쩡하지 못하게 되었습니까. 당신은 왜 나의 집에 주저앉아 있습니까. 당신 때문에 나의 집이 멀쩡해 보이지 않습니다. 멀쩡한 나에겐 멀쩡한 집이 필요합니다. 멀쩡하지 않은 집에선 멀쩡한 나 역시 멀쩡할 수 없게 되는 것이 당연하지 않습니까. 멀쩡한 나는 왜 점점 더 말이 많아지고 있는 겁니까. 왜 말을 멈출 수가 없게 되는 겁니까. 나는 계속해서 말을, 말을, 말을, 말을 하고 그러나 왜 아무도 내 말에 대답하지는 않는 겁니까. 당신은 나의 말에 대답할 수 있겠습니까. 역시 멀쩡하지 않은 당신에게는 무리일까요. 아아. 지겨워. 왜 모두가 내게 말을 걸고 그렇게 내가 나의 말을 멈출 수 없도록 하고 그러나 내가 입을 열면 대답하지는 않고 내가 무섭다는 듯 바라보기만 하고……

꼬리를 물고 이어지던 나의 생각을 멈춘 것은 나의 말이 아니었다. 다시 한번 그 여자의 말이었지.

— 하지만 나도 멀쩡하단다.

그 말에 나는 눈을 크게 뜨고, 손을 들어 나의 입을 급히 틀어막았어. 별안간 웃음이 터져 나올 것만 같아서.

— 방금 뭐라고……

— 너만큼 나도 멀쩡하단다. 너도 나만큼 멀쩡하구나. 우리 둘 다 멀쩡하구나. 꼭 아무 일도 일어나지 않은 것만 같

구나.

나는 더욱 세게 나의 입과 코를 틀어막았어. 크게 터져 나오는 웃음을 눌러 담느라 온몸이 몇 번이나 들썩거렸어. 가슴은 위태롭게 부푼 풍선처럼 펑 터져버릴 것만 같았고 여자는 그런 내게서 좀처럼 눈을 떼지 못했지. 늙어버린 눈으로 나를 길가의 행인처럼 무심하게, 그러나 몹시 흥미롭다는 듯이 내내, 구경하고 있었지.

나는 참아왔던 웃음을 터뜨리며 소리쳤다.

— 엄마!

여자의 얼굴이 순식간에 일그러졌다.

— 왜 그런 당연한 말을 하는 거야? 아무 일도 일어나지 않은 것 같은 게 당연하잖아. 왜냐하면 정말로 아무 일도 일어나지 않았으니까!

그 순간 여자의 등 뒤에 세워져 있던 커다란 거울이 번뜩였다. 그래서 나는 그 거울 앞으로 거침없이 발을 내디뎠다.

— 야. 나와봐. 나와서 말을 해봐. 내 말이 맞잖아. 나에겐 아무 일도 일어나지 않았잖아. 아무 일도 일어나지 않잖아. 나를 좀 봐. 아무것도 남지 않았잖아. 너조차 나에겐 아무것도 남겨두지 못했잖아. 네가 거쳐간 그 모든 여자들의 아주 작은 부분조차 지금의 나에겐 남아 있지 않잖아……

나는 두 손으로 거울을 쥐고 세차게 흔들었다. 그러나 아무 소리도 들리지 않았다. 아무 소리도 내지 않는 그 거울의 안쪽에서 슬그머니 뒷걸음질을 치는 여자가 보였다. 여자는 얼마간 나를 힐끔거리다 현관 앞에 나동그라져 있던 구두 한 켤레를 챙겨 나의 집에서 도망치듯 뛰쳐나갔다.

— 그래. 가버려. 다시는 돌아오지 마라. 영영 떠날 것처럼 굴다가 다시 돌아오는 짓 따위 할 생각도 마라.

이후, 나는 거실 바닥에 누워 아주 긴 잠을 잤다.

나는 그 여자가 떠난 뒤로도 한참을 그 집에서 살았어. 돈이 떨어져갈 때쯤이면 집 안의 물건들을 팔아넘겼어. 학교는 간간이 나갔다. 그곳에서 나는 잠을 자다 일어나 밥을 먹었고, 다시 잠을 자다 허리가 아파질 즈음 집으로 돌아왔다. 간신히 학교를 졸업하던 날엔 오로지 한 가지 사실만을 모두에게서 확인하려 들었지. 나에 대해 아는 것이 있는가? 누군가, 나를 아는 사람이 있는가? 그러자 나를 모르는 것이 분명해 보이는 아이들이 어색한 미소를 지으며 내게서 무수히 멀어져갔다. 그들은 내게 일어난 일에 대해, 나와 선생님의 관계에 대해, 그녀의 아이에 대해, 그 둘을 둘러싼 소문에 대해, 처음부터 아무것도 몰랐던 것처럼 굴고 있었다. 나는 그것으로 되었다고 생각했다. 전부, 괜찮다고 생각했어.

졸업식을 마치고 집으로 돌아오던 길엔 골목의 모퉁이에서 그녀를 보았다. 그녀는 벽 뒤에 숨어 몸의 반쯤만 내놓고 나를 훔쳐보고 있었다. 나는 내가 헛것을 보고 있으리라 생각했고, 때문에 그녀를 피해 반대쪽 골목으로 빠르게 몸을 틀었는데, 그럼에도 마지막으로 그녀의 표정을 살피지 않을 수 없었다. 그때 그녀의 표정 속엔 오로지 절망만이 있었어. 그녀는 무언가 크게 실패해버린 것만 같은, 상당히 절망적인 표정을 하고 있었어. 하지만 머지않아 그녀는 솜털보다도 가벼운 발걸음으로 뒤를 돌아 걸어갔어. 그때 그녀는 그 누구보다도 자유로워 보였어. 나는 그것으로 되었다고 생각했다.

졸업 후에는 곧장 먼 외지의 공장 부지로 들어갔다. 그곳에서 자고 일어나며 하라는 일을 하고, 돈을 벌었다. 더 머무를 수 없는 순간이 오면 다른 도시의, 비슷한 어딘가로 걸어 들어갔다. 잠을 자고 밥을 먹을 수 있도록 해주는 곳은 너무나도 많았다. 하라는 일을 문제없이 해내기만 한다면. 덕분에 나의 도망은 언제나 성공적이었다. 그리고 그 모든 도망은, 너로부터의 도망이라고 일축해 말할 수도 있겠지.

조금 더 머리가 크고 나서부터 나는 돈이 많고 날이 좋은 밤마다 가장 더러운 골목의 가장 시끄러운 술집을 찾아 들어가 진탕 술을 퍼마셨어. 네가 없는 곳에선, 뭐든 연거푸 서너 잔쯤 들이켜고 나면 아주 재미있는 기분이 될 수 있었지. 도시는 몹시 가벼운 진동에도 크게 흔들렸고 사람들은 춤을 추고 있다는 것을 들키지 않으려 걸음을 멈추지 않는 바보들처럼 보였어. 나는 그들을 보며 자주 이런 말을 했어.

또 다른 내가 춤을 추고 있네.

또 다른 내가 춤을 추고 있다.

또 다른 내가 어쩔 줄 모르고 오로지 춤을 추고 있네.

더러운 골목의 시끄러운 술집에서 사람들은 나의 말을 재미있다는 듯 들었어. 나의 말을 싸구려 음악처럼 흥쳐 들으며 오래도록 킬킬거렸어. 그러다 몇몇은 기꺼이 내 앞에서 춤을 춰 보이기도 했다. 서로를 부둥켜안은 채 비틀거리는 춤을. 그들이 바보 같은 춤을 추는 동안 술집 구석의 낡은 티브이에선 언제나 불운한 내용의 보도들이 싸구려 음악처럼 흘러나왔지. 바보 춤을 추던 사람 중 누군가는 나의 말과 건조한 음성의 보도를 싸구려 음악처럼 겹쳐 들으며 소리쳤어.

— 세상이 망해가고 있네!

그 말에 나는 따라 웃었어. 그때 나는 싸구려 뻥튀기를 안주 삼아 질겅질겅 씹고 있었어. 나는 그중 한 조각을 집어 그 사람의 가슴팍을 향해 던졌고 뒤이어 그를 삿대질하며 말했다. 아저씨. 뭐가 망해간다는 거야. 세상은 망할 수가 없는데. 세상은 없는데. 내가 태어나던 순간의 세상과 지금의 세상은 너무나 동일하게 없는 곳인데. 대체 무슨 소리를 하는 거야. 바보 춤을 추면서 바보 말까지 해버리는 거야. 도대체 세상이라는 게 뭐야. 그런 게 있기나 하다는 거야. 너는 세상에 살고 있다는 거냐. 알아들을 수가 없다. 내가 알아듣게 말해. 알아듣게 좀 말해라.

—좀 알아들을 수가 있게 말해보란 말이야!

얼마간의 소란이 이어졌고 나는 곧 더러운 짐짝처럼 술집 밖으로 무참히 내던져졌어. 나는 가로등에 등을 기대고 앉아 한참을 큰 소리로 웃었어. 깔깔, 깔깔, 하고 말이야.

그러나 아무 소리도 들리지 않았다.

나는 다리에 힘을 주고 일어나 엉덩이를 툭툭 털었어. 손안에는 마지막까지 내게 붙들려 있던 남자의 잿빛 머리털 몇 올과 싸구려 코트의 금장 단추와 그의 지갑과 휴대폰이 남아 있었어. 나는 그것들을 전리품처럼 주머니 속에 깊숙이 쑤셔 박았어.

그렇게 나는 다시 떠나고 있어. 보아. 주머니 속에 전리품을 가득 챙긴 채. 온 도시의 지하를 둥글게 돌고 도는 열차에 앉아 있어. 사람은 너무나 많고 앉을 자리는 단 한 칸도 없고 그래서 나는 그냥 더러운 바닥에 앉아 있지. 당당히 가

부좌를 틀고서. 보아, 이제는 너도 알겠지. 내가 어떤 이야기를 하게 될지 말이야. 내가 지금 어떤 장면을 목도하고 있는지 말이야.

내가 올라탄 열차는 밤의 바다처럼 검고 무시무시한 강 위를 지나고 있어. 내 눈앞으로 굳게 닫혀 있는 출입문에는 둥글게 모서리가 깎인 창이 두 개나 나 있고. 그러나 나는 검은 강을 보지 않고 있다. 보지 못하고 있다. 그 창을 막아선 여자가 나의 온 시선을 앗아가고 있다. 나는 이 여자의 정체를 알아버릴 것만 같아.

열차가 암흑 속으로 빨려 들어간다. 열차가 암흑 밖으로 밀려 나온다. 열차가 짙은 잿빛의 광선 속으로 빨려 들어간다. 사람들이 움직인다. 여자는 핸드백을 고쳐 메고 출입문 앞에 바짝 다가선다. 여자의 앞으로 표정 없는 사람들의 얼굴이 무수히 지나치고, 열차가, 서서히, 멈춰 서네.

녹음된 음성이 온 역사에 울려 퍼진다. 굉음을 내며 열차의 문들이 일제히 벌어진다. 여자는 쏟아지는 사람들 사이에서 잠시 멈추었다가, 한산해진 역사 안으로 발을 들여놓는다. 그런데 나는 왜 이 여자가 어디로 가게 될지 알 것만 같을까.

쏟아져 들어온 사람들이 새로이 나를 의식한다. 불쾌한 표정을 짓고, 그 표정을 지우고, 잿빛 벽을 향해 난 창을 멍하니 들여다본다. 녹음된 음성이 온 역사에 울려 퍼지고, 열차의 문이, 서서히, 닫히는데. 나는 문득, 멀어져가는 여자의 뒤를 따라 달려 나가. 여자의 어깨를 낚아채 그녀를 멈춰 세워. 여자가 나를 보아.

나는 이 얼굴을 알고 있는 것 같아.

그러나 나는 여자에게 알은체하지 못한다. 그건 내가 너무 많은 일을 겪었기 때문이야. 나는 여자에게 알은체를 하는 대신 묻는다.

— 혹시 저를 아세요?

여자는 두어 번 눈을 깜빡인다. 여자의 눈이 내 온몸을 천천히 훑어 내린다. 나는 목덜미가 뜨거워지는 것을 느끼며 어깨를 주무른다. 여자가 나와 눈을 맞춘다. 여자가 웃는다. 비열한 웃음이다.

아, 나는 이 웃음의 의미를 알아버린 것 같아.

너구나.

말하자 너는 입가에서 미소를 지운다.

정말로 너구나.

말하자 너는 나에게서 한 발짝 물러난다.

그러자 나는 비로소 네가 보인다. 네 모든 것이 보인다. 너는 너무나도 너처럼 생겼구나. 온통 나를 비켜난 방식으로 생겨버렸구나. 이렇게 자라났구나.

나는 네게 묻고 싶었던 것이 아주 많았다. 그러나 너를 보자마자 모든 것을 잊어버린다. 나는 네게 손을 뻗지도 않는다. 나는 두 손을 허벅지 옆으로 차분히 내린 채 네게 말한다.

너에게 염치란 게 있다면.

말하자 너는 나를 바라본다.

딱 한 번만.

말하자 너는 귀를 기울인다.

딱 한 번만 나를 안아봐.

너는 귀를 닫는다.

나를 안아.

눈을 감는다.

한 번만.

몸을 지운다.

한 번만 안아줘.

그러나 아무 소리도 들리지 않는다.

차갑게 경멸하는 눈빛만이 오래 남아 사라지지 않는다.

이윽고 사라진다.

나는 네가 사라진 곳에서 셋을 센다. 하나, 둘, 셋. 뒤를 돌자 새로운 열차가 빨려 들어오고 있네. 굉음과 함께 문이 열리고 나는 그 안에 올라탄다. 사람이 많고 열차는 흔들리고 창이 난 문들은 일제히 닫힌다. 나는 빈자리를 찾아 그곳에 앉는다. 문득 뒤적여본 주머니는, 어느새 비어 있다. 이윽고 소리가 들려온다. 너무 많은 소리가 들려온다. 시끄럽고. 귀가 터질 것 같아.

너무 많은 비밀을 알아버린 것 같아.

백야의 문은
얼어붙지
않으며

1

어딘가 얼어붙고 있다면 어딘가 잿더미이다.
실온의 물이 오래 기피되어왔다.

2

옷을 벗고 나체가 되어야 한다. 곱게 간 얼음을 쏟아부어야 한다. 페이스트리처럼 쌓아 올린 옷더미에 질식해야 한다. 손이 닿는 곳마다 새빨간 불을 지르라.

3

세계는 총체적으로 뜨거워지고 있다.

다시는 식지 않을 것이다.
다다르고, 멈출 것이다.

4

언 손을 비비지 않아도 좋을 것이다.

5

얀은 북쪽에서 북쪽으로 향하는 열차에 있었다. 열차는 두 번의 밤과 세 번의 아침을 차례차례 통과하고 있었다. 곧 다시 두 번의 밤과 두 번의 아침이 도래할 예정이었다. 차창 밖으로 내리는 눈은 종종 비가 되었고 비는 종종 우박이 되었다. 우박은 얼마간 맹렬히 쏟아지다 금세 잦아들었다. 무엇이 내리건 말건 열차는 내내 몹시 심하게 덜컹거렸다.

얀은 침대칸의 2인용 객실에 홀로 머물렀다. 두 배에 가까운 금액을 지불해 2인실을 예약했던 것은 1인실이 너무나 비좁다는 이유에서였다. 그녀답지 않은 사치였고 그럴 작정으로 올라탄 열차였다. 지난 5년간 얀은 쉬지 않고 일했으며 거의 소비하지 않았다. 달리 쓸 곳이 없어 돈은 언제까지나 모이고만 있었다. 그 덕에 얀은 그녀의 한 달 치 수입을 조금 웃도는 돈을 내고 극지의 호수로 향하는 신설 열차의 왕복 티켓을 결제할 수 있었다. 보름간의 여행이 끝난 뒤엔 다시 평소의 생활로 돌아갈 것이었다. 지불한 돈은 금세 다시 모일 것이었다. 아무 일도 없었다는 듯이. 그리고 얀은 다시는 그녀의 일터를 떠나지 않을 것이었다. 그러리라는 생각이 두 번의 밤과 세 번의 아침을 통해 차츰 공고해졌다. 그녀는 자신이 새로움과 낯섦을 전혀 즐기지 못하는 타입이라는 것을 깨닫고 있었다. 혹은 새로움을, 낯섦을, 좀처럼 발견하지 못하는 타입이거나.

그럼에도 얀은 수년 만의 휴가를, 아마 처음이자 마지막이 될 그녀의 여행을, 최선을 다해 만끽해보려 노력했다. 차창을 통해 샛노란 빛이 환히 쏟아져 들어오는 아침이면 피곤한 기색 없이 반짝 눈을 떴다. 깨끗한 향기가 나는 흰 이불을 접어 정리하고, 벽면에 설치된 접이식 2층 침대에서 훌쩍 내려와, 객실 내의 욕실에서 따뜻한 물로 오랫동안 샤워를 했다. 객실을 나와서는 침대칸의 복도를 몹시 가벼운 발걸음으로 천천히 걸어 지나쳤고, 더욱 가벼워진 걸음으로 텅 빈 라운지를 지났다. 식당 칸에 다다르면 단 한 명의 승무원이 부드러운 미소를 지으며 얀을 반겨주었다. 그곳에서 얀은 아침으로 말린 사과와 시나몬 향이 나는 그래놀라를 얹은 팬케이크를 먹었다. 후식으로 나오는 따뜻한 블랙커피와 한 스쿱의 바닐라아이스크림도 차근차근히 해치웠다. 배가 차면 식당 칸을 나와 다시 걸었다. 그러고는 마침내 도착한, 좌우의 벽면과 천장이 모두 유리창으로 이루어진 파노라마 칸에 자리를 잡고 편히 앉았다. 푹신한 등받이에 몸을 기댄 채 시원하게 트인 창으로 바깥 풍경을 가만히 지켜보며 얀은 아무런 생각도 하지 않았다. 아무것도 하지 않았다. 그래도 괜찮았다. 5월 초 비수기의 열차는 어디나 한적하고 고요했으며, 차창 밖으로는 녹색 초원과 자작나무 숲과 눈 덮인 언덕들만이 느릿하게 다가오다 빠르게 물러나기를 반복했다. 열차의 승무원들은 구석진 공간에 몸을 숨긴 채 낮이고 밤이고 틈만 나면 도둑잠을 잤다. 얀은 그들을 깨우지 않았다. 누구도 깨울 수 없는 작은 발소리만 내며 열차 안을 걷거나, 걷지 않거나, 무언가를 먹거나, 마시거나, 아무 생각도 하지 않는 시간을 가졌다.

그런 일들이 아침, 점심, 저녁으로 되풀이되었다. 날이 조금씩 길어지고 있었다.

## 6

그날 오후 얀은 입이 델 만큼 뜨거운 치킨파이와 꽁꽁 언 초콜릿케이크로 점심 식사를 마친 참이었다. 평소보다 과식을 한 탓에 졸음이 쏟아지고 있었고, 양치를 한 뒤 긴 낮잠을 잘 작정으로 객실로 돌아가고 있었다. 그녀는 감기는 눈을 힘겹게 떠 올리며 침대칸의 슬라이딩 도어를 밀어 열었다. 그러곤 복도를 따라 늘어선 일곱 개의 문 중 앞에서 두 번째로 자리한 방문을 익숙하게 당겨 열었다. 잠기지 않은 문이 부드럽게 열렸고, 얀은 그 객실 안에 완전히 들어선 뒤에야 자신이 무언가 착각했음을 알아차렸다. 그곳은 얀의 객실이 아니었다. 누군가 그 안에 있었다. 얀과 비슷한 나이대로 보이는 여자 두 명이, 그들의 방에 불쑥 들어선 얀의 얼굴을, 어리둥절하게 바라보고 있었다.

얀은 자신이 그들을 관찰하고 있다는 자각도 없이 그들을 얼마간 번갈아 쳐다보았다. 동양인으로 보이는 여자는 2층 침대의 난간에 위태롭게 매달린 채 바닥을 향해 거꾸로 몸을 늘어뜨리고 있었는데, 목까지 흘러내린 티셔츠 위로 살구색 브래지어가 반쯤 드러나 있었다. 짙은 라즈베리 빛으로 물들인 그녀의 단발머리는 빗자루처럼 푸석거렸다. 나머지 한 사람은 1층 침대에 걸터앉아 사과를 깎고 있었다. 그녀는 거의 오렌지색에 가까운 적갈색 머리칼을 가슴까지 기른 채였으며 깊고 어두운 녹색 눈을 가지고 있었다. 얼마 뒤 얀은 자신이 그들을 너무 오래 바라보고 있었다는 생각에 놀라 한 걸음 뒤로 물러났다. 그 순간 사과를 깎던 쪽이 매달려 있던 쪽의 티셔츠를 아래로 거칠게 잡아당겼다. 매달려 있던 쪽은 사과를 깎던 쪽의 손길에 맥없이 끌려 내려오다 이내 쿵 소리를 내며 바닥으로 고꾸라졌다. 머리부터였다. 놀란 얀은 사과를 깎던 여자를 쳐다보았고, 고꾸라진 여자는 거의 반으로 접힌 몸을 버둥거리며 소리쳤다.

— 아프잖아!

사과를 깎던 여자는 작게 웃음을 터뜨리며 고꾸라진 여자를 일으켜 세웠다. 그러곤 여전히 문 앞에 서 있던 얀에게 도리어 미안해요,라고 사과를 해왔다. 얀은 자신이 무엇에 대한 사과를 받고 있는 것인지 알 수 없었다.

— 죄송하지만 언제부터 여기에 계셨죠?

얼마 뒤 떠오른 의문에 얀이 물었다.

— 처음부터요.

사과를 깎던 쪽이 대답했다.

처음부터라고. 얀은 그들의 객실을 천천히 빠져나오며 몰래 중얼거렸다. 얀은 그들의 바로 옆 객실에 묵고 있었다. 그때껏 얀은 그들을 한 번도 마주치지 못했으며 벽 너머로 들려오는 말소리나 소음도 들어본 적이 없었다. 놀라우리만큼 기척이 없는 여자들이군. 얀은 무심히 생각했다.

## 7

— 놀라우리만큼 기척이 없는 여자야.

체이가 말했다. 시나는 대답 없이 고개를 끄덕이며 사과를 마저 깎았다.

## 8

얀이 그들을 다시 마주한 것은 열차가 세 시간가량을 멈춰 서 있는 첫번째 정차역에서였다. 얀은 열차 내에서 제공하는 비슷비슷한 식사와 간식에 서서히 질려가고 있었으므로 간단히 먹을 만한 것을 사러 플랫폼 위의 매점으로 향했다. 그녀가 매점의 새파란 차양 아래서 초콜릿잼과 사과

한 봉지를 막 결제했을 때, 열려 있던 열차의 문에서 그들이 뛰쳐나왔다. 그들은 기다렸다는 듯 플랫폼 위를 전속력으로 달렸다. 긴 타원을 그리며, 플랫폼의 끝과 끝을 몇 번이고 오갔다. 한 사람이 다른 한 사람을 앞질러 달리면 뒤처진 사람이 마치 술래잡기를 하듯 한달음에 상대방을 따라잡았고, 곧 둘은 플랫폼의 난간을 잡고 숨을 고르며 함께 웃음을 터뜨렸다. 그들은 두 팔을 아주 크게 벌리며 깊은숨을 들이켰다. 벌린 두 팔을 다시 가슴 앞으로 천천히 모으며 더욱 깊어진 숨을 내쉬었다. 얀은 그런 그들을 지켜보며 자신도 모르게, 몇 번인가 함께 숨을 들이쉬고 내쉬었다. 그들이 다시 달리기 시작한 뒤에야 얀은 정신을 차리고 자신의 잼과 사과를 챙겨 들었다.

5월이 되었다지만 날은 여전히 서늘했다. 얀에겐 익숙한 날씨였다. 얀은 차게 식은 플랫폼의 바닥에 주저앉아 차게 식은 난간에 등을 기대었다. 그들과 최대한 멀리 떨어진 곳에 자리를 잡고 앉은 것이었다. 얀은 열차가 다시 출발하기 전까지는 객실로 돌아갈 생각이 없었다. 사흘을 내리 열차 안에서 지냈으므로 꽤 답답했던 탓이었다. 세 시간이라면 밖으로 나가 버스를 타거나 가까운 곳으로 걸어가 짧은 관광을 할 수도 있는 시간이었지만 별로 그러고 싶지 않았다. 얀에게는 오직 호수를 보아야 한다는 생각뿐이었다. 초여름까지도 단단히 얼어 있다는 그 호수를 보는 것만이 여행의 목적이었다. 다른 것은 아무래도 좋았다. 얀은 두 무릎을 가슴 가까이로 당겨 안은 채 여섯 조각으로 잘린 사과를 하나씩 집어 들어 초콜릿잼에 푹푹 찍어 먹었다. 매점 옆 가판대에서 골라 온 낡은 잡지 하나를 펼쳐 들고는 마지막 장에 실린 십자말풀이를 연필도 없이 머릿속으로 풀었다. 그러나 어쩐지 머릿속이 안개가 낀 듯 부옜으므로 얀은 결국 문제의 반도 풀어내지 못한 채 잡지를 내려놓아야 했다. 귀에 익은 목소리가 들려온 것은 그때였다.

—사과라면 저희 방에도 잔뜩 있어요.

—네?

얀은 거의 반사적으로 대꾸한 뒤에야 서서히 고개를 들어 올려 앞을 살폈다. 말을 걸어온 이는 잘못 들어선 객실에서 사과를 깎고 있던 바로 그 여자였다. 라즈베리색 머리를 한 여자는 그녀의 뒤에서 반쯤 몸을 숨긴 채 말없이 얀의 초콜릿잼 통을 내려다보고 있었다.

—달라고 하면 드렸을 텐데요.

—아.

얀은 그제야 여자의 말을 이해할 수 있었다. 그래서 얀은 괜찮습니다, 저에게도 돈은 있으니까요,라고 대답할 참이었다. 그러나 얀이 얼마 뒤 내뱉은 말은 그런 것이 아니었다. 얀은 자신의 초콜릿잼을 슬며시 들어 보이며, 드시겠습니까,라고 그들에게 물었다. 라즈베리색 머리의 여자가 너무나 오랫동안 그것을 끈질기게 쳐다보고 있었기 때문이다. 얀은 초록 눈의 여자가 자신의 선의를 적당히 거절해줄 것이라 믿었지만 여자는 놀랍게도 단번에 고개를 끄덕이며 정말 그래도 되나요, 하고 되물어왔다. 얀은 얼떨결에 고개를 끄덕이며 그들에게 그것을 건네주었다. 그들은 거리낌 없이 그녀가 건네준 잼 통을 받아 들고는 얀의 오른편에 나란히 앉았다. 때문에 얀은 그들에게 자신의 사과도 두어 조각씩 내주어야 했다. 그들은 연신 고맙다고 인사하며 그것을 잘도 받아먹었다. 달고 진득한 초콜릿잼도 양껏 찍어가면서 말이다.

열차가 다시 움직이기 전까지 세 사람은 사과 세 알과 초콜릿잼 반 통을 먹어치웠다. 그 사이 셋은 이따금 대화를 하기도 했으나 대체로는 침묵했다. 두어 마디의 짧은 말을 주고받은 뒤엔 약속이라도 한 듯 모두 함께 한참 동안 입을 다물어버린 탓이었다. 그럼에도 알아낸 것이 있었다. 얀은 초록 눈의 여자, 그러니까 사과를 깎던 여자의 이름이 시나였으며 2층 침대에 매달려 있던 여자의 이름은 체이였음을 알게 되었다. 얀은 그들의 식사 시간이 자신의 식사 시간보다 짧게는 한 시간에서 길게는 두 시간 정도 늦다는 것을 알게 되었고, 그들이 식사를 한 뒤 곧장 객실로 돌아가곤 한다는 사실도 알게 되었다. 그들이 객실로 돌아갔을 즈음 얀은 열차 앞쪽의 파노라마 칸에 눕듯이 앉아 멍을 때리고 있었을 것이다. 마주치려야 마주칠 수가 없는 동선이었다.

얀은 그들의 늦은 식사 시간이 그들이 줄곧 해온 일에서 비롯된 습관이라는 것도 알게 되었는데, 그들이 음식을 팔거나 술을 팔거나 두 가지를 모두 파는 곳에서 내내 일을 해왔다고 그녀에게 말해주었기 때문이다. 그러니까 그런 곳이라면 어디든 가리지 않고 일을 해왔다는 것이었다. 별다른 이유는 없었고 그런 곳에선 적어도 밥을 주니까,라고 그들은 말했다. 확실히 밥은 중요하지. 얀은 티 나지 않게 고개를 끄덕이며 생각했다. 그들은 사람들이 붐비는 식사 시간이 지난 뒤에야 늦은 끼니를 챙길 수 있었을 것이다. 그런 일이 오래 반복되어서 이제는 몹시 자연스러운 일이 되어버렸을 것이다. 그러니까 앞으로도 얀과 체이와 시나가 함께 식당 칸에 둘러앉아 식사를 하게 될 일은 없을 것이다. 그런 생각을 하며 얀은 조금 안도했다.

체이와 시나가 띄엄띄엄 그들의 이야기를 하는 동안 얀은 자신에 대한 이야기라고는 한마디도 하지 않았다. 그들이 묻지 않았으므로 그럴 수 있었다. 반면 얀은 종종 그들에게 무언가를 물었다. 대개는 대답을 들어도 그만 안 들어도 그만인 잡다한 것들에 대해서였다. 별로 궁금하지 않은 것들에 대해서였다. 그러니까 얀이 그들에게, 당신들도 호수를 보러 갑니까,라고 물었던 것은, 그 열차에 타는 사람이라면 거의 백 퍼센트의 확률로 그렇다고 대답할 만한 질문이기 때문이었다. 그들이 예매한 열차는 이동보다는 관광에 목적을 둔 것이었으나, 얼음 호수를 근처에 둔 종착역을 제외한 나머지 정차역들은 대부분 허허벌판에 덩그러니 지어져 있었다. 얼어붙은 회색 벌판을 보기 위해 그 사치스러운 열차에 올라타는 정신 나간 이가 있을 리 없었다. 열차에 탄 이라면 누구든 종착지에 다다를 순간만을 기다릴 것이었다. 당연한 일이었다. 그러나 체이와 시나는, 놀랍게도, 그렇지 않다는 대답을 해왔다. 그들은 열차를 타기 위해 열차를 탔을 뿐이라는 것이었다.

—잘 이해가 가지 않네요.

잠시 뜸을 들이던 얀이 말하자 시나는 몇 해 전 그들이 보았던 영화에 대해 간략히 설명해주었다. 그들이 일을 마치고 집에 돌아온 어느 저녁, 무심코 켠 티브이 속에서 영화 하나가 방영되고 있었는데, 이미 앞 내용은 훌쩍 흘러가버린 뒤였다. 그럼에도 그들은 그 영화를 매우 집중해서 보았다. 영화 속의 두 주인공은 대륙을 가로지르는 횡단 열차 안에서 끊임없이 무언가를 먹고 마시며 시시콜콜한 대화를 나누었다. 그러다 해가 지고 열차의 조명이 꺼지면 각자의 객실로 돌아가 잠을 잤으며, 해가 뜨면 다시 만나 무언가를 먹고 마시고 하나 마나 한 이야기를 하고 재미없는 농담들을 주고받았다. 그런 장면들이 두 시간 내내 지루하게 이어졌다. 체이와 시나는 영화가 끝나기 전에 잠이 들어버렸고, 그 인물들이 어디로 향하고 있었는지, 어딘가에 도착한 뒤로는 무슨 일이 있었는지는 영영 알 수 없게 되었다. 빈 감자칩 봉지가 굴러다니는 소파 위에서 일어나던 순간, 그 영화의 제목을 깨끗이 잊어버렸던 것이다. 두 사람 모두가 말이다.

— 그런데도 바로 저거야,라는 생각이 들었어요. 침대가 있고 식당이 있고 아주 오랫동안 달리는 열차를 타겠어. 그런 생각.

시나가 입안에 남은 사과를 느릿느릿 씹어 삼키며 말했다.

그들은 그날 이후 곧장 열차 여행을 위한 경비를 모으기로 마음먹었다고 했다. 그들은 우선 아침을 거르기 시작했는데, 그들의 일터에서 제공되던 점심과 저녁을 제외하고 그들이 직접 돈을 들여 사 먹어야 하는 끼니가 아침뿐이기 때문이었다. 4박 5일간 운행되는 열차의 왕복 티켓값은 파트타임을 전전하던 그들에겐 매우 고가로 느껴졌으나 모으고자 하는 의지를 가진다면 충분히 모을 수도 있는 수준의 금액이었다. 그런데 어쩐 일인지 그 돈이 다 모여갈 즈음마다 크고 작은 문제가 생겨 한꺼번에 큰돈을 지불해야만 했다. 그리하여 그들은 꼬박 3년 동안 아침을 굶게 되었고 꼬박 3년이 지나서야 여행을 떠날 수 있게 되었다. 그게 바로 나흘 전의 일이었다. 그들은 그들의 일을 전부 내팽개친 채 홀가분한 기분으로 열차에 올라탔다. 일자리라면 여행이 끝난 뒤 새로 찾으면 될 것이라고 그들은 아무렇지 않게 이야기했다. 음식을 팔고 술을 파는 곳이라면 얼마든지 있고, 그 중 대부분이 매장에서 밤낮으로 일해줄 직원을 상시 모집하고 있다는 것이었다.

— 얀은 호수를 보러 가고 있나요?

줄곧 입을 다물고 있던 체이가 시나의 어깨 너머로 조그맣게 물어왔을 때, 얀은 고민 없이 그렇노라고 대답했다. 순간 얀은 자신도 자신의 여행에 대해, 그 계기에 대해, 조금이나마 말을 덧붙여야 하는 것이 아닐까 생각했지만 이내 그만두었다. 얀은 별로 할 말이 없었고 하고 싶은 말도 없었다. 체이는 내내 궁금하다는 듯 얀을 쳐다보고 있었지만, 얀은 그런 그녀의 눈길을 가볍게 무시한 채 텅 빈 플랫폼을 몇 번이고 둘러보았다. 오가는 사람은 없었고 플랫폼 밖의 벌판에서 무리를 진 새들만이 일제히 날아올랐다 내려앉기를 반복하고 있었다. 얼마 뒤 체이는 작게 숨을 들이켜며 무어라 운을 떼려는 듯한 자세를 취했는데, 때맞춰 열차의 출발을 알리는 안내 방송이 들려왔다.

세 사람은 별다른 인사 없이 자리에서 일어났다. 그러고는 말끔히 정비를 마친 열차의 내부로, 각자의 객실로, 조용히 돌아갔다. 두 개의 문이 잠기는 소리가 동시에 복도를 울렸다.

## 9

—종종 네가 뱀파이어처럼 느껴질 때가 있지.

얀의 동료 J는 말했다. 그들은 숙소의 카페테리아에서 함께 조식을 먹고 있었다. 스키 시즌이 본격적으로 시작되기 직전인 10월이었다. J는 지난해 5월, 시즌이 끝나고 다른 이들처럼 고향으로 돌아가 여름을 보낸 뒤 숙소로 돌아온 참이었다. 그동안 얀은 내내 그곳에 남아 있었다. 돌아가고 싶은 곳이 없기 때문이었다. 얀은 6, 7월에 개최되는 짧은 여름 시즌에도 그곳에서 일을 했다. 여름 시즌마저 끝이 나고 2백여 개의 슬로프에서 감쪽같이 눈이 녹아버리고 나면 외부의 야생 지역으로 자원을 나가 구조 팀으로 일했다. 10월이 되면 다시 스키 리조트의 숙소로 돌아왔다. 매해 반복되어온 일이었다.

— 무슨 뜻이야?

얀은 이미 식어버린 오믈렛을 포크 끝으로 뒤적거리며 물었다.

— 한결같다는 말이야. 외형적으로 말이야. 변함이 없달까. 내면은 내가 알 거 없고.

— 내가 좀처럼 늙지 않는다는 말로 들리는데. 그런 거라면 고맙다고 대답할게.

얀의 대답에 그녀는 작게 실소를 터뜨렸다. 그러곤 얀의 어깨를 가볍게 흔들며, 그게 아니야,라고 속삭였다.

— 넌 이곳을 좀 떠나야 할 필요가 있어. 농담이 아니야. 얼굴이 밀가루 반죽처럼 새하얗다고. 그리고…… 몸도.

J가 얀의 몸을 위아래로 천천히 훑어 내리는 탓에 얀은 불쾌하다는 듯 포크를 내려놓았다. 그러나 J는 그런 얀의 반응을 조금도 신경 쓰지 않는 듯 보였다.

— 더운 곳으로 가보는 건 어때? 적도에 가까운 곳으로. 남쪽의 바다라든가. 태닝도 좀 하고. 서퍼들처럼 말이야.

— 관심 없어.

짧게 말을 마친 얀은 남아 있던 오믈렛과 소시지 한 조각을 입안에 모조리 털어 넣은 뒤 물과 함께 삼켜버렸다. J가 어깨를 으쓱이며 그러든가,라고 중얼거렸다. 얀은 J를 남겨둔 채 카페테리아를 빠져나왔다. 등 뒤에서 J가 무어라 말을 덧붙이는 소리가 들렸지만 무시했다.

얀은 그로부터 반년이 지나서야 J의 제안을 진지하게 고민해보기 시작했다. 그해 봄은 유독 기온이 높았다. 5월까지 이어지는 긴 스키 시즌을 주력으로 삼아 홍보를 해온 리조트였지만 그해엔 별수 없이 4월 말에 급히 시즌을 마무리했다. 동료들 사이에선 5월 한 달간 긴 정비 시간을 가진 뒤 6월 중순쯤에야 늦은 여름 시즌이 개최될 것이라는 소식이 들려왔다. 얀은 그들이 하나둘 떠나가던 숙소에 남아 앞으로 대체 무엇을 할 것인지, 어디에서 지낼 것인지를 서둘러 결정해야 했다. 여름 시즌이 열리기까지는 한 달 남짓한 시간이 남아 있었고 야생 구조 팀에서는 7월 말이 되어서야 지원자를 받기 시작할 것이었다. 수백 개의 흰 슬로프가 어지러이 얽혀 있던 거대한 두 개의 산은 이미 밝은 녹색으로 변해 있었다. 몇몇 봉우리의 만년빙만이 겨우 상태를 유지했으며, 이외의 산맥들에선 기회를 놓치지 않고 찾아온 목장주들이 젖소와 양을 풀어놓은 채 갓 자란 잔디를 먹이고 있었다. 지루해 견딜 수 없는 풍경이었다. 자연스레 얀은

J가 했던 말을 떠올리게 되었다. 확실히 이곳을 떠나볼 필요도 있겠지,라고 생각하게 되었다. 그러나 어디로? 그 답이 좀처럼 떠오르지 않았다.

얀은 남쪽 바다 따위로는 죽어도 갈 생각이 없었다. 얀은 뜨겁게 달아오른 땅과 그 위로 징그럽게 피어오르는 아지랑이와 더위에 들뜬 사람들과 그들의 꾸며진 친절을 좋아하지 않았다. 얀은 추위에 움츠러든 사람들을 좋아했다. 얼어붙은 입으로 해야 할 말만 짤막하게 주고받는 이들을 좋아했다. 그들의 희고 깨끗한 입김을 좋아했다. 겨울의 간결함을 사랑했다. 그렇기에 얀은 전 세계에서 가장 긴 시즌을 가진 스키 리조트에서 일했다. 그러나 그해엔 5월이 채 오기도 전에 눈이 녹고 있었다. 얀은 그 점이 몹시 마음에 들지 않았다.

얀은 언젠가 J가 했던 또 다른 말을 기억해냈다. 여기서 조금만 더 위로 올라가면 거의 한 해 내내 꽁꽁 얼어 있는 호수를 볼 수 있다지. 대체 거길 왜 가는지 몰라. 그때 얀은 J의 말을 한 귀로 흘려듣고 있었다. 그런 곳이라면 갈 만하지 않나, 생각하고 있었다. 그 기억을 얼마간 곱씹던 얀은 문득 남쪽의 바다니 서퍼니 하는 이야기를 들먹이던 J의 얼굴을 떠올렸고, 이내 이유 모를 반발심을 가지게 되었다. 얼마 뒤 얀은 바로 그 호수로 떠나겠노라 결심했다. 얼어붙은 호수 앞에서, 아직 여름이 오지 않은 그곳에서, 느긋하게 시간을 보내기로 마음을 먹게 되었다. 마침 호수로 향하는 열차의 출발역이 얀이 일하던 리조트의 근처에 있었다. 더 고민할 필요가 없었다.

열차가 들어서기 시작한 플랫폼 위에서 얀은 J에게 문자 메시지 한 통을 남겼다.

'난 북쪽의 호수로 가고 있어.' 답신은 한참이 지나서야 돌아왔다. '황당하네.' 얀은 조금 웃었고 답신은 보내지 않았다. J에게서도 더 이상 연락이 오지는 않았다. 열차의 출입문들이 소란스러운 소리를 내며 일제히 열렸다. 얀은 휴대폰을 끄고 열차에 올라탔다.

## 10

저 둘은 연인일 것이다. 얀은 생각했다.

첫 장기 정차역을 지나친 이후 얀과 그들은 자주 마주치고 있었다. 대개는 식당 칸에서였다. 얀은 그들이 전보다 오래 그곳에 남아 있다는 것을 알았다. 그리고 자신 역시, 조금 더 일찍 객실로 돌아가고 있다는 것을 알았다. 의도한 것은 아니었다. 얀은 열차 밖의 풍경을 가만히 지켜보는 일을 점점 더 무의미하게 느끼고 있었다. 나흘째가 되던 아침에 그녀는 열차의 투명한 천장을 올려다보는 시간을 조금 줄였다. 그러곤 객실로 돌아가 초콜릿칩쿠키를 먹거나 오렌지 주스를 마시거나 풀지 못한 십자말풀이를 들여다보거나 침대에 누워 눈을 감고 아직 보지도 못한 호수의 풍경을 상상하며 그리워했다. 그러는 편이 더 낫다고 생각했다. 그런 일들을 하면 적어도 시간이 흐르고 있다는 것을, 희미하게나마 느낄 수 있기 때문이었다.

체이와 시나는 언제나 몹시 즐거워 보였다. 매우 충만해 보였다. 두 눈에는 밝은 빛이 서려 있었고 웃음을 지을 때면 옅은 홍조를 띤 뺨이 눈가 아래로 봉긋이 솟아올랐다. 그들은 거리낌 없이 서로의 살갗을 만졌으며 서로의 몸에 자주 기대었고 항상 상대를 배려하는 듯한 따듯한 목소리와 부드러운 어조로 대화를 나누었다. 그런 그들을 보게 된다면 누구라도 사랑스러운 기분을 느끼게 될 것이다. 누구든 그들의 첫 만남을, 첫 대화를, 이후로도 끊임없이 이어져왔을 무수한 첫 순간을 상상하게 될 것이다. 그리하여 그들 모두를 사랑하게 될 것이다. 그들의 미래를 축복하게 될 것이다. 그들에 대해 아는 것이 아무것도 없다고 해도. 전부 상상과 짐작일 뿐이라도. 결국엔 그렇게 되어버릴 것이다. 얀은 그런 생각을 하고 있었다. 그러나 어느 순간 얀은 자신이 너무나 틀에 박힌 생각을 하고 있는 것은 아닐까 의심하게 되었는데, 어쩌면 그들은 그저 오래된 친구 사이일 수도 있기 때문이었다. 가족처럼 함께 나고 자라 오랜 세월을 지나쳐온, 그런 사이일 뿐인지도 모를 일이었다. 그 점을 깨닫고 나자 그들은 정말로 그렇게 보였다. 몹시 친밀하고 다정한 친구 사이처럼 보였다. 섣부른 짐작은 좋지 않지. 얀은 푹신한 침대 위에서 홀로 중얼거렸다. 세상이란 내 기준으로 돌아가지 않아,라고.

얀의 휴대폰은 여전히 꺼져 있었다.

이튿날 오후 그들은 결국 함께 식사를 하게 되었다. 어떤 경위로 그런 일이 벌어졌는지에 대해서는 명확하게 알아낼 수 없었다. 아무튼 체이와 시나는 유독 늦고 오랜 점심 식사를 하고 있었고, 점심을 거른 채 잠에 빠졌던 얀은 이른 저녁을 먹으러 간 참이었다. 체이와 시나는 식당 칸에 들어서는 얀을 발견하고는 몹시 반갑다는 듯 크게 손을 흔들어 보였으므로, 얀은 나란히 앉은 그들의 맞은편에 자리를 잡고 앉을 수밖에 없었다. 체이와 시나는 그들 앞에 놓인 팬케이크와 오믈렛을 각각 3분의 1쯤씩 비운 상태였다. 얀은 그들의 뒤로 그림자처럼 서 있던 승무원에게 메뉴판을 내밀며 익힌 소고기와 요크셔푸딩 한 접시를 주문했다. 가벼운 미소를 지어 보인 승무원이 메뉴판의 뒷장을 다시금 펼쳐 보이며 디저트로는 작고 차가운 라즈베리무스케이크가 나올 예정이라고 안내해주었다. 얀은 그녀에게 두어 번 고개를 끄덕이는 것으로 대답을 대신했다.

호기롭게 얀을 불렀던 체이와 시나는 정작 얀이 그들의 앞에 앉자 어색하다는 듯 입을 다물어버렸다. 때문에 얀은 덩달아 입을 다문 채 그들이 무어라 말을 걸어오기만을 참을성 있게 기다려야 했는데, 그들은 한참 뒤 날이 좋네요, 따위의 말을 짧게 건네고는 눈앞의 음식을 천천히 씹어 삼킬 뿐이었다. 얀은 무심코 창밖을 건너다보았으나 날은 몹시 흐렸고 하늘은 짙은 잿빛이었다. 얀은 어쩔 수 없는 기분으로 그들에게 먼저 질문을 던져주었다.

— 여행은 어떠세요?

— 아주 좋아요.

— 정말 좋죠.

체이와 시나가 기다렸다는 듯 동시에 대답했다. 그들은 자신들의 목소리가 겹쳐버린 것이 민망하다는 듯 서로를 돌아보며 작게 웃었고, 테이블 아래로 서로의 옆구리를 쿡쿡 찔러댔다. 얀은 그런 그들의 행동을 적당히 모르는 체해주었다. 그러곤 그들에게, 뭐가 그렇게 좋던가요, 하고 물었다. 전처럼 아무 말이나 적당히 내뱉은 것은 아니었다. 얀은 그것이 정말로 궁금했다. 체이와 시나는 각자 턱을 괴고 깊은 생각 속으로 빠져들기 시작했다.

먼저 말을 꺼낸 것은 시나였다. 시나는 해야 할 이야기가 너무나 많다는 듯, 그래서 그것들을 찬찬히 정리해야겠다는 듯 음, 음, 음, 소리를 내며 테이블 위를 손가락으로 몇 번인가 두드렸고, 그 뒤엔 엄청난 양의 말을 나열하듯 줄줄 뱉어내기 시작했다. 시나는 차창 밖으로 스쳐 지나는 풍경들이 전부 생경하여 몹시 아름다우며 종종 마주치는 한적한 인가들과 그 앞을 느릿느릿 걸어 다니던 커다란 개들과 그런 개들에게 나뭇가지 따위를 던져주던 사람들의 모습이 보기 좋아서 가끔은 그들에게로 달려가 무어라고 다정히 말을 걸어보고 싶은 충동이 들기도 했다고 말했다. 또한 그녀는 열차 내에서 제공되는 음식들이 절대 질릴 수 없을 만큼 전부 맛이 좋은 데다 언제나 세 가지 이상의 옵션이 주어지므로 대단하다고 말했다. 디저트가 사제 냉동 제품이 아니라는 점에 놀랐으며 그럼에도 오래 기다릴 필요 없이 주문 이후 10분 내로 모든 음식이 완성된다는 것이 아직도 믿기지 않는다고 말했다. 칸과 칸 사이의 숨겨진 공간에서 잠을 자다가도 어깨를 두드려 말을 걸면 언제나 부드러운 미소를 지어주는 승무원들이 좋았고 그들에게서 나는 동일한 향기, 아마도 갓 세탁된 유니폼에서 나는 것일, 이름 모를 섬유 유연제의 시원한 향기가 좋았고 역에 다다를 때마다 30분씩 넉넉한 시간을 내어주는 열차의 정차 방식이 좋았고 그 시간 동안 플랫폼 위를 한껏 질주하는 일이 매번 즐겁다고 말했다. 무엇보다 시나는 열차에서 멈추지 않고 들려오는 덜컹거리는 소리와 언제 어디서든 온몸으로 느껴지는 부드러운 진동이 마음을 편안하게 만들어주어 좋다고 말했다.

—요약하자면 모든 것이 좋아요. 모든 것이 마음을 설레게 해요. 저는 지금 더할 나위 없는 기분을 느끼고 있어요.

시나는 그렇게 말했다. 얀은 조금 넋이 나간 채 그렇군요, 따위의 짤막한 대꾸를 했다. 그때 얀은 머릿속이 몹시 복잡해지고 있었다. 시나는 그런 얀에게 제가 말이 길었죠,라고 말하고는 살포시 웃었으며 곧 체이의 어깨를 부드럽게 쥐며 넌 어때, 하고 물었다.

—나는.

체이는 거기까지 말한 뒤 잠시 말을 멈추었다. 시나가 어서 말해봐, 하고 그녀를 재촉했다. 체이가 다시 입을 떼었다.

—나는 시나 너와 함께 먹는 아침 식사가 좋아. 아무도 재촉하지 않는 식사 시간이 좋아. 천천히 한 입씩 꼭꼭 씹어 삼킬 수 있어서 좋아. 창밖으로 해가 뜨고 지는 것을 종일 지켜볼 수 있어서 좋아. 해는 저렇게 느리게 뜨고 지는 것이

었구나, 그런 걸 새삼 느끼게 되어서 좋아. 늘어지게 늦잠을 자고 일어나는 아침이 좋아. 아주 일찍 잠에 드는 밤이 좋아. 그렇지만 잠에 드는 것보다는 역시 일어나는 순간이 좋아. 너보다 일찍 일어나서 네가 일어나기를 기다리는 시간이 좋아. 열차가 조금만 느리게 움직인다면 더 좋을 거야. 그렇지만 이미 충분히 좋아. 나도 다 좋아.

체이가 그런 이야기를 하는 동안 얀은 어쩐지 머쓱한 기분을 느끼며 관심도 없던 창밖을 향해 눈길을 던져야 했다. 역시 함께 앉지 않는 편이 좋았겠어,라는 생각을 하면서 말이다. 시나는 체이의 말을 들으며 나도, 나도, 같은 대꾸를 끊임없이 해주고 있었다. 얀은 그들이 서로의 귓가에 무언가를 더 속삭일 때까지, 그 속삭임이 잦아들 때까지, 마침내 그들이 얀을 돌아보며 놀란 표정을 지어 보이고, 얀은 어때요, 하고 예의상의 질문을 던져올 때까지 천천히 떨어지고 있던 능선 너머의 해를 똑바로 바라보았다.

— 저는 호수를 보고 싶어요.

얼마 뒤 얀이 대답했을 때, 얀의 시선을 따라 떨어지는 해를 주시하던 체이와 시나가 동시에 얀을 돌아보았다.

— 어서 호수에 다다른다면 좋겠습니다.

그 말이 끝나고도 한참이 지나서야 얀의 식사가 준비되었다. 부드럽게 익힌 소고기를 아주 잘게 썰어 먹으며, 얀은 자신과 그들이 다시는 함께 식사하지 않으리라는 예감을 했다.

## 11

— 그 여자 어때?

— 누구?

체이가 물었고, 시나가 되물었다.

— 얀이라는 사람 말이야. 어떤 것 같아?

잠시 골똘해져 있던 시나는 어깨를 가볍게 으쓱이며 대답했다.

— 머릿결이 아주 좋아 보여. 머리칼에서 살짝 잿빛이 도는데, 염색을 한 건 아닌 것 같아.

— 또.

— 피부가 엄청 하얘. 눈사람 같아. 그런데 몸은 꽤 탄탄해 보여. 앉고 서고 걷는 자세가 좋아.

체이는 그런 시나의 대답이 어이가 없다는 듯 두어 번 눈을 깜빡여 보인 뒤, 그런 거 말고 제대로 좀 얘기해 봐, 하고 투덜거렸다. 시나가 웃음을 터뜨리며 다시 말을 골랐다.

— 음. 조금 수줍은 사람 같아.

—수줍다고?

— 말수가 너무 적달까. 뭘 물어도 잘 대답을 못 하고.

—아아.

체이는 이해한다는 듯 고개를 끄덕였다.

체이와 시나는 함께 욕실로 들어가 샤워를 했다. 따뜻한 물로 아주 오랫동안 말이다. 긴 샤워를 마치고 나서는 온몸이 축축이 젖은 채로 시나의 1층 침대에 함께 파고들었다. 젖은 몸과 머리칼에서 배어 나온 물기가 흰 침구 깊숙한 곳까지 스며드는 것이 훤히 보였다. 문제 될 것은 없었다. 종일 잠만 자는 승무원들이 소리 없이 신속하게 새것으로 교체해줄 터였다. 전처럼 보송하고 폭신한 것으로. 이따가 또 잠이 든 승무원 한 명을 깨워야겠네. 체이가 말했다. 시나는 소리 죽여 웃으며 그렇겠네, 하고 대답했다. 우리도 여기서 일할까. 맨날 잠이나 자고. 시나가 다시 말했다. 그럴까 진짜. 체이가 대답했다. 그리고 그들은 한동안 대화하지 않았다. 열차는 멈추지 않고 내내 몹시 심하게 덜컹거렸다.

얼마 뒤 자리에서 몸을 일으킨 체이가 시나에게 말했다.

—나는 좀 별로야.

시나는 체이의 무릎께에서 얼굴을 들어 올리며, 뭐가, 하고 물었다.

— 그 여자.

— 왜?

— 그냥 좀.

시나는 말없이 체이의 얼굴을 들여다보았다. 체이는 그런 시나의 눈길을 무시하며 딴청을 피웠다. 시나는 체이에게 얀의 어떤 부분이 문제인지 확실히 말해달라고 부탁했지만 체이는 거절했다. 자신도 그것까지는 잘 모르겠다는 것이었다. 그게 뭐야. 시나가 김빠진 목소리로 대꾸했다. 그런 시나에게 체이는 아무튼, 하고 운을 떼었다.

— 아무튼 앞으로는 좀 빨리 먹어. 너무 빨리 먹지는 말고. 딱 어제처럼만 먹어.

— 무엇을.

— 몰라서 묻니? 밥을. 아침 점심 저녁 밥을.

알겠니? 체이가 시나의 볼을 잡아당기며 묻자, 시나가 알았어 알았다고, 하며 마지못해 대답했다.

얼마간 투덕거리던 체이와 시나는 객실의 내부가 조금 어두워졌음을 느끼고 동시에 침대에서 일어났다. 그러곤 침대의 맞은편으로 걸어가 거울 앞에 놓인 작은 시계를 확인했다. 그러나 여전히 오후였다. 그들에겐 아직 한 번의 밤과 한 번의 아침과 한 번의 저녁이 남아 있었다. 한 번의 밤과 한 번의 아침과 한 번의 저녁이 지나고 나면 열차는 거대한 호수의 앞에 다다를 것이었다. 체이와 시나는 그곳에서 잠시 시간을 보낸 뒤 밤늦게 출발하는 열차에 다시 올라탈 것이었다. 그러면 다시 네 번의 밤과 다섯 번의 아침이 그들에게 주어질 것이었다. 시나가 두 팔을 머리 위로 길게 뻗으며 기지개를 켰다.

— 이따 잠깐 열차가 멈추면, 또 나가서 달릴래.

— 안 힘들어?

— 안 힘들어. 그리고 역 안에서 햄버거 같은 걸 좀 사 와야겠어. 감자튀김이랑. 밀크셰이크도.

— 웬 햄버거.

— 그냥 좀.

체이는 별로 배가 고프지 않았고 햄버거도 별로 먹고 싶지 않았지만, 일단은 그러자고 대답했다.

## 12

열차는 빠르게 목적지를 향해 달렸다. 그동안 얀은 객실 밖으로 거의 나서지 않았다. 거의 움직이지 않았으므로 허기도 거의 느껴지지 않았다. 그래서 얀은 더 이상 식당으로 가지 않았다. 얀은 아주 가끔 복도로 나가 세로로 긴 창을 들여다보았다. 열차가 30분씩 정차하는 역마다 그렇게 했다. 그럴 때면 종종 체이와 시나가 보였다. 그들은 플랫폼을 뛰어다니다 숨을 고르다 역 안으로 들어가 무언가를 사서 나왔다. 그러고는 역 앞의 계단에 앉아 그것을 열심히도 먹었다. 얀은 긴 창가에 몸을 반 정도만 내놓은 채 그런 그들을 몰래 지켜보았다. 그들은 조금 지쳐 보였지만 여전히 쾌활한 상태를 유지하고 있었다. 그들이 열차를 향해 다가올 즈음 얀은 다시 객실로 돌아갔다. 마지막 밤에는 아주 깊이 잠들었다. 꿈도 없이 길고 긴 잠이었다. 죽음처럼 까마득한 잠이었다.

누군가의 손길에 눈을 떴을 때는 저녁 6시를 조금 넘긴 시각이었다. 체이와 시나가 조금은 걱정스러운 눈빛으로 침대에 누운 얀을 내려다보고 있었다. 얀은 튀어 오르듯 침대에서 일어났고, 헝클어진 머리칼을 손가락으로 쓸어내려 정리하며 그들의 얼굴을 번갈아 쳐다보았다. 무언가 말을 하고자 했지만 목이 깊이 잠겨 있었다.

—문이 열려 있어서 들어왔어요.

시나가 말했다.

—이제 내려야 해요.

곧이어 체이가 말했다.

그제야 얀은 열차가 종착역에 들어섰다는 것을 알아차

렸다.

비로소,라고 얀은 생각했다.

짐을 챙겨 플랫폼으로 나오자 매서운 바람이 불어오고 있었다. 낮은 곳으로 기운 태양 아래엔 빛이 바랜 듯 청회색을 띠는 잡초들이 무성했고, 그것들은 거센 바람이 일 때도 거의 흔들리지 않았다. 얀은 역 앞에서부터 일정한 간격으로 세워진 표지판들을 따라 걸었다. 체이와 시나가 그런 얀의 뒤를 조심스레 따랐다. 세 사람은 청색의 초원과 언덕과 짙은 연기를 내뿜는 인가의 굴뚝들을 차례차례 지나쳤다. 두꺼운 겉옷에 몸을 깊숙이 파묻어야 했으므로, 그들 사이엔 한마디의 말도 오가지 않았다. 발아래에 돋아 있던 잡초들이 차츰 보이지 않게 되고, 걸음마다 작은 조약돌이 채여 굴러다니기 시작했을 즈음, 그들은 소문으로만 들어왔던 그 얼음 호수에 마침내 다다를 수 있었다. 얀은 눈 아래까지 매어두었던 목도리를 천천히 풀며 한 차례 깊게 숨을 내쉬었다. 새하얀 구름처럼 피어오른 입김이 눈앞을 부옇게 흐려놓고는 천천히 흩어졌다. 호수는 바다처럼 넓었고 표면은 빠짐없이 얼어 있었으며 투명한 얼음층 아래로는 호수의 바닥이 훤히 들여다보였다. 채 떠오르지 못한 무수한 공기 방울들이 그 사이에 갇힌 채 미량의 빛을 내며 잔잔히 반짝이고 있었다. 짐작할 수 없는 깊이였고 그 어떤 소리도 들려오지 않는 몹시 고요한 풍경이었다. 그 앞에서, 얀은 아무런 생각도 할 수 없었다. 그저 바라볼 수밖에 없었다. 그곳의 일부가 되어가듯, 꼼짝도 하지 않고, 겨울의 한 사물처럼 차게 얼어갈 수밖에 없었다.

시나는 그런 얀의 앞으로 성큼성큼 달려 나갔다. 그녀는 두 다리를 낮게 구부린 채, 얼어붙은 호수 위를 시원하게 가로질러 아주 먼 곳까지 미끄러져 내려갔다. 얼마간 얀의 뒤에서 시나를 바라보던 체이는, 얀이 알아들을 수 없는 소리로 무어라 중얼거리고는, 시나를 따라 언 호수 위를 달렸다. 그들은 몹시 빠른 속도로 얀에게서 멀어져갔다. 얀이 더 이상 그들을 볼 수 없을 만큼 먼 곳을 향해 미끄러져 나갔다. 그러다 가끔은 나아가기를 멈추고 언 호수의 표면 가까이에 얼굴을 가져다 대기도 했다. 등을 대고 누워 어두워지는 하늘을 바라보기도 했다. 그러는 사이 그들은 아주 작은 점이 되어갔다. 한참이 지난 뒤에야 그들은 다시 얀이 있는 곳으로 다가왔다. 얀은 여전히 호수 앞에 못이 박힌 듯 서 있었다. 얀은 그곳의 풍경을 조금씩 더 자세하게 바라보고 있었다. 조금 더 세밀하게 감각하고 있었다. 거대한 것에 가려져 잘 보이지 않던 작은 것들을, 예컨대 조약돌 사이로 피어난 손톱만 한 풀꽃이나, 호숫가 근처에 남아 있는 마르지 않은 물 자국이나, 체이와 시나가 스케이팅을 하듯 자유로이 달리는 호수의 양 끝에서 희미하게 눈에 띄던 작은 금들을, 점점 더 분명하게 알아보고 있었다. 그들이 그런 얀에게 다가와 어째서 그곳에 서 있기만 하느냐고 물었을 때, 얀은 그들에게 어서 그 위에서 내려오는 편이 좋겠다고 말해주었다.

— 하지만 이곳은 너무나 단단히 얼어 있는 걸요!

시나가 환히 웃음을 보이며 소리쳤다. 얀은 그 말에 어떤 대답을 해야 좋을지 알 수 없었다. 그녀의 말이 틀리지 않았기 때문이다. 호수는 얼어 있었다. 아직은,이라고 얀은 생각했다.

다행히 물가로 돌아온 그들이 다시 호수의 위로 올라가는 일은 생기지 않았다. 그들은 배낭 속에 있던 작은 필름 카메라를 꺼내 들고는 호수를 배경으로 서로의 사진을 번갈아 찍어주었다. 얀은 그들이 부탁하지 않았음에도 그 카메라를 건네받아 둘의 모습을 한 프레임에 담아주기도 했다. 왠지 그래야만 한다는 생각이 들었던 것이다. 얀은 그들이 어쩐지 전보다 경계를 풀고 자신을 대하고 있다는 것을 알았다. 그들은 얀을 곁에 두고도 아무런 거리낌이 없는 태도로, 누구나 들을 수 있을 만큼 크고 선명한 목소리로, 이런저런 대화를 주고받았다. 얀은 의도치 않게 그런 그들의 대화를 모조리 엿들었고, 그러는 동안 한 가지 생각을 떠올리게 되었는데, 단순한 느낌일 뿐이었던 그것은 점차 확신이 되어갔다. 줄곧 비슷한 인상으로 남아 있던 두 사람이 실은 매우 다른 분위기를 풍긴다는 점을, 얀은 늦게야 깨달을 수 있었던 것이다. 체이는 조금 간절해 보이는 표정으로 끊임없이 주변을 둘러보았으며 연신 뒤를 돌아보았으며 시나에게 말을 걸 때면 어딘가 초조한 사람처럼 말이 빨라졌다. 종종 그녀는 필요 이상으로 들떠 보였는데 그 탓에 오히려 전체적으로는 조금 우울해 보였다. 반면 시나는 모든 것이 매우 가뿐해진 상태로 보였다. 그녀는 어떤 것을 아주 길게 쳐다보고는 미련 없이 고개를 돌렸으며 몇 번이나 손을 들어 새로이 눈에 띈 무언가를 가리켜 보이며 저걸 봐, 하고 체이에게 말했다. 시나는 빠르게 빛이 사라져가는 그곳에서도 홀로 환히 반짝이고 있었다. 그 어느 순간보다도 활력이 넘치는 듯했다. 그럼에도 내내 차분한 목소리로 말을 이어가고 있었다.

그러니까 체이는 어쩐지 돌이킬 수 없는 마지막을 목전에 둔 사람처럼 보였고, 시나는 무수한 다음을 앞에 둔 사람처럼 보였다. 체이는 다시는 여행 따위 떠나지 못할 사람처럼 보였으며 시나는 다음, 그다음, 또 그다음이 계속 이어질 것이리라 자신하는 사람처럼 보였다. 그렇게 이어질 모든 시간을 두 팔 벌려 기꺼이 환영할 사람처럼 보였다. 그 외의 상황이란 있을 수도 없으리라는 듯이, 있으리라는 생각 따위는 해본 적도 없다는 듯이, 그리하여 무엇에도 미련을 가질 필요가 없다는 듯이, 몹시 가벼운 미소만을 줄곧 띠어 보이고 있었다. 어쩌면 두 사람의 수입에 차이가 있거나, 각자가 가진 시간적 여유가 다르거나, 그것도 아니라면 얀은 알 수 없는 무언가로 인해 그들의 상황이 미묘하게 엇갈려 있는지도 모를 일이었다. 그러나 확실한 건 아무것도 없었다. 얀은 그들에게 아무것도 묻지 않을 것이었다. 모든 것은 짐작일 뿐이었다.

그러다 시간이 흘러 완벽한 밤이 되었을 때, 조명 없는 그곳이 온통 암흑 속으로 가라앉았을 때, 시나는 체이에게 아쉽다는 듯 말을 내뱉었다.

— 백야를 보고 싶었는데. 누군가 여기서 백야를 볼 수 있을 거라고 말해줬는데.

체이는 그런 시나의 말에 잘게 고개를 저어 보이며 대답했다.

— 백야는 최소 5월 말은 돼야 시작된댔어.

— 정말?

— 응. 아까 열차 안에서 팸플릿을 봤어.

— 아. 종일 춥고, 종일 환한 곳을 보고 싶었는데. 어쩔 수 없지 뭐.

그때 얀은 무심코 입을 떼었다.

— 그러면 굳이 백야가 아니어도 괜찮잖아요.

시나는 무슨 소리냐는 듯한 얼굴로 얀을 돌아보았다.

— 밤이고 낮이고 환한 곳이라면 어디든지 있잖아요.

— 그런 곳이 어디에 있죠?

— 뭐. 스키 리조트라든가……

그러자 시나는 재미있다는 듯 웃음을 터뜨리며 얀의 어깨를 가볍게 밀쳤다.

— 그러네요. 다음엔 그런 곳으로 가야겠어요. 밤 스키를 타러 말이에요.

그 뒤로도 얀과 시나는 띄엄띄엄 대화를 주고받았다. 체이는 내내 말이 없었다.

체이와 시나는 그 호수에서 고작 세 시간을 머물렀다. 그들이 시간을 확인한 뒤 서둘러 짐을 챙겨 들기 시작했을 때 얀은 그들에게 정말 그대로 돌아가는 것이냐고 물었다. 그대로 열차를 타고, 다시 4박 5일이 걸려서 그들의 집으로, 동네로, 돌아가버리는 것이냐고 물었다. 그들은 큰 고민 없이 그렇다고 대답했다. 그러곤 얀에게 가볍게 인사를 건넨 뒤 등을 돌려 왔던 길을 되돌아 걷기 시작했다.

얼마 뒤 불현듯 뒤를 돌아본 시나가 얀에게 소리쳐 말

했다.

―우리는 이만하면 됐어요. 이거로 충분해요.

얀은 그녀에게 작게 고개를 끄덕여주는 것으로 대답을 대신했다.

## 13

얀은 체이와 시나가 떠난 뒤로도 일주일을 더 그곳에 머물렀다. 밤이면 미리 예약해둔 호수 근처의 숙소에서 눈을 붙였고 아침이면 호수로 돌아가 예의 그 물가에 가만히 앉아 시간을 흘려보냈다. 그러다 보면 결국 이곳도 별로 다를 건 없구나, 하는 생각이 들었다. 호수는 녹고 있었다. 하루가 다르게 녹아가고 있었다. 고작 사나흘이 지났을 뿐임에도 호수는 체이와 시나가 보았던 풍경과는 완전히 다른 모습이 되어 있었다. 호수 표면의 얼음층은 크게 갈라지고 있었다. 갈라진 얼음의 틈 사이로 배어 나온 물이 얇은 얼음 표면 위를 흘러 다니고 있었다. 이제는 누구도 그 위로 올라설 생각을 하지 못할 것이었다. 호수는 점점 더 위태로운 모습으로 변해갔다. 날은 빠르게 풀려갔다. 이따금 마주치던 숙소의 관리인은, 얼음 호수가 녹는 시기가 점점 더 일러지고 있습니다, 따위의 말을 걸어왔다. 때문에 얀은 자신이 처음부터 잘못된 곳을 향하고 있었다는 사실을, 더 이상 모른 체할 수 없게 되었다.

그곳에서 얀은 종종 시나의 말을 떠올렸다.

'이만하면 됐어요.'

며칠간 얀은 그 말을 도무지 이해할 수 없다고 생각했다. 그러나 하루가 지나고, 이틀이 지나고, 녹아가는 호수의 풍경에 점차 익숙해지기 시작하자, 그 말을 조금은 이해할 수도 있겠다고 생각했다. 정말로 그만하면 됐다고, 이만하면 충분하다고, 생각할 수 있게 되었다. 예정된 시간이 모두 흐르고 다시 열차에 올라타야 하는 순간에 다다랐을 때, 얀은 전보다 가벼워진 마음으로 그 안에 들어설 수 있었다. 그즈음 호수 근처에선 밝은 녹색이 넓게 번져가고 있었다. 바람이 불고 호수에 물결이 칠 때마다, 물가를 향해 얇고 넓은 얼음판들이 차근차근 떠밀려 오고 있었다. 얀은 한 톨의 미련도 남겨두지 않은 채, 아무 일도 없었다는 듯이, 그곳을 홀연히 떠났다. 5월 비수기의 열차는 여전히, 몹시 한적했다.

## 14

리조트에 도착했을 땐 5월 중순이 훌쩍 지나버린 뒤였다. 리조트는 더욱 강력해진 제설 설비들을 들여놓은 채 곧 개최될 여름 시즌을 준비하고 있었다. 모두가 분주한 시기였다. 6월 중순이 되면 빙하가 남아 있는 몇몇 봉우리의 근처에서 하루 다섯 시간씩 짧게 슬로프가 개방될 예정이었다. 전년에 비해 개방되는 슬로프의 수도, 슬로프를 개방하는 시간도 몹시 줄어든 상태였지만 어쩔 수 없는 일이었다. 여전히 여름 스키를 즐기기 위해 그곳을 찾아오는 사람들이 있었고, 리조트는 그들을 위해 짧게나마, 여름 스키 시즌을 운영할 수 있었다. 그것만이 중요했다. 얀이 속한 패트롤 팀은 변화된 상황에 따라 안전 수칙들을 업데이트하고, 구조 장비들을 점검하고, 시즌이 시작되기 전까지 이어질 짧은 훈련에 들어갔다. 빙하 근처에선 종일 크고 작은 폭발음들이 들려왔고 머리 위로는 붉은색의 헬리콥터가 요란한 소리를 내며 산과 산 사이를 몇 번이고 오갔다. 다이너마이트를 터뜨려서 눈사태를 대비한다지. 얀의 동료 중 누군가가 말했다. 감당 가능한 수준의 눈사태를 미리 일으켜서, 큰 사고를 방지한다는 거야. 그가 덧붙였다. 내가 저길 들어갔어야 했는데. 그 말에 얀은 동료를 돌아보며 왜,라고 물었다.

매일 이 짓을 하는 것보다야 낫잖아. 폼도 나고. 그들은 체력 단련차 단체로 새벽 산보를 하고 있었다. 그런가, 얀은 대강 대답을 한 뒤 흘러내린 머리를 고쳐 묶었다.

J는 6월 초가 되어서야 리조트로 돌아왔다. 대체 어디를 다녀온 거야, 얀이 묻자 J는 알 거 없잖아, 하고 대답했다. 얀은 J에게 그들의 팀장이 그녀를 잔뜩 벼르고 있다는 이야기를 전해주었다. 얀과 함께 5월 말까지 그곳으로 돌아와 여름 훈련에 참여해야 했던 J가 그때껏 연락도 없이 2주가 넘는 시간을 행방불명으로 지내온 탓이었다. 그들의 팀장은 참여하지도 않을 여름 업무에 자원한 J의 무책임함을 맹렬히 비난했다. 그러곤 몇 번이나 얀을 불러내어선 J에게서 연락이 오지 않았느냐고 물었다. 얀은 그가 왜 자신에게 J의 행방을 묻는 것인지 알 수 없었지만 그때마다 어쩔 수 없이 J에게 연락을 하는 시늉을 취해 보이고는, 받지 않습니다, 따위의 말을 해주어야 했다. 이럴 거면 자원서는 왜 쓴 거야? 얀이 진심으로 모르겠다는 듯 묻자, J는 그냥,이라고 대답했다. 얀은 조금 어이가 없었지만 내색을 하지는 않았다.

—아무튼 그가 너를 당장 잘라버리겠다고 몇 번이나 말했어. 물론 진심은 아닐 테니까 어서 가서 제대로 설명하는 편이 좋을 거야.

얀이 충고하듯 말하자 J는 대수롭지 않다는 듯 그래, 대꾸하고는 얀의 턱을 잡고 이리저리 돌려 보았다.

—넌 여전히 새하얗구나.

얀은 J의 손을 쳐내며 이렇게 태어난 거야,라고 말했다. 그러자 J는 다시 아 그래, 따위의 대꾸를 하고는 높낮이 없이 건조한 목소리로 말을 이어갔다.

—난 이제 이곳을 떠날 거야. 완전히 끝. 그만둘 거라고. 그러니까 그 인간이 뭐라 하든 더 이상 내 알 바 아니야.

뒤돌아 떠나려던 얀은 J의 얼굴을 흘깃 돌아보며 그녀에게 물었다.

—여길 그만둬서 뭘 어쩌겠다는 거야?

—어쩌기는. 다른 일을 하는 거지. 얀, 네가 모르는 게 하나 있는데, 너처럼 이 일을 몇 년이고 주야장천 하려 드는 사람은 없어. 너도 알잖아. 여기선 몸이 닳아.

J가 얀의 어깨와 무릎을 차례로 찔러대며 말했다. 얀은 그런 J의 손길을 그저 내버려두었다.

—잘 있으렴. 그 말을 전하러 왔어. 너를 포함한 모두에게. 계속 그렇게 젊음을 팔아먹고들 살아. 아주 닳아 없어질 때까지 말이야.

J는 그런 말을 전한 뒤 숙소 로비를 향해 천천히 걸어갔다. 얀은 J의 등에 대고 소리치듯 말했다.

—다시 돌아오면 가만두지 않겠어.

J는 뒷모습으로 웃음을 터뜨리며, 그럴 일은 영영 없을 테니 안심하라고 말했다.

## 15

그리고 J는 다시는 돌아오지 않았다.

## 16

여름엔 할 일이 그리 많지 않았다. 얀과 팀원들은 오전 중으로 산맥 곳곳의 펜스 작업을 전부 마쳤으며, 오후가 되면 제설 작업을 막 끝낸 새 슬로프들을 살펴보며 위험에 취약한 지점들을 직접 보수했다. 지체 없이 수월하게 진행한다면 전부 서너 시간 만에 끝나버리는 작업이었다. 여름 시즌엔 겨울 시즌에 비해 업무량이 턱없이 적었으며, 마침 그해 여름엔 고작 일곱 개의 슬로프만이 개방되었다. 운이 좋은 걸까, 얀은 확신할 수 없었다.

높이 떠 있던 해가 지기 시작하고 비교적 가벼운 옷차림의 보더와 스키어 들이 슬로프로 들어서기 시작하면 얀과 팀원들은 캠프로 돌아가 구조 요청을 기다리거나 교대로 나가 슬로프 위를 순찰했다. 종종 직활강을 하거나 펜스를 들이박는 이들이 있었지만 매우 드문 경우였다. 여름의 슬로프는 본 시즌의 그것보다 설질이 좋지 못했고, 그곳에 오는 이들이라면 그 점을 이미 숙지하고 있었으며, 그럼에도 그곳에서 스키를 즐기겠노라 마음먹었을 만큼 본인들의 실력에 꽤 자신이 있는 편이었다. 쉽게 말해 좀 탈 줄 아는 이들만이, 그곳에 모여 있었다. 그들은 허세를 부리기 위해 쓸데없는 짓을 하다 문제를 일으키는 법도 없었다. 아주 정중하고 조용한 손님들이었다. 그 탓에 얀과 팀원들은 따뜻한 커피에 설탕을 잔뜩 타 마시거나 눅눅한 생강쿠키를 삼키지 않고 오래 씹어대는 것으로 한적한 저녁 시간을 힘겹게 버텨내야 했다.

— 왜들 그래? 바빠죽겠는 것보다야 낫잖아.

누군가 쾌활하게 꾸며진 목소리로 소리치면 모두가 대답 없이 고개를 저었다. 누구도 동조하지 않았다.

그해 여름 얀은 단 두 차례의 구조 요청을 받았다. 그 두 번의 연락 모두 아이를 데려온 부모에게서 온 것이었다. 간단한 설명을 전해 들은 얀이 그들이 있는 곳으로 서둘러 올라가면, 눈길 위에 주저앉은 예닐곱 살의 어린아이와 그 뒤에서 곤란한 얼굴로 선 아이의 부모들이 일제히 얀을 돌아보았다.

—아이가 너무 조르길래 데려왔는데, 움직이질 못하겠다고 하네요.

아이의 부모는 얀의 눈길을 슬며시 피하며 그런 이야기를 했다. 얀은 알았다는 듯이 고개를 끄덕여 보이곤 아이에게 다가가 상태를 살폈다. 아이들은 아이답게 거짓말을 잘했다. 그들은 다치지도 않은 발목과 무릎을 가리키며 다리에 힘이 들어가지 않는다고 울먹였다. 얀이 그들의 조그마한 부츠를 벗겨내고 말랑거리는 무릎과 발목의 이곳저곳을 지그시 눌러볼 때마다 아이들은 어떤 반응을 보여야 좋을지 모르겠다는 듯 눈만 깜빡였다. 아이들은 이따금 부모의 눈치를 살피며 적당히 앓는 소리를 내기도 했으나 그것이 꾀병이라는 것을 얀이 모를 리는 없었다. 얀은 이미 그와 같은 아이들을 무수히 만나온 경험이 있었다. 얀은 자신이 그들에게 무엇을 해주어야 하는지 누구보다 잘 알고 있었다. 얀은 아이 부모에게 패트롤 타워의 위치를 안내한 뒤 아이를 가뿐히 들어 올려 등에 업었다. 환자는 늘 신속히 후송되어야 하고, 그러므로 얀은 가능한 한 신속하게 다친 아이들을, 혹은 다쳤다고 주장하는 그 아이들을 의무실에 데려다주어야 했다. 그뿐이었다.

얀은 아이의 등과 엉덩이를 단단히 받쳐 든 채 자신이 감당 가능한 수준에서 최대 속도를 내었다. 가파른 슬로프 위를 매섭게 질주하면서도 두 스키의 끝을 모으거나 커브를 만드는 일 따위는 하지 않았는데 그녀의 등에 업힌 아이도 일단은, 환자이기 때문이었다. 그렇게 가정되어야만 하기 때문이었다. 의무실로 들어서기 전까지 얀은 무엇도 자의적으로 판단하지 않았다. 신속하고 정확하게 후송하는 것. 그것만이 얀의 일이었다. 얀은 무릎을 낮게 굽힌 채 온몸을 뒤흔드는 엄청난 속도를 버텨내었다. 새하얀 눈발이 눈앞으로 쏟아지듯 날아들었고 두 허벅지가 팽팽히 당겨왔다. 얼고 녹기를 반복한 여름 슬로프의 곳곳은 몹시 단단한 얼음이 되어 있었다. 스키 날에 얼음이 갈릴 때면 와드득 하는 소리가 크게 귓가를 울렸다. 그때마다 몸은 심하게 덜컹거렸고 등 뒤의 아이는 얀의 귀에 대고 비명을 질러댔다. 그러나 얀은 멈추지 않았다. 소리를 지르던 아이는 곧 얀의 목을 꼭 끌어안은 채 숨소리도 내지 못하고 조용해졌다. 두 발이 공중에 떠 있던 아이는 아주 높은 곳에서 아주 오랫동안 낙하하는 기분을 느꼈을 것이다. 얀에게 업힌 것을 후회하며 당장이라도 그녀의 등에서 내려와 자신의 두 발로 슬로프를 걸어 내려가고 싶다고 생각했을 것이다. 부모를 보고 싶다고 생각했을 것이다. 곧 죽어버릴 것만 같은 기분을 느꼈을 것이다. 그럼에도 얀은 멈추지 않았다.

의무실에 도착하면 아이는 입을 꾹 다물었다. 넋이 나간 채 진찰을 받던 아이는 큰 문제가 없다는 의무원의 이야기를 전해 들으며 천천히 고개를 끄덕였다. 그동안 얀은 따뜻하게 데워진 우유 한 컵에 코코아 파우더 두 스푼을 가득 타 녹였다. 그러곤 작고 새하얀 마시멜로들을 그 위에 잔뜩 얹어 아이에게 건네주었다. 아이는 감사합니다, 따위의 인사를 하며 얀이 건넨 머그잔을 두 손으로 받아 들었다. 아이가 달고 진한 코코아를 한 모금씩 천천히 홀짝이는 동안 얀은 창가에서 그의 부모들을 기다렸다. 먼 곳에서 아이의 부모가 허둥거리며 다가오는 것이 보일 때면 얀은 아이의 귓가에 대고 아주 작고 부드럽게 속삭여주었다.

— 내려오지 못할 곳엔 올라가는 게 아니란다.

아이는 차갑게 얼어붙은 채 아무런 대답도 하지 못했다.

## 17

여름은 길었고 가을은 유난히도 짧았다. 그해 가을 얀은 리조트 근처의 산지로 나가 포악한 야생 곰들로부터 사람들을 구하거나 포악한 사람들로부터 야생 곰들을 구했다.

두 일은 크게 다르지 않았다. 10월이 끝나기 전 숙소로 돌아오자 새로 들어온 팀원이 많았고 그곳을 떠난 팀원은 그보다도 많았다. 매해 반복되어온 일이었다. 얀은 어쩐지 기대에 부풀어 있는 신입들과 다가올 겨울 시즌을 준비하며, 봄의 열차와 얼음 호수에서 보았던 풍경들을 종종 떠올렸다. 그럴 때 얀은 아무것도 느끼지 못했다. 아무런 기분도 들지 않았다. 마치 남의 일처럼 멀어져버린 기억이었고 가끔은 마치 없었던 일처럼 낯설기도 했다. 얀은 그곳에서의 일들이 빠르게 잊혀가고 있음을 알 수 있었다. 그럴 줄 알았다고 얀은 생각했다. 그즈음 얀은 다시는 자신의 일터를 떠나지 않겠다는, 오래전의 다짐을 새로이 거듭하고 있었다.

새 동료들은 대놓고 얀을 불편해하는 듯 보였다. 막 이십대 초반에 들어선 그들과 얀은 고작 너덧 살 정도 차이 날 뿐이었음에도 그들은 하나같이 깍듯한 태도로 얀을 대했다. 얀은 그런 그들의 태도가 꽤 마음에 들었다. 얀은 더 이상 누군가와의 불필요한 대화로 시간을 버릴 필요가 없었다. 누군가와의 불필요한 언쟁에 신경을 쏟을 필요도 없었다. 얀의 앞에서 어린 신입들은 늘 적당한 긴장감을 유지하며 작업에 집중했다. 고요하고 안전하며 편안한 나날이었다.

그랬던 그들이 얀의 곁에서 눈치 보지 않고 이야기를 나누기 시작했던 것은 시즌이 시작되고 한 달 정도가 더 지난 뒤의 일이었다. 그들은 리조트 내에서 벌어진 크고 작은 소동들과 건너편 숙소를 가득 채운, 대개는 워킹홀리데이차 그곳에 왔을 수많은 타지인에 대해서 자주 이야기했다. 얀은 그런 것들에 별로 관심이 없었지만 들려오는 소리를 막아낼 수도 없는 노릇이었으므로 그럴 때면 그들의 이야기를 건성으로 흘려들었다. 듣고 보면 절반 정도가 근거도 없는 뜬소문이었고, 나머지는 차라리 듣지 않는 편이 나았을 법한 가십거리들이었다. 때문에 얀은 그들에게서 들은 이야기를 머릿속에서 지워내려 부단히 노력해야 했다. 무심코 그들의 이야기를 떠올리게 되는 순간이 늘어나고 있었고, 얀은 그 점이 몹시 불쾌했다. 얀은 모두가 입을 닥치는 편이 좋겠다고 생각했다. 그러나 그들은 갈수록 친밀해지고 있었고 그럴수록 말은 많아지고 있었다.

연말을 앞두고 리조트 곳곳에서 크리스마스 캐럴이 울려 퍼지기 시작했을 즈음엔 스키도 없이 슬로프 위를 돌아다닌다는 미친 여자에 대한 소식이 자주 들려왔다. 어느 순간 밤의 슬로프에서 모습을 드러낸 여자 하나가 매일 밤 정체를 알 수 없는 상자를 들고서 펜스 근처의 구석진 곳들을 기웃거린다는 것이었다. 그 이야기만큼은 얀도 대강 흘려들을 수가 없었는데 어쩐지 그 여자가 J일지도 모르겠다는 생각이 들었기 때문이다. 얀은 2주 간격으로 주간 근무와 야간 근무를 번갈아 하고 있었으므로 야간 근무 기간이 돌아올 때면 티 나지 않게 슬로프 위를 얼쩡거리며 주위를 살펴볼 수 있었다. 하나 얀은 J는커녕 수상해 보이는 여자를 단 한 명도 찾아낸 적이 없었다. 그러는 동안에도 여자에 대한 목격담은 끊이지 않고 들려왔다. 그것은 언제나 얀을 교묘히 비켜난 곳을 배경으로 하고 있었다. 참다못한 얀은 팀원들에게 직접 그 여자에 대한 이야기를 캐물어보기도 했었다. 그 여자의 생김새가 어떻지? 키나 몸집, 얼굴과 머리칼 같은 것들 말이야. 그때마다 팀원들은 모르겠다는 듯 고개를 저으며 어색하게 얀의 시야에서 멀어져갈 뿐이었다.

그날 밤 얀은 퇴근을 한 뒤 간만에 야간 스키를 타러 리프트에 올라탔다. 숙소 침대에 누워 한참을 잠들기 위해 노력해보았으나 30분 간격으로 자꾸만 눈이 떠졌던 탓이었다. 얀의 옆에는 그즈음 유독 얀을 잘 따르던 남자 신입 한 명이 앉아 있었다. 그는 얀의 옆에서 지치지도 않고 종알종알 떠들어댔다. 얀은 그가 자신을 따라 리프트에 올라탄 것이 몹시 불편했지만 내색하지 않고 그의 말에 짧게나마 대꾸를 해주고 있었다. 어차피 슬로프의 꼭대기에 다다른 뒤 그들은 각자의 길로 흩어져 각자의 시간을 보낼 것이었다. 리조트의 슬로프들은 하나같이 몹시 길고 넓었으며 산의 중턱마다 옆 슬로프로 연결되는 갈림길이 있었다. 방심한 스키어들이 일행과 흩어지거나 길을 잃는 일이 잦은 곳이었다. 얀은 그곳에서 가능한 한 빨리 그로부터 멀어진 뒤 그가 더 이상 보이지 않는 데까지 나아가버릴 작정이었다. 어려울 것은 없었다. 밤이었음에도 슬로프 위는 사람들로 북적이고 있었다.

한참을 부드럽게 나아가던 리프트는 중간의 도르래를 지나치는 지점에서 한 차례 크게 흔들렸다. 얀은 허벅지 위의 안전 바를 힘껏 말아 쥐며 휘청이는 몸을 지탱했다. 신입은 와, 하는 탄식을 내뱉으며 앞서가던 리프트 하나를 손으로 가리켰다.

— 저기, 방금 폴대를 떨어뜨렸어요.

— 뭐, 그런 곳이지.

얀은 리프트 위의 사람들이 폴대나 헬멧, 고글 따위의 소지품을 자주 떨어뜨리곤 하는 위치들을 전부 꿰고 있었다. 슬로프에 떨어진 분실물을 수거하는 것도 패트롤 팀의 업무 중 하나였기 때문이다. 신입은 무언가 조치가 필요하다는 식의 이야기를 늘어놓았다. 저 밑에서 스키를 타던 사람이 맞을 수도 있잖아요. 폴대라면 정말 죽을 수도 있다고요. 아주 높은 확률로 죽어버릴 거라고요. 얀은 그런 이야기를 시큰둥하게 들으며, 아직까지 그런 일은 없었어,라고 대꾸했다. 그러면서 얀은 무심코 리프트 아래를 내려다보았는데, 폴대가 떨어진 위치를 기억해두기 위해서였다. 가는 길에 수거해 가도 좋겠지. 얀은 그렇게 생각하고 있었다. 그러나 그때 얀이 보게 된 것은 폴대가 아니었다. 누군가 폴대가 떨어진 곳을 향해 천천히 다가가고 있었다. 때맞춰 신입이 얀의 팔을 흔들며 소리쳤다.

— 아, 저길 봐요 얀. 저 여자예요!

— 저 여자라고?

— 그 정신 나간 여자 말이에요.

얀은 서둘러 뒤를 돌아보았으나 여자는 이미 그들에게 등을 보인 채 흰 눈밭 위를 쳐다보고 있었다. 옆구리에는 정체 모를 상자를 하나 끼운 채였다. 여자는 J라기엔 너무나 작은 체구를 가지고 있었다. 얀은 조금 김이 식은 채 슬로프 위의 여자에게서 시선을 거두었다. 그러나 곧 얀은 다시 뒤를 돌아보게 되었는데, 그 뒷모습에 어딘가 낯익은 구석이 있다는 생각이 들었기 때문이다.

얼마 뒤 얀은 신입에게 흘리듯 말했다.

— 너, 리프트에서 내리지 마.

— 네?

— 내리지 말고, 다시 내려가라고. 저기로.

신입은 황당하다는 반응을 보였지만 이내 시무룩한 얼굴

로 고개를 끄덕였다. 얀이 내내 매서운 얼굴로 그를 쳐다보고 있었으므로, 그녀의 말을 도저히 거절할 수가 없었던 것이다.

하차 지점에 다다른 얀은 허망한 표정의 신입이 빈 리프트를 타고 내려가는 것을 끝까지 확인한 뒤에야 정신없이 슬로프를 내려가기 시작했다.

여자가 아직 그곳에 남아 있었다.

## 18

얀은 시나에게 다음, 그다음, 또 그다음이 있을 것이라고 생각했었다. 그녀가 다음, 그다음, 또 그다음에 이어질 모든 시간을 두 팔 벌려 환영할 수 있으리라고 생각했었다. 그것은 거의 확신에 가까운 짐작이었다. 지난봄의 일이었다. 정확히 반년 전의 일이었다.

그러니까 얀은 믿을 수 없었다. 떨어진 폴대를 주워 들고서 목석처럼 서 있던 그 여자가, 몇 주간 사람들의 입방아에 수도 없이 오르내리곤 했던 그 정신 나간 여자가, 정체 모를 상자를 들고 모두를 불안하게 만들었던 그 여자가, J도 다른 누구도 아닌 체이였다는 점을 좀처럼 믿을 수 없었다. 그녀는 환하게 켜진 조명 아래에 우두커니 서 있었다. 혼자였다.

체이는 시나가 죽었다고 말했다.

그 말을, 얀은 믿을 수 없었다.

얀은 체이에게서 한 걸음 물러나 그녀의 모습을 살폈다. 그녀는 계절에 맞지 않는 옷차림을 한 채 잘게 몸을 떨고 있었다. 그녀가 걸친 것은 흰 폴로 티와 아이보리색 니트 카디건과 얇은 여름용 청바지가 다였으며 캔버스 재질의 운동화는 이미 눈에 흠뻑 젖어 잿빛이 되어가고 있었다. 얀은 체이에게 아무것도 묻지 않았다. 얀은 아무 말 없이 자신의 스키를 벗어 들었고, 체이보다 먼저 슬로프를 걸어 내려가기 시작했다. 체이는 얀에게서 약간의 간격을 둔 채 그녀를 뒤따랐다. 얀은 이따금 체이를 돌아보았다. 체이가 어딘가 다른 곳으로 사라져버린 것은 아닌지 확인하기 위해서였다. 체이는 매번 묵묵히 얀을 따라 걸어오고 있었지만, 그녀의 걸음걸이는 어딘가 미묘하게 부자연스러워 보였다. 얼마 뒤 체이가 잠시 숨을 고르며 걸음을 멈추었을 때, 얀은 체이가 반쯤 녹아버린 눈사람과 비슷한 모습을 하고 있다는 것을 알아차렸다. 그녀의 목과 허리와 다리가 각각 다른 방향을 향해, 아주 미세하게 기울어져 있던 탓이었다. 그러나 얀이 한 차례 크게 눈을 감았다 뜨고 나자, 체이는 다시 멀쩡해져 있었다. 평소와 다를 바 없는 상태로 돌아와 있었다. 그들이 슬로프의 끝에 다다를 때까지, 체이는 녹은 눈사람의 상태와 멀쩡한 사람의 상태를 몇 번이고 오갔다. 그럴 수밖에 없으리라고, 얀은 조용히 생각했다. 왜냐하면 시나가 죽었으니까. 다른 누구도 아닌 체이가, 그렇다고 말했으니까.

얀은 빌리지 내의 렌털숍으로 들어가 한참을 졸고 있던 직원에게 자신의 사원증을 내밀었다. 얀이 간단히 설명을 마치자 직원은 체이의 몸을 대강 훑어본 뒤 흰 보드복 한 벌과 스키 부츠 한 쌍을 빠르게 내주었다. 그동안 체이는 렌털숍 구석의 소파에 앉아 내내 발밑을 내려다보고 있었다. 그 시선 끝엔 아무것도 없었다. 보풀이 일기 시작한 자줏빛 러그만이 깔려 있을 뿐이었다. 얀은 그런 체이를 곧장 일으켜 세우며 탈의실 안쪽으로 밀어 넣었다. 그러곤 직원이 건네준 보드복과 스키 부츠를 체이의 품에 안겨주었다. 갈아입고 나와요. 얀이 말하자 체이는 별다른 대답 없이 옷을 벗기 시작했다. 얀은 작게 눈을 찌푸리며 탈의실 문을 닫아주었다. 체이가 옷을 갈아입는 사이 얀은 렌털숍 구석에 자신의 스키를 조심히 눕혀두었다. 잠시 맡겨둬도 괜찮을까요, 묻자 직원은 흥미가 없다는 얼굴로 그러라고 대답했다. 그때 체이가 탈의실 문을 열고 나왔다. 그녀는 그제야 조금 그곳에 어울리는 사람처럼 보였다.

얀과 체이는 다시 리조트의 설원으로 돌아갔다. 그들은 밤새 수많은 슬로프 위를 걸어 다녔다. 체이가 앞장을 섰고 얀은 그녀의 뒤를 묵묵히 따랐다. 밤의 슬로프는 희고 환했다. 빈틈없이 세워진 조명탑들이 눈이 부실 만큼 강렬한 빛을 쏟아내고 있었다. 곳곳에는 부연 안개가 내려앉아 있었고 슬로프의 중턱마다 자리를 잡은 거대한 제설기들은 인공눈을 멈추지 않고 뿜어내고 있었다. 그 사이에서 모두가 아래를 향해 내려가고 있었다. 얀과 체이만이 유일하게, 위를 향해 걷고 있었다. 고글을 쓴 사람들은 종종 그들의 곁을 지나치던 얀과 체이를 수상하게 바라보았다. 그러나 얀은 일찌감치 유니폼을 벗고는 눈 아래까지 검은 워머를 당겨 올린 채였다. 간만에 얀은 완벽한 익명이 된 기분을 느끼고 있었다. 그러니까 수상한 시선쯤이야 아무래도 좋았다. 팀원들 사이에서 새로운 소문이 돌기 시작해도 좋을 것이다. 아무렇지도 않을 것이다. 얀은 당장 눈앞에 있는 체이를 신경 쓰는 것만으로도 충분히 정신이 없었다.

그날 밤 얀은 체이의 모든 행동으로부터 기시감을 느꼈다. 그녀의 모든 표정과 몸짓이 어디선가 본 적이 있는 장면처럼 친숙하고 낯익었다. 그녀에 대한 소문을 너무나 오랫동안, 너무나 자주 들어왔기 때문이라고 얀은 생각했다. 체이는 소문 속 여자와 전혀 다를 바 없는 일들만을 거듭하고 있었다. 당연한 일이었다. 그 여자가 바로 체이였다. 체이는 말로만 듣던 그 상자를 소중히 붙든 채 슬로프의 펜스 근처를 기웃거렸으며, 펜스를 넘어 얼어붙은 산길 위를 거닐었으며, 언 땅을 맨손으로 얼마간 더듬어보았으며, 다시 펜스를 넘어 슬로프 위의 풍경을 크게 둘러보았다. 종종 그녀는 짙게 그림자가 드리운 슬로프의 구석진 곳으로 다가가, 발밑의 단단한 인공눈을 아주 조금씩 파헤쳤다. 대체 무엇을 하는 거지? 대체 왜 여기에 있는 거지? 대체 무슨 일이 있었던 것이며 대체 저 상자는 무엇이지? 얀은 머릿속에 떠오르는 모든 질문들을 속으로 눌러 삼켰다. 아직은 이르다,는 생각이 들었던 것이다. 얀은 적당한 순간이 다가오기를 내내 기다리고 있었다. 때가 되면 모든 것을 알 수 있을 것이다. 얀은 그렇게 생각했다.

체이는 한참이 지나서야 얀에게 말을 걸어왔다.

—여기 쌓여 있는 눈은 얼마나 깊은 거죠?

얀은 그 물음의 의도를 알 수 없었지만, 우선은 아는 대로 대답을 해주었다.

—1.5미터 내외일 거예요. 폭설이 내리는 날엔 2미터까지도 올라가고요.

— 이 눈이 전부 녹기도 하나요?

— 네. 여름에는요.

— 그렇군요. 역시, 녹는군요.

말을 마친 체이는 생각에 잠긴 듯 얼마간 입을 떼지 않았다. 이따금 스키 부츠의 앞코로 발밑의 눈을 푹푹 내려찍을 뿐이었다. 얀은 대체 무엇 때문에 그러는 것이냐고 체이에게 넌지시 물어보았지만 체이는 대답하지 않았다. 체이는 고통스러운 얼굴로 미간을 찌푸리며 자꾸만 아래로, 더 아래로 고개를 숙였다. 그러던 체이의 몸이 거의 절반으로 접혔을 때, 그들과 멀지 않은 곳에서 희미한 폭발음이 연달아 들려왔다. 체이는 그제야 잠에서 깨어나듯 아주 천천히 고개를 들어 올렸다. 그녀는 소리의 근원지를 찾아 주위를 돌아보았다. 얀은 대수롭지 않다는 듯 그녀에게 말해주었다.

— 다이너마이트를 터뜨리는 소리예요.

— 어째서 다이너마이트를 터뜨리는 건가요.

— 눈사태를 방지하기 위해서요. 무너질 눈의 규모가 커지기 전에, 미리 터뜨려버리는 거예요.

— 어째서 눈이 무너지는 건가요.

— 눈이 녹으니까요.

— 여기서도 눈이 녹습니까.

— 물론 녹죠.

— 지금은 겨울인데도요.

— 눈은 언제나 녹고 있어요.

그러자 체이는 곤란하다는 듯 두 손으로 얼굴을 쓸어내리며 말했다.

— 나에겐 절대 녹지 않을 눈이 필요해요.

얀은 그런 체이의 말에 잠시 뜸을 들였고, 얼마 뒤, 그런 것은 없다고 단호히 대답해주었다. 체이는 두 눈을 천천히 깜빡이며 얀의 얼굴을 오래 쳐다보았다. 흔들림 없이 곧고 단단한 시선이었다. 모든 것을 꿰뚫어 볼 수 있을 만큼 날카롭고 뜨거운 시선이었다. 때문에 얀은 체이의 눈을 피해 먼 곳을 향해 시선을 던질 수밖에 없었다. 체이는 그 후로도 얼마간 얀의 얼굴을 바라보다, 이내 다리에 힘을 풀고는 경사진 슬로프 위에 사뿐히 주저앉았다. 그제야 체이는 말을 하기 시작했다. 시나에 대한 이야기를 아주 조금씩 풀어내기 시작했다. 체이는 시나가 커다란 덤프트럭에 치여 즉사했다고 말했다. 여행을 끝마치고 돌아오는 길에서였다. 체이는 시나의 시체가 새빨갛게 일렁이는 화염 속으로 천천히 빨려 들어가는 모습을 전부 지켜보았다고 했다. 그 시체가 고작 두 시간 만에 재가 되어 나왔다고 했다. 장례는 치르지 않았다고 했다. 찾아올 이가 없다는 것을 알고 있어서였다. 체이는 호수 앞에서 들었던 시나의 말을 매번 곱씹게 되었다고 했다. 종일 춥고, 종일 환한 곳을 보고 싶었는데. 그 말을 자꾸만 떠올리게 되었다고 했다. 밤 스키를 타러 가야겠다는, 얀에게 했던 그런 말도 포함해서였다. 그러나 부러 얀을 찾아온 것은 아니라고 말했다. 체이는 얀이 이곳에서 일하고 있다는 사실조차 알지 못했기 때문이다.

— 나는 지난 5년 내내 이곳에 있었어요.

잠자코 체이의 이야기를 듣던 얀이 말했다. 그리고 덧붙였다.

— 잘 왔어요.

그 말에 체이는 얀을 올려다보며, 무슨 뜻이냐고 물었다.

— 이곳은 1년에 여덟 달이 춥고, 열 달 넘게 환하니까요. 밤이고 낮이고 말이에요.

얀의 말은 거짓이나 허풍 같은 것이 아니었다. 시즌 사이의 정비 기간에도 리조트의 조명은 꺼지지 않았다. 짧은 가을에도 마찬가지였다. 하이커들과 산악 바이크를 타는 이들이 매해 그곳에 찾아왔으므로, 모든 산맥이 밤낮으로 새하얀 빛 속에 잠겨 있곤 했다. 얀은 마땅한 곳을 함께 찾아주겠다고, 체이에게 말했다. 그즈음 얀은 체이의 상자 속에 든 것이 무엇인지 대충 짐작할 수 있었다. 체이는 그 상자를 묻기 위해 그곳까지 찾아왔을 터였다. 상자 속엔 시나가 있을 것이었다. 그녀의 유골이 담겨 있을 것이었다. 한 줌의 재가 되어버린 그녀의 희고 고운 뼛가루가, 단단히 봉해져 있을 것이었다.

체이는 곧고 단단한 얀의 시선 속에서, 말없이 고개를 끄덕였다.

얀은 체이의 손을 힘껏 당기며, 주저앉아 있던 그녀를 일으켜 세워주었다.

여전히 환한 밤이었다. 슬로프 위의 조명은 절대로 꺼지지 않았다.

## 19

얀은 매일 밤 체이와 동행했다. 밤새 그녀와 길고 긴 슬로프들을 걸어 오르고, 걸어 내려왔다. 날이 밝아올 즈음엔 모두가 잠이 든 숙소로 돌아가 체이와 함께 잠을 잤다. 두어 시간 정도의 짧은 잠을 잔 뒤 얀은 평소처럼 출근을 했다. 체이는 얀의 침대 위에서 깊은 잠에 빠져 있었다. 얀은 별로 피곤하지 않았다.

동료들 사이에선 슬로프 위의 미친 여자가 둘로 늘어났

다는 소문이 종종 들려왔다.

얀은 정말이지 아무렇지도 않았다.

20

백은 그들을 알고 있다. 그들을 보고 있다. 매일 밤의 일이다.

21

백은 매일 오전 8시부터 저녁 8시까지, 휴게 시간을 제외하고 매일 열 시간씩 일을 하는 조건으로 그곳에 와 있었다. 나쁘지 않은 조건이었다. 괜찮은 계획이었다. 그렇게 생각했었다. 그것이 어처구니없을 만큼 큰 착각이었음을, 백은 열 시간이 넘는 비행을 마치고 그곳에 도착한 뒤에야 깨달을 수 있었다.

백은 매일 짧게는 자정까지, 길게는 새벽 서너 시까지, 그래서 평균 새벽 2시 정도까지 숍에 남아 있어야 했다. 숍의 여주인이 백의 학생 비자를 빌미 삼아 그녀의 퇴근 시간을 미룰 수 있는 대로 미루곤 하는 탓이었다. 연장된 근무 시간의 페이는 2주마다 꼬박꼬박 입금되었으므로 백은 딱히 할 말이 없었다.

— 벌 수 있을 때 많이 벌어두는 것이 좋지 않겠어?

여주인은 자주 그렇게 말했다.

그럴 때면 백은 입을 다문 채 순순히 고개를 끄덕여 보였다.

그러나 백은 그러려고 그곳에 온 것이 아니었다. 백은 워킹 그리고 홀리데이 중 후자에 더 비중을 두고 있었다. 실컷 스키를 타고, 휴일마다 여행을 떠나고, 낯선 사람들을 사귀고, 아무 남자와 만나고, 아무 남자와 자고, 아무 남자와 헤어지고, 홀가분한 몸으로 그곳을 떠나버릴 계획을 가지고 있었다.

한국을 떠나던 날, 백은 공항으로 배웅하러 온 그녀의 부모에게 선언하듯 말했다.

— 돌아오기 전까지, 최소 다섯 놈은 갈아치워야겠어. 제일 잘생긴 놈들로.

그녀의 부모는 일시에 한숨을 내쉬며 말했다.

— 다 좋으니 제발 애만 배서 돌아오지 마라.

그들은 얼마간 콘돔의 중요성에 대해 긴 연설을 늘어놓다가, 이내 고개를 저으며 말을 말자,라고 중얼거렸다. 백은 빙글 미소를 지으며 그들을 한 번씩 번갈아 안아준 뒤 가뿐히 출국장을 향해 떠났다.

그들이 지금의 백을 본다면 황당하다고 생각할 것이다.

이제 백은 잠들기 전마다 중얼거린다.

— 엄마. 아빠. 당신들 딸은 아주 얌전하고 성실한 외국인 노동자가 되었어요.

백은 말 그대로 노동만을 하고 있었다. 그녀는 남자는커녕 기숙사의 동성 룸메이트들과도 제대로 된 대화를 해볼 기회가 없었다. 백은 그들보다 일찍 출근해 그들이 잠이 든 뒤에야 퇴근했다. 휴일이면 그들은 백을 홀로 내버려둔 채 함께 어디론가 사라졌다 새벽 늦게 돌아왔다. 백은 그런 그들을 탓하지 않았다. 그들도 어쩔 수 없었을 것이다.

백과 그들은 거의 마주치지 않았다.

모든 것이 잘못되어가고 있다고, 백은 매일같이 생각했다.

그 여자들이 나타나기 시작한 것은 연초의 분주한 기운이 차츰 사라져가던 2월 중순이었다. 그들은 매번 자정을 조금 넘긴 시각에 백이 있는 숍을 찾아왔다. 하필 하루 중 거의 유일하게 숍이 한적해지는 시간대였다. 백은 늘 홀로 숍에 남아 있었다. 숍의 여주인이 그때마다 슬쩍 자리를 비우곤 했기 때문이다. 혼자였으므로, 그 시간의 백은 하루 중 유일하게 긴장을 풀고 게으름을 피울 수 있었다. 계산대 위에 고개를 처박고 쪽잠을 잘 수도 있었다. 망할 여주인이 아니었더라면 진즉 퇴근을 하고도 남았을 시간이었다. 그러니까 그때의 잠은 백에게 있어 몹시 억울한 잠이었다. 내내 쌓여온 화를 꾹꾹 눌러 담은 잠이었다. 그 짧은 잠을 그들이 깨웠다. 다짜고짜 리조트의 사원증을 내밀면서 말이다.

백은 얼마간 그들이 몹시 거슬린다고 생각했었다. 새벽 1시가 가까워지면 짧은 야간 스키를 마친 사람들이 숍으로 일제히 몰려들고는 했는데, 백은 그들의 반납품들을 홀로, 모조리 정리한 뒤에야 늦은 퇴근을 할 수 있었다. 그러니까 백은 손님이 몰리는 1시 전까지 부족한 잠을 짧게나마 보충해두어야 했다. 퇴근 시간은 언제까지고 늦어지고 있었지만, 출근 시간은 늦춰지는 법이 없었기 때문이다. 그런 백에게 그들의 방문이 유쾌하게 느껴질 리 없었다. 백은 그들이 자신의 어깨를 툭툭 건드리며 말을 걸어올 때마다, 무언가를 빼앗겼다는 생각에 사로잡힌 채 마지못해 몸을 일으키고는 했었다.

그러던 백은 얼마 지나지 않아 자신이 그들을 구석구석

흥미롭게 관찰하고 있다는 사실을 자각했다. 심지어 백은 언젠가부터 자정이 다가오는 시각마다 고개를 들고 매장 한편의 시계를 버릇처럼 돌아보고 있었다. 그런 순간을 자각할 때면 백은 한심하다는 듯 작게 중얼거렸다. 애잔하다, 애잔해. 백은 너무나도 분명하게 그들을 기다리고 있었다. 그들에게 별다른 호감을 느꼈다거나 하는 것도 아니었다. 다만 그들은 백이 숍 안에서 마주쳐온 모든 사람 중 가장 덜 지루한 편이었다. 그들에겐 뭐랄까 조금 이상한 구석이 있었다. 무언가 일반적이지 않은 구석이 있었다. 그랬기 때문에 백은 그들을 기다렸다. 그뿐이었다. 말하자면 그들을 관찰하는 자정 근처의 시간이, 그 무렵 백의 일과 중 가장 흥미로운 부분이 되어 있었다. 백은 그 점을 문득 깨달을 때마다 경악을 금치 못했다. 그렇다고 그들이 관찰하기에 몹시 재미있는 부류도 아니었기 때문이다.

그들은 언제나 한 벌의 보드복과 한 쌍의 부츠만을 빌려 갔다. 붉은 유니폼을 벗어 팔에 걸쳐 든 여자가 백에게 사원증을 내밀면, 자줏빛 머리칼의 여자는 매장 바닥을 내려다보며 말없이 기다렸다. 둘 사이엔 한마디의 대화도 오가지 않았다. 둘 모두, 매번 표정 없는 얼굴이었다. 그들은 스키나 보드 따위는 빌리지 않았다. 패트롤로 보이는 여자는 오히려 자신의 스키를 그곳에 맡겨두고는 했다. 그녀는 다음

날 아침이 되어서야 자신의 스키를 챙겨 갔다. 백이 궁금했던 것은 두 가지였다. 저들은 대체 무슨 사이인가. 그리고 저들은 매일 밤 대체 무엇을 하는 것인가. 이 거대한 스키 리조트에서, 스키도 없이 대체 무엇을. 그러나 백은 아무것도 알아낼 수 없었다. 그들은 아무런 말도 하지 않았다. 그 어떤 이야기도 들려주지 않았다. 좀처럼 목소리를 들려주지 않았다. 그들은 인사도 없이 숍의 문을 열고 빠져나갔다. 백이 형식적으로 건넨 인사에도 그들은 대꾸하지 않았다.

어느 날 백은 유독 늦어진 퇴근 시간에 짜증을 내며 기숙사로 돌아가고 있었다. 백은 그즈음 워킹홀리데이고 뭐고 다 내버려둔 채 한국으로 도망치듯 떠나고 싶다는 충동을 강하게 느끼고 있었다. 시간을 땅바닥에 버리듯 헤프게 흘려보내고 있다는 생각이 줄곧 들었던 것이다. 백은 몇 번인가 숍의 여주인에게, 더 이상 연장 근무를 하지 않겠습니다, 라고 말해보려 노력했었다. 그러나 백은 매번 실패했다. 여주인의 얼굴을 마주할 때마다 입이 얼어붙은 채 좀처럼 떼어질 기미를 보이지 않았기 때문이다. 한국이었다면 백은 진작 여주인에게 한 소리를 한 뒤 미련 없이 그곳을 떠났을 것이다. 이래서 집 나가면 개고생이라는 거지. 한국인에겐 한국이 최고라는 거고. 근데 그 말을 이럴 때 쓰는 게 맞던

가. 백은 그런 생각을 하고 있었다.

그러다 백은 그들을 보았다. 그들은 백의 정면에 자리한 한 슬로프의 위를 걸어 올라가고 있었다. 패트롤 여자가 앞장을 서서 걷고 있었고, 자줏빛 머리칼의 여자는 그녀의 뒤를 천천히 따라 오르고 있었다. 패트롤 여자는 이따금 뒤를 돌아 자줏빛 머리칼의 여자를 살펴보고는, 얼마 뒤 다시 등을 돌려 위를 향해 걸었다. 백에게 두 사람은 거의 콩알처럼 작게 보였으므로 그들의 말소리 같은 건 전혀 들을 수 없었지만, 백은 그들이 여전히 아무런 말도 하지 않고 있으리라는 것을 짐작할 수 있었다. 두 사람 사이의 거리가 꽤 멀어 보였기 때문이다. 소란스러운 슬로프 위에서 대화를 하기 위해선 조금 더 가까운 곳에서 함께 걸어야 했다. 거의 나란히 걸어야 했다. 하여 백은 어쩌면 그들이 아주 오래된 친구 사이일지도 모른다는 생각을 하게 되었다. 그들은 최근 한 차례 큰 싸움을 해버린, 그러나 함께해온 시간이 너무나 길어 어쩔 줄을 모르고 있는 곤란한 친구 사이처럼 보였다. 그러다 백은 세차게 고개를 저으며 자신의 생각을 번복했다. 어쩌면 그들은 연인 사이일지도 몰랐다. 아주 오래된 연인 사이일지도 몰랐다. 편견은 좋지 않아, 백은 스스로에게 타이르듯 말했다. 그러고 나자 그들은 정말로 그렇게 보였다. 너무나 오래되어 누구도 헤어지자는 말을 쉬이 꺼낼 수 없는, 우울하기 짝이 없는 연인 사이처럼 보였다.

그날 밤 백은 그들이 더 이상 보이지 않게 될 때까지 슬로프를 올려다보았다. 기숙사로 돌아와서는 밤새 그들에 대한 생각을 했다. 간신히 잠이 든 뒤에도 그들이 나오는 꿈을 꾸었다. 단순한 호기심 탓이리라고, 잠에서 깨어난 백은 생각했다.

이튿날부터 백은 퇴근 후 꼬박꼬박 야간 스키를 타러 나갔다. 그들을 찾아내고 말겠다는 생각에서 시작된 일은 아니었다. 백은 여주인의 부탁 내지는 강요를 도무지 거절할 수가 없었고, 그렇다면 잠을 줄여서라도 그곳에서의 휴가를, 홀리데이를, 즐기는 편이 낫겠다는 생각이 들었을 뿐이었다. 그럼에도 백은 종종 그들을 마주치게 되었다. 우연이었다. 그때마다 백은 이마를 덮은 털 비니를 더욱 깊게 눌러쓰며 속도를 줄였다. 그리고 아주 조심스레 그들에게로 다가갔다. 그들은 여전히 말이 없었다. 그들은 무언가를 찾고 있는 이들처럼, 혹은 누군가에게서 도망을 치고 있는 이들처럼, 자주 주위를 두리번거렸다. 그들은 백의 존재를 알아차리지 못했다. 그래서 백은 마음껏, 충분히, 그들의 곁에 머무를 수 있었다. 그들의 걸음보다도 천천히, 그들의 곁을 지나칠 수 있었다.

백이 그들의 패턴을 읽어내는 데는 그리 긴 시간이 걸리지 않았다. 그들은 렌털숍이 위치한 산 위의 슬로프들을, 번호 순서대로 차례차례 훑어 내리고 있었다. 백은 매일 밤 그들을 찾아냈다. 매일 밤 그들을 천천히 지나쳤다. 그런 뒤 그들보다 빨리 슬로프를 내려와서 다시 리프트에 올라탔다. 그들은 여전히 그곳에 남아 있었다. 천천히 위를 향해 걷고 있었다. 백은 그런 그들을 몇 번이고 다시 지나쳤다. 그럴 수 있었으므로, 그렇게 했다. 그 외의 이유는 없었다.

평소처럼 밤을 지새우고 출근을 하던 백에게, 숍의 여주인은 언젠가 물었던 적이 있다.

— 백, 너 눈이 토끼처럼 새빨갛구나. 무슨 일 있니?

백은 짧게만 대꾸했다.

— 괜찮아요.

빈말이 아니었다. 정말로 백은 괜찮았다.

그즈음 백에겐 매일매일, 새로운 기운이 넘쳐흐르고 있었다.

비타민 캔디처럼 상큼한 기운이었다.

# 22

한서는 모든 것을 저주했다. 모두를 저주했다. 그런다고 해서 한서의 저주가 어딘가에 가닿을 리는, 그리하여 한서의 모든 염원이 한순간에 마법처럼 이루어질 리는, 없었다. 그럼에도 한서는 온 마음을 다해 저주했다. 한시도 가만 있질 못하는 눈 위의 아이들을 저주했다. 그런 아이들을 목줄 푼 개처럼 내버려두는 그곳의 부모들을 저주했다. 보드 강사를 구한다 해놓고 몸 쓰는 일이라면 죄 떠맡기고 있는 숍의 직원들을 저주했다. 제대로 알아보지도 않고 무턱대고 한국을 떠나버린 한서 자신을 저주했다. 리조트 소속의 강사와 사설 숍 소속의 강사는 거의 완벽히 다른 생활을 하게 된다. 그 사실을 미리 알지 못한 자신을 저주했다. 한서는 전역 후 온몸의 혈관 속에 가득 차오르곤 하던 출처 모를 용기를 저주했다. 여전히 모두가 군대에 가야만 하는 한국을 저주했다. 한서보다 먼저 졸업을 한 동기들을 저주했다. 한서만을 남겨두고 학교를 떠나버린 그들을 저주했다. 진작 그들과 함께 입대하지 않은 몇 해 전의 자신을 저주했다. 그리하여 복학을 미루게 된 자신을 저주했다. 끝나지 않는 저주였다.

숍의 창고로 한 트럭씩 쏟아져 들어오는 장비들을 배달

하고, 세팅하고, 미친개들처럼 뛰어다니는 아이들에게 종일 시달리다 돌아오는 저녁이면, 기숙사의 1층 라운지에서 큰 소리로 음악을 틀고 혼절 직전까지 술을 퍼마시는 이들이 가득했다. 그들 모두가 한서처럼 고향을 떠나온 이들이었다. 한서의 룸메이트들도 그 무리에 섞여 있었다. 그들은 기숙사에 들어서는 한서를 돌아보며 매번 알은체를 했다. 매번 비릿한 미소를 띤 채였다. 한서는 언제부터인가 그들이 자신을 교묘히 무시하고 있다는 것을 알았다. 알 수밖에 없었다. 그들이 어디서건 한서의 몸을 함부로 밀쳐댔기 때문이다. 한서의 물건들을 함부로 '빌려' 썼기 때문이다. 자는 한서의 등을 주먹으로 함부로 쳐대며 깨워놓고는, 그들끼리 키득대며 사라졌기 때문이다. 죽여버리겠어. 속삭이던 한서의 말을 듣고는 배를 부여잡고 웃음을 터뜨렸기 때문이다. 그러고는 한 달이고 두 달이고 한서의 말을 앵무새처럼 따라 했기 때문이다. 한서는 그들을 철저히 무시했다. 상대하지 않았다. 덜떨어진 새끼들,이라고 종종 생각할 뿐이었다.

그러니까 한서가 매일 밤 자신의 보드를 챙겨 들고 기숙사를 빠져나가야 했던 것은 전부 그들의 탓이었다. 퇴근을 하고 나면 온몸이 부서지듯 뻐근했으므로 꼼짝도 하지 않고 잠에 들고 싶다는 충동이 일었지만, 덜떨어진 룸메이트들이 깨어 있는 동안엔 도저히 방 안에 남아 있을 수가 없었던 것이다. 얼큰히 술에 취한 그들은 언제나 큰 소리로 떠들며 방 안으로 들어왔고, 거실 바닥에 드러누워선 몇 시간이고 천박하기 짝이 없는 소리들을 늘어놓았다. 그들은 지난밤 기숙사의 계단에서, 옥상에서, 고장 난 화장실에서, 건너편 기숙사의 어떤 여자애들과 무엇을 했는지에 대한 이야기를 끊임없이 지껄여댔다. 낮이면 양 갈래로 머리를 땋고 볼이 발긋해질 때까지 입꼬리를 당겨 웃고 따뜻한 카푸치노를 아주 조금씩 홀짝이던 여자들의 얼굴이, 밤의 희미한 조명 아래서 어떻게 바뀌어가는지에 대해서, 순식간에 뒤바뀌어버리는 인상에 대해서, 그 순간 온몸을 강하게 찌르는 쾌감과 환희에 대해서, 그들은 정말이지 매일 밤 질리지도 않고 떠들어댔다. 언젠가 한서는 자신의 2층 침대에 누워, 제발 좀 닥쳐주지 않겠느냐고 그들에게 소리쳐 물었던 적이 있다. 어쩌면 그 일이 문제였는지도 모른다. 다음 날 밤 그들은 막 잠이 들려던 한서의 바지춤을 뒤적거리며, 너 이 새끼 그거 없지, 따위의 소리를 지껄였다. 더 이상 참을 수 없겠다고, 그때 한서는 생각했다.

한서는 그들을 피해 매일 밤 야간 리프트에 올라탄다. 슬로프의 꼭대기로 올라가는 내내, 모든 것을 저주한다. 모두를 저주한다. 그중에서도 한서 자신을, 가장 크게 저주한다.

사설 숍의 직원들에겐 무료 리프트권 따위 제공되지 않는다. 그러므로 한서는 매일 자신의 돈을 들여 야간권을 구매한다. 거지 같은 일이다. 거지 같은 일들만이 연속된다. 이게 전부 멍청한 내 죄라고, 한서는 매일 밤 중얼거린다. 야간 보딩은 전혀 즐겁지 않다. 슬로프들은 어둠 속에서 뒤엉켜 어디가 어딘지 알 수 없어지고, 그곳에서 한서는 몇 번이나 길을 잃는다. 간신히 보딩을 마치고 돌아오면 몸은 퇴근 직후보다도 무거워진다. 피로해진다. 난 대체 뭘 하러 여길 온 거야, 자문해도 달라지는 것은 없다. 아무것도 해결되지 않는다.

그날 밤도 한서는 무거운 몸을 이끌고 리프트에 올라탔다. 유독 매서운 바람이 불던 밤이었다. 한서는 두꺼운 장갑을 벗어 주머니에 찔러 넣은 뒤, 온기가 남은 맨손으로 차게 얼어가는 양 뺨을 녹였다. 이럴 거면 워머를 가져올 걸 그랬지. 한서는 뒤늦은 후회를 했다.

줄곧 부드럽게 나아가던 리프트는 중간의 도르래를 지나치는 지점에서 한 차례 크게 흔들렸다. 한서는 허벅지 위의 안전 바를 다급히 말아 쥐었으나, 그의 주머니 밖으로 반쯤 삐져나와 있던 장갑은 이미 리프트의 아래로 떨어져버린 뒤였다. 옆자리의 남자가 저런, 하고 짧게 말을 내뱉은 뒤 무심히 시선을 돌렸다. 불쾌해진 한서는 잠시 그를 쏘아보았고, 치밀어 오르는 짜증을 누르며 뒤를 돌아보았다. 장갑이 떨어진 위치를 기억해두기 위해서였다. 운이 좋으면 내려가는 길에 장갑을 되찾을 수도 있을 것이었다. 그러나 그때 한서는 자신의 장갑이 아닌 다른 것을 보았다. 아래쪽에서 아, 하는 작은 비명 소리가 들려왔기 때문이다. 황급히 소리의 근원지를 찾던 한서는 곧 한 여자를 발견하게 되었다. 여자는 슬로프 중턱쯤에 대자로 팔다리를 벌리고 누워 있었다. 그녀의 배 위에 한서의 장갑 한쪽이 아무렇게나 떨어져 있었다.

한서는 리프트에서 내리자마자 빠르게 슬로프를 내려가기 시작했다. 갈 수 있을까. 거기까지 무사히 도착할 수 있을까. 한서는 금세 희미해진 기억을 더듬으며 불안하게 중얼거렸다. 한서는 슬로프 위에서 매번 길을 잃곤 했으므로, 자신이 어디에서 어디로 나아가고 있는지 매번 알 수 없게 되어버리곤 했으므로, 여자가 있는 곳을 찾아낼 거라고 확신할 수 없었던 것이다. 그러나 그날 한서는 놀랍게도 단번에 그곳에 도착할 수 있었다. 장갑이 떨어진 곳으로, 여자가 누워 있던 곳으로, 금세 다다를 수 있었다. 여자는 여전히 슬로프 위에 누워 있었다. 양 갈래로 땋은 머리를 어깨 위로 늘어뜨린 채, 이마를 전부 덮는 털 비니를 깊게 눌러쓴 채, 한서의 장갑 두 쪽을 한 손에 모아 들고 있었다. 한서가 보드를 벗어 들고 천천히 그녀에게 다가가자, 여자는 한서를 흘깃 돌아보고는 오른팔을 들어 올려 장갑을 건네주었다. 자, 가져가요, 따위의 말을 작게 읊조리면서 말이다. 그제야 한서는 그녀가 자신과 같은 한국인이라는 것을 알 수 있었다.

— 괜찮으세요?

한서가 여자의 상태를 살피며 묻자, 여자는 한서를 보지도 않고 대답했다.

— 아니요.

한서는 여자의 대답에 당황하며 주위를 돌아보았다. 근처에 패트롤이 있는지 확인하기 위해서였다. 그러자 여자가 크게 고개를 내저으며 말했다.

— 없어요. 아무 데도 없다고요.

한서는 다시 한번 크게 주위를 둘러본 뒤에야 그녀의 말이 맞다는 것을 깨달았다. 그들의 곁엔 아무도 없었다. 슬로프 위는 이상하리만큼 한적했다. 당연히 패트롤도 없었다. 괜찮았다. 한서는 패트롤 팀의 연락처를 휴대폰에 줄곧 저장해두고 있었다. 한서가 바지 주머니에서 휴대폰을 꺼내 들며 패트롤 팀의 연락처를 제가 알아요,라고 말했을 때, 여자는 크게 한숨을 내쉬었다. 그러곤 거의 울먹이듯이 소리쳤다.

— 저 안 다쳤어요.

한서는 눈을 크게 뜨고 여자를 내려다보았다. 여자는 어느새 주먹을 말아 쥐고 슬로프 위를 쿵쿵 내려찍고 있었다.

— 털장갑 따위 백번을 맞아도 아무렇지 않다는 말이에요.

— 그럼 왜 그러고 계신 거예요?

— 그냥요. 그냥이요. 그러니까 이제 좀 가주실래요?

한서는 황당한 심정으로 얼마간 여자의 얼굴을 들여다보았다. 여자의 눈이 토끼처럼 새빨갰다. 한서의 시선을 알아챈 여자는 곧 신경질적으로 눈을 감아버렸다. 그러고는 한쪽 손을 휘휘 내저으며, 한서에게 가라는 듯한 시늉을 해 보였다. 정말 괜찮으신 거죠, 한서가 마지막으로 묻자, 여자는 네, 네, 하고 두 번 대답했다. 별수 없이 한서는 들고 있던 보드를 슬로프 위에 내려놓고, 부츠 위로 바인딩을 고쳐 맸다. 한서는 연신 여자를 돌아보며 그녀의 곁을 천천히 미끄러져 내려갔다. 더 이상 그녀의 모습이 보이지 않게 되었을 때, 한서는 몇 번인가 소리 내어 혀를 찼다. 이곳에 있는 한국인들이란, 남자고 여자고 다 개차반들뿐이라고, 그런 생각을 하면서.

일주일쯤 지나 한서는 평소처럼 슬로프를 내려오다 문득 중심을 잃고 크게 넘어졌다. 정신없이 비탈길을 굴러 내리다 간신히 몸을 추슬렀을 때, 한서는 그곳에 있었다. 그곳에서 팔다리를 대자로 벌리고 누워 있었다. 여자가 누워 있던 바로 그 자리였다. 한서는 무심코 몸을 일으키려다 생각을 고쳐먹고는 한동안 그곳에 가만히 누워 시간을 흘려보냈다. 한서의 머리 위 높은 곳에서 리프트들이 빠르게 지나쳐 갔다. 한서의 발밑에서는 벗겨진 보드가 멋대로 아래를 향해 흘러 내려가고 있었다. 한서는 그것을 그저 내버려두었다.

그 여자, 넘어진 걸까. 한서는 생각했다.

대체 뭐가 없다는 거야. 한서는 다시 생각했다.

곰곰이 생각해보아도 알 수 있는 것은 없었다. 한서는 어쩐지 참을 수 없이 서러워지는 듯한 기분을 느꼈다. 그러나 그것은 여자에 대한 생각을 했기 때문은 아니었다. 그곳에 누워 있다 보니 자연스레, 그렇게 되어버린 것이었다. 등허리에 닿는 눈이 차갑고 딱딱해서, 모든 것이 서러워지고 있는 것이었다. 무언가를 저주할 기력도 없이, 어린애처럼 울먹이고만 싶어지는 것이었다. 문제가 있다면 바로 그 자리가 문제였다. 그렇다면 일어나야지. 한서는 그런 생각을 하며 주저 없이 자리에서 일어났다.

한서는 자신보다 먼저 사라져버린 보드를 따라서, 빠르게 슬로프를 달려 내려가기 시작했다. 걸음은 전보다 훨씬 가벼워져 있었고, 더 이상 무엇도 한서의 머릿속을, 마음속을, 짓누르지 않았다. 한서는 더할 나위 없는 자유로움을 느끼고 있었다. 그런 한서의 곁을 수많은 사람이 지나쳐 갔다. 엄청난 속도였다. 그러나 한서는 자신이 그들보다도 빠르게 달리고 있다는 기분을 느꼈다. 한참이 지나 펜스 근처에 처박힌 보드를 발견했을 때, 한서는 후, 하고 크게 숨을 내뱉으며 걸음을 멈추었다. 그러곤 어느덧 모든 것이 명확해졌음을 알아차렸다. 한서는 되찾은 보드의 바인딩 안으로 발을 밀어 넣으며, 누구에게도 들리지 않을 만큼 작은 소리로, 속삭이듯 중얼거렸다.

—당신도 조금 더 빨리 일어났어야 해.

한서는 콧노래를 흥얼거리며 눈길 위를 시원하게 미끄러져 내려갔다.

그날 밤 한서는 기숙사로 돌아가 홀로 남아 있던 룸메이트 한 명을 팼다. 주먹을 단단히 쥐고 팼다. 주머니 속 휴대폰을 집어 들고 팼다. 식탁 위에 놓여 있던 머그잔을 들고 팼다. 머그잔의 손잡이가 떨어져 나간 뒤부터는 식탁 의자를 들고 팼다. 등받이에 금이 갈 때까지 팼다. 잠시 숨을 돌리려는데 내내 몸을 웅크리고 있던 그가 별안간 한서의 발목을 잡아 쥐었다. 그의 손에서 배어 나온 피가 한서의 바지를 적셨다. 그래서 한서는 그를 욕실로 데려갔다. 차가운 물로 그의 얼굴과 손을 깨끗이 씻겼다. 씻겨도 씻겨도 끝이 없어서 샤워 헤드로 다시 그를 팼다. 한참을 패다가 피가 묻은 바지를 빨았다. 찬물로 아주 오랫동안 말이다. 바지를 빨고 나서는 다시 그를 팼다. 모두가 돌아와 한서를 그에게서 떼어놓을 때까지, 멈추지 않고 팼다.

그 일 이후 한서는 아무런 처분도 받지 않았다. 한서에게 맞은 그가 아무런 말도 하지 않았기 때문이다. 한서에게 엉망진창으로 맞아버렸다는 사실을 인정하지 않았기 때문이다. 누구에게도 입을 열지 않았기 때문이다. 누구에게도 입을 열지 말라고, 나머지 룸메이트들에게 몇 번이나 당부했기 때문이다. 진짜 덜떨어진 새끼라고, 한서는 웃으며 생각했다. 얼마 뒤 한서는 기숙사 내의 다른 방을 새로 배정받았다. 명확한 이유는 알 수 없었다. 아무튼 그곳에서는 아무도 한서에게 말을 걸지 않았다. 아무도 알은체를 하지 않았다. 더할 나위 없이 반가운 일이었다.

## 23

체이는 하루가 다르게 변해갔다. 아니, 정확히는 하루가 다르게 상태가 나빠지고 있었다. 체이는 자꾸만 말을 바꾸었다. 자신이 무슨 소리를 하고 있는지 알 수 없다는 표정으로, 넋이 나간 표정으로, 매일매일 말을 바꾸었다. 체이의 이야기 속에서 변하지 않는 점은 단 하나, 시나가 죽는다는 것뿐이었다. 그 외의 모든 것이 바뀌었다. 얀은 체이의 이야기를 점점 더 알아들을 수 없겠다고 생각했다.

첫날 밤 체이는 얀에게 시나가 트럭에 치여 죽었다고 말했다. 얀은 체이의 말을 믿었다.

일주일 뒤 체이는 얀에게 시나가 욕실의 샤워 부스에서, 목을 매단 채 죽어 있었다고 말했다. 얀은 다시 체이의 말을 믿었다. 시나가 자살했다는 이야기를, 반년 만에 만난 자신에게 털어놓기엔 무리가 있었으리라는 생각이 들었기 때문이다.

다음 날 체이는 시나가 아랫집에서 번져온 불길에 휩싸여 죽었다고 말했다. 시나와 함께 잠을 자던 체이는 홀로 잠에서 깨어나 도망쳤다고 말했다. 그런 말을 하며 크게 흐느꼈다. 아랫집에 살던 여자를 죽여버리고 싶다고 말했다. 홀로 살아남은 자신을 죽여버리고 싶다고 말했다. 뜨겁게 죽어버린 시나를, 차가운 곳에 묻어주어야 한다고 말했다. 그래야만 할 것 같다고 말했다. 얀은 조금 이상하다는 생각을 하며, 어제는 자살했다고 했잖아요,라고 체이에게 물었다. 그러자 체이는 눈물을 닦아내며 굳게 입을 다물었다. 얼마 뒤 체이는 사실 시나가 오래전부터 큰 병을 앓아왔다고 말했다. 그들의 여행도 시나의 병 때문에 떠나게 된 것이었다고 말했다. 마지막 추억을 남기기 위한 마지막 여행이었다고 말했다. 예정된 죽음이었다고 말했다. 얀은 대답하지 않았다.

어느 날 체이는 자신이 시나를 죽였다고 했다. 시나의 시체를 자신이 직접 태웠다고 했다. 얀은 조금 지쳐버린 채, 그녀에게 대체 어떻게 시나를 죽였느냐고 물었는데, 그때 체이는 차마 입에 담을 수도 없을 만큼 끔찍한 소리들을 끝도 없이 늘어놓았다. 한참을 듣고만 있던 얀은 결국 체이의 말을 끊어내며, 어째서 시나를 죽였느냐고 다시 물어볼 수밖에 없었다. 그러자 체이는 아무것도 모르겠다는 얼굴로, 오히려 얀을 물끄러미 쳐다보았다. 얀은 당혹스러웠다. 체이가 모르는 것을 얀이 알 리는 없었기 때문이다.

체이의 이야기는 그 뒤로도 계속되었다. 얀은 죽음이란 것이 그렇게나 다양한 방법으로 이루어질 수 있다는 사실을 새삼 깨닫게 되었다. 썩 유쾌한 기분은 아니었다. 그런 건 별로 알고 싶지 않았다. 그즈음부터 얀은 체이의 말을 애써 신중히 듣지 않았다. 믿지 않았다. 정말 시나가 죽기는 한 것인가? 얀은 알 수 없었다. 얀은 체이의 상자를 자주 쳐다보기 시작했다. 체이의 이야기를 흘려듣는 동안, 그 상자만을 뚫어져라 쳐다보기 시작했다. 얀이 자신의 말을 전혀 듣고 있지 않다는 것을 알아챈 체이는, 얀에게 불같이 화를 내며 소리치기도 했다.

—난 당신이 처음부터 마음에 들지 않았어. 처음부터 그랬다고.

그러나 다음 날이면 체이는 다시 평소의 상태로 돌아왔다. 아무 일도 없었다는 듯 얀과 함께 걸었다. 그리고 다시 새로운 이야기들을 지어내기 시작했다.

얀은 그런 체이의 모습에 모종의 죄책감을 느끼고 있었다. 자신이 무언가 잘못된 일을 저지르고 있다는 사실을 더 이상 모른 체할 수 없었기 때문이다. 체이는 녹지 않는 눈이 필요하다고 했다. 얀은 그런 것은 없다고 말해주었다. 그 뒤엔 체이를 데리고 리조트의 모든 슬로프 위를 돌아다녔다. 각 슬로프에서 가장 인적이 드문, 사람들이 거의 오가지 않는, 그림자가 진, 그리하여 차게 얼어붙은 곳들을 하나씩 가리키며 체이를 돌아보았다. 그때마다 체이는 시무룩하게 고개를 저어 보일 뿐이었다. 충분하지 않아요,라고 속삭이듯 말할 뿐이었다. 얀도 알고 있었다. 충분하지 않으리라는 것을 모르지 않았다. 그런데도 얀은 체이와 매번 비슷비슷한 슬로프 위를 걸어 다니는 일을 멈출 수 없었다. 걷다 보면 무언가를 찾아낼 수 있으리라는 듯이, 매번 자신 있는 얼굴로, 앞장서 걷는 일을 멈출 수 없었다. 얀은 종종 궁금해졌다. 체이도 알고 있는가. 전부 알고 있는가. 모를 수도, 있나. 어느 쪽이든 상관없을 것이라고, 상관하지 않을 것이라고, 얀은 내내 생각했었다.

이제 얀은 그런 것을 궁금해하지 않는다. 얀은 하루가 다르게 거칠어지는 체이의 입술과, 수척해지는 뺨과, 어두워지는 눈가와, 잠에 들지 못해 자꾸만 길어지는 그녀의 밤을 본다. 그것만을 본다. 그리고 이제 더 이상은, 두고 볼 수 없겠다고 생각한다. 그러나, 그렇다면, 이제 무엇을 해야 하지. 얀은 고민한다. 애초에 자신이 체이와 대체 무엇을 위해 밤의 동행을 시작하게 된 것인지, 그러니까 그들이 2주간 대체 무엇을 해온 것인지, 그것에 대해 고민한다. 문득 얀은 체이가 낯설어진다. 체이와의 동행이 낯설어진다. 체이가 있는 방이 낯설어진다. 체이가 있는 밤이 낯설어진다. 처음부터 그들은 서로에 대해, 아무것도 모르고 있었다. 여전히 아무것도 알지 못한다. 그런 그들이 몹시 가까운 곳에, 줄곧 함께 있어왔다는 사실이, 문득 두려워진다. 그 사실을 외면해온 자신이 두려워진다. 사실 그들은 무언가를 해야 할 필요가 없다. 그들은 더 이상 아무것도 해서는 안 된다. 그들은 멈추어야 한다. 그때껏 해온 모든 것을 말이다.

얀은 오래 뜸을 들였다. 오랫동안, 입을 떼지 못했다.

빙하 근처에선 무언가 폭발하는 소리가 밤낮으로 들려왔다.

여전히 뜸을 들이고 있던 밤이었다. 그날 체이는 한참을 말없이 걷기만 하고 있었다. 그러다 어느 순간, 슬로프의 중턱쯤에서 우뚝 걸음을 멈추었다. 그러고는 그 자리에, 스르륵 누워버렸다. 마치 녹아내리는 듯한 부드러운 몸짓이었다. 얀은 당황하며 그런 그녀를 얼마간 가만히 내려다보았다.

반쯤 눈을 감고 있던 체이는 얀보다 먼저 입을 떼었다. 기다렸다는 듯, 아주 가뿐하게였다. 얀은 그런 체이의 말에 대답을 하거나, 대답을 하지 않고 조금 더 기다리는 방식으로 그녀와의 대화를 이어갔다. 그들은 불필요한 수식과 설명을 모조리 제외한 채, 꼭 해야 하는 말들만 짧게 주고받았다. 가끔은 너무 많은 말이, 가장 중요한 말이, 생략되기도 했다. 그럼에도 대화는 줄곧 수월하게 이어졌다. 그들은 멈추지 않고 서로의 말에 고개를 끄덕였다. 음, 음, 소리를 내며 눈을 깜빡였다. 매 순간 귀를 기울이고, 서로의 말에 집중했다. 그들의 말은 하나의 결말을 향해 나아갔다. 그 사이의 모든 과정이 몹시 자연스러웠다.

그들의 말소리가 차츰 잦아들었을 때, 높은 곳으로부터 폭발하는 소리가 다시 들려왔다. 둘 모두에게 이미 익숙해진 소리였다. 그곳에 있는 모두에게 익숙한 소리였다. 하품이 나오는 소리였다. 그러나 얼마 뒤 모두가 분주해졌다. 모두가 부산스러워졌다. 소란스러워졌다. 얀의 휴대폰에서 연달아 알림음이 울리기 시작했다. 얀은 꺼지지 않는 휴대폰의 화면을 들여다보다가, 마지막으로 걸려온 전화를 받았다.

그날 그곳에선 다이너마이트를 터뜨리던 남자 한 명이 죽었다. 폭약을 다루는 일을 낯설어하던 신입이었다. 어처구니없는 실수였으며 안타까운 사고였다고 모두가 입을 모아 말했다. 그는 얀도 아는 남자였다. 오랜 기간 얀의 동료로서 함께해온 남자였다. 그는 여름이 끝나자 얀의 팀을 떠났으며 가을이 지나 눈사태 대비 팀에 보란듯 입사했다. 얀은 지난 겨울 숙소의 카페테리아에서 그를 마주친 적이 있었다. 그때 그는 마침내,라고 얀에게 말했었다. 몹시 쾌활한 투였다.

얀은 별다른 대답 없이 통화를 끊었다. 휴대폰을 바지 주머니에 밀어 넣고 체이를 돌아보았다. 어느새 몸을 일으킨 체이가 얀의 곁에 서 있었다. 얀의 통화를 모조리 엿듣고 있었다. 그러나 그들은 아무것도 변하지 않으리라는 것을 알았다. 그들은 그들이 어디로 향해야 할지 알고 있었다. 그곳에서 무엇을 해야 할지 알고 있었다. 얀과 체이는 동시에 고개를 들어 올렸다. 날은 맑았고 리조트의 조명은 밝았다. 흰 산의 꼭대기가 훤히 들여다보이고 있었다.

## 24

백은 4월 초에 퇴사했다. 지난해보다도 날이 뜨겁던 봄이었다. 빠르게 눈이 녹아내리는 봄이었다.

그해 리조트의 스키 시즌은 급작스러울 만큼 이르게 마무리되었다. 두 달 전의 사고가 그 결정에 적지 않은 영향을 미쳤으리라고 백은 짐작했다. 사고 이후로는 모두가 높아진 기온에 기민하게 반응하고 있었다. 녹아가는 눈을 불길하게 지켜보고 있었다. 더욱 자주 들려오는 폭발음을 불안해하고 있었다. 더 이상 누구도 그 소리를 믿지 못하고 있었다. 그 소리가 누군가를 죽일 수도 있는 것이었음을, 모두가 깨달아버린 탓이었다. 얼마 뒤 리조트 측에서는 여름 시즌을 잠정적으로 폐지하겠다는 공고가 내려왔다. 당연한 결과라고, 백은 생각했다.

백은 그곳에 남았다. 짐을 챙겨 기숙사를 나온 뒤 그대로 리조트의 호텔로 들어가 짐을 풀었다. 비수기였으므로, 그리고 백은 그곳에서 6개월가량을 쉬지 않고 일했으므로, 한 달 치의 숙박비를 지불하는 일도 그리 부담스럽게 느껴지지는 않았다. 운이 좋았다고 백은 생각했다. 숙박비가 평소처럼 터무니없는 고가였대도 백은 그곳에 남았을 것이다. 그럴 수밖에 없었을 것이다. 백에겐 아직 해야 할 일이 남아 있었다. 찾아야만 하는 것이, 남아 있었다.

그날 백은 그들을 보았다. 백은 거의 매일 밤 그들을 보았으므로, 그건 그리 특별한 일은 아니었다. 그러나 그날 백은 그들을 보았고, 그들의 목소리를 들었다. 그들의 대화를 희미하게나마, 엿들었다. 슬로프 위를 높이 지나치던 리프트에서였다. 유독 날이 맑고 바람이 고요한 날이었으므로 가능한 일이었다.

자줏빛 머리칼의 여자는 눈밭 위에 누워 있었다. 패트롤 여자는 그 바로 옆에, 작게 몸을 웅크리고 앉아 있었다. 백은 그들을 발견하자마자 귀를 덮은 모자를 벗었다. 그러곤 리프트에 거의 매달리듯이, 여차하면 떨어질 수도 있는 곳까지, 그들과 최대한 가까워질 수 있는 곳까지 몸을 기울였다. 그때 그들 중 누군가의 목소리가 들렸다. 이젠 정말, 묻어줄 때가 됐어요. 이후의 말들은 명확하지 않았다. 다만 백은 아마도, 누군가 죽었으리라는 것을 알아낼 수 있었다. 그들이 누군가의 죽음에 대해 끊임없이 이야기하고 있었기 때문이다. 백은 빠르게 그들로부터 멀어져갔다. 리프트에서 내린 백이 서둘러 그곳에 다다랐을 때, 그들은 이미 사라지고 없었다.

그 뒤로 백은 다시는 그들을 마주치지 못했다.

백이 그들을 보지 못한 사이, 그들은 묻었을 것이다. 아마도 시체였을 것이다. 백은 그렇게 생각했다. 확신에 가까운 짐작이었다. 백은 그들을 찾아 헤매던 밤마다 세차게 뛰는 가슴을 애써 진정시켰어야 했다. 그들은 아마도 연인이고, 아주 오래된 연인이고, 아마도, 누군가의 시체를 함께 매장하려 하고 있었다. 백은 그들이 등장하는 장면을 수도 없이 상상해낼 수 있었다. 그들이 함께, 또 따로, 누군가를 살해하는 장면을 떠올릴 수 있었다. 그 이전에 지나쳐왔을 수많은 시간들을, 사건들을, 이미 본 것처럼 구체적으로 그려낼 수 있었다. 백은 그들이 묻은 누군가의 시체를 찾아내지 못해서, 발견하지 못해서, 매일 밤 참을 수 없이 안달이 났다. 그건 그녀가 범죄의 현장을, 끔찍한 도모의 현장을 목격했다는 데서 생겨난 흥분감은 아니었다. 백은 그것이 너무나 간절히 보고 싶었을 뿐이다. 두 눈으로 직접 확인하고 싶었을 뿐이다. 자신의 두 손으로 손수 파헤쳐서, 흰 눈밭 위로 끌어 올려서, 찬찬히, 정확하게 살펴보고 싶었을 뿐이다. 그들이 함께 묻었을, 바로 그것을 말이다.

그러나 시즌은 끝나버렸고 백은 그들을 만나지 못했다. 슬로프 어딘가에 묻혀 있을 그것도 끝내 찾지 못했다. 백은 스스로에게 딱 한 달의 유예 기간을 내주기로 결정했다.

그리하여 백은 이곳에 있다. 그것을 찾기 전까지는, 어디로도 떠나지 않을 작정으로 있다. 돌아가지 않을 작정으로 있다. 이러다 정말, 영영 찾아내지 못하면 어떡하지. 그런 생각이 들 때면 백은 고개를 크게 내저으며 머릿속을 비웠다. 그리고 아무 생각도 하지 않았다.

아침이면 백은 호텔의 식당에서 느긋하게 조식을 먹었다. 양이 많은 팬케이크나 오믈렛 따위로 든든히 배를 채우며, 시원히 트인 유리창 밖을 찬찬히 둘러보았다. 이미 반쯤 녹아버린 슬로프 위에선 밝은 녹색이 엷게 번져가고 있었다. 멈춰버린 리프트들은 그 위에서, 불어오는 바람을 따라 일제히 흔들리고 있었다. 백은 남은 눈이 어서, 모조리 녹아버리기를 바랐다. 그 아래에 숨겨진 것들을 어서, 모조리 드러내주기를 바랐다.

낮에는 커다란 물통 한 개와 작은 모종삽 하나를 배낭 속에 챙겨 들고 산길을 올랐다. 그리고 눈에 보이는 모든 구석진 곳들을, 짙은 그림자가 드리운 곳들을, 유독 차게 얼어붙어 있는 곳들을 하나하나 살펴보았다. 수상한 흔적이 발견될 때면 삽을 들고 한 시간이고 두 시간이고 그곳의 흙을 파헤쳤다. 대개는 아무것도 발견되지 않았다.

해가 지기 시작하면 호텔 근처로 돌아와 뜨거운 코코아를 마시거나 치즈 소스를 듬뿍 올린 핫도그를 먹었다. 배가 차면 다시 할 일을 했다. 낮의 일과 전혀 다르지 않은 일이었다. 그러나 백은 조금도 지겹지 않았다. 늦은 밤 호텔에 돌아오면 죽은 듯 잠이 들었고, 아침이면 몹시 희망찬 기분으로 다시 호텔을 나설 수 있었다.

그를 마주한 것은 호텔에서 생활한 지 보름쯤 지났을 때의 일이었다. 백은 호텔 로비의 소파에 눕듯이 앉아, 몰려오는 식곤증을 이겨내려 노력하고 있었다. 깊이 감기던 눈을 힘겹게 떠 올렸을 때, 그가 백의 눈앞에 있었다. 검은 후드티에 헐렁한 청바지를 입고, 앞쪽의 포켓에 양손을 찔러 넣고, 그녀의 앞에 멀거니 서 있었다. 백은 그를 얼마간 알아보지 못했다. 어디에서도 본 적이 없는 인상의 남자였다.

— 여전히 누워 계시네요.

그가 그런 말을 건네왔을 때, 백은 늦게야 하나의 기억을 떠올릴 수 있었다. 그리 오래된 기억은 아니었다. 백이 그 여자들을 완전히 놓쳐버린 채, 막막한 기분으로 눈밭 위에 드러누워 있던 밤의 기억이었다. 그날 누군가 백의 위로 장갑을 떨어뜨렸다. 그 장갑을 찾으러 온 남자가 있었다. 백은 부스스 몸을 일으키며 눈앞의 남자를 다시 한번 살펴보았다. 그였다. 그 남자였다. 그러나 그는 그날과는 완전히 달라진 분위기를 풍기고 있었다. 전체적인 이목구비는 그대로였지만, 표정이랄까 인상 같은 것이, 등과 허리의 자세 같은 것이, 낯빛 같은 것이, 그때와는 몹시 달라져 있었다. 잘은 몰라도, 전보다 좋은 쪽으로 바뀐 것만큼은 분명하다고 백은 생각했다. 이제 그는 몹시 평화로워 보였다. 편안해 보였다.

— 아직 여기에 계시네요.

백이 잠긴 목을 가다듬으며 천천히 말하자, 남자는 한 차례 주위를 여유롭게 둘러보고는 대답했다.

— 별로 가고 싶은 곳이 없어서요.

백은 남자의 대답을 이해한다는 듯 고개를 잘게 끄덕였다. 그러곤 저도요,라고 짧게 대꾸했다. 그 뒤로 그들은 한참을 말없이 있었다. 서로의 얼굴만을, 흥미롭다는 듯 가만히 들여다보고 있었다. 얼마 후 남자가 말했다.

— 그때보다, 좋아 보이시네요.

— 어떤 면에서요?

백이 되묻자, 남자는 고개를 내저으며 자신도 그것까지는 잘 모르겠다고 답했다. 백은 옅게 미소를 지으며 고개를 끄덕였다. 백은 남자의 말을 이해할 수 있었다. 그때 백은 아주 평화로운 상태였다. 더할 나위 없이 편안한 상태였다. 그 상태를 언제까지고 지속할 수 있을 것만 같은 기분이었다. 세상에 남은 시간을 전부, 한 손에 모아 쥐고 있는 것만 같은 기분이었다. 무한해지는 기분이었다. 완전해지는 기분이었다. 말하자면, 그런 상태였다.

2시쯤 백은 로비 벽면의 시계를 돌아보며 자리에서 일어났다. 건너편 소파에 앉아 있던 남자는 그 상태로 백을 올려다보며, 어디에 가는 것이냐고 물었다. 백은 잃어버린 것을 찾으러 간다고 대답했다. 자신이 잃어버린 것이 그곳에, 수백 개의 슬로프 중 어딘가에, 조용히 묻혀 있다고 대답했다. 그러자 남자는 몸을 일으켜 세우며 자신도 함께 가겠다고 말했다. 어째서,라고 백이 묻자, 남자는 미소를 지으며 대답했다.

— 별로 하고 싶은 것이 없어서요.

백은 큰 고민 없이 그와 동행했다.

## 25

한서는 그리 많은 말을 하지는 않았다. 별다른 이유가 있는 것은 아니었다. 그는 원래 말수가 적은 편이었다. 그럼에도 알아낸 것들은 있었다. 한서는 여자의 이름이 백이며 그녀가 자신과 동갑이라는 것을 알게 되었다. 한서는 백의 고향이 서울이 아니며 기존의 억양을 고치기 위해 수년의 노력이 필요했음을 알게 되었다. 한서는 백이 시즌 마감 전부터 그때까지 벌써 몇 달간 그곳의 산길들을 오르내리는 생활을 이어왔다는 사실을 알게 되었다. 그러는 사이 체중이 3킬로그램이나 빠져버렸다는 사실도 알게 되었다. 전부 백이 해준 이야기들 덕분이었다. 백은 한서가 묻지 않아도, 크게 대꾸하지 않아도, 홀로 곧잘 이야기를 이어나갔다. 그러나 한서가 백에게 아무런 질문을 하지 않았던 것은 아니었다. 한서는 백이 잃어버린 것에 대해, 그것이 대체 무엇인지에 대해 몇 차례 물어본 적이 있었다. 백은 그때마다 입을 다물고 대답을 하지 않았다. 그래서 한서는 그것에 대해 더 이상 묻지 않았다. 그래도 괜찮았다. 별로 중요한 것은 아니었으니까 말이다.

한서는 백의 뒤를 따르는 동안, 그리고 백이 이따금 해주는 이야기들을 듣는 동안, 그녀를 처음 보았던 겨울밤의 기억을 자주 떠올렸다. 토끼 눈을 하고서, 주먹을 말아 쥐고서, 무언가 견딜 수 없다는 표정으로 드러누워 있던 백의 모습을 떠올렸다. 목이 메어 가까스로 흘러나오던 그녀의 목소리를 떠올렸다. 언젠가 한서가 그날에 관해 물었을 때, 백은 어쩐 일인지 성실히 대답을 해주었다. 그날이었거든요. 그날, 잃어버렸거든요. 한서는 그녀의 대답이 조금 재미있다는 생각을 했는데, 그날 한서는 잃었던 것을 도리어 되찾았기 때문이다. 그 점을 기억해낸 한서는 무심코, 그때는 감사했습니다,라고 백에게 인사했다. 백은 대수롭지 않다는 표정으로 그의 인사를 가뿐히 웃어넘겼다. 그 웃음 때문에, 한서는 다시금 그녀를 처음 본 밤의 기억을 떠올리게 되었다. 그 뒤로도 줄곧, 그러니까 백이 웃을 때마다, 한서는 그 기억을 떠올리게 되었다. 그때와는 완전히 다른 얼굴이다, 라는 생각을 하며 크게 놀라워했다. 그때와는 완전히 다른 얼굴이어서, 한서는 백의 웃음이 마음에 들었다. 몹시 반짝이는 웃음이어서, 자꾸만 보고 싶었다. 계속해서 보고 싶다는 마음이 들었다.

정직하게 말하자면 백과의 산행은 꽤 지루한 편이었다. 지루할 뿐 아니라 고단하기까지 한 편이었다. 산행이었으므로, 어쩔 수 없는 일이었다. 그렇다고 못 견딜 정도는 아니었다. 백은 주위를 두리번거리고, 이따금 땅을 파헤치고, 다시 길을 걷는 사이마다 끊임없이 한서에게 말을 걸어왔다. 한서가 묻지 않은 이야기들을 끊임없이 들려주었다. 그러다 백은 종종 혼자 웃음을 터뜨리며 한서를 돌아보았다. 그래서 한서는 매일 백과 동행할 수 있었다.

그래도 한서는 산맥을 내려온 이후의 일들이 더 좋았다. 한서와 백은 끼니때마다 리조트의 빌리지로 내려와, 함께 무언가를 먹거나 마시며 시시콜콜한 이야기를 나누었다. 그럴 때면 한서도 자신의 이야기를 조금씩 꺼낼 수 있었다. 대개는 그곳에 와 일을 하던 겨우내 무슨 일들이 있었는지에 대한 것이었다. 어떤 일들을 당했는지에 대한 것이었다. 자신이 어떤 착각을 했으며, 그의 일터가 얼마나 엉망이었는지에 대한 것이었다. 백은 그런 한서의 말에 깊이 공감하며, 그녀가 일하던 숍의 여주인에 대한 이야기를 종종 들려주었다. 끝도 없이 늦어지던 퇴근 시간과, 꼭 한꺼번에 쏟아져 들어오던 손님들에 대한 이야기를 들려주었다. 그럼에도 여주인에게 한마디 불평도 하지 못했던 그녀 자신에 대한 이야기를 들려주었다. 한서 역시 그 모든 이야기에 깊이 공감할 수 있었다. 한서가 겪어온 일들과 조금도 다를 바 없는 일들이었기 때문이다.

— 이딴 곳 차라리 오지 말 걸 그랬죠.

— 그러게. 아주 오지를 말았어야 했죠.

그런 이야기를 할 때면 그들은 동시에 웃었다. 그러다 결국 두 사람 모두, 구태여, 그곳에 남아 있다는 사실을 떠올리고는 더욱 크게 웃었다. 그들만이 남아 있는 빈 식당을 가득 울리도록, 큰 소리를 내어 호탕하게 웃었다.

한번은 백이 그녀의 룸메이트들에 대한 이야기를 꺼낸 적도 있었다. 그때 그들은 호텔 앞 벤치에 앉아 차가운 커피를 마시고 있었다. 백은 자신이 그들과 결국 한마디의 말도 제대로 나눠보지 못했다고 말했다. 그리고 그들이 한마디의 인사도 없이, 시즌이 끝나자마자 그곳을 떠나버렸다고 말했다. 그녀의 이야기를 듣던 한서는 별다른 생각 없이 자신의 룸메이트들에 대해서도 이야기해주었다. 그들이 어떤 인간들이었는지, 그래서 한서를 어떻게 다루었는지에 대해서 상세하게 설명해주었다. 그러자 백은 몹시 흥분한 채, 그런 인간들을 두고만 보았느냐고 한서에게 소리치듯 물었다. 당연히, 두고만 보지는 않았죠. 한서가 천천히 대답하자 백은 입을 다물고 가만히 한서의 얼굴을 쳐다보았다. 한서의 다음 말을 기다리는 듯한 얼굴이었다. 그때서야 한서는 자신이 그 이상 아무 말도 할 수 없음을 깨달았다. 더 이상 아무런 말도 그녀에게 들려줄 수 없음을 깨달았다. 한서는 복잡한 심경으로 입을 다물 수밖에 없었다. 길게 침묵이 흐르자,

백은 한서의 어깨를 가볍게 밀쳐내며 말했다.

— 알겠어요. 더 안 물어볼게요.

한서는 밀쳐진 어깨를 아프다는 듯 쓰다듬으며 백을 쳐다보았다. 백은 쾌활해진 얼굴로 다시 말을 이어갔다.

— 서로 비밀 하나씩이니까, 이제 우린 완전히 공평해요.

한서는 그런 백의 반응이 싱겁다는 듯 작게 웃음을 터뜨렸다. 그러나 그때 한서는 도리어 어떤 말이든 할 수 있을 것 같다는 기분을 느끼고 있었다. 문득, 갑자기, 그런 기분이 들었다. 그녀에게라면 무슨 말이든 전부 들려줄 수 있을 것 같았다. 들려주고 싶었다. 언젠가, 분명 그렇게 되리라는 예감이 들었다. 그게 지금은 아니지. 한서는 생각했다. 그러나 머지않아, 언젠가는,이라고 한서는 다시 생각했다.

2주쯤 지나 한서는 산의 정상으로 향하는 곤돌라에 올라타게 되었다. 물론 백과 함께였다. 그즈음 백은 자신이 그 산의 슬로프를 거의 전부 돌아보았음을 깨달은 상태였다. 그녀는 이제 고작 두어 곳의 산맥만을 남겨두고 있었다. 하루 이틀 정도만 더 분주하게 움직인다면 그곳들을 전부 돌아볼 수 있을 것이었다. 오랜 산행을 끝마칠 수 있을 것이었다. 무언가를 찾거나, 찾지 못할 것이었다. 그리하여 떠나거나, 떠나지 않을 것이었다. 그러나 백은 그곳으로 향하지 않았다. 그러고 보니 산의 정상으로는 올라가볼 생각을 하지 못했다며, 당장 곤돌라를 타야만 한다는 난데없는 주장을 펼칠 뿐이었다. 한서는 순순히 백의 말을 따랐다.

한서는 백의 맞은편에 앉아, 곤돌라의 창 아래로 내려다보이는 산의 풍경을 가만히 지켜보았다. 4월 말이었고, 이미 봄이 완연해 있었다. 어디에나 초록빛이 돌았고, 햇살은 오렌지 과즙처럼 샛노랗게 반짝였다. 종종 지나치던 들판 위엔 흰 들꽃들이 드문드문 피어 있었다. 그들은 몹시 높은 곳에 있었지만 바람이 불지 않아 고요했다. 두껍고 단단한 케이블에 매달린 곤돌라는 거의 흔들리지 않았다. 그 안에서 한서와 백은 거의 대화하지 않았다. 각자의 생각 속으로 깊이 빠져든 채, 하나의 시절이 천천히 마무리되어감을 예감했다. 그렇다고 그들이 줄곧 침울한 기운 속에 가라앉아 있던 것은 아니었다. 그들은 여름이 다가오고 있음을 알았다. 그리고 그들은 다가올 여름이 조금도 두렵지 않았다.

정상에 다다르자 백은 몹시 가벼운 걸음으로 곤돌라에서 폴짝 뛰어내렸다. 산꼭대기엔 여전히 흰 눈이 얼어붙어 있었다. 빙하였다. 겨우내 폭발음이 들려오던 곳이었다. 매해 여름에도 스키어들이 찾아드는 곳이었다. 그러나 이제 그곳엔 아무도 남아 있지 않았다. 오로지 한서와 백만이 있었다. 백은 어쩐지 충만해진 얼굴을 한 채, 그곳의 풍경을 몇 번이고 둘러보았다. 캔버스 재질의 운동화가 젖어 잿빛이 되도록, 흰 눈 위를 힘차게 뛰어다녔다. 한서는 그런 백을 지켜보며 기분 좋게 미소 지었다. 그때 그들은 거의 동일한 기분을 느끼고 있었다. 소풍을 나온 아이들처럼, 마음 깊숙한 곳까지 해맑아지는 기분이었다. 그들은 아주 오랫동안 걸었다. 아주 먼 곳까지 걸었다. 드문드문 설치된 펜스들을 따라, 아주 높은 곳까지 걸었다. 걸어도 걸어도 흰 눈밭이었다. 봄의 햇살이 어디에서나 찬란하게 부서졌다.

얼마 뒤 그들은 산 아래가 전부 내려다보이는, 깎아지른 듯 가파른 경사면에 다다랐다. 그곳에서 그들은 일시에 걸음을 멈출 수밖에 없었다. 차가운 펜스를 한 손으로 붙들고, 동시에 고개를 내밀며, 같은 곳을 바라볼 수밖에 없었다. 그 펜스 너머에 무언가가 있었다. 봄의 햇살처럼 샛노란 끈으로 둥글게 둘러쳐진 곳이 있었다. 그들은 그제야 그곳이 사고의 현장이라는 것을 알아차릴 수 있었다.

그들은 약속이라도 한 듯 그 앞을 향해 한 걸음씩 조심스레 발을 내디뎠다. 펜스가 끝나는 지점에 도착하자, 큰 팔각형을 그리며 눈 깊숙이 박혀 있는 스키 폴대들이 보였다. 그 스키 폴대들을 지지대 삼아, 노란 폴리스 라인이 쳐져 있었다. 폴리스 라인의 안쪽엔 흰 눈뿐이었다. 다른 곳과 다를 바 없이, 그저 흰 눈뿐이었다. 얼마간 그 안쪽을 유심히 들여다보던 백은, 별안간 그 안으로 몸을 밀어 넣기 시작했다. 한서는 그런 백을 그저 지켜보았다. 백은 힘든 기색도 없이, 두 손으로 단단히 얼어붙은 눈을 서둘러 파헤쳤다. 머지않아 백이 그곳에 파묻혀 있던 상자 하나를 꺼내 들었다.

백이 한서를 돌아보았다. 그녀의 얼굴이 붉게 상기되어 있었다.

## 26

얀과 체이는 그 곤돌라에 있었다. 두 달 전의 일이다. 밤이었고, 그들은 산의 정상에서 내려오고 있었다. 유독 짙은 안개가 끼어 있었으므로, 창밖의 풍경은 거의 보이지 않았다. 그 때문에 그들은 그곳에 갇혀 있다,는 기분을 내내 느끼고 있었다.

그들이 탄 곤돌라는 산의 중턱쯤에서 갑작스레 운행을 멈추었다. 이전까지 꽤 빠른 속도로 움직이고 있었으므로, 정지한 직후 차체는 앞뒤로 몇 차례 크게 흔들렸다. 얼마 뒤엔 먼 곳에서부터 비상 경고음이 희미하게 들려오기 시작했다. 체이는 그 소리가 불안한 듯 연신 주위를 둘러보았고, 얀은 팔짱을 낀 채 희부연 창밖만을 무심히 쳐다보았다. 얀은 알고 있었다. 그곳에 있는 리프트와 곤돌라가, 별스럽지도 않은 이유로 자주 멈춰대곤 한다는 것을 말이다. 그 이야기를 전해주자, 체이는 그제야 긴장을 풀고 의자의 등받이에 편안히 몸을 기대었다. 얀은 다시 창밖을 향해 시선을 던졌다.

그들은 한참을 어색하게 그 안에 갇혀 있었다. 그들 사이에 대화란 이미 오래전 멈추어버린 뒤였다. 그들은 그들 사이에 오갈 수 있는 말들이, 단어들이, 문장들이, 전부 남김없이 고갈되어버렸음을 알았다. 그들은 더 이상 서로에게 해줄 이야기가 없었다. 서로에게 묻고 싶은 것도 없었다. 여전히 서로를 잘 몰랐음에도, 아는 것이 그리 많지 않았음에도, 그들은 그런 기분을 느꼈다. 기어이 끝에 다다라버렸다는, 까마득한 기분을 느꼈다.

힘겹게 이어지던 정적 속에서, 얀은 정말 마지막이라는 생각을 하며 체이의 이름을 불렀다. 체이는 고요한 눈빛으로, 별다른 대꾸 없이 얀을 쳐다보았다. 얀은 잠시 뜸을 들이다, 그녀에게 물었다.

— 이제 어떻게 할 생각이에요?

체이는 대답하지 않았다. 그래서 얀은 다시 물었다. 앞으로 무엇을 할 것인지, 어디로 돌아갈 것인지, 그런 것들에 대해 생각해본 적은 있는지, 차근차근 물었다. 그러나 체이는 작게 고개를 저어 보이며, 모르겠다는 답만을 해올 뿐이었다.

— 이곳도 나쁘지는 않아요.

얀이 그런 말을 꺼냈을 때, 체이는 아주 오랜만에, 희미하게나마, 웃음을 터뜨렸다. 그러곤 혼잣말을 하듯이, 나지막한 소리로 대답했다.

— 그럴까요. 여기에 남을까요.

얀은 그 말에 대답하지 않았다. 둘 사이엔 다시 긴 침묵이 흘렀다. 멈추었던 곤돌라는 부옇게 끼어 있던 안개가 깨끗이 흩어진 뒤에야 다시 운행되었다. 얀은 그때서야 작게, 누구에게도 보이지 않을 만큼 아주 작게 고개를 끄덕일 수 있었다. 그러나 체이는 이미 얀에게서 시선을 거둔 뒤였다.

체이는 리조트의 스키 시즌이 마감되던 날까지 얀의 숙소에 머물렀다. 그곳에서 얀과 함께 잠이 들고, 일어나고, 밥을 먹고, 종종 산책을 했다. 3월 말이 되어 시즌이 종료되자, 리조트의 모든 기숙사와 직원용 숙소에서 사람들이 빠져나가기 시작했다. 체이는 그들과 함께 떠났다. 그들 사이에 섞여 떠났다. 인사도 없이 홀연히 떠났다. 얀이 잠에서 깨어나기도 전에 떠났다. 이제 얀은 체이가 어디에 있는지, 어디에서 무엇을 하고 있는지 알지 못한다. 어차피 알았던 적도 없다고, 남겨진 얀은 생각했다.

얀이 알지 못하는 것은 체이의 행방만이 아니다. 얀은 이제 매해 여름을 어디에서, 어떻게 보내야 할지 알 수 없다. 리조트의 여름 시즌은 중단되었고, 아마 다시는 재개되지 않을 것이다. 얀은 그곳에 남을 수도, 남지 않을 수도 있다. 그러나 얀은 그곳에서 더 이상 할 일이 없다. 아무것도 할 수가 없다. 아무것도, 할 필요가 없다. 얀은 태어나버린 기분을 느낀다. 다시,가 아니라 처음으로, 태어나버린 기분을 느낀다. 이제 막 태어나버린 이의 눈으로, 모든 것을 본다. 세상을 본다. 세계를 본다. 그 속의 자신을 본다.

아무것도 없다.

## 27

시나는 빈 침대에 누워 있다. 팔다리를 크게 벌리고 누워 있다. 침대 한가운데를 전부 차지하고 누워 있다. 그럼에도 그것은 여전히 빈 침대이다. 체이가 없기 때문이다. 그것은 시나와 체이가 줄곧 함께 누워 있던 침대이기 때문이다. 두 사람이 누워야만 하는 2인용 침대이기 때문이다. 그 침대에 시나는 홀로 누워 있다. 체이 없이 누워 있다. 그러므로 그것은 빈 침대이다. 영원히, 빈 침대일 것이다.

체이는 시나를 떠났다.

시나는 그 사실을 믿을 수 없다.

그날 시나는 평소보다 기분이 좋은 상태였다. 체이와의 여행이 완벽했기 때문이다. 더할 나위 없었기 때문이다. 모든 순간이 아름다웠고, 평화로웠고, 찬란했기 때문이다. 그들은 여행을 하는 내내 한 차례의 다툼도 하지 않았다. 그러면서도 모든 순간에 함께였다. 처음부터 끝까지, 완벽한 상태로 함께였다. 그래서 시나는 기분이 좋았다. 사랑스러운 기분을 느꼈다. 눈에 보이는 모든 것에 사랑을 느꼈다. 그중에서도 체이에게 가장 큰 사랑을 느꼈다. 평소보다도 한층 깊은 사랑을 느꼈다. 사랑해,라고 온 세상에 소리치고 싶을 만큼 커다랗게 부푼 사랑이었다. 체이와 시나는 완벽한 여행을 끝마친 뒤, 각자의 캐리어를 끌고 집 근처의 마트에 들렀다. 그곳에서 가장 비싸고 도수가 높은 술을 한 병 골라 결제했다. 그것을 소중히 끌어안은 채, 밤거리를 성큼성큼 걸었다. 그리고 지나치는 사람들 몰래, 그 술을 한 모금씩 나눠 마시며 웃음을 터뜨렸다. 술기운이 오르자 기분은 더욱 좋았다. 당장이라도 하늘 높이 날아오를 것만 같은 가벼운 기분이었다. 시나는 체이에게 그들이 열차에서 보았던 것에 대해, 플랫폼에서 보았던 것에 대해, 언 호수에서 보았던 것에 대해, 끊임없이 이야기했다. 너무, 너무 좋았지. 어떻게 그럴 수가 있지? 어떻게 그럴 수가 있냐고 세상 사람들의 멱살을 잡고 묻고 싶을 만큼 좋았지. 그런 이야기를 했다. 그러면 체이가 빰이 솟아오를 때까지 입꼬리를 당겨 웃으며 응, 응, 하고 맞장구를 쳐주었다. 맞장구치는 체이의 목소리가 평소보다도 듣기가 좋아서, 시나는 더, 더, 기분이 좋아졌다.

한참을 걷다 보니 배가 고팠다. 참을 수 없을 만큼 허기가 졌다. 시나의 배에서도, 체이의 배에서도, 자꾸만 꼬르륵하는 소리가 났다. 체이와 시나는 그 소리에 또다시 웃음을 터뜨렸다. 배가 아프게 웃던 시나는 퍼뜩 고개를 들어 주위를 둘러보았다. 마침 그때 시나와 체이는 술을 팔거나, 음식을 팔거나, 그 두 가지를 모두 파는 가게들이 즐비한 거리를 지나치고 있었다. 가게마다 사람들이 북적였다. 모두가 행복하게 웃음을 짓고 있었다. 모든 가게에서 신이 나는 음악들이 울려 퍼졌다. 그 소리에 맞춰 모두가 몸을 들썩이고 있었다. 시나는 그들처럼 몸을 들썩이며, 가장 가까이에 있던 가게로 한 걸음씩 다가갔다. 매장의 차양 아래로 고개를 밀어 넣은 채, 저기요, 하고 큰 소리로 직원을 부르자, 직원도 몸을 들썩이며 시나에게로 다가왔다. 주문하시겠어요,라고 말하는 직원의 목소리가 몹시 쾌활해서 듣기가 좋았다. 시나는 체이를 한 차례 돌아본 뒤, 주머니에 남아 있던 돈을 모조리 털어 킹사이즈의 핫도그 한 개를 주문했다. 당장 주세요. 얼른 주세요. 피클을 잔뜩 넣고, 머스터드를 잔뜩 뿌려서, 얼른얼른 달란 말이에요. 시나는 노래를 하듯 말했다. 직원은 재미있다는 듯 웃으며 고개를 끄덕였다.

직원은 바람처럼 빠르게 핫도그를 내주었다. 어디에서도 본 적이 없을 만큼 커다란 핫도그였다. 시나는 두 손으로 그 커다란 핫도그를 받쳐 들고 체이에게 달려가려다가, 다시 뒤를 돌아 직원에게 소리쳤다. 저기요, 이거 반으로 잘라주세요. 정확히 반이어야 해요. 알겠죠? 직원은 다시 몸을 들썩이며 핫도그를 받아 갔고, 춤을 추듯 핫도그를 반으로 잘라 주었다. 시나도 춤을 추듯 핫도그를 건네받았고, 춤을 추듯 체이에게 한쪽을 건네주었다. 체이는 평소처럼 부드러운 미소를 지으며, 핫도그를 받았다. 춤을 추듯은 아니었지만 몹시 기분이 좋아 보이는 얼굴이었다. 체이와 시나는 골목의 벽에 기대어 그 핫도그를 우물우물 씹어 먹었다. 핫도그는 아주 맛이 좋았다. 짜고 달고 기름지고 따뜻했으며, 잘게 썰린 피클은 몹시 신선하고 아삭거렸다. 체이와 시나는 그것을 금세 먹어치웠다. 그러곤 남은 술도 모조리 마셔버렸다. 그러나 그들은 여전히 배가 고팠다. 시나는 놀랍다는 듯이 소리쳤다. 와, 아직도 배가 고파. 체이가 작게 웃음을 터뜨렸다. 왜 웃어. 시나가 체이를 따라 웃음을 터뜨리며 물었다. 체이는 대답 없이 웃기만 했다. 그래서 시나는 체이의 옆구리를 쿡쿡 찔러대며 다시 물었다. 왜 웃냐고. 그런데 이상하게도 얼마 뒤 체이는 울고 있었다. 흐느끼고 있었다. 커다란 눈물을 두 손 아래로 뚝뚝 떨어뜨리고 있었다. 시나는 놀란 얼굴로 체이를 끌어안았다. 왜 그래, 왜 울어,라고 몇 번이나 물어보았다. 하지만 체이는 아무런 대답도 하지 않았다. 점점 더 큰 소리로 흐느낄 뿐이었다. 그러다 어느 순간, 체이는 눈물을 말끔히 닦아내며 고개를 들었다.

—끝났어. 우리는 끝났어. 그러니까 나는 지금, 너를 떠나겠어.

그리고 체이는 정말로 시나에게서 등을 돌려 걸어가기 시작했다. 시나는 아무것도 이해할 수 없는 기분으로 체이의 팔을 잡고 매달렸다. 몇 번이나 매달렸다. 몇 번이나 물었다. 너 대체 왜 그래? 갑자기 왜 이래? 그때마다 체이는 단호하게 고개를 내저으며, 아무것도 설명해주지 않았다. 아무것도 설명할 수 없다고 말했다. 그냥, 그렇게 되어버린 것이라고 말했다. 그날 시나는 체이를 지구 끝까지 쫓아갈 작정이었다. 계속해서 체이의 팔을 잡고 매달릴 생각이었다. 체이가 술기운에 돌아버린 거라고 생각했기 때문이다. 그러나 점점 더 먼 곳으로, 그들의 집에서 멀리 떨어진 곳으로, 그들의 동네를 벗어난 곳으로, 걷고, 걷고, 걷다 보니 시나는 알 수 있었다. 그들이 정말로 끝났다는 것을 알 수 있었다. 체이의 말이 진심이었다는 것을 알 수 있었다. 그녀가 다시는 돌아오지 않으리라는 것을 알 수 있었다. 대체 왜? 시나는 알 수 없었다. 체이가 대답하지 않았으므로 알 수 없었다. 그럼에도 시나는 어느 순간, 체이의 손을 놓아줄 수밖에 없었다. 그녀가 자신에게서 차근차근 멀어져가는 것을, 그저 지켜볼 수밖에 없었다.

몇 달간 시나는 매일 울었다. 그 뒤로도 몇 달간 시나는 자주 울었다. 그 이후로는 이따금 울었다. 그렇게 1년이 지났고 체이는 돌아오지 않았다. 시나는 이제 거의 울지 않는다.

여전히 시나는 체이가 떠난 이유를 알지 못한다. 체이가 대답하지 않았으므로, 알지 못한다. 아마 시나는 영원히 알지 못할 것이다. 모르는 채로 영원히, 살아갈 것이다. 체이 없이 홀로, 살아갈 것이다. 시나는 가장 쉬운 답을 찾아내었다. 체이는 더 이상 나를 사랑하지 않게 된 거야. 그래서 떠난 거야. 그뿐이야. 그렇게 믿어버렸다. 전처럼 눈물이 나지는 않았다.

어느 날 시나는 침대 위에서 벌떡 몸을 일으켰다. 그러곤 집 안에 남은 체이의 물건들을 전부 찾아내어 커다란 비닐봉지에 던져 넣었다. 양말 하나 볼펜 한 자루까지 모조리 쓸어 담은 뒤엔 그것을 집 앞의 쓰레기 수거함에 힘껏 욱여넣었다.

— 이젠 정말 혼자 살아가야 해.

시나는 중얼거렸다.

— 제대로 된 직장을 구해야 해.

시나는 다시 중얼거렸다.

— 밤에는 잠을 자야 해. 낮에는 일을 해야 해. 그리고 사람들을 만나야 해. 체이가 아닌 사람들을 만나야 해.

계속해서 중얼거리던 시나는 더 이상 참을 수 없겠다는 생각을 하며 바닥에 주저앉았다. 그날의 체이처럼, 두 손으로 얼굴을 가리고 아주 오랫동안 울었다. 발아래로 커다란 눈물을 뚝뚝 흘리면서 말이다. 어떻게 그렇게 살지, 어떻게 그렇게 살아, 그런 말을 속삭이고 나서는 더욱 크게 울었다. 그렇게 살 수 있을 것 같아서 울었다. 그런 일을 할 수 있을 것 같아서 울었다. 체이가 없는데, 체이가 없어서, 체이가 없으니까, 그래서, 그렇게도 살아갈 수 있을 것 같아 울었다. 체이를 잊을 수 있을 것 같아 울었다. 모두 없었던 일로 만들어버릴 수 있을 것 같아 울었다. 꼭, 그렇게 되어버릴 것만 같아 울었다. 그럴 자신이 있어서, 그럴 자신이 넘쳐서, 그게 너무나도 쉬운 일 같아서, 숨이 가빠져올 때까지 멈추지 않고 울었다.

## 28

— 아무것도 없어.

— 뭐라고요?

— 아무것도 없다고요.

백은 믿을 수 없다는 듯이 말했다. 백은 여전히 한서와 함께 눈밭 위에 서 있었다. 비로소 찾아낸 상자를 조심스레 품에 안은 채였다. 백은 한서에게서 등을 돌린 채, 상자를 열어보았다. 그러나 그 안엔 아무것도 없었다. 상자 속은 먼지 한 톨 없이, 깨끗하게 비어 있었다.

백은 헛웃음을 터뜨리며 상자를 닫았다. 닫은 상자를 멀리 던져버리고는 눈 위에 풀썩 주저앉았다. 얼마간 주저앉아 있다가 백은 아예 등을 대고 누워버렸다. 어떻게 이럴 수가 있지. 그런 생각을 하면서였다.

황당하다는 듯 백의 얼굴을 내려다보던 한서는, 문득 웃음을 터뜨리며 백의 곁에 함께 누웠다. 그러곤 백에게, 잃어버린 것을 찾았느냐고 물었다. 백은 잠시 고민하다 그렇다고 대답했다. 그러자 한서는 다시 백에게, 이제 할 일이 모두 끝난 것이냐고 물었다. 백은 이번엔 뜸을 들이지 않고 그렇다고 대답했다. 백의 대답에 천천히 고개를 끄덕이던 한서는 얼마 뒤 그러면, 하고 운을 뗴었다.

— 이제 뭐 해요?

백은 무슨 소리냐는 듯 고개를 돌려 한서의 얼굴을 쳐다보았다.

— 이번 여름, 어떻게 보낼 거냐고요.

그제야 백은 한서의 말을 이해할 수 있었다. 백은 다시 고개를 돌려 높게 트인 하늘을 바라보았다. 날은 맑았고, 새하얀 구름이 천천히 그들의 위를 흘러가고 있었다. 이 사람과 함께 여름을 보내도 좋겠지. 백은 생각했다. 그러려고 온 거 아니었어? 이어 자문했다. 그 질문에 대한 답은 너무나도 명징했다. 백은 그러려고 그곳에 온 것이 맞았다. 그래서 백은 한서에게, 어떻게 보낼까요, 하고 장난스레 되물을 생각이었다. 같이 있을까요,라는 말을 목구멍 바로 앞까지 끌어 올리려던 참이었다. 그러나 백은 결국 그 말을 꺼내지 못했다. 문득 아득해지는 기분을 느끼며, 긴 생각 속에 잠겨들었던 것이다. 그 속에서 백은 아주 많은 것을 보았다. 아주 많은 장면을 보았다. 누군가의 기억을 엿보듯이, 아주 세세하고 선명한 순간들이 백의 머릿속을 차례차례 지나쳐 갔다. 그건 너무나 긴 시간이었다. 영원처럼 긴 이야기였다. 이게 대체 누구의 기억이지, 문득 생각했을 때, 백은 그것이 자신의 기억이라는 것을 자연스레 알 수 있었다. 아직 그녀에게 도착하지 못한, 머지않은 미래의 기억이라는 것을 알 수 있었다. 그러자 백은 그 안에서 자신과 한서를 볼 수 있었다. 너무 많은 시간을 함께해버린 백과 한서를, 그들의 얼굴을, 찾아낼 수 있었다.

그즈음 대답을 기다리다 지친 한서가 백의 어깨를 흔들었다. 무슨 생각해요. 어렴풋이 들려온 한서의 목소리에, 백은 꿈에서 깨어나듯 천천히 몸을 일으켜 세웠다. 백은 어쩐지 몹시 늙어버린 기분을 느끼고 있었다. 이미 한 번쯤, 죽어본 것만 같은 기분을 느끼고 있었다. 그래서 몸과 마음이 전부, 한없이 지쳐버린 기분을 느끼고 있었다. 당장이라도 눈물이 차오를 것만 같은 기분이었다. 백은 여전히 누워 있는 한서를 내려다보며, 다시는 만나지 말자고 말했다. 자신이 이미, 그들의 모든 것을 보아버렸다고 말했다. 모든 세월을 보아버렸다고 말했다. 그리고 그 끝엔 아무것도, 아무것도 남지 않았다고 말했다.

—그러니까 아무것도 시작하지 않는 편이, 애초에 전부 없었던 일로 하는 편이 좋겠어요. 그게 낫겠어요.

말을 끝낸 백은 한서를 지나쳐 걸었다. 한참을 걸어서, 비어 있던 곤돌라에 홀로 올라탔다. 그러고는 홀로 그 산을 내려갔다. 그곳을 영영, 아주 영영 떠나버렸다.

## 29

한서는 아무것도 이해할 수 없었다.

## 30

그해 여름 J는 남쪽 바다에 있었다. 적도와 가까운 곳이었다. 뜨거운 바람이 불고, 서퍼들이 많은 곳이었다. 모두가 해변에 엎드려 태닝을 하는 곳이었다. 어디를 보든 새빨간 빛이 어려 있는 곳이었다.

J는 그곳의 해변에서 매일 밤낮을 보냈다. 새하얀 파라솔 아래에 누워 차가운 레모네이드를 홀짝이며 느긋하게 시간을 흘려보냈다. 이따금 J는 휴대폰을 꺼내 들고 얀과의 문자 메시지 창을 들여다보았다. 얀에게서는 좀처럼 답장이 오지 않았다. 메시지 창은 매번 그대로, 멈추어 있었다. 그러는

사이 J는 예정된 시간을 훌쩍 넘겨버렸다. 떠나야 할 순간을 무시한 채, 계속해서 그곳에 남아 있게 되었다. 동료들에게선 하루에도 몇 번씩이나 전화가 걸려왔다. 그 역시 얀의 연락은 아니었다. J는 끊이지 않고 울려대는 휴대폰을 호텔 옷장의 구석에 처박아둔 채, 다시는 꺼내보지 않았다.

그날도 J는 파라솔 아래의 선 베드에 누워 있었다. 내내 보아왔던 풍경들만이 비슷비슷하게 흘러가는 날이었다. J는 선글라스를 내려 쓴 채 눈을 감았다. 유독 나른한 오후였으므로, 낮잠이라도 실컷 자볼 생각을 하고 있었던 것이다.

그때, 해변 근처에서 누군가의 비명 소리가 들려왔다. 그 소리는 다른 누군가에게로, 또 다른 누군가에게로 빠르게 번져갔다. 얼마 뒤엔 사방에서 크고 작은 비명 소리가 일제히 울려 퍼졌다. 그 사이로, 무언가 맹렬히 쏟아지는 소리가 새로이 섞여들고 있었다. J는 그제야 선글라스를 벗으며 주위를 둘러보았다. 여전히 환하고 따뜻한 오후였다. 그 오후의 새빨간 빛 속에서, 해변의 모두가 한 방향을 향해 전력으로 달려가고 있었다. 그들은 두 팔로 목과 머리를 감싸고, 낮게 허리를 숙인 채, 힘껏 비명을 내지르며 건물의 내부로 뛰어 들어가고 있었다. 그런 그들의 위로, 희고 커다란 우박이 엄청난 소음을 내며 쏟아져 내리고 있었다.

J는 단단한 파라솔 아래에 멈춰 선 채, 그 소란스러운 풍경을 가만히 지켜보았다. 마치 남의 일인 양, 팔짱을 끼고 무심하게 건너다보았다. 그러다 J는 문득 파라솔 아래로 굴러 들어온, 둥그런 우박 한 알을 집어 들었다. 그것은 몹시 차가웠으나, J의 손바닥 위에선 별수 없이 빠르게 녹아내렸다. 그것이 녹고 녹아 어느새 찬 기운마저 사라져버린 물이 되었을 때, J는 젖은 손을 허벅지의 맨살에 비벼 닦으며 중얼거렸다.

—얀, 이곳에 오지 않길 잘한 것 같네.

그런 뒤 J는 다시 선 베드에 누워 선글라스를 내려 썼다. 크게 하품을 한 뒤, 다시 낮잠을 청했다. 그녀가 긴 잠에서 깨어났을 즈음엔 우박은 말끔히 그쳐 있었고, 해변은 아무 일도 없던 것처럼 고요했다.

여전히, 오후였다.

# 도넛이 구르는 문장

홍성희
(문학평론가)

## 운명

독자에게 있어 문장은 언제나 너무 빨리, 동시에 너무 늦게 도착한다. 읽으려는 마음이 가닿기도 전에 완료된 채 놓여 있으면서, 시선이 마침표에까지 다다른 이후에만 비로소 의미가 된다. 벌판 위에 외따로 있는 고대 건축물이나 길 한복판에 놓여 있는 김밥 조각 같다. 이미 거기 있기 때문에 무언가 의미를 담고 있을 것 같고, 그 기대에 따라 뒤늦게 의미를 입게 된다. 독자에게 경험되는 문장의 태생적인 시차時差란 그처럼 형식으로 먼저 오고 의미나 내용으로 뒤이어 오는 과정에서 발생하는 것이라 말할 수 있다. 그 이른 도착과 늦은 도착 사이에서 문장을 바라보는 시차視差들은 숨겨지기도 하고 부풀려지기도 한다. 이미 도착해 있는 것을 읽어내려는 여러 시선 속에서 문장은 응집되지 않는 편린들로 남거나 하나의 장엄함으로 우뚝해진다. 그렇게 때마다 문장은 너무 많이, 혹은 너무 조금 도착한다.

주이현의 소설에는 반복되는 표현들이 있다. 문장 안에 적힌 생김새가 거의 비슷해 눈에 띄면 바로 짚어낼 수 있는 글자들의 묶음. 이를테면 「몬 몬 캔디」의 한 부분에서는 다음과 같이 하나의 표현을 반복한다. "고다는 블라우스 하단의 단추들을 풀며 선요에게 물었다. 너 대체 무얼 한 거야. 그러곤 입안의 음식들을 다시 우물우물 씹었다. 선요는 교복 치마의 지퍼를 티 나지 않게 5센티쯤 내리며 대답했다. 만화책 훔쳤어. 그러곤 역시나 입안의 음식들을 우물우물 씹었다. 언제부터 훔친 거야. 고다가 물었고 음식을 우물우물 씹었다. 나도 몰라. 선요가 말했고 음식을 우물우물 씹었다"(「몬 몬 캔디」, pp. 200~201). 한동안 이어지는 문장들에서 '우물우물'은 되새김질처럼 아홉 번 되풀이된다. 이 책에 엮인 다섯 편의 소설을 가로질러 반복되는 표현도 있다. "아무 일도 일어나지 않는 꿈"(「한밤의 스키틀즈」, p. 145), "아무 일도 일어나지 않는 풍경"(「녹지 않는 슈가 크래프트와 블루의 도시」, p. 38), "아무 일도 없었다는 듯"(「백야의 문은 얼어붙지 않으며」, pp. 313, 348, 392), "아무 일도 없었던 것 같아"(「몬 몬 캔디」, p. 243), "아무 일도 일어나지 않았잖아. 아무 일도 일어나지 않잖아"(「보아」, p. 299) 같은 말들. 시제나 수식어가 달라지는 가운데에도 비슷한 생김새 때문에 읽는 이를 한눈에 사로잡는 표현들이다. 비슷하거나 같은 글자 배열을 거듭 마주하다 보면, 눈에 익은 만큼 마음에도 익게 된다. 글자들을 또박또박 확인하지 않아도 무엇이 도착할지 이미 알고 있는 것 같고, 알고 있는 채로 도착할 것을 기다리게 된다. 기다린 그것이 꼭 도착해버리면, 이미 알고 있던 것이 이미 알고 있던 대로 되었다는 느낌을 가지게 된다.

주이현의 소설 속 사람들이 공유하는 하나의 기분이 있다면, 그렇게 읽기도 전에 문장을 다 예감해버리는 기분, 예감한 것을 예감한 대로 확인하고 싶은 기분일 것이다. 그들에게는 이미 보아버린 것처럼 여겨지는 대상이 문장이나 표현이 아닌 사건과 재난, 파국이라는 점에서 조금 다를 뿐이다. 이를테면 「녹지 않는 슈가 크래프트와 블루의 도시」에서 P시의 사람들은 땅 밑에서 소리가 들린다는 소문을 공유하며 '위험한 일'이 정말로 일어나는 일에 대해 이야기를 나눈다. 한 의뢰인은 루와 주안에게 한겨울 골목의 세 갈래 길 위에서 다섯 시간 동안 서 있는 일을 의뢰하고는, 중층 건물 안 커튼 뒤에 숨어 그들에게 '위험한 일'이 일어나기를 기다리듯 지켜본다. 어떤 일이 기어이 벌어져버릴 것이라는 긴장된 예감은 그 자체로 주이현의 소설적 구조가 되기도 한다. 「한밤의 스키틀즈」의 해아는 누군가 "엎어지고 구르고 깨지"(p. 116)는 모습을 지켜보는 예지몽을 꾸고 나면 꿈에 나온 그 사람을 찾아가지만, 사고를 피하게끔 유도하는 데 실패하고는 결국 꿈속 일들이 그대로 벌어지는 것을 지켜본다. 꿈에 나온 미오가 삼 개월이 지난 후에도 아무 일도 겪지 않은 것을 확인하고서는, 꿈에서 지켜본 일이 일어날 때까지 미오를 데리고 다니며 꿈을 재현한다. 「보아」의 '나'는 거울 속의 자신이 거울 밖의 자신과 다르게 움직이는 순간을 목격할 것만 같은 기분에 오래 매달리면서 그 악몽을 실현해줄 '보아'들 곁을 맴돌고, '우물우물 씹던' 「몬 몬 캔디」의 고다와 선요는 '나쁜 일'이 닥쳐오기를 바라면서 "무언가 쏟아지고 깨어지는 듯한 엄청난 소음" "길고 끔찍한 비명 소리"(p. 244)가 들리는 곳을 향해 직접 내달린다. 「백야의 문은 얼어붙지 않으며」의 체이는 한 걸음 더 나아간다. "우리는 끝났어"(p. 417)라는 선언과 함께 시나를 떠난 체이는 "시나가 트럭에 치여 죽었다" "욕실의 샤워부스에서, 목을 매단 채 죽어 있었다" "아랫집에서 번져온 불길에 휩싸여 죽었다" "사실 시나가 오래전부터 큰 병을 앓아왔다" "자신이 시나를 죽였다"며 스스로 선언한 '끝'에 다른 서사를 거듭 부여하고 그 '끝'이 담긴 작은 상자를 "차가운 곳에 묻어주"(pp. 390~91)기 위해 설산을 헤맨다. 다른 인물들이 예감처럼 소문이나 꿈의 틀에 잘 들어맞는 실제의 내용이 도착하기를 기다린다면, 체이는 자신이 마련한 틀에 허구로 내용을 직접 채워 넣으면서 예감 없이 결론에 바로 도달하고, 그 비약을 반복하면서 결국 어떤 내용으로도 결론지어지지 않는 상자의 형식에 단단히 묶인다.

죽음, 재난, 이별 같은 파국은 주이현의 소설 속 사람들에게 예감되는 동시에 이미 도래하기로 결정된 결말처럼 확고한 힘을 발휘한다. 각기 다른 이야기 속 인물들은 그런 예감에 장악된 모습으로 겹쳐지면서 서로를 반복한다. 그러나 커튼 뒤의 사람에서 체이에게 이르기까지 주이현의 소설에서 중요한 것은 읽기도 전에 문장을 다 예감해버린 기분, 예감한 대로의 문장을 확인하고 싶은 기분만은 아니다. 그런 기분으로 엮이는 사람들이 어떤 시점을 지나면 '아무 일도 일어나지 않는' 기분에 닿는다는 것, 그래서 다섯 편의 소설을 가로질러 '아무 일도 없었던 것 같다'는 문장이 반복된다는 것이 예감과 기대와 긴장만큼이나 중요하다.

'아무 일도 일어나지 않은 것 같다'는 표현은 무슨 일이 일어났어야 하는데 그렇지 않았다는, 혹은 무슨 일이 정말 일어났기 때문에 모든 게 달라졌어야 하는데 달라지지 않았다는, 안도보다는 불안에 가까운 감각이 거듭해서 인물들을 사로잡기 때문에 반복된다. 이를테면 커튼 뒤 사람의 기대와는 다르게 루와 주안은 무사히 다섯 시간 일을 마치고 귀가한다. 그러나 여전히 땅 밑에서는 소리가 들려오고 '위험한 일'이 벌어지는 일에 관해 사람들은 수군거린다. 그러다 정말로 땅이 무너져 내리고 개와 사람 들이 죽고 다친 다음에도 루와 주안은 일을 하러 나간다. 도시에서는 여전히 소리가 들려온다. 그 가운데 아무 일도 일어나지 않은 것 같은 기분은, 정말로 어떤 일이 일어나버리든 그렇지 않든 커다란 의미에서 세계의 풍경이나 형식은 달라지지 않을 것이라는 예감과 닿아 있다. 시제나 수식어가 달라져도 비슷하게 반복되는 글자 묶음들처럼, 이 세계에서 사건과 재난, 파국은 어떤 경우에도 최종적으로 결정적이지 않은 채로 지나가고, 그러면서 반복될 것이다. 그 예감이 다른 어떤 예감보다 결정적으로, 최종적으로 작동한다. 앞서 말했듯 주이현의 소설 속 사람들이 공유하는 하나의 기분이 있다면 읽기도 전에 문장을 다 예감해버리는 기분, 어쩌면 읽기도 전에 책을 다 이해해버리는 기분일 것이다. 다만 그들이 이해했다고 여기는 것은 예감한 대로 도착해버릴 꽉 찬 내용이라기보다, 체이가 설산을 헤매며 들고 다니는 빈 상자처럼, 자꾸만 채워야 할 것 같이 텅 비어 있는 의미의 형식일 것이다.

## 케이지

「백야의 문은 얼어붙지 않으며」는 얀, 체이, 시나, J, 백, 한서의 이야기가 잠언 같은 문장들과 더불어 서른 개의 조각으로 연결되어 있는 소설이다. 여섯 명 각자의 이야기뿐만 아니라 얀과 J, 체이와 시나, 백과 한서, 얀과 체이와 시나, 얀과 체이와 백이 함께 등장하는 이야기가 교차되는 가운데, 이야기의 수만큼 많은 테두리가 인물들을 둘러싼다. 얀, 체이, 시나는 열차의 각진 칸들을 공유하며 만나고, 플랫폼의 선로를 따라, 언 호수의 테두리를 따라 움직이며 관계를 맺는다. 얀, J, 백, 한서는 펜스로 둘러쳐진 스키장에서 서로를 알거나 모르는 채 일하고, 체이의 상자를 묻을 곳을 찾기 위해 얀과 체이는 펜스 근처를 기웃거린다. 백은 펜스 근처에서 얀과 체이를 발견하고 그들의 행적을 추적하며, 한서는 그런 백과 동행한다.

테두리는 인물들이 공유하는 시간의 성격을 설명하기에도 적절한 단어이다. 얀, 체이, 시나는 서로 다른 목적과 마음을 지닌 채 다만 기차 여행이라는 여행의 형식만을 공유하며 각자의 시간을 꾸린다. 얀, J, 백, 한서 역시 서로 다른 사연과 현실, 경험과 생각을 가진 채 시즌제로 운영하는 스키장의 시간 법칙을 함께 따른다. 얀은 체이를 이해할 수 없고 한서는 백의 사정을 모르지만 그들이 관통해야만 하는 시간을 함께 걸어준다. 요컨대 인물들은 동일한 시간과 공간의 안쪽에서 각자 혹은 함께 서사를 만들지만, 그들이 공유하는 시간과 공간은 긴밀하고 꽉 찬 면의 형태가 아니라 헐겁게 둘러쳐진 선의 형태로만 구성된다. 그런 테두리는 인물들이 거주하는 세계의 형식이기도 하다.

체이의 상자로 돌아가 보면, 거기에도 겹겹의 테두리가 있다. 백은 정상 가까이 드문드문 쳐져 있는 펜스 밖, 스키폴대를 지지대 삼아 둘러쳐진 폴리스 라인 안에서 체이가 묻은 상자를 찾아낸다. 펜스와 폴리스 라인과 상자는 헐거운 테두리들을 층층이 둘러 무언가를 지키는 듯 지키지 않는다. 펜스는 스키어들이 가파른 경사면으로 떨어지는 것을 막는데, 스키장에서는 정상의 펜스 근처에서 다이너마이트를 터뜨려 주기적으로, 고의로 눈사태를 일으킨다. 불시에 사태가 일어나기 전에, 재난을 방지하기 위해 재난을 만들어내는 것이다. 바로 그 예방이 이루어지는 곳에서 다이너마이트를 터뜨리던 신입 직원이 폭발 사고로 사망한다. 이 사고가 노란 폴리스 라인으로 표시되고 인지되고 기억됨에도, 다이너마이트는 근방에서 계속 터진다. 사태를 방지하기 위해 사태를 만드는 일은 결국 스키어들을 지키기 위해 스키장 직원들을 위험에 노출시키는 방식, 즉 지키는 자를 지키지 않는 방식으로 반복되는 것이다. "종일 춥고, 종일 환한 곳을 보고 싶"(p. 345)어 하던 시나를 위해 스키장을 찾아와 "절대 녹지 않을 눈"(p. 368)에 상자를 묻으려 설산의 정상을 떠도는 체이의 마음은 바로 그 행위를 위해 시나를 거듭 비극적인 죽음의 장면에 노출시키고, 그것을 상상하는 자신 역시 비극 안에 내던진다. 체이의 작은 상자는 시나에 관한 어떤 기억과 마음에 얼마간 안전한 테두리를 부여하지만, 그 테두리는 시나를 죽이는 작업을 통해서만 만들어진다는 점에서 결코 안전하지 않다. 지키기 위한 경계와 지키는 데 실패하는 경계는 펜스와 폴리스 라인, 상자의 각진 테두리 중 어느 층위에서도 명확하게 구분되지 않는다. 펜스와 폴리스 라인의 이편과 저편에 새하얀 눈밖에 없는 것처럼 분리에 대한 환상과 믿음을 헐겁게 표시할 뿐이다. 그 믿음은 시즌의 경계를 향해가는 스키장의 테두리 안에서, 계속되는 폭발음과 녹아내리는 눈의 복판에서 반복된다.

얀은 체이의 상자 안에 시나의 유골이 들었을 것이라고, 백은 누군가의 시체가 들었을 것이라고 짐작한다. 얀과 백의 기대와 짐작 속에서 상자의 테두리는 이미 발생해버린 재난이 꼭 들어맞는 프레임, 미리 꼭 맞게 맞추어진 관과 같이 여겨진다. 상자 안에 유골이나 시체가 담겼다면, 그 죽음은 최종적이고 결정적인 것으로 믿어졌을 것이다. 그러나 시나의 죽음에 대한 체이의 문장이 계속 달라지는 것처럼 상자에 담길 최종적인 무언가는 존재하지 않고, 그래서 상자는 끝내 비어 있다. 시나가 정말 유골이나 시체가 되지 않고 살아 있기 때문이라거나, 재난이 체이의 상상 속에서만 일어나기 때문이 아니다. 외려 재난이 멈추지 않기 때문에, 죽음이 시나의 이름과 체이의 이름 그리고 다이너마이트를 터트리던 신입 직원의 이름과 스키장의 이름으로 계속해서 발생하기 때문에, 동시에 새하얀 눈밖에 없는 폴리스 라인 안쪽처럼 반복해서 비워지고 사라지며 잊히기 때문에, 스키장 펜스 너머, 폴리스 라인 안쪽에 가볍게 놓인 상자는 언제고 다시 채워지고 비워질 빈 상자이다.

「몬 몬 캔디」는 햄스터 1호와 2호의 죽음을 순차적으로 목격한 어린이 고다의 이야기로 시작하여 티티 1호와 2호의 죽음을 마주하는 중학생 고다의 이야기로 마무리된다. 여러 개의 선으로 안과 밖을 구분하는 햄스터 케이지와 새장 사이에서, 고다는 선요가 훔친 나무젓가락을 흙바닥에 박고 가로로 얹어 "정육면체 형태의 뼈대를 만"(p. 221)든다. 선요가 그 안에 사마귀를 놓자, 두 사람은 "크기가 딱 맞네"(p. 228) 하며 서로 동조한다. 선요의 점화로 불타고 그을리는 사마귀와 나무젓가락 집을 고다가 발로 짓밟아버릴 때, 죽음과 함께 테두리는 형태를 잃고 사라진다. 후에 선요와 고다가 그 자리에 구덩이를 파 죽은 “티티 1호가 담긴 상자가 온전히 들어갈 깊이”(p. 242)를 만들고, 상자를 넣은 뒤 흙을 덮어 “구덩이를 완전히 메”(p. 243)울 때, 다시 죽음과 함께 테두리는 ‘온전한’ 채로 감추어져 보이지 않는다. 그렇게 테두리가 눈에 보이지 않게 될 때마다 선요는 “아무 일도 없었어”(p. 231), “아무 일도 없었던 것 같아”(p. 243)라고 말한다. 그러나 테두리는 나무젓가락 집처럼 몇 번이고 쉽게 다시 만들어지고 보이게 될 수 있다. 그곳에 무언가는 ‘딱 맞는’ 형태로 담길 것이고, 담긴 채 사라질 것이며, 아무 일도 없었다는 말 속에서 다시 한번 사라질 것이다. 선요의 말은 그것을 예감한다. 헛웃음을 터뜨리며 체이의 상자를 닫고 멀리 던져버리기 전에 “아무것도 없어”(p. 420)라고 백이 말하듯, 그 말이 폴리스 라인의 노란색을 불현듯 지우듯 말이다.

그렇게 비어버리는 채로만 반복되는 테두리들 앞에서 주이현의 사람들은 허기와 더부룩함을 동시에 느낀다. 고다와 선요는 배고픔과 배가 터질 것 같은 기분을, 체이와 얀과 백과 한서는 각자 ‘잃어버린 기분’과 ‘찾은 기분’을 반복해 느끼면서 결국 “모든 것을 보아버”린 기분에, “그 끝엔 아무것도, 아무것도 남지 않았다”(「백야의 문은 얼어붙지 않으며」, p. 422)라는 문장에 닿는다. 이 과거형의 문장은 예견된 미래를 단단히 담은 듯하지만, 다른 모든 최종적이지 않은 문장과 마찬가지로 아직 도착하지 않은 '끝'으로 인해 철저히 비어 있다. 백은 이 문장을 두고 한서를 떠나고 체이는 시나를, 얀은 스키장을 떠나지만, 그들은 다시 어딘가에 도착하여 아직 도착하지 않은 무언가를 기다리는 형식을 반복할 것이다. 스키장을 떠나 남쪽 바다에 도착하고, 선 베드에 누워 파라솔을 치는 우박 소리를 들으며, 잠들었다 깨어난 후 아무 일도 없던 것처럼 고요해진 풍경을 바라보는 J에게서처럼, 결정은 결정적으로 결정적이지 않은 채 되풀이되며, 마침표 뒤에도 문장은 자꾸 우물우물 이어진다.

### 소원

재난이 끊임없이 예감되는 와중에, 무언가를 미리 알고 기다리거나 대비하는 문장과 테두리 들이 재난으로부터 무언가를 지키는 듯 지키지 않는 세계에서 사람은 허기와 포만감으로부터 자신과 타자를, 그러한 세계의 한 구역을 어떻게 지킬 수 있을까. 주이현의 소설에서 지키는 일은, 냉장고 냉동실 안 깊숙한 구석에서 상자에 담겨 있던 케이크가 괴상한 모양이 되어버린 것을 바라보며 "절대 녹지 않을 눈"(「백야의 문은 얼어붙지 않으며」, p. 368) 같은 테두리란 없음을 확인하게 되는 순간에 머무는 것만 같다. 「녹지 않는 슈가 크래프트와 블루의 도시」 속 루와 주안과 율은 땅 밑에서 소리가 들린다는 소문을 나누면서 '위험한 일'이 벌어졌을 때 냉장고에 들어가는 일에 대해 이야기한다. 이내 그들은 "저런 데 들어가기 싫으면" 무엇을 해야 하는지로 말을 옮겨 간다.

> "우리 이제 여기 들어갈 수도 있겠는데."
>
> "위험한 일이 생기면 다 같이 냉장고에 들어가자."
>
> "무슨 위험한 일?"
>
> "운석이 떨어진다든가."
>
> "천장이 내려앉는다든가?"
>
> "하늘에서 음식이 내린다든가."
>
> "들어가면 안전해지나."
>
> "아마 그럴걸…… 아니 모르겠어."
>
> "냉동실이 추우니까 두 명이서 들어가자. 냉장실엔 한 명."
>
> "그땐 어차피 안 추워."
>
> "왜?"
>
> "전기가 안 들어올 테니까."
>
> "아. 맞네."

주안과 율의 실없는 대화를 들으며, 루는 스웨터의 소매 끝으로 미끌거리는 설탕 인형을 깨끗이 문질러 닦았다. 그러곤 새것처럼 말끔해진 인형을 식탁 위 달력에 기대어 세워두고는, 자 됐지, 하고 주안과 율에게 말했다.

"저런 데 들어가기 싫으면 천사님한테 기도해."

"팅커벨이라니까."

"그럼 팅커벨한테."

"팅커벨은 소원 안 들어줄걸."

"아무튼."

"참나."

"하긴 천사나 팅커벨이나."

"살려주세요—하고 빌어봐. 얼른."

주안과 율은 영 의심쩍다는 얼굴로 루와 인형을 번갈아 보다가, 얼마 뒤 마지못해 손을 모으며 아멘, 하고 소리 내어 말했다. (pp. 78~79)

P시의 재난은 세 사람이 짐작한 것과는 다르게 하늘에서 떨어지는 방식이 아니라 땅이 꺼지는 방식으로 일어난다. 팅커벨이든 천사든 땅을 떠나서 살 수 있는 존재가 있다면 땅에 매인 존재들을 구해줄 수도 있겠지만, 루와 주안과 율이 소원을 비는 팅커벨 혹은 천사는 그들과 마찬가지로 땅

에 묶여, 그들의 집 안, 식탁 위, 달력에 기대야만 서 있을 수 있는 설탕 인형이다. 냉동실 안에서 유일하게 모양을 보존한 이 인형은 실온에서 천천히 녹아내릴 것이다.

그럼에도 불구하고 주이현의 소설은 이 작은 천사의 형상을 세워두면서 질문을 던진다. 우리가 우리 스스로를 향해 소원을 빌고 그렇게 스스로를 구할 수도 있을까. 약속된 적 없는 구원을 예감하고 기다리는 대신, 이 땅에 매인 우리가 직접 이곳을 지킬 방법이 있을까. 가능성을 묻는 질문 앞에서 주이현의 소설은 '어떻게'의 자리에 꼭 맞는 답을 서둘러 구하는 대신 질문의 형식을 반복한다. 설탕 인형처럼 무시로 녹아내리는 '천사'의 모양을 다르게 말하면서, 소원을 비는 일을 반복하면서.

「보아」는 '나'가 '보아'에게 보내는 편지 형식으로 씌어져 있다. 수신자인 '보아'는 '나'가 어린 시절 만난 한 아이의 이름이며, 아이 너머에서 '나'를 보고 있던 '너'를 가리키게 된 이름이자, 그 이전과 이후를 통틀어 '너'를 칭하는 이름이기도 하다. 편지는 '나'가 '보아'라는 이름을 붙이기 전부터 '너'를 감지해온 방식과 '보아'라는 이름으로 '너'를 마주치고, 놓치고, 기다리고, 다시 마주치고 놓치면서 이어져온 시간을 회고하고 기록하는 방식으로 씌어진다. 이를테면 '너'에게 쓰는 편지라는 형식 속 내용은 '나'의 헐거운 연대기인 동시에 '나'와 관계 맺는 '너'의 헐거운 연대기이고, 잠시간 '나'의 현재에 대한 기록이자 '너'를 향한 모종의 자기 고백이다. 재구성되는 서사 속에서 '너'는 대체로 부재하지만, 서사를 재구성하는 문장에서 '너'는 '나'만큼이나 항시적으로 명징하게 존재한다. 이 편지-소설은 '너'를 그토록 선명하게 드러내는 데에 목적을 두고 충실히 그 일을 해낸다.

이 소설에서 '너'의 정체를 규정하기란 쉬운 듯 쉽지 않다. 때로 공기처럼 때로 그림자처럼 때로 사람처럼 존재하며 '나'에게 '보여짐'의 감각을 되돌려주는 '너'는 현실과 환상 사이에서 모호하게 드러난다. '나'는 끊임없이 '너'에 관해 말하지만 '너'를 정녕 마주치는 순간은 아주 드물게 나타난다. 여러 여성의 신체와 언어를 빌려 감지되는 '너'는 결국 '나'의 시선과 호명을 통해서만 서술적으로 가시화되며, 그렇기 때문에 '나'의 환상과 믿음을 드러내는 수사적 장치로 보이기도 한다. 그러나 '너'가 '나'의 서사 속에만 존재하는지 그 바깥에 실재하는지와 무관하게, 이 편지 형식의 소설은 '너'를 선명하게 드러내고 '너'를 향해 발화하는 방식으로 '나'에게 무게를 쏟는다. 결국 편지의 발신자인 '나'가 '너'를 호명하는 언어적 움직임을 이해하는 것이 이 소설의 핵심이 된다.

'나'는 자신이 왜 "보여짐이라는 감각"(p. 256)에 그토록 의지하게 되었는지, 왜 "내가 너의 시선을 먹고 자라났다는,

오로지 너의 시선을 갈급해하고, 열망하며 자라났다는 하나의 사실"(p. 258)에 그토록 밀착함으로써 기억하지 못하는 삶의 순간마저 기억하는 방식으로 자신의 존재 경험을 재구성하게 되었는지를 질문하지 않는다. '나'에게 '너'와의 연결은 당위적이며 자동적이고, 그 "보여짐에서 벗어나는 일. 연속되는 기록을 끊어내는 일. 기억되지 않는 암흑 속에 푹 파묻히는 일. 너로 인해 인식되어온 나를, 모조리 망각해버리는 일"(p. 264)을 간절히 바라는 모순된 마음 역시 마땅한 것으로 여겨진다. '나'에게 중요한 것은 자신과 '너'가 거울에 스스로를 비추는 사람과 거울에 맺힌 상 사이의 결속처럼 필연적인 관계에 놓여 있다는 것이고, 악몽처럼 둘 중 어느 하나가 상대와 다르게 움직이게 될 때, 거울의 문법을 벗어나 보이지 않게 될 때에도 '나–너'의 연결은 완전하게 끊어지지 않는다는 '사실'이기 때문이다. 바람을 담은 시선과 시선을 매개로 이루어지는 투사投射가 오가는 가운데 거울의 이편과 저편에 모두 놓이게 되는 '나'는 "너로부터의 도망"(p. 301)에 '성공'하는 와중에도 '너'에게 편지를 써 자신을 서술하고 해명하며 결속을 확인하고, '너'를 매개로 자신을 드러내는 거울의 방법을 공고히 한다. 항상 '나'의 이야기를 지배하고 있는 거울의 문법은 '나'가 '너'를 호명하는 조건인 동시에 '나'가 스스로를 호명하는 조건이기도 하며, 그 바깥은 '나'에게 "네가 없는 세계"(p. 258)에서도 가능하지 않다.

그런 의미에서 「보아」가 편지 형식을 통해 보여주는 것은, '나'가 스스로 만든 '봄'과 '보여짐'의 굴레 속에서 그 굴레를 자기 서술하는 태도, 곧 '안팎'을 구성적으로 상상하는 동시에 그런 구분이 없음을 확인하고 인정하면서 상상을 거듭하는 순환적 움직임 자체이다. '엄마'라고 불리는 여성과 대화하는 와중에 거울을 발견하고는 다가가 쥐고 흔들면서 "야. 나와봐"(p. 299)라고 말하는 '나'는 "너무 많은 일을 겪"(p. 305)고도 "아무 일도 일어나지 않"(p. 299)은 닫힌 형식 안에서 자신이 거울 앞에 서기를 반복하고 있음을 알지만, 그에게는 불가피할 수밖에 없는 반복의 이유를 자문하지 않으면서 그 반복을 계속해 산다. "너무 많은 비밀을 알아버린 것 같"(p. 307)은 채 바로 그 비밀의 복판에서 스스로에게 보여지는 자신을 보면서, '너'의 자리가 비어 있는 편지-소설의 형식을 살면서 말이다. 주이현의 소설은 그처럼 가득 차 보이는 언어의 자리가 한없이 비어 있기도 하다는 것을 확인하면서 바로 그러한 형식적 '있음'의 방법으로 인물들이 자기 세계 안쪽에서 철저하게 고립되는 방식을 보여준다. 동시에, 그렇게 '있는' 인물들이 교차하는 세계를 그려냄으로써 철저한 고립이 철저하게 가능하지만은 않음을 보여주기도 한다.

「한밤의 스키틀즈」에서 해아와 미오는 기묘한 방식으로 서로에게 연루된다. 미오가 죽는 예지몽을 꾸었다고 믿는 해아에게 미오는 예지된 대로 죽음으로써 해아가 '제정신'임을 확인시켜주거나 최소한 해아가 아는 선에서는 죽지 않음으로써 해아가 시달려온 꿈의 고리를 끊어주어야 한다. 미오에게 해아는 예지된 대로 미오가 죽는 순간 곁에 있어주거나 자신의 꿈이 예지몽이 아님을 받아들이면서 최소한 해아가 아는 선에서는 미오가 죽지 않을 것임을 확인해주어야 한다. 생과 사에 관련하여 예감된 것이 실제로 발생하든 발생하지 않든 둘은 서로 연결된 채로 예지된 것 바깥에서 여분의 생의 시간을 만들고, 각자 고립되어 있던 시간을 잠시 겹쳐두게 된다.

두 사람이 오랜만에 만나 이틀에 걸친 시간을 함께 보내는 동안, 시간보다 많은 것이 거리를 둔 채로 교차된다. 해아는 꿈을 꿀 때나 꿈속 상황들이 현실에서 벌어지는 광경을 지켜볼 때마다 일방적으로 보는 입장에 놓인다. 그는 보기 때문에 보게 되는 장면에 묶이고, 아직 죽지 않은 미오가 곧 죽을 것이라고 믿는다. 그의 관성은 거듭 보이는 위치에 놓여온 미오의 관성과 우연히 혹은 필연적으로 만난다. 벽과 바닥과 책상 서랍에 뒹구는 텅 빈 유리 안구들 사이에서 미오는 투명하여 보이지 않아도 늘 자신을 보고 있는 것들의 시선에 스스로를 매어둔다. 철저히 혼자이면서 절대로 혼자이지 않은 빼곡함에 묶인 채, 미오는 해아에게 자신이 정말 죽을 경우 텅 비어 있지 않은, 투명하지 않은 시선으로 자신을 꼭 지켜보아달라고 당부하고, 미오가 해아를 놓쳐 혼자 남아버렸다고 느끼는 순간에도 해아는 미오를 바라보며 그의 이름을 부른다. 그렇게 '보는' 해아와 '보이는' 미오의 눈이 마주칠 때 해아와 미오는 꿈을 공유하게 된다.

해아의 예감은 미오에게서 실현되지 않은 채 결국 해아만의 것으로 남겨진다. 두 사람 사이에 생과 사의 연루는 흩어져 사라지고, 각자의 시선에 사로잡힌 고립은 깨어지지 않는다. 그러나 동시에, 실상 아무 일도 일어나지 않았던 해아의 꿈처럼 정말 아무 일도 일어나지 않는 방식으로, 미오는 나무 아래, 해아는 그 맞은편에 서서 서로를 바라보는 배치와 움직임이 종일 되풀이된다. 두 사람은 어떤 내용을 이행해야 한다는 요청 속에서는 철저히 서로를 배반하며 어느 한쪽을 반드시 부정하게 되지만, '죽음'의 예감을 통해 만들어진 부정의 구도를 팽팽하게 지속시키면서 완전하게 고립될 수 없는 맥락 속에 서로를 배치하고 지킨다. 그러므로 중요한 점은 예감된 것이 예감된 내용으로 일어났는지 일어나지 않았는지가 아니다. 실현 여부와 무관하게 아무 일도 일어나지 않은 것 같은 기분이 반복된다는 점도 아니다. 예감에 사로잡히기 때문에 어떤 움직임이 시작된다는 사실, 그로 인해 더 많은 것이 이전과 같은 방식으로, 나아가 이전과 다른 방식으로 반복되기도 한다는 사실, 그 가운데 각자의 굴레에 사로잡혀 있는 삶들이 헐겁고도 단단하게 얽혀 마주 서기도 한다는 사실이다. 미오가 나무 아래 서 있고, 미오를 향해 무언가 떨어지고, 해아가 그것을 그저 바라보는 대신 미오의 어깨를 힘껏 밀어 떨어지는 홍시로부터 미오를 구하는 것처럼, "감나무 꿈"(p. 168)을 다르게 반복하는 작은 움직임은 '끝내' 도착한 자리에서 미오와 해아의 시간을 더 이어가고, 지킨다. 결정은 결정적으로 결정적이지 않은 채 되풀이되며, 마침표 뒤에도 문장은 더 이어진다. 그러나 반복되는 형식을 바라보는 소설의 시선이 하나의 방향으로 향하는 것만은 아니다. 소설 속에서 반복되는 '도넛'이 꼭 같은 두 글자의 묶음으로도 맛과 크기와 질감이 내내 달라지는 것처럼. 그걸 다 겪어내는 미오와 해아처럼.

### 문장

루와 주안이 떠나고 혼자 남은 율은 잠든 사이 누군가 손 안에 쥐어주고 간 작은 메모지를 펼쳐 하나의 문장을 읽는다. 문장의 끝에 마침표가 붙지 않을 때, 다른 기호가 붙은 문장이 마지막 문장이 될 때, 완전히 닫혀버린 것 안에서도 모든 것이 완전히 닫혀 있지는 않음을 예감하게 된다. 다른 기호가 아닌 마침표가 붙은 문장에서도 우리는 그런 예감에 닿을 것이다. 같거나 비슷하거나 다른 마음으로, "왜 아직 여기에 있어?"(p. 103) 이 물음은 주이현의 문장이다.

## 작가의 말

상처가 사람을 키우지 못한다는 믿음을 가졌던 시절이 있다.

끔찍한 경험들은 결코 치유될 수 없으며 단지 우리를 움츠러들게 만들 뿐이라고.

그러니 매 순간 예쁘고 알록달록하고 달콤한 것들을 향해 두 눈을 고정하고 있어야 한다고. 불온하고 위험한 것들을 필사적으로 멀리해야만 한다고. 피치 못하게 맞닥뜨리게 된 불행은 그 즉시 망각해버려야 한다고. 그 불행 속에 놓여 있던 자신으로부터 단호히 등을 돌려야 한다고. 차라리 비웃어야 한다고. 아주 웃기는 일이 있었다는 양 킬킬대며 그 일을 여기저기에 떠들어대야 한다고.

그런 생각을 하던 시절에 이 책에 실린 소설들을 썼다.
이제는 잘 모르겠다는 생각이 든다.

상처받은 이들은 다른 상처받은 이들을 사랑할 수 있다.
그 사랑의 경험은 아름답진 못해도 분명 환하고 근사하다.

*

데뷔 후엔 줄곧 소설이 나의 삶을 파괴하고 있다는 망상에 휩싸여 살았다.
소설이 싫어서. 소설이 좋아서. 혹은 소설이 나를 싫어해서. 나를 싫어하는 소설이 무서워서.

여전히 소설과의 관계는 원만치 않지만,
나는 내게 나의 눈이 필요하다고 말해준 이를 기억한다.

내 소설이 아닌 나의 눈이.

나의 눈은 나를 파괴하지 않는다.

나는 나를 파괴하지 않는 나의 눈을 기꺼이 내어줄 준비가 되어 있다.

누군가 필요로만 해준다면 언제까지든.

*

(밤, 기상하며)

나만큼 엉망으로 사는 사람이 또 있을까?

나는 멍청하고 게으르고 열정도 야망도 대책도 없으며 잠을 잘 자지 않고 밥도 잘 먹지 않는데.

사랑도 증오도 질투도 거의 갖고 있지 않으며 그 무엇에 대해서도 오래 말하고 싶지 않은데.

매일 아침 온 세상을 멈춰줄 버튼이나 찾아 헤매고 있는데.

그 버튼을 딸깍 눌러놓고선 멈춘 세상 속을 홀로 오래도록 걸어 다니며, 언젠가는 돌아가야지, 다시 그 세상으로 언젠가는, 느긋하게 생각해보는 상상이나 하고 있는데.

매년 떠오르는 새 해를 보며 올해도 망하지만 않게 해주세요, 없는 신께 소원하는데.

언젠가 같은 강의를 듣던 학우로부터 소설이 너무 비현실적이지 않느냐는 질문을 받은 적 있다. 그 질문에 맞춰 강의실에 앉아 있던 몇몇 사람이 함께 고개를 끄덕였으며 나는 끝내 아무런 대답을 하지 못하였다. 곰곰 생각해보아도 내겐 비현실에 대해 써본 기억이 존재치 않았기 때문이다.

늦었지만 이 지면을 빌려 밝힌다.

이 책에 실린 소설 전부가 나의 현실이며 내 친구들의 현실이다.

우리는 자주 할 말을 잃고 자주 오갈 데가 없지만 여전히 이곳에 있다.

원치 않아도 매일 아침에.

영영 멈출 수 없는 세상 속에.

그 한가운데에.

나만큼 엉망인 이들이 분명 있을 것이다.
그들에게 이 책을 바친다.

우리의 최후는 목격되거나 기억되어 알려진 적 없고 나는 그것이 궁금하다.
그것을 보고 싶다.

아주 오래 늙어가고 싶다.

*

어떤 이름들을 나열하려다 지운다.
보이지 않아도 당신들 모두가 당신들의 이름을 이 글의 행간 속에서 읽어낼 수 있으리라 믿는다.

나의 몸과 머리가 되어준 모두에게 인사한다.
몸과 머리를 제외한 나의 전부가 당신들의 몫이다.

이 책이 세상에 나올 수 있게끔 해주신 모든 분께도 깊은 감사를 전한다.

우리의 겨울은 길고 유한하여 아름답다.

2026년 한겨울

주이현

**수록 작품 발표 지면**

녹지 않는 슈가 크래프트와 블루의 도시 『문학과사회』 2022년 여름호

한밤의 스키틀즈 『문학과사회』 2023년 봄호

몬 몬 캔디 『눈송이 쥐기』, 안온북스, 2024

보아 웹진 〈비유〉 2024년 6월호

백야의 문은 얼어붙지 않으며 〈문장, 콤마〉 2023년 10월호